KB236826

한국근대문학론

국립중앙도서관 출판시도서목록(CIP)

한국근대문학론 = The theory of literature / 송현호 지음. -- 서
울 : 국학자료원, 2003
    p. ;   cm

ISBN 89-541-0151-8 93810

810.906-KDC4
895.709-DDC21   CIP2003001759

한국근대문학론

송현호

국학자료원

우리 문학사를 올바로 정리하기 위해서는 어떻게 해야 할 것인가? 이식사관을 암묵적으로 수용할 것인가? 전통계승론만을 주장할 것인가? 어떻게 해야 한국문학사를 올바로 정리할 수 있을 것인가?

이러한 화두는 오랫동안 필자의 머리 속에서 떠난 적이 없다. 마치 악령에 사로잡힌 것 같은 그러한 기분을 글로 형용할 수는 없다. 지금껏 필자는 헝클어진 실타래를 풀듯이 한 올 한 올 얼키고 설킨 우리의 근대문학의 난제들을 풀어내기 위하여 노력해 왔다. 언젠가는 올바른 문학사 서술이 이루어질 수 있으리라는 다소 희망적인 확신을 하면서.

올바른 문학사 서술은 왕조사나 시대사 혹은 문단사 중심의 기존의 문학사 분류 방법이나 이식사관을 극복하는 일로 귀결된다. 따라서 필자는 이를 위해 문학의 내적 흐름을 파악하는 일과 근대문학과 현대문학의 개념규정을 분명히 하는 일 그리고 근대문학의 기점을 우리 민족의 역량 속에서 파악하는 일에 전념해온 바 있다. 80년 초에 발표한 논문들, 그들을 묶어 85년에 새문사에서 펴낸 『문학사기술방법론』, 89년에 박사학위논문으로 제출한 『한국근대소설론연구』, 85년 첫 저서를 발간하면서 느낀 부족감을 충족시키기 위하여 꾸준히 발표해 온 논문들을 중심으로 해서 93년에 출간한 『한국현대문학론』, 95년에 출간한 『한국현대문학의 비평적 연구』, 1999년에 출간한 『비교문학론』 등은 모두가 그러한 취지에서 씌어진 글들이다.

이번에 발간하는 『한국근대문학론』은 그와 같은 취지에서 씌어진 글들이다. 부족한 점들이 많지만 한국문학사의 올바른 정리에 일조할 수 있기를 바란다. 아울러 어려운 출판계 여건에도 불구하고 선뜻 출판에 응해준 국학자료원의 정찬용 사장과 관계자 여러분께 깊은 감사를 드린다.

차례

I 낭만적 허위와 소설적 진실

1. 한국현대소설사의 유형화와 개략적 검토

1. 문제의 제기

근대 소설의 전개 양상에 관심을 가진 한국현대문학사까지 포함한다면 이야기가 달라지겠지만, 지금까지 간행된 한국현대소설사는 손으로 셀 수 있을 정도로 영성하다. 소설사가 길게는 몇 세기, 짧게는 몇 십년의 기간을 대상으로 한 것이고 보면 그러한 현상이 이상할 것은 없다. 근대 소설의 기점을 영·정조로 잡는다고 해도 그 역사가 200여년 정도이고, 갑오경장으로 잡는다면 불과 100년 정도의 짧은 역사를 가진 것이 우리의 소설사이기 때문이다.

한국현대소설사의 검토는 올바른 소설사 서술을 위해서 반드시 필요한 일이다. 지금까지 소설사가 어떤 시각에서 씌어졌고, 잘못 분류되거나 서술된 것은 무엇인가, 누락되거나 과소 평가된 작품은 없는가를 밝히기 위해서는 말할 것도 없고, 소설 연구를 새로 시작하는 연구자들이 입론을 세우는 데 도움을 주기 위해서도 그렇다.

현대 소설에 대한 역사가 짧음에도 그에 대한 연구사는 풍성한 편이다. 작가, 작품, 양식, 혹은 시대사적 측면에서 그때 그때 검토가 이루어지고, 그것이 종합적으로 평가된 때문이다. 그러한 성과를 바탕으로 8, 90년대에 이루어진 연구사는 80년대까지의 소설 연구에 대한 검토를 거의 마무리한 느낌이다. 그 가운데 조남현(1985), 우한용(1992), 장사선(1994) 등의 논의가 돋보인다.

그러나 현대소설사에 대한 연구는 현대 소설의 검토만큼 풍성하지 않다.

그것은 본격적인 현대소설사의 집필이 부족한 점, 소설사에 관심을 보인 연구자들이 부족한 점, 우리의 연구 풍토가 분파적 성격이 강한 점 등과 긴밀한 관련이 있다. 특히 연구방법론이 다르면 그 가치를 인정하지 않으려는 분파주의는 정실적인 작품 선정과 평가, 기존의 연구 성과에 대한 거부 등의 폐해를 낳았다.

지금까지 이루어진 한국현대소설사에 대한 검토는 몇몇 경우를 제외하고는 대부분 소설 연구나 비평의 검토 과정에서 부분적으로 다루어진 것이다. 그 가운데 주목할 만한 것으로는 전광용(1983b), 김윤식(1980), 권영민(1992), 장사선(1994), 이동하(1995), 우한용(1996), 송현호(1983, 1995) 등이다.

전광용(1983b)은 김우종과 이재선의 소설사에 주목하고 있다. 김우종의 소설사가 작가의 문학 활동을 중심으로 하여 시대적 순서에 따라 서술한 것이라면, 이재선의 소설사는 소설의 내적 속성에 대한 미학적 해명과 그 시대적 변화에 따른 역사적 구명을 함께 병행하고 있다고 했다.[1] 그러나 한국소설의 전통성에 연관되는 미학의 수립이 과제라고 지적했다.

김윤식(1980)은 문학상의 한 장르인 소설의 유형학적 고찰과 상부구조의 이론을 소개한 다음 한국 소설의 특징적 조건을 장르의 선택 조건, 정신사적 의미, 언문일치와 스타일, 반영론의 문제점, 관념과 현실이라는 다섯 가지로 나누어 한국현대소설사 연구의 가능성을 타진하고 있다.

이동하(1995)는 중요한 작품들을 가능한 한 폭넓게 포괄하여 조명하면서 또한 전체적인 논리의 통일성과 체계성을 살리는 소설사의 서술을 제안하였다. 그리고 그에 가장 상응하는 소설사로 조남현의 「해방 50년, 한국 소설」을 들고 있다. 아울러 10년 단위 소설사 서술의 가장 큰 문제점으로 높은 수준의

---

1) 전광용(1983b), 「연구사-현대소설」, 『국어국문학30년사』, 일조각, p.203

문학적 가치를 지닌 작품이 소설사에서 배제되고 그렇지 못한 작품이 채택될 가능성을 들고 있다.

권영민(1992)은 이재선(1991)의 소설사가 전체적으로 역사적 관점과 미학적 관점을 통합하여 한국 현대소설의 전개양상을 해명하고 있는데, 주제론적인 접근법을 바탕으로 하는 유형화 작업을 하고 있어서 진정한 의미의 소설 장르사가 아니라고 했다. 한국 현대소설의 전개과정을 역사적 관점에서 파악할 수 있는가에 초점을 맞춘 나머지 주제의 분화 양상을 중심으로 하는 유형적인 접근과, 작품사로서의 소설사의 가능성을 확보하기 위해서 작품 외적인 사실로서의 작가를 부차적으로 다룬 점에 문제를 제기한 것이다.

장사선(1994)은 연구사나 연구사론이 자리를 잡지 못하고 있는 우리의 연구 풍토에 문제를 제기하고, 현대소설 연구사를 실증적으로 정리하고 있다. 1910년대 - 1950년대, 1950 - 1970년까지, 1970년 이후로 삼분하고, 본격기라고 할 수 있는 마지막 시기의 연구사를 소설이론, 소설사 및 시대론, 작가론 및 작품론, 장르론 및 제재론, 기법론 및 구조론 등으로 나누어서 검토하고 있는데, 여기에서 소설사 연구에 대한 검토가 이루어지고 있다.

우한용(1996)은 소설사를 쓰는 일이 결코 용이하지 않음을 지적하면서, 소설사 서술에 담론의 이론이 어떻게 기여할 수 있는가를 밝히고 있다. 그 과정에서 소설사가 소설의 이론과 비평 등 소설연구 전반과 관련이 있는데, 기존의 소설사에서는 그 점이 간과됨으로 해서 많은 문제점을 드러내고 있다고 했다.

송현호(1983)는 20년대 소설 연구에 대하여 검토하면서 기존의 소설사에 나타난 이식사관과 역사주의에 입각한 소설사에 대하여 비판적인 입장에서 새로운 소설 연구의 가능성을 제시하였고, 송현호(1995)는 해방 50년의 소설을 대상으로 소설 장르의 전개와 그 유형론을 서술하면서 역사적 장르에 입각한 소설사 서술의 난점을 지적하고, 진정한 의미의 소설사는 이론적 장르와 역사적 장르를 포괄하는 종합적 소설사의 서술일 수밖에 없다고 했다.

이처럼 현대소설사에 대한 연구는 대단히 영성한데, 이래서는 기존의 논의에서 한치도 벗어날 수 없고 학문의 비약적 발전을 기대하기 어렵다. 때문에 연구사가 제 자리를 잡는 학문적 풍토를 조성해야 한다. 외국처럼 연구사나 연구사론이 대학의 정규 교과과정에 수용되지는[2] 못할지라도 지금까지의 연구를 비교적 객관적으로 조명하고, 그 기반 위에서 새로운 연구가 수행될 수 있는 여건을 마련해 주어야 한다. 본고는 그 일환으로 이루어졌다.

2. 한국현대소설사의 유형

현대 소설의 기점을 어느 시기로 잡느냐에 따라 논란의 여지는 있겠으나, 현대소설사는 안자산(1922)으로부터 시작되었다고 보는 것이 일반적이다. 이 때에는 문단사, 문학사, 소설사의 명칭으로 당대까지의 소설에 대한 검토가 이루어지고 있다. 그것은 김태준의 소설사에서도 예외가 아니다. 그들은 대부분 1920, 30년대의 소설을 대상으로 하고 있으며, 그 논의도 정치사, 문학유파, 문단, 사조를 중심으로 전개되고 있다.

1945년 이후에는 대학에서 현대 소설을 전공하고 소설을 강의한 전문직 학자들이 등장하여 소설사가 좀더 객관화되고 내실화되기에 이른다. 특히 전광용, 백철, 조연현 등은 실증적인 연구 방법을 도입하여 현대 소설에 대한 학문적 연구의 토대를 마련하였다. 1970년대 이후에는 대학에서 현대소설

---

2) 장사선(1994), 「한국현대소설연구의 반성과 전망」, 『소설과사상』, p.236

연구의 풍토가 제 자리를 잡으면서 소설사에 대한 서술도 다양화되고 본격화되기에 이른다. 물론 논자에 따라 논란의 여지가 있겠으나 석, 박사 학위 제도의 정착에 의한 학문적 저변의 확대와 소설사 서술에 대한 반성과 자각, 당대까지의 소설에 대한 다양한 사적 검토가 이루어지고 있다.

그렇다면 지금까지의 한국현대소설사를 어떻게 유형화할 것인가? 이에 대해서는 많은 문제 제기와 논란이 있을 수 있다. 대상을 바라보는 시각에 따라 소설사의 유형을 다르게 설정할 수 있고, 분파주의가 작용할 소지가 다분하기 때문이다. 소설사의 유형화 작업은 대단히 다양한 가능성을 상정해 볼 수 있다.

그러나 지금까지의 소설사에 대한 유형화 작업은 대체로 네 가지로 묶을 수 있다. 첫 번째는 작가사, 부분사, 총체사로 소설사를 유형화하는 것, 두 번째는 주제사, 형식사, 총체사로 소설사를 유형화하는 것, 세 번째는 역사적 장르 중심의 소설사, 이론적 장르 중심의 소설사, 역사적 장르와 이론적 장르를 종합한 소설사로 소설사를 유형화하는 것, 네 번째는 작가사, 작품사, 총체사로 소설사를 유형화하는 것 등이다. 그런데 첫 번째는 역사주의적 시각에 입각한 소설사 분류로, 비역사주의적 시각에서 소설의 전개 양상에 접근할 수 있는 가능성을 차단한 점에서 문제가 있다. 두 번째는 역사주의와 형식주의를 포괄한 유형화 작업이지만 총체사 가운데 역사적 장르 중심의 소설사와 역사적 장르와 이론적 장르의 종합적 소설사 사이의 변별성이 드러나지 않는 데 문제가 있다. 세 번째는 역사적 장르 중심의 소설사가 여러 하위 장르를 포괄하여 소설의 전개 양상을 역사주의적 시각에서 서술한 것이라면 어떤 특정한 하위 장르만을 대상으로 소설의 전개 과정을 추적한 소설사와 변별적 처리가 불가능한 데 문제가 있다. 네 번째는 작가사와 작품사에 드러나는 변별성, 여러 유형의 작가사나 작품사들에 드러나는 변별성을 고려하지 못하는

데 문제가 있다.

때문에 필자는 역사주의와 형식주의를 포괄하는 시각에서 소설사를 유형화하되, 앞에서 제시한 문제점을 극복하기 위하여 소설사를 역사적 장르 중심의 소설사, 하위 장르 중심의 소설사, 기법과 구조 중심의 소설사, 종합적 소설사로 유형화하려고 한다. 이러한 유형화는 필자(1995)가 해방 50년의 소설사를 분류하면서 택한 방법(세 번째 유형)과 다르다. 좁은 의미의 소설사는 하위 장르 중심의 소설사를 설정할 필요가 없을 터이지만, 모든 소설사를 포괄하는 방법을 선택하면서 생긴 불가피한 일임을 미리 밝혀둔다.

(가) 역사적 장르 중심의 소설사는 사회적 변화를 중심으로 소설의 하위 장르를 설정하고, 소설의 전개 과정을 역사적으로 서술한 소설사이다. 시대사, 문학 운동, 유파, 사조 등이 혼재되어 소설사를 분류하고 서술한 것이기에, 진정한 의미의 소설사로 볼 수 있느냐에 대해서는 논란이 많다. 소설 작품의 가치 평가나 그에 입각한 소설사와는 거리가 멀다.

안자산(1922), 김태준(1933), 임화(1935, 1939, 1940), 백철(1949), 조연현(1956), 김상선(1964), 김우종(1968), 채훈(1976), 김우창(1977), 임헌영(1977), 윤홍로(1980), 공저(1984), 김중하(1985), 공저(1989), 정한숙(1983), 김윤식(1984), 권영민(1991), 이용남 외(1984), 김영택(1991), 김동욱·이재선(1990), 한점돌(1992), 임규찬(1994), 유종호 외(1995) 등이 여기에 속한다.

안자산(1922)은 '최근문학'이라는 장에서 1894년의 갑오경장에서 1910년대 말에 이르는 문학을 다루고 있다. 그는 새로운 학문, 교육, 사상, 소설 등의 발흥을 당대의 정치적 상황과 관련지어 설명하고 있다. 역사소설을 설정하여 신채호를 다루고, 신소설을 본격적인 새로운 소설로 평가했다.

김태준(1933)은 조선에 소설이 없다는 일반의 지적을 반박하며, 패설 해학 야담 수필 등으로 그 범위를 넓혀 소설(이야기)의 기원을 잡아 역사주의적 시각에서 소설사를 정리한 소설사이다. 우리의 이야기 문학의 전개 과정을 민족 문학의 흐름 속에서 파악하고 있다. 진정한 조선 소설은 한글 발생 이후 생겨났으며, 갑오경장 후 일본을 통해 들어온 신소설 역시 고대소설과 상이한 것이라 했다. 그런데 그는 3.1운동 직후의 문학을 신경향파 내지 프로문학의 과도기적 현상으로 파악하고 있는데, 그것은 다분히 당파적이고 도식적인 주장이다. 민족문학은 신경향파에 그 자리를 완전히 내준 것도 아니고, 질적인 면에서 신경향파 소설보다 뒤떨어진 것도 아니다.

임화(1935, 1939, 1940)는 경제사, 정치사, 농업사 등의 자본주의 발달사와 민족운동사, 각 계급의 관계사, 시민의 역사가 근간이 된 문학사를 서술하였다. 그의 토대가 서구이론이었음에도 '신소설 역시 처음에는 전대의 전기소설이나 군담이나 염정소설 등의 낡은 형식에다 새로운 정신을 담는 일에서 출발하여 나중에는 새로운 정신을 표현하기에 적합한 소설적 제조건과 형식을 취득하여 현대소설이' 건설된 제일의 포석을 놓았다고 했다. 그러한 시각은 '신경향파문학의 역사에 대한 전혀 부당한 수삼의 논문을 비판의 대상으로 하는 국한된 목적으로 기초된 것' 이외의 방면으로 발전한 것으로, 자연주의 쇠퇴 이후 민족적 문학의 진실한 길을 걷고 있는 푸로레타리아 문학의 정당한 평가를 내리기 위하여 취해진 것이다. 그런데 자신이 천명한 '오늘날에 잇서 우리 조선문학사상의 모든 사실에 대하여 엄밀한 과학적 평가를 내리고 그 복잡다단한 역사적 발전의 전노정 가운데서 일관한 객관적 법칙성을 차저내여 한 개의 정확한 체계적 묘사를 만든다는 것은 실로 곤란한 사안이면서도 또한 가장 존귀한 일의 하나이 아니면 아니된다'는 바와 같이 아주 객관적이고 과학적인 문학론이다. 그럼에도 '예술문학의 당파성의 완전한 부정'을 내세우고 나섰던 그가 프로문학의 전성기를 바탕으로 마르크시즘에 입각하여 문학사를 기술하고 서구적 관점에서 문예미학을 평가하여 자신이 밝힌 입장과 모순된 모습을 보여주고 있으며, 20년대 초기의 문학을 무리하게 자연주의 문학속에 편입시켜 동인, 빙허, 상섭을 모두 자연주의자로 처리하고 있다.

백철(1949)은 김동인의 기법론이나, 김태준과 임화의 마르크시즘과는 다른 방향에서 우리의 문학사를 정리하고 있다. 이 책의 집필 의도는 해방 뒤의 문학사적 과제로 '우리 신문학의 과거를 정리하는 일이 급선무라고 느껴진 때문'이었다. 그는 이 책이 '우리 신문학사에 있어 처음 나온 문학사적인 저서'라고 했으나, 이미 김동인, 김태준, 임화의 문학사 서술이 있었고, 그 기본적인 시각도 김동인이나 임화와 일맥상통한다. 다만 부란데스의 『19세기 문예사조사』에 영향받아 사상과 사조를 중시하는 방법을 도입하여 우리 문학사를 문단, 유파, 문예사조 중심으로 서술한 것이 주목할 대목이다. 그러나 수세기에 거쳐 형성, 발전되어온 서구의 문예사조를 우리 현대문학사에 그대로 접목하려고 하여, 우리 문학의 특수성과 전통의 맥을 파악하지 못하는 우를 범하고 있다. 아울러 '근대적인 의미의 신문학운동이 한국문학사에 등장한 것은 직접 근대사조라는 세계역사의 물결이 한국에 밀려들어온 것이 동기가 되었으며 또한 그 근대사조의 변천에 의하여 한국의 신문학이 성장되고 발달 되어' 왔다고 하여 전통단절론과 이식사관을 노정했다.

조연현(1956)은 책명을 『한국근대문학사』라고 하지 않고 『한국현대문학 사』라고 한 것은 '엄밀히 따진다면 서구적인 의미에 있어서의 근대적인 과정 이 우리의 역사속엔 없었기 때문이'라고 했다. 백철의 사상과 사조 중심의 문학사 서술을 극복하기 위하여 노력한 점은 인정된다. 그러나 신문, 잡지, 동인지 등이 어떤 성격을 띠고 있다고 해서 거기에 속한 작가들이 천편일률적 성격을 지니고 있었던 것은 아니며, 동인지의 성공이 곧 어떤 작가나 작품의 성공을 의미하는 것은 아니다. 그럼에도 그러한 시각에 토대를 두고 문학사를 서술하고 있는 점과 전통단절론은 비판받아 마땅하다.

김우종(1968)은 시대사, 작가사, 문단사, 사조사가 혼재된 소설사이다. 근대화를 서구 열강의 등장과 연계시켜 근대 문학의 기점을 1900년경으로 잡고, 근대를 반강제 반자의의 간음 형태로 잉태한 혼혈아적 성격으로 규정하고 있다. 이 책은 이식사관에서 벗어나 수용이론에 입각하여 서술되고 있는 점이 주목할만한 점이다. <혈의 누>를 한국소설의 시작으로, 이광수를 최초의 민족 작가로 평가했다. 그러나 일관성의 결여, 작품 선정의 모호성이 문제점으로 지적되고 있다.

김우창(1977)은 역사주의적 시각에서 사회사 중심으로 서술한 소설사이다. 그는 정치 운동이나 사상의 대두와 현대 문학의 성립 사이에 시간차가 있으며, 문학이 시대적인 핵심 과제를 취급하지 않았다고 했다. 그러한 시각에서 근대 문학의 발전 과정을 이인직의 신소설, 이광수의 <무정>, 염상섭의 <만세전>으로 나누어 서술하면서, <만세전>을 근대 문학 의식의 발달에서 하나의 정점을 이룬 작품으로 평가하고 있다. 신소설 이후의 주요한 주제를 <만세전>에서는 하나로 다져 복잡하면서도 통일된 예술적 구조를 만들어냈다고 했다.

임헌영(1977)은 시대사, 문예사조사가 혼재된 소설사로, 우리 문학의 근대성과 그 기점을 연구사 위주로 정리, 본격적인 소설사라기보다는 강의를 위한 교양적인 소설사이다. 공저(1984)는 1900년대 이인직에서 1950년대 장용학에 이르는 작가론 중심의 소설사이며, 공저(1989)는 1950년대 박연희에서부터 1970년 이문열에 이르는 작가론 중심의 소설사이다.

정한숙(1983)은 개성적인 작품, 두드러진 작품 중심의 문학사이나, 토대는 시대사에 바탕을 두고 있다. 그는 다음과 같은 시각에서 이 책을 서술하고 있다. '문학사의 시대적 구분이란 편의적 방법일 뿐, 그 이상의 의미는 없다. 문학사의 흐름은 강물과 같아서 임의로 갈라 낼 수는 없'으며, '우리의 현대문학사는 문학사조의 혼류와 민족사의 비극으로 점철된 해방 전과 해방 후로 양분할 수 있다'고 했다. 김윤식(1984)은 개화기에서 해방 전까지의 우리 근대문학을 대상으로, 사상사적 측면에서 소설사를 서술하고 있다.

권영민(1993)은 해방 이후 반세기의 문학을 '분단시대의 문학'이라는 틀에서 접근, '분단문학'이라는 정신적 단위 개념 속에서 상황적 역사성과 문학정신의 지향성이라는 두 가지 변화 과정을 시대 구분의 기준으로 삼아 장르사적으로 다루었다. 북한문학사를 포괄한 문학사로, 종래의 문학사와 큰 차이가 발견되지 않는 역사주의에 바탕을 문학사이다.

김동욱·이재선(1990)은 고대소설과 현대소설의 연속성을 염두에 두고 체계를 설정했으며, 민족적, 전통적, 비교문학적 시각에서 서술한 소설사이다. 그러나 소설의 내적 연속성에 대한 천착에는 미흡하며, 함께 묶는 데 만족, 여전히 시대사에서 벗어나지 못하고 있다. 고전소설이 근, 현대소설로 발전, 계승되는 측면을 부각시키지 못했다.

유종호 외(1995)는 해방 후 90년대까지의 문학을 10년 단위로 나누어 서술한 문학사이다. 문학사 서술의 특정한 관점과 판단을 유보하고 객관적 사실에 대한 서술을 염두에 둔 시대사 중심의 문학사이다.

김재용 외(1993)는 총론적인 측면과 소설사 서술의 진지함이 눈이 띄지만 친이데올로기적 접근 태도는 소설 미학에 대한 고려의 빈약과 함께 비판의 대상이 되고 있다.

(나) 기법, 구조 중심의 소설사는 소설 작품을 예술로 보지 않고 소설사를 형성하는 역사적 자료로 처리하고 있는 점에 반발하여 소설 작품의 미적 가치까지를 평가하려고 한 소설사이다. 역사적 장르 중심의 소설사가 시대적 고증으로 일관하거나, 문단 중심적이고 문예사조적인 논리에 의거하여 작품이 지닌 사상성에 중점을 두었던 것은 주지의 사실이다. 형식주의자들은 그에 대하

여 문제를 제기하고, 구체적인 작품 분석의 틀로 소설의 기법이나 구조에 천착하여 그 변이 과정을 밝히는 데 치중하였다.

김동인(1929), 천이두(1970), 최창록(1973), 구인환(1977), 서종택(1982), 박동규(1981), 김상태(1982), 정현기(1983), 김정자(1985), 이동희(1985), 김용성(1986), 류성하(1987), 김용재(1991), 최병우(1993), 김정하(1993), 한국소설학회(1996) 등이 여기에 속한다.

김동인(1929)은 <귀의성>으로부터 김동인의 소설에 이르기까지 소설을 대상으로 서투르나마 기법 위주로 소설의 미학적 평가를 하면서 소설을 정리한 최초의 소설사이다. 당대까지의 소설을 수집하여 과학적으로 소설사를 정리한 것이 아니고, 당대의 소설들만을 대상으로 선정했다.[3] 물론 여기에는 이식사관이 크게 작용한 것으로 보인다. 그는 이 글에서 '조선의 소설'은 '역사라는 것을 온전히 가지지 못하고' 발생하였다고 주장했다.

구인환(1988)은 형식주의적 방법론을 원용한 소설사이다. 저자는 개화기소설 이후의 소설을 현대소설이라고 부르던 타성에서 벗어나 소설에 나타난 의식의 변모만이 아니라 기법의 변형에 의한 한국소설의 새로운 개념 정립이 필요하다고 하면서, 한국근대소설을 전통 계승의 차원에서 정리하고 있다. 제1장 제3절에서 한국 근대 소설, 제4장에서 현대 소설을 대상으로 그 의식과 기법을 중심으로 소설의 흐름을 잡고 있다.

천이두(1970)는 1920년대 이후 현대 소설을 중요 작가 중심으로 역사적 체계보다는 소설 미학적 가치 평가에 주력하여 사적으로 정리한 소설사이다. 저자는 한국현대소설의 주류를 형성하여 온 소설을 단편소설로 보았다. 그것

---

3) 한국의 과거의 소설은 어떠하였는지 문헌이 없으니 참고할 바가 없다. 현재에 남아 있는 것은 승려들의 손으로 된 몇 가지의 역사담과 기담 외에 <춘향전> 등이 있으며, 모두 그 이야기의 주지를 전할 뿐 정본은 구할 수가 없다.

은 소설 문학의 중추 세력을 담당했어야 할 장편소설이 거의 대부분 통속소설로 전락해 버렸기 때문이라고 했다.

서종택(1982)은 문학을 그 자체의 내적 논리로만 보려는 태도를 지양하고 아울러 문학을 역사나 사회적 현상의 일부로 종속시켜버리는 사태에 대하여 우려를 하면서 소설을 사회와의 얼크러짐의 구조로 보려는 관점을 취하여 미적 구조와 사회 구조를 연계시켜서 현대 소설의 구조적 특성을 서술한 소설사이다.

박동규(1981)는 소설 구조의 분석 작업이 사적 기술의 기초적 자료로서뿐만 아니라 거기서 찾아지는 제요인의 상호 관련성과 소설의 미학적 특성 등에서 소설사의 발전 단계를 찾을 수 있게 해주어서 소설 구조에서 비중이 큰 '성격'을 중심으로 개화기로부터 1950년대까지의 한국 현대 소설을 사적으로 조명한 소설사이다.

최창록(1973)은 관련이 있는 작품이나 이본을 대비하여 문체의 변이 양상과 작가의 차이를 논의하고 있다.

김정자(1985)는 근대소설 문체의 형성기로서의 10년대의 이광수, 근대소설의 정립과 지속의 시기로서의 20년대의 김동인, 염상섭, 현진건, 근대소설의 성숙과 변혁의 시기로서의 30년대의 김유정, 이효석, 이상 등의 문체론적 양상을 시간착오의 기법을 중심으로 분석하고 아울러 근대소설 문체의 특성을 공시적 통시적으로 살펴보고 있다.

김상태(1982)는 한국 현대 소설의 문체를 중심으로 서술한 소설사이다. 제1장에서는 문체론의 필요성을 제기하고, 제2장에서는 문체론의 이론과 방법을 제시하고, 제3장에서는 고대소설, 개화기 소설, 근대 소설이 각각 어떠한 문체적 특성을 드러내고 있는가를 검토하고, 제4장에서는 중요 작가인 이광수, 이상, 이효석, 김유정을 선정하여 그들의 문체적 특성을 살펴보고 있다.

김용성(1986)은 일제시대 소설을 다루면서 주인공들의 삶이 머문 자리와 그 시간의 의미 천착에 주력하였고, 근대 소설의 전반적 현상인 주인공의 한계 상황이 보여주는 상징성을 읽으려고 했다. 소설 작가인 저자가 시대와 작가 중심의 역사주의에서 벗어나 인물을 중심으로 서술한 소설사이다.

김용재(1991)는 1910년대 후반기로부터 1920년대 전반기에 이르기까지의 한국 근대 단편소설을 대상으로 그 서술 양식의 특성을 사적으로 정리하고 있다. 그는 삼인칭 서술형식과 일인칭 서술형식이 혼재하는 1910년대 후반기는 근대적 서술 양식을 모색하는 양상을 보여주며, 1920년대 전반기에는 일인칭 서술형식이 고정화로 근대적 서술 양식이 자리를 잡게 되었다고 했다.

최병우(1993)는 한국 근대 일인칭 서술 방식상의 변화 과정과 그 문학사적 의미를 밝혀내려고 한 소설사이다. 일인칭 서술 방식을 서술 주체와 초점 주체 사이의 일치 여부에 따라 직접 서술과 간접 서술로 분류하고, 초점 주체와 초점 대상의 일치 여부에 따라 자기 서술과 타자 서술로 분류한다. 또한 서술시와 초점시의 일치 여부에 따라 과거 서술과 현재 서술로 분류하고 있다.

이동희(1985)는 개화기로부터 1920년대의 소설에 이르기까지의 문체의 변이를 사적으로 고찰한 논문이다. 저자는 문체를 '언어 표현을 핵으로 한 작가의 언어적 실존'으로 '발상 주제의 의식으로부터 발현되는 모든 언어적 표현의 총화'로 보았다. 때문에 문체의 형성 요인이라고 할 수 있는 작가의 전기적 성격과 시대 정신 그리고 시대 상황을 아우르는 작가와 시대별 문체의 특성을 서술하고자 했다.

한국소설학회(1996)는 이재선 교수의 회갑을 기념하여 기획된 저서로, 제1부 시점의 이론, 제2부 시점 연구사, 제3부 한국현대소설의 형성과 시점, 제4부 시점의 미학(1910 - 1945), 제5부 시점의 미학(1945 - 1994) 등 5부로 구성되었다. 그 가운데 제4부는 이광수로부터 황순원까지, 제5부는 김승옥으로부터 박완서까지의 소설을 대상으로 시점적 특징을 고구한 한국현대소설사이다.

(다) 하위 장르 중심의 소설사는 역사적 장르 중심의 소설사에 포함시킬 수도 있다. 그러나 특정한 하위 장르(vernacular genre)를 대상으로 하여 그 변천 과정을 서술한 소설사이기 때문에 역사적 장르 중심의 소설사와 구별된다. 주제 혹은 경향을 중심으로 설정한 하위 장르로는 신소설, 역사 소설, 도시 소설, 관념 소설, 지식인 소설, 농민 소설, 가족사 소설, 단편 소설, 장편 소설, 리얼리즘 소설, 실향 소설, 신문 소설 등이 있다.

전광용(1967, 1983a, 1986), 이재선(1972), 조동일(1973), 송민호(1975), 윤명구(1986), 송백헌(1982), 강영주(1986), 박종홍(1990), 전혜자(1987), 김창식(1994), 황순재(1996), 이주형(1995), 조남현(1984), 오양호(1984), 신춘호(1980), 조남철(1986), 최시한(1993), 이재선(1982), 주종연(1982), 구인환 외(1989), 김윤식(1991), 한원영(1989), 김현실(1989), 김현숙(1992), 김철(1984), 유남옥(1993), 변정화(1988), 조정래(1988), 홍정운(1988), 장성수(1989), 이정숙(1989), 박영순(1992), 김동환(1993), 김승환(1990), 정호웅(1993), 서광운(1993) 등이 여기에 속한다.

전광용(1967)은 번역, 번안 소설이 신소설 형성에 미친 영향을 실증주의적 시각에서 조명하고 있으며, 신소설을 '어느 정도 피동성을 부인할 수 있지만 근대 자본주의의 접촉과 자아 각성에 의한 민중의 참여로 지속적인 발전과 성장을 해'온 결과로 평가했다.

조동일(1973)은 전광용의 논의에서 한걸음 더 나아가 신소설의 전대 소설적 특성과 새로운 소설적 특성을 구명하였다. 전대 소설의 연속으로서의 신소설은 모티프의 유사성(연속의 실례), 삽화의 일치, 유형의 일치, 인간형의 일치 등으로 나누어 살펴보고 있다. 전대 소설의 극복으로서의 신소설은 리얼리티와 서사구조 등을 중심으로 살펴보고 있다.

강영주(1986)는 장편소설에 대한 관심이 고조되는 추세에 맞추어 역사소설에 관심을 갖고, 한국 근대 역사소설의 사적 전개 양상을 살펴본 것이다. 애국계몽기로부터 식민지 시대 전반에 걸친 우리 역사소설의 전개 양상을 신채호, 이광수, 김동인, 현진건, 박종화, 홍명희의 역사소설을 중심으로 체계화하고 있다.

송백헌(1982)은 한국근대문학의 초창기에 선구적인 역할을 담당했던 신채호, 이광수, 김동인, 박종화, 현진건 등의 역사소설은 꾸준히 그 맥락을 형성하여 여러 가지 형태의 변화를 보이면서 오늘에 이르게 되었는데, 그것을 민족문학적 차원에서 다루고 있다.

전혜자(1987)는 도시와 농촌이라는 배경과 그 배경에서 활동하는 인물의 가치관을 통하여 개화기로부터 1940년대초까지의 정신의 흐름과 사회사를 통시적, 공시적으로 고찰한 소설사이다. 도시와 농촌은 사회의 변화하는 리얼리티로 그들 자체에서, 또는 도시와 시골의 상호관계 속에서 변화하는데, 각 시대별로 소설에 나타난 도시와 농촌의 속성을 밝히고 있다.

이재선(1982)은 한국 소설에 있어서 서술자의 역할과 그와 연관된 서술유형이론의 정립 및 그 유형의 한 이중적인 복합체로서의 액자 소설의 특수성과 그 계승, 대체, 해체 현상을 검토하고 있다. 이주형(1995)은 지식인 소설에 초점을 맞춘 소설사이다. 본격적인 소설사는 아니지만 '소설사를 한 번 쓰겠다는 생각으로 나름대로 포석을 깔고 쓴' 것이다. 김창식(1994)은 염상섭, 채만식, 박태원, 이상, 방인근 등의 1920 - 30년대 말까지의 도시 소설을 대상으로 소설사를 서술하고 있다.

이정숙(1989)은 개화기로부터 1930년대 말에 이르기까지의 실향소설을 대상으로 우리의 소설사를 정리하고 있다. 연구의 대상은 간도 이민 소설이 중심을 이루고, 거기에 일본, 멕시코, 미국의 이민 소설과 국내의 유민 소설들이 함께 논의되었다. 이민 소설, 유민 소설, 유이민 소설들을 포괄하여 실향 소설이라는 용어를 사용하면서, 식민지 시대의 우리 선인들의 비극적 삶을 다룬 소설들을 체계적으로 정리하여, 한국현대소설사를 살찌우는 데 적지 않은 역할을 하고 있다.

서광운(1993)은 소설사에서 소홀히 취급되고 있는 신문 연재 소설을 사적으로 정리한 소설사이다. 1880년부터 1970년까지를 개화기, 신소설기, 신문학기, 농촌 문학기, 해외 문학, 통속 문학기, 전쟁 문학기, 향토 문학기, 월북 작가군으로 나누어 서술하였다. 맨 마지막의 월북 작가군을 제외한다면 신문 연재 소설이라는 하위 장르를 역사주의에 입각하여 서술한 것임에 틀림없다.

(라) 종합적 소설사는 역사적 장르 중심의 소설사나 이론적 장르 중심의 소설사가 지닌 한계를 극복하기 위하여 그 두 가지를 종합하여 서술한 소설사이다. (가)는 역사 서술에 너무 신경을 쓴 나머지 소설 작품의 미적 가치를 본질적으로 다루지 못한 경우이고, (나)와 (다)는 소설의 미적 가치의 평가에 치중하다가 균형을 잃고 역사적 서술에 허점을 보인 경우이다. 따라서 진정한 소설사의 서술은 '소설을 제대로 다루고 있으면서 동시에 제대로 역사 서술을 해내고 있는가 하는 의문'4)에서 시작해야 한다.

이재선(1979), 이재선(1993), 조남현(1987), 조남현(1994), 조남현(1995), 김윤식(1986), 김윤식·정호웅(1993), 김영민(1997) 등이 여기에 속한다.

이재선(1979)은 개화기에서 해방 문단까지를 대상으로, 이재선(1993)은 1945년부터 1990년까지를 대상으로 역사적 관점과 미학적 관점을 통합하여 서술한 소설사이다. 각 시기의 중심 테마를 잡아 심도있게 접근하고 있다.

---

4) 조남현(1994), 「문학사기술방법론」, 『소설과사상』 9, p.279

진정한 의미의 장르사가 아니라는 비판을 받기도 했고, 작품 선정 및 논의
비중의 형평성에 대하여 문제를 제기하기도 하였다.

조남현은 작품사를 중심으로 하되, 사상사로서의 소설사를 지향하고 있다.
'대략 개화기에서 그 기점을 잡는 현대를 대상으로 잡은 것이면서 동시에
소설 양식만의 변화와 전개 과정만을 다'루고, '문학현상학만이 아닌 모든
역사적 사실들을 서로 관련' 지어서 '연관성과 연속성을 뼈대로 삼은 소설사'
이다. 그런데 조남현의 소설사는 아직 완성된 것이 아니어서 좀더 논의의 진
행 과정을 지켜볼 필요가 있다.

김윤식 · 정호웅은 '소설사를 내적 형식의 역사'라고 하면서 '형식과 분리
된 내용 편향이거나 내용과 분리된 형식 편향'의 우리 국문학계와 비평계의
일반적인 글쓰기 방식에서 벗어날 수 있는 소설사 서술을 할 것이라고 했다.[5]
그러한 시각은 루카치에 힘입은 바 크다. 그들은 개화기부터 1980년대에 이
르는 각 시대와 그 시대의 주된 소설 집단을 유기적인 관계 속에서 살펴보고
있다. 그런데 그러한 작업은 '문학적 현상이나 사상의 흐름을 계량화하고자
하는 것이 아니라, 질적인 수준을 문제'삼은 것이며, 때문에 그들은 큰 작가의
중요 작품만을 문제삼고 있다. 그 과정에서 <무정>은 집중적으로 논의하고
있으나 현상윤, 백대진, 양건식, 신채호 등의 작품은 이름만 거명하는 주관성
을 노출하고 있다.

김영민은 한말 이후 존재하는 모든 서사문학 양식들의 형성 과정과 그 생성
요인 그리고 그들간의 상호 연관성을 찾아내어 서사문학의 발전사를 구성하
고 있다. 특히 특정한 문학 양식에 대한 올바른 해석은 그 양식을 대표할
만한 작가와 작품에 대한 연구 분석이 필수적이라고 보았다. 때문에 제1장에

---

5) 김윤식 · 정호웅(1993), 『한국소설사』, 예하, pp. 40f.

서는 근대적 서사 문학의 출발인 서사적 논설을, 제2장에서는 근대소설을 표방하고 나온 서사 양식인 논설적 서사를, 제3장에서는 근대적 소설 양식의 새 유형인 역사 전기소설을, 제4장에서는 본격적 근대소설의 정착 단계인 신소설을, 제5장에서는 신채호의 소설을, 제6장에서는 근대소설의 완성 단계라고 볼 수 있는 1910년대 단편소설을, 제7장에서는 근대소설사의 성과와 한계를 동시에 보여주는 대표적 장편소설 <무정>을 다루고 있다.

3. 한국현대소설사의 현안

소설사를 서술할 때 가장 먼저 부딪치는 문제가 진정한 의미의 소설사 서술은 가능한가이다. 이 점에 대해서는 웰렉의 기존 문학사에 대한 지적이 시사하는 바 크다. 지금까지의 문학사는 대부분 사회사나 문학속에 예시되어 있는 사상의 역사 혹은 다소간 연대순으로 배열된 특정한 작품에 관한 인상과 판단이라고 할 수 있다는 것이다. 전자는 예술에 대한 역사가 아니고, 후자는 예술의 역사가 아니다.[6] 그런데 문학사 서술의 어려움은 작품을 분석할 일관되고 체계적인 방법의 미비, 문학과 인간 행동에 대한 인과적 조명을 기정 사실화한 문학사에 대한 그릇된 인식, 문학 예술의 발전에 대한 전반적 개념 등에 기인한다.

소설사는 문학사의 일부이면서 문학의 하위 장르인 소설의 역사이다. 따라서 문학사와 마찬가지로 문화사이면서 예술사인 소설사이고 동시에 장르사인 소설사가 되지 않으면 안된다. 그것은 소설적이면서도 역사인 소설사가 되어

---

6) Austin Warren & Rene Wellek(1949), *The Theory of Literature*, Harcourt, Brace and Company, p.252

야 한다는 이야기이다. 따라서 그 서술은 그만큼 어려운 일임에 틀림없다. 앞에서 정리한 본격기의 소설사 가운데 마지막 것이 비교적 진정한 소설사에 가까운 것이지만 그에 대하여 반론의 여지도 다분하고, 김윤식(1980), 우한용 (1996)이 새로운 소설사 서술의 방법에 부심하고 있는 것은 그 때문이다.

다음으로 부딪치는 문제가 근대 소설과 현대 소설의 개념에 대한 문제이다. 지금까지 이루어진 선행 연구의 제목들이 보여주고 있는 바와 같이 우리 문학 사에서 근대 소설이나 현대 소설에 대한 개념 정립이 확실하게 이루어지지 못했다. 그것은 대상을 바라보는 시각의 차이에 기인하기도 하지만, 우리의 소설이 지니고 있는 특수성과 밀접한 관련이 있다. 원래 근대와 현대라는 용 어는 그 자체가 모호한 성격을 띠고 있다. 우리 소설사에서 현대는 자아 각성 에 의한 근대 의식에 그 중점을 두고 있다. 그 점에서 우리의 현대는 서구의 근대에 비견된다. 또한 근대와 현대가 몇 세기를 염두에 둔 개념임을 감안한 다면 길어야 2세기, 짧으면 1세기도 안되는 근대 이후의 소설사를 변별적으로 처리하는 데는 현실적으로 어려움이 크다.[7] 때문에 많은 소설사가들과 소설 연구자들이 근대와 현대를 혼용하여 사용하고 있다.

김동인(1929), 김태준(1933), 임헌영(1977), 조연현(1956), 김윤식·김현 (1974), 이주형(1995), 김윤식(1986), 김영택(1991), 김영민(1997) 등은 근대 문학이라는 용어만을 사용하고 있다.

전광용(1967, 1983a), 김우종(1968), 윤병로(1975), 이재선(1979, 1993), 전 혜자(1987), 조남현(1987), 공저(1984), 공저(1989), 권영민(1993), 박동규 (1981), 김윤식(1980), 정한숙(1983), 이용남 외(1984), 천이두(1970) 등은 현 대 문학이라는 용어만을 사용하고 있다.

---

7) 송현호(1992), 『한국현대소설의 이해』, 민지사, p.105

임화(1935, 1939-1940), 백철(1949) 등은 신문학, 근대 문학, 현대 문학 등의 용어를, 조동일(1990)은 이행기, 근대 문학 등의 용어를 변별적으로 사용하고 있다. 구인환(1977), 김우창(1977), 김동욱·이재선(1990), 김윤식·정호웅(1993) 등은 근대 문학, 현대 문학이라는 용어를 혼용하여 사용하고 있다.

셋째, 근대 문학 혹은 현대 문학의 기점을 설정하는 문제도 소설사 서술에 아주 중요한 문제이다. 대체로 1970년대 초반까지는 근대의 기점을 갑오경장으로 잡는 것이 통설처럼 여겨져 오다가 1971년 대학신문사가 주최한 좌담회에서 영·정조 기점설이 제기된 이래 논란을 거듭해 오고 있다. 갑오경장 기점설은 임화와 백철에 의하여 주도되었다. 그들은 우리의 근대화를 서구화로 인식하여 이식문화론과 전통단절론의 근거를 마련하였다. 1970년대에 이르러 많은 학자들이 갑오경장이 위로부터든 밖으로부터든 과연 어느 정도나 근대화가 이루어졌으며, 창가나 신체시 혹은 신소설에 보이는 근대적 요소가 전통적 장르(사설시조, 역사전기소설, 박지원의 소설 등)와 얼마만한 거리가 있는지 의문스럽다고 문제를 제기하여 크게 호응을 받았다. 그러나 영·정조 기점설은 영·정조에서 개화기에 이르는 시기의 작품적 성과가 미미하여 반격을 받기도 하였다. 몇몇 학자들은 개항기에 외적 자극을 무조건적으로 추종한 것이 아니라 주체적인 입장에서 수용하여 우리의 문학을 발전시켰다고 했다.[8]

근대의 기점을 대체로 안자산(1922), 김태준(1933), 김윤식·김현(1973), 조동일(1990) 등은 영·정조로 잡고 있으며, 김동인(1929), 임화(1935), 임화(1940), 김우종(1968), 구인환(1977), 임헌영(1977), 백철(1949), 조연현(1956), 김동욱·이재선(1990), 이주형(1995), 김영택(1991), 김영민(1997) 등

---

8) 송현호(1985), 『문학사기술방법론』, 새문사, pp.62-74

은 갑오경장으로 잡고 있다.

현대의 기점을 전광용(1967), 김우창(1977), 이재선(1979), 전혜자(1987), 조남현(1987), 공저(1984), 박동규(1981), 정한숙(1983), 윤병로(1975) 등은 갑오경장으로, 천이두(1970)는 1920년대로, 이재선(1993), 권영민(1993), 김동욱·이재선(1990), 김윤식(1980) 등은 1945년으로, 구인환(1977), 공저(1989) 등은 1950년 이후로 잡고 있다.

그런데 그 구체적인 시기와 작품은 천차만별이다. 근대의 기점을 안자산(1922)은 역사소설, 김태준(1933)은 역사소설, 김윤식·김현(1973)은 박지원의 소설, 조동일(1990)은 영·정조로 잡고 있으며, 김동인(1929)은 이인직의 <귀의성>, 임화(1935)는 신문학, 임화(1940)는 이인직 <치악산>, 김우종(1968)은 <혈의 누>, 구인환(1977)은 1908년, 임헌영(1977)은 번역, 번안소설, 신소설, 백철(1949)은 번안, 신소설, 조연현(1956)은 신소설, 김동욱·이재선(1990)은 신소설, 이주형(1995)은 190010년대 소설, 김영택(1991)은 개화기 소설, 김영민(1997)은 개화기 등으로 잡고 있다. 현대의 기점을 전광용(1967)은 번역, 번안 소설, 신소설, 김우창(1977)은 이인직, 이재선(1979)은 개화기, 전혜자(1987)는 개화기, 조남현(1987)은 개화기 소설, 공저(1984)는 1900년대 이인직, 박동규(1981)는 개화기의 소설, 정한숙(1983)은 1910년대, 윤병로(1975)는 신소설, 천이두(1970)는 1920년대, 이재선(1993)은 1945년, 권영민(1993)은 1945년, 김동욱·이재선(1990)은 1945년, 김윤식(1980)은 1945년, 구인환(1977)은 1951, 공저(1989)는 1950년대로 잡고 있다.

마지막으로 소설사를 분류하는 방법도 소설사 서술에서 아주 중요한 문제로 대두되고 있다. 단순히 시대사에 따라 소설사를 분류할 것이냐, 소설의 내적 흐름을 잡아서 소설사를 분류할 것이냐 하는 문제가 걸려 있기 때문이다. 70년대 이전까지의 소설사는 소설사 자체의 내적 흐름보다는 정치사, 경제사,

사회사의 분류 방법에 편승하여 왕조사, 시대사 중심으로 소설사를 도식화하거나 문예사조, 문단사, 신문사, 잡지사에 편승하여 소설사를 서술한 것이 사실이다. 이로 말미암아 종래의 소설사는 분류의 분기점이 분명히 드러나지 못하여 분류가 소설사 전개 과정의 한 단계라기보다는 구색을 맞추기 위한 수단에 떨어진 듯한 느낌을 배제할 수 없다. 그런데 70년대 이후 내적 흐름을 잡아 소설사를 분류한 학자들이 많이 나타나고 있음은 다행스러운 일이라고 할 수 있다.9)

시대사, 사회사, 문단사, 잡지사 중심으로 분류한 소설사는 김태준, 임화, 백철(1949), 조연현(1956), 김우종(1968), 김우창(1977), 임헌영(1977), 공저(1984), 공저(1989), 권영민(1993), 정한숙(1983), 김동욱, 이재선(1990), 유종호 외(1995) 등이 그 좋은 예이다.

기법, 구조 중심으로 분류한 소설사는 김동인(1929), 구인환(1977), 천이두(1970), 서종택(1982), 박동규(1981), 정현기(1983), 최창록(1973), 김정자(1985), 김상태(1982), 최병우(1993), 이동희(1985) 등이 그 좋은 예이다.

하위 장르 중심으로 분류한 소설사는 전광용(1967, 1983a, 1986), 송백헌(1982), 강영주(1986), 전혜자(1987), 김창식(1994), 이대영(1996), 황순재(1996), 이주형(1995), 조남현(1984), 오양호(1984), 신춘호(1980), 조남철(1986), 최시한(1993) 등이 그 좋은 예이다.

사회사와 유형 혹은 내적 형식을 혼합한 분류를 한 소설사는 이재선(1979), 이재선(1993), 조남현(1987), 조남현(1994), 조남현(1995), 김윤식(1986), 김윤식·정호웅(1993), 김영민(1997) 등이 그 좋은 예이다.

---

9) 송현호(1992), pp.106f.

4. 한국현대소설사의 바람직한 방향

한국현대소설사를 검토할 때 가장 크게 대두되는 문제는 이식사관의 극복이다. 새로운 사상이 수용되면 그것이 전부인 것처럼 서술한 것이 지금까지의 문학사에서 분명히 드러나고 있다. 엘리어트의 '전통과 개성의 관계', 에즈라 파운드의 '불연속적 연속성' 등의 논의나 최근 우리 학계에서 대두되고 있는 탈식민주의는 바로 그에 대한 반론의 형식으로 나온 것이다.

우리의 근대 소설이 서구 소설의 영향을 받은 점은 부인할 수 없다. 그럼에도 우리 소설은 우리 나름대로의 질서를 지니고 있고, 단순한 모방이나 추종이 아닌 탈식민화 혹은 전유를 통해 발전해왔다. 그런 의미에서 근대 초기의 소설에 대한 연구는 당연히 우리 소설의 성장 과정이나 내적 질서를 찾는 데 맞추어지지 않으면 안될 것이다.

단적인 예로 1890년대에서 1910년대 말까지는 개화와 수구, 전통과 보수가 상존한 과도기의 상황이었다. 소설에 있어서도 예외는 아니어서 전통적인 요소와 새로운 소설적 요소가 같은 작품 안에 공존하기도 하고, 전 시대의 소설을 대신할 수 있는 소설 양식과 새로운 소설 양식들이 공존하고 있었다. 역사, 전기 소설과 신소설 그리고 본격적 근대 소설이 혼재한 시대임에도, 지금까지의 소설사는 지나치게 새로운 것만을 강조하여 신소설만을 주로 다루고 있다. 여기에서 우리는 문화의 일반적 현상과 마찬가지로 소설도 그 생명력을 유지하고 발전하기 위하여 외적 자극의 수용이 불가피하며, 외적 자극을 이식사적 차원에서 다루어서는 안된다는 평범한 진리를 확인할 수 있다.

새로 쓰는 소설사는 구 시대의 폐습을 청산해야 한다. 지금까지 이식사관에 의해 근대 소설과 근대 이전의 소설이 단절되었다는 통념도 청산해야 하고, 자국의 민족 문학을 바탕으로 한 세계 문학의 보편성도 찾아야 할 것이다.

◆ 참고문헌

강영주(1986), 「한국근대역사소설연구」, 서울대박사학위논문

공저(1984), 『한국현대소설사연구』, 민음사

공저(1989), 『한국현대작가론』, 민음사

공저(1994), 『한국현대문학사』, (주)현대문학

구인환(1988), 『한국근대소설연구』, 삼영사

구인환 외(1989), 『한국현대장편소설연구』, 삼지원

권영민(1985), 「한국근대소설론연구」, 서울대박사학위논문

권영민(1988), 『한국민족문학론연구』, 민음사

권영민(1992), 「한국현대소설사 연구의 관점과 방법」, 『소설과 운명의 언어』,
        현대소설사

권영민(1993), 『한국현대문학사 - 1945-1990』, 민음사

김동욱·이재선(1990), 『한국소설사』, (주)현대문학

김동인(1929), 「조선근대소설고」, 『조선일보』 7.28-8.16

김동환(1993), 「1930년대 한국장편소설연구」, 서울대박사학위논문

김상선(1964), 『신세대작가론』, 일신사

김상태(1982), 「한국현대소설의 문체연구」, 서울대박사학위논문

김승환(1990), 「해방공간의 현실주의문학연구」, 서울대박사학위논문

김영민(1997), 『한국근대소설사』, 솔

김영택(1991), 『한국근대소설론』, 민음사

김용성(1986), 『한국근대소설의 인물연구』, 인동

김용재(1991), 「한국근대단편소설의 기술형식연구」, 전북대박사학위논문

김우종(1968), 『한국근대소설사』, 선명문화사

김우창(1977), 「한국 현대소설의 형성」, 『궁핍한 시대의 시인』, 민음사

김윤식(1976), 『한국현대문학사』, 일지사

김윤식(1980), 『한국근대양식논고』, 아세아문화사

김윤식(1986), 『한국근대소설사연구』, 을유문화사

김윤식(1991), 『한국현실주의소설연구』, 문학과지성사

김윤식·김현(1974), 『한국문학사』, 민음사

김윤식·정호웅(1993), 『한국소설사』, 예하

김정자(1985), 『한국근대소설의 문체론적 연구』, 삼지원

김정하(1993), 「1920년대 소설의 작중인물연구」, 서강대박사학위논문

김중하(1985), 「개화소설의 문학사회학적 연구」, 경북대박사학위논문

김창식(1994), 「일제하 한국 도시소설 연구」, 부산대박사학위논문

김 철(1984), 「1920년대 신경향파소설연구」, 연세대박사학위논문

김치홍(1987), 「한국근대역사소설의 사적연구」, 명지대박사학위논문

김태준(1933), 『조선소설사』, 청진서관

김현숙(1992), 「1920년대 리얼리즘소설연구」, 동국대박사학위논문

김현실(1989), 「1910년대 단편소설연구」, 이대박사학위논문

류성하(1987), 「1930년대 한국심리소설의 기법연구」, 계명대박사학위논문

류승렬(1992), 「개화기소설의 변이양상」, 동아대박사학위논문

박동규(1981), 『현대한국소설의 성격연구』, 문학세계사

박영순(1992), 「1930년대 세태소설연구」, 이대박사학위논문

박종홍(1990), 「일제강점기 한국역사소설연구」, 경북대박사학위논문

백 철(1949), 『조선신문학사조사』, 백양당

변정화(1988), 「1930년대 한국단편소설」, 숙대박사학위논문

서광운(1993), 『한국신문소설사』, 해돋이

서종택(1982), 『한국현대소설의 구조』, 시문학사

송민호(1975), 『한국개화기소설의 사적연구』, 일지사

송백헌(1982), 「한국근대역사소설연구」, 단국대박사학위논문

송현호(1983), 「1920년대 소설 연구의 현황과 문제점」, 『한국학보』 32

송현호(1989), 「한국근대소설론연구」, 서울대박사학위논문

송현호(1995), 「해방 50년 소설 장르의 전개와 그 유형론」, 『소설과사상』

신동욱(1975), 『한국현대비평사』, 한국일보사

신춘호(1980), 『한국농민소설연구』, 고려대박사학위논문

안자산(1922), 『조선문학사』, 한일서점

오양호(1984), 『농민소설론』, 형설출판사

우한용(1992), 「현대소설 연구의 성과와 과제」, 『국어국문학40년』, 집문당

우한용(1996), 「소설담론과 소설사의 방법」, 『한국현대소설담론연구』, 삼지
원

유기룡(1989), 『한국현대소설작품연구』, 삼영사

유남옥(1993), 「1920년대 단편소설에 나타난 페미니즘연구」, 숙대박사학위
논문

유종호 외(1995), 『한국현대문학 50년』, 민음사

윤명구(1986), 『개화기소설의 이해』, 인하대학교출판부

윤병로(1975), 「한국현대문학소사」, 『한국현대작가론』, 삼우사

윤병로(1980), 『한국현대소설의 탐구』, 범우사

윤홍로(1980), 『한국근대소설연구』, 일조각

이강언(1987), 「1930년대 모더니즘소설연구」, 영남대박사학위논문

이대영(1996), 「한국현대실존주의소설 연구」, 충남대박사학위논문

이동하(1989), 『현대소설의 정신사적연구』, 일지사

이동하(1995), 「해방 후의 소설사에 관한 네 가지 질문」, 『한국현대문학 50
년』, 민음사

이동희(1995), 「한국근대소설의 문체에 대한 연구」, 단국대박사학위논문

이선영(1981), 「한국근대문학비평연구」, 건대박사학위논문

이용남 외(1984), 『한국현대작가론』, 민지사

이원조(1940), 「문학 30년을 검토한다」, 『조선일보』

이정숙(1989), 『실향소설연구』, 한샘

이재선(1972), 『한국개화기소설연구』, 일조각

이재선(1979), 『한국현대소설사』, 홍성사

이재선(1982), 『한국단편소설연구』, 일조각

이재선(1991), 『현대한국소설사』, 민음사

이주형(1995), 『한국근대소설연구』, 창작과비평사

임규찬(1994), 「1920년대 소설사 연구」, 성대박사학위논문

임헌영(1977), 『한국근대소설의 탐색』, 범우사

임　화(1935), 「조선신문학사론서설 - 이인직으로부터 최서해까지」, 『조선중
　　　　앙일보』

임　화(1939), 「개설신문학사」, 『조선일보』

임　화(1940), 「개설신문학사」, 『인문평론』 2권 10호, 3권 1-3호

장사선(1988), 「한국근대비평에서의 리얼리즘연구」, 서울대박사학위논문

장사선(1994), 「한국현대소설연구의 반성과 전망」, 『소설과사상』

장성수(1989), 「1930년대 경향소설연구」, 고려대박사학위논문

전광용(1967), 「한국소설사발달사」, 『한국문화사대계』, 고려대민족문화연구
　　　　소

전광용(1983a), 『한국현대소설의 이해 1, 2』, 민음사

전광용(1983b), 「연구사-현대소설」, 『국어국문학30년사』, 일조각

전광용(1986), 『신소설연구』, 새문사

전혜자(1987), 『현대소설사연구』, 새문사

정한숙(1983), 『현대한국문학사』, 고려대출판부

정현기(1983), 『한국근대소설의 인물유형연구』, 인문당

정호웅(1993), 「해방공간의 자기비판소설연구」, 서울대박사학위논문

조남철(1986), 「일제하의 한국농민소설연구」, 연세대박사학위논문

조남현(1984), 「한국지식인소설연구」, 일지사

조남현(1985), 「한국근대소설연구의 역사」, 『한국현대문학의 자계』, 평민사

조남현(1987), 「한국현대소설의 흐름」, 『한국현대소설연구』, 민음사

조남현(1994), 「한국현대소설사」, 『소설과사상』 9-18

조남현(1995), 「해방 50년, 한국소설」, 『한국현대문학 50년』, 민음사

조동일(1973), 『신소설의 문학사적 성격』, 서울대학교한국문화연구소

조동일(1990), 『국문학통사』, 지식산업사

조연현(1956), 『한국현대문학사(제1부)』, 현대문학사

조정래(1988), 「1940년대 한국농민소설연구」, 연세대박사학위논문

주종연(1982), 『한국근대단편소설연구』, 형설출판사

채 훈(1976), 『1920년대 한국작가연구』, 일지사

천이두(1970), 『한국현대소설론』, 형설출판사

천이두(1980), 『한국소설의 관점』, 문학과지성사

최병우(1993), 「한국 근대 일인칭 소설 연구」, 서울대박사학위논문

최시한(1993), 『가정소설연구』, 민음사

최원식(1986), 『한국근대소설사론』, 창작사

최창록(1973), 『한국소설의 문체론적 연구』, 형설출판사

한승옥(1986), 『한국근대장편소설연구』, 민음사

한원영(1989), 「한국개화기신문연재소설연구」, 청주대박사학위논문

한점돌(1992), 「1910년대 한국소설의 정신사적 연구」, 서울대박사학위논문

홍정운(1988), 「한국근대역사소설연구」, 동국대박사학위논문

황순재(1996), 「한국관념소설의 재현방식연구」, 부산대박사학위논문

2. 채만식 소설의 풍자유형 연구

1. 문제의 제기

채만식은 식민지 이전의 문화와 언어를 복원하기 위해서 당시 정상적이라고 할 수 있는 지배계층의 언술에 반기를 들고 거꾸로 쓰기를 한 작가 중의 한 사람이다. 그는 전통문화의 계승을 통해 새로운 근대소설의 가능성을 제시한 바 있다. 그가 전통예술의 계승에 관심을 가진 작가이고 우리 나름의 소설적 전통을 확립한 작가라는 점에 관심을 보여준 논의들이 최근 들어 활발히 전개되고 있다.[1] 논의의 대상이 되고 있는 작품은 주로 <태평천하>, <치숙>, <레디 메이드 인생> 등이다.

풍자적 성격과 전통 계승의 양상에 관심을 가질 때 <역로>와 <논 이야기>도 <태평천하>, <치숙>, <레디 메이드 인생>에 못지 않게 우리의 주목을 받을만한 점을 충분히 지니고 있다.[2] 이들은 1946년에 발표한 작품들로 해방 직후 혼란기의 사회상을 냉소하는 서사적 자아의 태도를 통하여 작가가

---

1) 조동일의 「서사시의 전통과 근대소설」(『관악어문연구』15, 1990. 12), 유려아의 「채만식과 老舍의 비교연구」(정문연박사학위논문, 1992) 등이 그 대표적인 논문이다.

2) 김윤식은 「채만식론-민족의 죄인과 죄인의 민족」(『한국현대문학사』, 일지사, 1983)과 「해방공간의 문학」(『해방전후사의 인식 2』, 한길사, 1985)으로 채만식의 해방기 문학에 대하여 본격적으로 문제를 제기한 바 있으며, 우한용은 냉소적 담론의 텍스트 연관성이라는 이름으로 <맹순사>, <논 이야기>, <역로>의 풍자성에 대하여 본격적으로 분석을 시도하고 있다. (『채만식소설 담론의 시학』, 개문사, 1992, pp.284-292)

당대를 어떻게 인식하여 풍자하고 있는가를 비교적 잘 보여주고 있다.

<논 이야기>의 경우 조선조부터 해방기에 이르기까지의 농정에 대한 신랄한 비판과 개혁 의지가, <역로>의 경우 군정치하의 정치집단과 농정에 대한 신랄한 비판 정신이 아이러니칼한 표현과 냉소적인 태도를 통하여 드러나고 있다.

<태평천하>와 <레디 메이디 인생>에서는 전지적인 작가 시점에 전통적인 이야기 방식을 수용하여3), <치숙>에서는 일인칭 관찰자 시점에 전통적인 이야기 구연방식을 수용하여 해설자요 이야기꾼인 서술자를 설정하고 있지만,4) <역로>, <논 이야기>에서는 서술자의 이야기 구연 방식에서 벗어나 묘사 위주의 서술을 하고 있다. 그러나 <치숙>에서 서술자가 자신의 어리석음을 희화화하고 있는 점은 <역로>에서 계승되고 있으며, <태평천하>와 <레디 메이드 인생>에서 서술자가 주인공인 윤직원과 P 혹은 K를 희화화하고 있는 점은 <논 이야기>에서 계승되고 있다.

따라서 본고에서 필자는 <치숙>과 <역로>에 나타나는 자기에 대한 풍자와 <태평천하>, <레디 메이드 인생>, <논 이야기>에 나타나는 타인에 대한 풍자를 양분하여 그들에 나타나는 언어적 진실이 무엇인지에 대하여 알아보려고 한다.

2. 자기에 대한 풍자와 언어적 진실

채만식 소설의 바탕은 풍자이다. 풍자는 일반적으로 인간의 약점, 사회의

---

3) 졸저,『한국현대문학론』, 관동출판사, 1993, pp.46-62

4) Ibid., pp.12-27

부조리, 비논리 같은 것을 역설, 반어, 과장, 축소 등의 방법이나 해학, 기지 등의 기법을 구사하여 조소적으로 표현하는 수법을 말한다. 따라서 어디까지가 풍자이고 어디서부터 풍자가 아닌지 논란의 여지가 다분하다.[5]

그런데 부정적 인물을 소설의 앞에 내세우고 긍정적 인물을 뒤에 감추어두면서 희화화할 때, 풍자는 극명한 효과를 거둘 수 있다. 부정적 인물들은 확고한 신념을 지닌 자들로 아주 치밀하고 세심하고 묘사되고 있으며, 긍정적 인물들은 소심한 인물들로 부정적 인물의 조롱의 대상이 되고 있다. 긍정적 인물과 부정적 인물의 구별은 겉으로 보아서는 대단히 모호하다. 긍정적인 인물로 서술되고 있지만 자세히 들여다보면 부정적인 인물인 경우도 있고, 부정적인 인물로 서술되고 있지만 자세히 들여다보면 긍정적인 인물인 경우도 있다.

겉으로 드러나 있는 인물의 형상화가 아니라 자세히 들여다볼 경우 드러나는 부정적 인물을 누가 서술하고 희화화하고 있느냐를 기준으로 삼을 때 채만식 소설의 풍자 유형은 두 가지로 분류할 수 있다. 그 하나는 서술자가 부정적인 인물로 자신을 희화화하여 풍자성을 획득하고 있는 경우이다. 그 대표적인 작품으로는 <치숙>과 <역로>를 들 수 있다.

<치숙>은 어린 소년을 서술자로 설정하여 아저씨를 관찰하여 보고하는 형식을 취하고 있다. 전반부에서는 주로 서술자가 자신의 넋두리를 늘어놓는 형식이고, 후반부에서는 서술자와 아저씨가 언쟁을 벌이는 형식으로 서술되고 있다.[6]

서술자가 보기에 아저씨는 나이가 서른 셋으로 일본에 가서 대학에도 다녔

---

5) 조남현, 『소설원론』, 고려원, 1986, pp.306-307

6) 『채만식전집 7』(창작과비평사, 1987) 261면에서 271면 하단까지는 완전히 서술자의 넋두리로 이루어져 있으며, 271면 하단부터 278면까지는 서술자의 질문에 아저씨가 응답을 하고 반론을 제기하는 대화체로 이루어져 있다.

지만, 도무지 철이 들지 않아서 딱하다. 착한 아주머니를 친가로 쫓아 보내고 신교육을 받았다는 여자와 살림을 차리고 사회주의 운동을 하다가 감옥살이를 5년이나 하고 풀려났지만 폐병 환자가 되었다.[7] 아주머니는 꼬박 일년 동안 '구라다상네 집 오마니로'[8] 있으면서 월급 오 원과 '틈틈이 삯바느질을 맡아다가 조금씩 벌어 보태고, 또 나올 무렵에 구라다상네 양주가 퍽 기특하다고 돈 칠 원을 상급으로 주고, 그런 게 이럭저럭 돈 백 원'[9]을 모아 이제 좀 편히 살아보려던 아주머니는 아무짝에도 쓸모 없게 된 아저씨를 데려가 정성껏 구완하여 병도 어지간히 나아가지만, 아저씨는 자리에서 일어나면 또 사회주의 운동을 하겠다고 말한다. 경제학을 공부한 사람이 정신을 차리고 돈을 벌어서 아주머니에게 은혜를 갚은 생각은 않고, 남의 재산 뺏어다 나누어 먹겠다니 분명 공부를 잘못한 게 틀림없다. 친정살이하던 아주머니 손에 자란 서술자는 아주머니가 딱하여 아저씨에게 정신 차리라고 당부를 해도 막무가내다. 일본인 주인의 눈에 들어 일본 여자에게 장가들어 잘 살겠다는 서술자를 도리어 딱하다고 한다. 그러니 아저씨는 도통 세상 물정도 모르는 한심한 사람이 아닐 수 없다.

전반부에 서술되고 있는 서술자의 넋두리를 전적으로 신뢰할 때 아저씨는 정말 한심하고 쓸모 없는 인간임에 틀림없다. 그러나 서술자의 관찰이 다분히 주관적이고 피상적이라는 사실이 후반부로 가면서 드러나기 시작한다.

　"사람이란 것은 누구를 물론허구 말이다. 아첨하는 것같이 더러운 게 없느니라."

---

7) Ibid., pp.261-262

8) Ibid., pp.263-264

9) Ibid., p.264

　　"아첨이요?"

　　…… 중략 ……

　　"네가 일본인 여자와 결혼을 해서 성명까지 갈고 모든 생활 법도를 일본
화하겠다는 것이 말이다."

　　"네, 그게 좋잖어요?"

　　"그것이 말이다. 진실로 깊은 교양이나 어진 지혜의 판단에서 우러나온
것이라면 그도 모를 노릇이겠지. 그렇지만 나는 보매 네가 그런다는 것은
다른 뜻으로 그러는 것 같다."

　　"다른 뜻이라니요?"

　　"네 주인의 비위를 맞추고 이웃의 비위를 맞추고 하자고…"

　　"그야 물론이지요! 다이쇼의 신용을 받어야 하고, 이웃 내지인들하구도
좋게 지내야지요. 그래야 할 게 아니겠어요?"

　　"……"

　　"아저씨는 아직두 세상 물정을 모르시오. 나이는 나보담 많구 대학교
공부까지 했어도 일찌감치 고생살이를 한 나만큼 세상 물정은 모릅니다.
시방이 어느 세상인데 그러시우?"[10]

인용한 글은 서술자의 질의에 대하여 아저씨가 반론을 제기하면서 문제가
되고 있는 부분들을 지적하고 있는 대목이다. 서술자는 아저씨를 한심하게
생각하면서 자신이 얼마나 세상 물정을 잘 알고 성실히 살아가고 있는가를
자랑스럽게 말하고 있지만 그것이 얼마나 비현실적이고 우매한 행동인가가
잘 나타나 있다. 서술자는 자신이 식민지 우민화 정책에 순응하면서 노예처럼
살아가고 있는 우매한 소년에 불과함을 여실히 보여준 것이다. 그는 자신의
생각이 옳은지 그른지에 대한 판단 능력이 없을 뿐만 아니라 일제의 우민화정

---

10) Ibid., p.274.

책에 순응하여 살아가고 있는 인물이다. 그는 당대의 현실을 객관적으로 바라볼 능력도 없다. 일본인에게 잘 보이기 위하여 일본 사람으로 동화되기를 은근히 바라기까지 한다. 일본인 처를 얻고 일본인 성명을 갖고 모든 생활법도를 일본인화 할 계획을 가지고 있다. 서술자는 노예이며 속물에 불과하다.

이에 반해서 아저씨는 당대 사회가 안고 있는 구조적인 모순을 개혁하고자 하는 사람이다. 일본은 식민지 우민화 정책을 통하여 제국주의적 야욕을 드러낸 국가로 사회주의자들을 체포하고 탄압하는 나라이다. 아저씨는 일제의 식민지 우민화정책에 반기를 들고나선 사회주의자이다. 사회주의를 포기하지 않는 한 당대의 현실에 적응할 수 없다. 직장을 가질 수도 없고 자기의 지식을 사회에 환원할 수도 없다.

아저씨는 '전과자니까 관리나 또 회사 같은 데는 들어가지 못하겠지만'11), 살 도리를 하지 않고 '그놈의 것하구는 무슨 대천지 원수가 졌'는지 '필경을 붙잡혀 가서 징역 사는 놀음'을12) 끝끝내 포기하지 못하고 할 일 없이 방안에 누워 무기력하고 가난할 삶을 영위하고 있다. 아저씨가 사회주의에 매달리는 것은 사회주의 국가 건설을 위해서가 아니라 부의 공정한 분배를 통해 당대 사회가 안고 있는 절박한 문제를 해결하기를 바라기 때문이다.

이처럼 아저씨는 서술자가 생각하는 것처럼 황당무계하고 우매한 인물이 아님에도 서술자가 아저씨를 어리석은 사람으로 매도하는 것은 다분히 반어적인 효과를 얻기 위한 포석으로 보인다. 겉으로 보면 서술자를 긍정적 인물로 내세웠지만, 실제로는 식민지 우민화 정책에 순응하면서 살아가고 있는 서술자 자신을 조롱하고 희화화하고 있는 것이다.

---

11) Ibid., pp.264-265

12) Ibid., p.265

서술자는 아저씨를 한심하게 여기면서 자신의 포부를 자랑스럽게 떠들어대지만, 일제치하에서 민족주체성을 상실하고 현실에 순응하면서 살아가는 왜곡되고 이기적인 인간임이 드러난다. 반면에 서술자가 조롱하고 희화화하고 있는 아저씨는 겉으로는 풍자의 대상이 되고 있는 것 같지만 실은 그렇지 않다.

다만 서술자의 논리를 명쾌하게 반박하지 못하는 아저씨의 한계도 드러내고 있다. 작가는 ‘나’에 대한 칭찬과 아저씨를 향한 비난을 결말에 가서 상호 역전시키는 방식으로 자신의 세계관을 피력하려 하고 있다. 그러나 사회주의자인 아저씨를 적극적으로 긍정하고 나서지는 않고 있다. 풍자하는 주체와 풍자되는 대상을 함께 조롱하여 이중의 풍자성을 지닌 것으로 볼 수도 있다. 그러한 풍자의 이야기 속에서 결국 최종적인 판단은 독자가 내릴 수밖에 없을 것이다.

<역로>는 서술자가 서울에서 대전까지의 기차 여행을 통하여 해방 직후의 어수선한 사회상을 생생히 서술하고 있다. 서술자는 기차 시각보다 세 시간이나 일찍 서울역에 나와서 친구 김 군을 만나 여행을 떠난다. 서술자는 성질이 고지식한 편이어서 사흘씩이나 여행 준비를 했지만 김 군은 유들유들하고 넉살이 좋고 처세에 능하여 불과 몇 분만에 웃돈을 얹어 주고 차표를 사온다. 두 사람은 경제적으로나 성격적으로 아주 대조적인 인물이다. 원칙대로 사는 서술자는 편의주의자인 김 군에게 여러 모로 조롱을 당하고 있다. 그 과정에서 풍자성이 성취되고 있다.

나는 그들의 가는 뒤를 무연히 바라보았다. 김군도 바라보고 있었다.
“저 어린 학생이 그런 불의를 끝끝내 불의로 여기는 강경한 것이 지탱이 되다면 모르거니와 일상생활에서 여러 방면으루 늘 그곳을 보아나는 동안

필경 가서 정의감이 마비가 된다면? 송구한 노릇 아닌가?”

“그 양복신사가 있으니깐 염려할 건 없으이.”

“그만침이라두 어진 부형을 둔 가정이 그리 쉬어서?”

“가정이 나쁘면 막나니가 될 것이구.”

“난 저런 어린 사람들이 새삼스럽게 불쌍해.”

“독립이 되구 전도가 양양하구 한 이판에 건 무슨 청승맞인……”

“저애들한테야 무슨 나랄 망한 책임이 있나? …… 중략 …… 저애들이야 부형들이 일본제국주의에 복종하는 대루 허릴없이 따라서 한 것뿐 아냐?”

“그 소위 망한 나랄 가지구 그 다음 또 민족까지 팔아먹은 부형들 가운데 자네두 역적놈의 한몫을 했겠다?”

“했지.”

“강연 몇 번 갔었지?”

“몇 번 따질 필욘 없어. 세 번 해먹었다구 목잘를 데 한번 해먹었다구 목 아니 잘르랄 법은 없으니깐.”

“그럼 자네 목두 자네 몸뗑이에 붙었을 날이 많지 못허이그려?“

“요행 그랬으면 고맙겠는데 그렇지가 못한 모양이니 슬프이.”

“어째서? 죄가 경하다구 용설 받을까 봐서? 어림없다.”

“죄가 경하대서가 아니라 존재가 하두 미미하니깐 죄인값에두 쳐주지 않는단 말일세.”

“인간이 성명 없는 인간이라구 진 죄까지 가벼워지란 법두 있나?”

“그러게 말야.”

“그럼 자살을 하지?”

“한 방도는 방도겠지.”

“하여간 철두철미 귀족취미야! 도저히 구제할 길이 없는 인간야.”

“아까 그 말 계속인데 망국의 책임두 없구 민족을 팔아먹은 책임두 없구

한 어린 사람들이 …… 중략 …… 불쌍한 건 어린 사람들 아냐?”

“마당 터지는데 솔뿌리 걱정 할라 말구서 자네두 어서 속죄나 할 도릴 해요. …… 하략 ……”13)

서술자는 자신을 어린아이와 동일시하면서 ‘망국 자손, 매국자제의 굴욕, 비애 그런 것만 지질히 부담을 해오다가 명색이 해방이라구 되구 나서는 이번 엔 망국인종의 추하구 천한 행습 머리를 해서 혼건히 퍼지구 있는 해독’을14) 입어야 하는 자신들이 불쌍하다는 자기 변명을 아주 은밀하게 늘어놓고 있다. 아울러 ‘정말 죄가 씻겨질’15) 것이라면 속죄를 하겠는데 그렇지도 못하고, ‘괴수들’은 다 ‘백성들의 면전에 나설 생심을 못하구서 죽은 듯이 끓어엎드렸 거나 뒷줄루대구 실금실금 이면공작을 하구 댕기는’16) 판에 ‘구명운동’이나 할 수밖에 없지 않느냐는 것이다.

이를 통하여 서술자와 김 군의 성격 및 가치관의 차이, 동승한 여러 인물들 의 정치적 견해, 한 젊은 월급쟁이의 절규, 광복을 맞아 친일파가 득세해 가는 민족적 현실, 뒷돈거래가 횡행하는 사회적 무질서, 자당의 이익만을 부르짖고 백성들을 외면하는 정치가들의 작태 등이 잘 드러나는데, 이들은 작가의 정치 의식이 소설의 형태로 변형되어 나타난 풍속도라고 할 수 있다.

열차 안에서는 젊은 사람과 늙은 농민이 언쟁을 벌인다. 공산주의를 신봉하 는 청년은 토지 개혁을 해서 도지를 물지 않는 자영농 시대가 도래하고 평등 한 세상이 올 것이라고 말하지만 농민은 설득되지 않고 열차 안의 그 누구도

---

13)『채만식전집 7』, 창작과비평사, 1987, pp.273-274

14) Ibid., p.274

15) Ibid., p.275

16) Ibid., p.276

반응을 보이지 않는다. 그들의 대화에 시골 신사가 끼어 들어서 공산주의는 '나라를 망쳐놓기가 십상이지요 것보담은 우리는 미국식 민주주의를 해야 할'17) 것이라고 역설한다.

열차가 천안에 이르렀을 때 부산에서 왔다는 월급쟁이가 쌀 보퉁이를 차창으로 들이밀면서 기차에 올라탄다. 그는 지역마다 쌀값이 엄청나게 차이가 나는 경제 구조를 격앙된 어조로 비판하면서 이념 논쟁에만 골몰하고 민생을 돌보지 않는 정치인들을 신랄하게 비판한다. 그에 대하여 젊은 청년과 시골 신사는 아무런 대꾸도 하지 못한다.

열차 안의 인물들도 뚜렷하게 이념의 차이를 보여 준다. 그러나 국민을 대표할 만한 농민이나 월급쟁이는 국가의 체제나 정치 문제에는 별 관심이 없다. 그저 안정된 삶을 바랄 뿐이다. 등장 인물들이 정치인을 질타하며 민생 문제에 관심을 가지라고 촉구하는 것은 작가 정신의 대리적 표현일 것이다.

기차가 새벽녘에 대전에 도착하자 서술자와 김 군은 호남선으로 갈아타기 위하여 열차에서 내려서 호남선 열차를 기다린다. 객차는 승객의 수요에 감당하기에는 턱없이 부족하여 '찻간 안은 물론이요 승강대까지도 짐과 사람이 꽉꽉 들이차서 내리는 사람도 오르는 사람도 차창으로밖엔 도리가' 없다.18) 쌀 보따리를 들이밀고 차창으로 기어 들어온 양복 입은 젊은이가 부산에서 '대두 한 말에 팔백 원' 하는 쌀을 월급 일천 이백 원 받는 사람이 사먹고 살기가 어려워서 천안까지 와서 이백 원씩에 쌀 두 말을 산 이야기를 늘어놓는다.19) 농정이 마비 상태인 군정 치하에서 백성들의 삶은 고단하기 그지없다는 사실을 보여주고 있다.

---

17) Ibid., p.283

18) Ibid., p.285

19) Ibid., p.286

그때 좋은 객차 다섯 칸이 달려나온다. 거기에는 미군들이 한가로이 타고 있었다. 한 늙은이가 함께 타자고 애걸하지만 미군 병정은 무관심한 태도로 차 꼭대기를 가리킬 뿐이다. 작품 말미의 미군과 서민의 대립적인 설정은 대단히 상징적이고 풍자적이다. 때문에 '사람이 없나봐. 한 정당 한 정당의 두령 재목은 있어두 민족의 두령 재목은 안직 없는 모양야'[20] 라고 말한다. 이 말은 아주 냉소적이다. 당대의 현실은 여전히 식민지 상황이고 인재들은 진정한 민족주의자가 아니라는 의미를 함축하고 있다. 그럼에도 그들은 비를 맞으면서 언제 올지 모를 기차를 기다리고 있다. 암울한 민족적 현실을 상징적으로 표출하면서 서술자의 자기 변명에 대한 강한 풍자 정신이 깔려 있는 것이다.

이처럼 <치숙>의 서술자는 일제 강점기에 우민화 정책을 수용하면서 역사의식 없이 살아가는 인물이며, <역로>의 서술자는 해방 이후 친일의 행각을 속죄하지 못하고 자기 변명이나 하면서 우유부단하게 살아가는 인물이다. 작가는 서술자의 넋두리를 통하여 그들의 부정적인 모습을 드러내고 희화화하여 풍자의 효과를 극대화하고 있다.

3. 타인에 대한 풍자와 언어적 진실

서술자가 부정적 인물을 희화화하여 풍자성을 획득하고 있는 또 다른 하나는 서술자 자신이 부정적 인물이 아니고, 서술자가 관찰하여 보고 있는 인물이 부정적 인물인 경우이다. 서술자는 부정적 인물을 매우 긍정적으로

---

20) Ibid., p.290

서술하지만 여러 가지 정황을 미루어 보면 그것이 냉소적이고 풍자적임이
드러난다. 여기에서 서술자는 함축적 작가인 경우가 대부분이다. 대표적인
작품으로는 <태평천하>, <레디 메이드 인생>, <논 이야기> 등을 들 수
있다.

　<태평천하>는 일제 강점기를 배경으로 매판 자본의 몰락 과정을 그리고
있다. 매판 자본을 대변하는 인물이 지주이자 고리대금업자인 윤 직원이다.
서술자는 그를 추켜세우고 있지만, 주로 그의 부정적이고 타락한 모습을 부각
시키고 있어서 실제로는 냉소하고 있는 것으로 볼 수 있다.

　윤 직원은 신분 상승과 안락한 삶을 위하여 일제의 우민화 정책에 순응하면
서 살아가는 뿌리 없는 인물이다. 부친 윤용규는 토착지주나 양반이 아니고,
노름방이나 어슬렁거리는 가난한 하층민이다.[21] 출처를 알 수 없는 일확천금
으로 지주가 된 뒤에 영세한 소자본가를 해체시켜 대자본가가 된다. 때문에
그는 주민들의 지탄의 대상이 되어 화적들로부터 죽임을 당한다. 아들 창식과
손자 종수도 사리사욕을 채우기에 급급한 인물들이다.

　윤 직원은 화적패도 피하고 지방의 탐관오리들도 피하면서 재산을 증식시
켜가기 위하여 도회지로 이사를 간다. 자신의 재산을 온전하게 지킬 수만 있
다면 어떤 세상이 와도 좋다는 생각을 갖고 있다. 비록 일본 제국주의라고
하더라도 주저하지 않는다. 그가 당대를 태평천하로 인식하는 것은 그에 기인
한다.[22] 부친이 화적들로부터 죽임을 당했을 때, '이놈의 세상이 어느 날에
망하려느냐' '우리만 빼놓고 어서 망해라'[23] 라고 했던 그가 당대를 '화적패
가 있너냐아? 부랑당같은 수령들이 있너냐?', '재산이 있대야 도적놈의 것이

---

21) 『채만식전집3』, 창작사, 1987, pp.28-29

22) Ibid., p.92

23) Ibid., p.41

요, 목숨은 파리 목숨같던 말세넌 다 지내가고오'라고 말하고 있는 것은 그러한 세계관의 표출로 볼 수 있다.[24]

그런데 1930년대 후기의 식민지 한국은 일본의 전쟁 수행으로 인하여 태평천하와는 거리가 너무도 멀었다. 자산계층과 자작농이 와해되고 소작농이 늘어만 가고 있었다. 중일전쟁으로 상황은 더욱 악화되고 있었다. 그럼에도 윤 직원이 당대를 태평천하로 인식한 것은 일제에 대한 맹신과 무사안일의 추구가 맞아떨어진 데 기인한다. 반면에 그가 의적이나 사회주의에 대하여 부정적인 입장을 취한 것은 자신의 재산을 탐내는 집단으로 본 데 기인한다.

서술자는 윤 직원의 역사의식 못지 않게 그의 삶이 속물적임을 보여주면서 희화화를 시도하고 있다. 그는 동네 술에미와 상관을 하고, 북슬북슬한 계집애를 데려다가 재미를 보고, 가지각색의 첩을 10여명이나 들인다. 함께 살던 과부가 젊은 사람과 줄행랑을 치자 아들과 손자를 불러놓고 호통을 치며, 증손자 경손과 열애 중인 14세의 어린 동기 춘심을 추근거리기도 한다.[25]

윤 직원은 자신의 집안을 어엿한 지주 집안으로 키워가기 위해서 훌륭한 가문과 훌륭한 자손을 갖고자 한다. 이를 위해 그는 네 가지의 사업을 계획하여 실행에 옮긴다. 족보를 새로 꾸미고, 직원이기는 하지만 자신이 직접 벼슬을 하고, 딸과 손자들을 양반과 결혼시켜 양반행세를 하고, 집안에서 정말 권세 있고 실속 있는 양반을 내어놓기 위하여 공을 들인다.

이들 사업에는 일제의 식민지 우민화 정책에 부응하면서 봉건주의로 회귀하려는 윤 직원의 속물근성이 잘 반영되어 있다. 그의 사업은 자손들이 따라 주지 않음으로 해서 실패로 돌아간다. 그는 일제를 등에 업고 태평천하를 구

---

24) Ibid., p.191

25) Ibid., pp.107-122

가하고 싶었지만 자손들이 따라주지 않음으로 해서 일장춘몽이 되고 만다. 특히 그가 가문을 빛내기 위하여 정성을 다하고 자랑해마지 않던 종학의 체포 소식은 그에게 충격적인 사건이 아닐 수 없다. 그는 사회주의자가 된 손자에 대하여 '그놈이 만석꾼의 집 자식이 세상 망쳐 놀 사회주의 불한당패에 찬성을 하여? 으응 죽일 놈! 죽일 놈!'[26]이라면서 울음소리에 가까운 욕설을 늘어놓는다. 그의 부도덕하고 속물적인 모습이 적나라하게 드러나고 있는 장면이 아닐 수 없다.

<레디 메이드 인생>은 일제 강점기를 살아가는 깨어 있는 지식인의 모습을 풍자적으로 서술하고 있다. 이 소설의 주인공은 'P'이다. 그는 일본 유학까지 한 인텔리이지만 돈벌이를 하지 못하여 아내와 별거 중이며 어린 아들을 형님 집에 맡겨두었다. 사글세를 전전하면서 방세도 제 때에 내지 못하여 늘 궁색하게 살아가고 있지만 노동판에 뛰어들지도 못한다.

서술자는 그의 구직 행위와 좌절을 통하여 식민지 지식인의 삶을 냉소하고 있다. 그는 식민지 우민화 정책에 의하여 양산된 지식인이다. 당시 일제는 문화정책을 표방하면서 교육열을 부추겼다. 교육열은 국력의 배양을 통한 외세의 극복이라는 민족주의적인 발상과 일제의 우민화 정책이 맞물려 붐을 조성하기에 이른다.

> "배워라. 글을 배워라 …… 지식만 있으면 누구나 양반이 되고 잘 살
> 수가 있다."
> 이러한 정열의 외침이 방방곡곡에서 소스라쳐 일어났다. 신문과 잡지가
> 붓이 닳도록 향학열을 고취하고 피가 끓는 지사들이 향촌을 돌아다니며
> 삼촌의 혀를 놀리어 권학을 부르짖었다.

---

26) Ibid., p.191

    "배워라. 배워야 한다. 상놈도 배우면 양반이 된다."

    "가르쳐라. 논밭을 팔고 집을 팔아서라도 가르쳐라. 그나마도 못하면 고학이라도 해야 한다."

    "공자왈 맹자왈은 이미 시대가 늦었다. 상투를 깎고 신학문을 배워라."

    "야학을 실시하여라."[27]

일제는 수용할 능력도 없으면서 문화정치의 간판 아래 학교를 증설하고 야학을 개설하여 수많은 인텔리를 양산한다. 그들은 일제의 우민화 정책에 동조하는 자들을 선별하여 취직시키고, 동조하지 않은 자들은 철저히 무력화시켰다. 양산된 지식인들은 무능한 인텔리로 팔려가기만을 기다리는 신세로 전락하고 말았다.[28]

인텔리들은 '지식계급의 구직꾼들'들로 전락하며, 권력을 잡은 자들은 그들에게 '농촌으로 돌아가라' '일을 만들어라'라는 말을 상투적으로 늘어놓는다. 모 신문사 사장인 'K'는 우민화 정책에 충실한 인물로 'P'에게 농촌으로 돌아가서 계몽운동을 하라고 한다. 그러나 그 말의 진의는 실직 인텔리들을 따돌리기 위한 임기응변에 불과하다.

'P'는 'K'의 주장에 생활 능력도 없이 헌신적으로 농촌 봉사활동을 한다는 것이 가능한 일이며, 농촌이 문화적으로 뒤떨어지고 못사는 것이 농민들이 무지해서냐면서 논박을 하지만 지배계층이 자신의 논리를 있는 그대로 받아들일 리는 만무하다. 자신들의 기득권을 포기하려는 생각이 추호도 없는 그들은 도리어 'p'를 사회주의자로 매도하고 비판하기에 이른다.

그들의 억지 주장은 무지한 백성들에게 쉽게 먹혀든다. 백성들은 현실에

---

27) 『채만식전집7』, 창작사, 1987, p.52

28) Ibid., p.52

대해 무지하여 일제의 우민화 정책까지도 무비판적으로 수용하고 있다. 'P'는 자신의 삶의 체험을 바탕으로 자식의 교육무용론을 주장하지만 인쇄소 주인은 '거 참 모를 일이요 …… 우리 같은 놈은 이 짓을 해가면서도 자식을 공부시키느라고 애를 쓰는데 되려 공부시킬 줄 아는 양반이 보통학교도 아니 마친 자제를 공장엘' 보내느냐고 반문하며,[29] 술집 작부는 자신의 열악한 삶을 너무도 당연한 것으로 받아들인다.

'P'는 그들의 무지에 안타까워하면서도 그들을 구원할만한 능력을 지니지 못하고 있다. 때문에 눈물을 흘리면서 자조할 수밖에 없다. 그가 할 수 있는 일은 자식을 인쇄소에 팔아 넘기는 일이다. 그는 자신도 팔려가기만을 기다리고 있는 현실을 인식하고 자괴감을 감추지 못한다.

<논 이야기>는 우리의 주목을 받을만한 점을 충분히 지니고 있다. 1946년에 발표한 작품으로 해방 직후 혼란기의 사회상을 냉소하는 서사적 자아의 태도를 통하여 작가가 당대를 어떻게 인식하고 있었는가가 잘 드러나고 있다. 아울러 조선조부터 해방기에 이르기까지의 농정에 대한 신랄한 비판과 개혁의지가 냉소적인 태도를 통하여 드러나고 있다. 이를 통하여 작가는 그만의 풍자적 세계를 구축하고 있다.

서술자는 문제아인 한태수를 통하여 당대의 현실을 냉소적으로 서술하고 있다. 그는 전형적인 농민도 아니고 전형적인 아나키스트도 아니다. 동학란에 관련되어 고을 원님에게 강제로 아홉 마지기의 논을 빼앗기기는 했지만 남은 일곱 마지기를 잘 경작해서 살아보려고 하기보다는 술과 노름으로 소일을 하다가 빚을 갚기 위해서 그 논마저 일본인에게 팔아 넘긴 얼치기 농부였다. 그런 그가 일본인들이 물러가자 자기 땅을 찾겠다고 나섰다가 그것이 어렵게

---

29) Ibid., p.74

되자 다음과 같은 말을 하는 것이다.

> "일없네. 난 오늘버틈 도루 나라 없는 백성이네. 제에길 삼십 육년두
> 나라 없이 살아 왔을려냐. 아아니 글쎄, 나라가 있으면 백성한테 무얼 좀
> 고마운 노릇을 해 주어야 백성두 나라를 믿구, 나라에다 마음을 붙이고
> 살지. 독립이 됐다면서 고작 그래 백성이 차지할 당을 뺏어서 팔아먹는
> 게 나라 명색야 ?"
> 그러고는 털고 일어서면서 혼잣말로
> "독립이 됐다구 했을 제, 내, 만세 안 부르길 잘 했지."[30]

일제 식민지와 해방된 조국의 현실을 동일한 것으로 생각하는 그의 의식
이면에는 이기적인 판단이 자리잡고 있다. 자기에게 득이 되지 않으니까 현실
을 부정하는 것에 다름 아니다. 그럼에도 '차라리 나라 없는 백성이 낫다'
혹은 '독립이 됐'을 때 '만세 안 부르길 잘 했지'라는 말은 표면적으로 보면
개인의 이익에 보탬이 없다면 '나라도 필요 없다'는 것이지만 그 말의 냉소적
이고 반어적인 어조에 주목할 필요가 있다.

그가 독립을 신통하지 않게 생각한 것은 탐관오리와 그들의 착취에 기인한
다. 그가 생각하기에 나라란 백성에게 고통이지 고마운 존재가 아니었다. 또
꼭 있어야 할 요긴한 것도 아니었다. 독립이 '천지개벽이 아닌 이상, 가난한
농투성이가 느닷없이 부자장자 될 이치가 없는 것이요, 원·아전·토반이나
일본놈 대신에, 만만하고 가난한 농투성이를 핍박하는 권세 있는 양반들이
생겨날 것이'[31] 때문이다. 따라서 진정으로 백성을 위하는 농업 정책과 위정

---

30) 『채만식전집 7』, 창작과비평사, 1987, p.325
31) Ibid., p.309

자들의 등장을 갈구하면서 당대의 현실에 대한 비판 의식과 그들의 자성을 촉구하는 것으로 보아야 할 것이다.

이처럼 <태평천하>의 서술자는 일제 강점기에 윤 직원과 그 일가의 타락하고 반윤리적인 행위를, <레디 메이드 인생>의 서술자는 일제 강점기에 우민화 정책에 순응한 지식인의 부정적인 모습과 그에 순응하지 못한 지식인들의 무기력한 삶을, <논 이야기>에서는 해방 직후의 농민들의 몰지각한 행동과 불합리한 농정을 냉소적으로 서술하고 있다. 서술자는 자신이 아닌 윤직원과 P 혹은 K의 부정적인 모습을 부각시켜 풍자의 효과를 극대화하고 있다.

4. 결론

본고는 채만식 소설의 풍자 유형과 그 언어적 진실에 대하여 살펴본 것이다. 채만식 소설의 바탕은 풍자이다. 부정적 인물을 소설의 앞에 내세우고 긍정적 인물을 뒤에 감추어두면서 희화화할 때, 풍자는 극명한 효과를 거둘 수 있다.

부정적 인물을 누가 서술하고 희화화하고 있느냐를 기준으로 삼을 때 채만식 소설의 풍자 유형은 두 가지로 분류할 수 있다. 그 하나는 서술자가 부정적인 인물로 자신을 희화화하여 풍자성을 획득하고 있는 경우이다. 그 대표적인 작품으로는 <치숙>과 <역로>를 들 수 있다. 다른 하나는 서술자 자신이 부정적 인물이 아니고, 서술자가 관찰하여 보고하고 있는 인물이 부정적 인물인 경우이다. 대표적인 작품으로는 <태평천하>, <레디 메이드 인생>, <논 이야기> 등을 들 수 있다.

채만식은 풍자를 설화체와 결합하여 효과를 극대화시키고 있다. 이러한 언어 구사와 서술 방식은 문체의 탄력성을 와해시킬 가능성이 있고, 사실주의적인 묘사가 확립되어가던 당시로서는 확실히 이단적인 것이다. 그러한 언어 구사나 서술방식의 수용은 채만식이 해방 이후에도 줄기차게 주장하던 조선적 문학의 창조라는 신념의 소산으로 보아야 할 것이다.

일제 강점기에 풍자와 설화체를 즐겨 구사하던 채만식은 해방이 되면서 풍자는 유지하되 묘사체를 수용하고 설화체는 억제하는 방향으로 나간다. <역로>, <논 이야기>에서는 서술자의 이야기 구연 방식에서 벗어나 묘사 위주의 서술을 하고 있다. 그럼에도 <치숙>에서 서술자가 자신의 어리석음을 희화화하고 있는 점은 <역로>에서 계승되고 있으며, <태평천하>와 <레디 메이드 인생>에서 서술자가 부정적인 인물을 희화화하고 있는 점은 <논 이야기>에서 계승되고 있다.

해방 이후 리얼리즘을 수용하는 방향으로 나가면서도 풍자의 수법을 즐겨 구사하고 있었던 것은 다분히 자기 변명의 성격이 짙지만 당대의 현실이 자신이 바라는 방향으로 나가지 않고 원하지 않는 방향으로 나가고 있다고 판단하여 자신의 진실을 우회적으로 표출한 데 기인한다.

◆ 참고문헌

권영민, 『국근대문학과 시대정신』 문예출판사, 1983.
김용직 외, 『한국문학연구입문』, 지식산업사, 1982.
김윤식, 『한국근대문학양식연구』, 아세아문화사, 1980.
─── 외, 『한국문학사』, 민음사, 1979.
김화영 편역, 『소설이란 무엇인가』, 문학사상사, 1986.

박동규, 『현대한국소설의 성격연구』, 문학세계사, 1981.

송현호, 『문학사기술방법론』, 새문사, 1985.

─────, 『한국현대소설론』, 민지사, 1986.

─────, 『한국근대소설론연구』, 국학자료원, 1990

우한용, 『한국현대소설구조연구』, 삼지원, 1990.

이재선, 『한국현대소설사』, 홍성사, 1984.

임형택, 『한국문학사의 시각』 창작과비평사, 1984.

───── 외, 『한국근대문학사론』, 한길사, 1981.

전형대 외, 『동편제판소리창본』, 한샘, 1991.

조남현, 『한국현대소설연구』, 민음사, 1987.

조동일, 『한국문학과 세계문학』, 지식산업사, 1991.

───── 외, 『판소리의 이해』, 창작과 비평사, 1984.

최원식 외, 『한국고전산문연구』, 동화출판사, 1981

Ashcroft, Bill, 『The Empire Writes Back : Theory and Pratice in
        Post-Colonial Literatures』, London ; Routlege, 1989.

Booth, Wayne c., 『The Rhetoric of Fiction』, The Univ. of Chicago Press,
        1970.

Cullerd, Jonathan, 『Structuralist Poetics』, Routledge & Kegan paul, 1975.

Hernadi, Paul, 『Beyond Genre』, Ithaca ; Cornell Univ. Press, 1972.

Scholes, R.,and R. Kellogg, 『The Nature of Narrative』, Oxford Univ.Press,
        1979.

Stanzel, Franz K.(안삼환), 『소설형식의 기본유형』, 탐구당, 1982.

Todorov, tzvetan, 「Les Catagories du recit Litteraire」, 『Communication 8』,
        Paris ; Seuil, 1966.

Watt, Ian, 『The Rise of the Novel』, Berkley & los Angels ; Univ. of
        California, 1974.

3. 영상시대의 소설

1. 영상 시대의 도래

마샬 맥루언은 『미디어의 이해(Understanding Media)』에서 활자 문화의 종말과 영상매체 시대의 도래를 선언하고, "현대사회의 미래와 내면 생활의 안정은 커뮤니케이션 기술의 힘과 개인의 주체적인 반응력과의 사이에 어떻게 균형을 유지하느냐에 전적으로 달려 있다"[1]고 단언했다. 30년이 지난 지금 전자 문화의 발전으로 예술로서의 문학은 새로운 도전에 직면해 있다. 컴퓨터 인터넷이 커뮤니케이션의 수단으로 자리잡고, 컴퓨터·캠코더·OHP·빔 프로젝트·텔레비전·실물투시기·비디오·영화 등이 오락과 지식의 원천으로 그 세력을 확장해 나가는 상황에서 문학과 예술은 기존의 틀에서 안주하기에는 너무도 엄청난 도전을 받고 있는 것이다.

영상 매체에 익숙한 영상 세대들이 대학생 혹은 대학원생으로 성장하면서 그들은 이성적 사고를 요구하는 소설보다는 감성적 사고를 요구하는 컴퓨터 통신과 영화에 매료되어 소설을 외면하고 있다. 미국의 경우 1년에 책을 한 권도 읽지 않는 성인이 늘어만 가고 문학 청년도 줄어만 가고 있다.[2] 반면에 TV·비디오·캠코더·빔 프로젝트·OHP·스테레오 콤포넌트, CD-RO

---

1) 마샬 맥루언, Understanding Media, 박정규 역, 『미디어의 이해』, 박영률출판사, 1997. p.44.

2) 앨빈 커넌, 최인자 역, 『문학의 죽음』, 문학동네, 1999.

M · 실물투시기 등은 강의실과 가정의 필수품이 되어가고 있다.

90년대 초까지만 해도 대중 매체의 도전에 대하여 문예학에서는 대체로 두 가지의 태도를 취해 왔다. 대중 매체에 대한 논의나 문학 작품의 영화적 수용을 논의조차 하지 않으려는 태도와 문자 문화의 종말이 도래했다는 파국적 분위기로 치닫는 태도가 그것이다.[3] 그런데 최근 들어 영상 이미지 탐구를 통하여 인문학의 위기를 극복할 새로운 패러다임을 찾으려는 노력이 일고 있다. 활자 중심의 이성 시대가 영상 중심의 감성 시대로 바뀌는 단계, 이성 시대에 구축된 현 인문학도 그 패러다임의 변화를 요구받고 있는 것이다.

필자는 20년 이상을 대학 강단에서 한국현대소설에 대하여 강의해왔지만, 요즘처럼 소설의 장래를 심각하게 고민해 본 적이 없다. 과연 소설은 다매체 시대에 살아남을 것인가? 서로 넘나들기를 하는 과정에서도 소설과 영화는 여전히 공존할 것인가? 공존한다면 소설 장르가 그 고유성을 유지하기 위해서는 어떻게 해야 할 것인가? 이 글에서 필자는 그러한 궁금증을 다소나마 풀어 보려고 한다.

2. 소설과 영화의 관련 양상

소설은 서사성을 특징으로 한다. 영화 · 연재 만화 · 비디오와 같은 영상 매체나, 그림 · 조각 · 춤사위 · 음악 등과 같은 시청각적 예술 장르도 그 저변에 공통적으로 서사성을 지니고 있다. 문학비평가들이 영상 매체나 시청각적 예술 장르를 통하여 이야기를 즐기고 있는 점은 그와 무관하지 않다. 그렇지

---

3) Joachim Paech, 임정택 역, 『영화와 문학에 대하여』, 민음사, 1977. pp.5-6

않다면 그들을 통하여 이야기를 즐길 수 없을 것이고, <태백산맥>이나 <난장이가 쏘아 올린 작은 공> 혹은 <누구를 위하여 종은 울리나>나 <뻐꾸기 둥지 위로 날아간 새>가 영화로 전환되는 이유를 설명할 수 없을 것이다.

　　문학은 메시지 전체로부터 독립될 수 있는 구조를 지닌, 자율적인 의미의 층인 이야기(récit)를 지니고 있다. 그래서 어떠한 종류의 서사적 메시지라도, 그것을 사용하는 표현의 과정과는 상관 없이 똑같은 방법으로 같은 수준을 표현한다. 이야기는 그것을 전달하는 기술로부터 독립적이다. 이야기는 그 본질적인 특성을 상실하지 않은 채 한 매체로부터 다른 매체로 번역될 수 있다.

　　한편의 이야기의 주제는 오페라의 줄거리가 될 수 있으며, 소설의 이야기는 영화나 연극으로 옮길 수 있다. 한편의 영화를 보고 그것을 보지 않은 사람에게 말로 설명할 수도 있다. 이때 사용하는 말, 이미지, 제스처는 이야기를 따라 이루어진다. 그리고 이것은 똑같은 이야기가 될 수 있다. 서술된 것(raconté)은 그 자체의 고유한 의미 요소들, 즉 그것의 이야기 요소들(racontants)을 가지고 있다. 이 요소들은 말도 이미지도 제스처도 아니고 바로 그러한 것들에 의해 의미되는 사건들이나 상황 그리고 행위들인 것이다.4)

　　이야기에 대립적으로 설정할 수 있는 서사의 다른 특성은 담화다. 채트먼은 프랑스 구조주의자들인 롤랑 바르트 · 츠베탕 토도로프 · 제라르 쥐네트 등을 따라 서사의 '무엇'과 '어떻게'를 상정하고, '무엇'을 '이야기(story)'라 부르고, '어떻게'를 '담화(discourse)'라고 명명하고 있다.5)

---

4) Claude Bremond, "Le Message narratif", Communications 4, 1964. p.4

5) Seymour Chatman, 김경수 역, 『영화와 소설의 서사구조』, 민음사, 1990. p.21

서사적 담화는 두 개의 하위 구성 요소, 즉 서사적 변형 구조인 서사 자체와 언어적, 영화적, 발레적, 음악적, 판토마임적 매체와 같은 특정한 물리적 매체를 통해 드러나는 바의 그 표현으로 나누어진다. 전자는 이야기의 시간과 이야기를 전달하는 시간의 관계에 관심을 갖고, 후자는 서사적 목소리와 시점 등을 의미한다.[6]

따라서 소설과 영화, 혹은 영상 예술은 공통적으로 서사성을 지니고 있는 것으로 보아도 무리가 없다. 사실 소설과 영상 매체들은 적대 관계에 있는 것은 아니다. 그리피스는 디킨스가 소설을 쓰듯이 영화를 찍고 싶다고 했으며, 톨스토이는 카메라가 영화를 찍는 것처럼 자신도 그런 글을 쓰고 싶다고 했다.[7] 이후 오늘에 이르기까지 수많은 영화 제작자들은 작가들에게 빚지고 있으며, 영화는 소설로부터 모티프와 주제를 수용해왔다.

G. 루카스의 <스타워즈>·S. 스필버그의 <조스>·<E.T.>·<인디아나 존스>·월트디즈니 프로덕션의 <인어공주>·<미녀와 야수>·<알라딘> 등의 만화영화, 스필버그의 <쥐라기 공원>·천카이거(陳凱介)의 <황토지(黃土地)>·장이모(張藝謀)의 <붉은 수수밭>·<패왕별희(覇王別姬)>·레오 까락스의 <퐁네프의 연인>·안드레이 타르코의 <이반의 마을>·<망향>·유현목의 <오발탄>·김수용의 <사랑방손님과 어머니>·<갯마을>·<안개>·이만희의 <시장>·<만추>·이장우의 <별들의 고향>·이명세의 <첫사랑>·배용균의 <달마가 동쪽으로 간 까닭은>·임권택의 <만다라>·<씨받이>·<아제아제바라아제>·<아다다>·<서편제>·박종원의 <우리들의 일그러진 영웅>·하길종의 <바보들의 행

---

6) 위의 책, p.24

7) Joachim Paech, 앞의 책, pp.182-183

진>·장길수의 <나는 소망한다 내게 금지된 것을>·정진우의 <무궁화꽃이 피었습니다> 등은 그 구체적인 예가 될 수 있다.

특히 80년대 이후 한국 영화를 이끌어온 장선우와 박광수에 주목할 필요가 있다. 장선우는 90년대 들어 <우묵배미의 사랑>(90)·<경마장 가는 길>(91)·<화엄경>(93)·<너에게 나를 보낸다>(94)·<꽃잎>(95)·<내게 거짓말을 해봐>(99)·<이재수의 난>(99) 등을, 박광수는 <그들도 우리처럼>(90)·<베를린 리포트>(91)·<그 섬에 가고 싶다>(93)·<아름다운 청년 전태일>(95)·<이재수의 난>(99) 등을 우리에게 선보이고 있다. 이들은 소설이나 소설적 르포를 각색하거나 소설로부터 영향받아 만든 영화이다. <내게 거짓말을 해봐>는 사법부가 음란물로 판정하여 옥살이까지 한 장정일이 쓴 소설 <내게 거짓말을 해봐>를 각색한 영화이고, <이재수의 난>은 현기영의 소설 <변방에 우짖는 새>(83)를 읽고 1901년 있었던 제주의 민란을 소재로 하여 만든 영화이다.[8]

또한 수많은 소설들이 'TV문학관'(KBS), '세계문학기행'(국립영상), '한국문학기행'(CTN), '명작의 고향'(MBC), '우리 시대 고전 이야기'(OUN) 등의 이름으로 비디오 혹은 TV영상물로 출시되었다. 이광수의 <유정>·김동인의 <감자>·현진건의 <B사감과 러브레타>·나도향의 <물레방아>·계용묵의 <백치 아다다>·염상섭의 <삼대>·채만식의 <탁류>·김유정의 <봄봄>·이효석의 <메밀꽃 필 무렵>·주요섭의 <사랑손님과 어머니>·심훈의 <상록수>·정비석의 <성황당>·최인훈의 <광장>·이문열의 <우리들의 일그러진 영웅>·<젊은날의 초상>·<영웅시대>·<금시조>·황석영의 <삼포가는 길>·김승옥의 <무진기행>·강신재의 <젊은

---

8)『동아일보』1999. 4. 5면

느티나무> · 박경리의 <김약국의 딸들> · 오정희의 <길위의 날들> · 이청
준의 <이어도> · 박완서의 <겨울나들이> · 김주영의 <휴가연습> · 김성
동의 <만다라> · 최기인의 <뜸방각하> · 최인호의 <바보들의 행진> · <
별들의 고향> · 전상국의 <고려장> · 조세희의 <난장이가 쏘아올린 작은
공> · 윤흥길의 <아홉켤레 구두로 남은 사내> · 이외수의 <장수하늘소
> · 조선작의 <영자의 전성시대> · 조해일의 <겨울 여자> · 양귀자의 <
나는 소망한다 내게 금지된 것을> · 김진명의 <무궁화꽃이 피었습니다> 등
은 그 대표적인 예이다.

작가들도 영화 제작자들에게 빚지고 있으며, 소설은 영화로부터 많은 것들
을 차용해 오고 있다. 영화를 본 독자들은 플로베르, 졸라, 폰타네의 소설에서
영화적 글 쓰기 방식을 발견했으며, 영화를 본 작가들은 그들의 영화적 지각
을 문학적 글쓰기로 들여오기 시작했다.[9] 특히 소설의 서술 기법은 영화로부
터 아주 많은 것을 신세지고 있다. 영화적 수법을 차용한 것이기는 하지만
소설은 이야기의 공간을 통해 움직임을 묘사할 수 있다. 소설가는 주어진 그
공간에서 때때로 영화와 아주 흡사한 장면을 연출하기도 한다.[10] 시각적, 청
각적, 시청각적 장면 처리, 서정적 묘사, 몽타쥬는[11] 이제 영화의 전유물이
아니다.

---

9) Joachim Paech, 앞의 책, p.8

10) Seymour Chatman, 앞의 책, p.121

11) 몽타쥬 이론은 레프 쿨레쇼프, V. 푸도프킨, 세르게이 ·에이젠슈테인 등에 의해
　　서 추구되었다. 무시나크가 포토제니의 본질을 시각적 리듬이라고 규정한 '영
　　화 리듬론'을 발전시켜, 필름을 쇼트로 분해하여 창조적인 순서로 접합하여 현
　　실과는 별개의, 새로운 차원의 장면을 형성하는 방법을 지칭한 것이다. 이것은
　　에이젠슈테인에 의해 2개의 독립된 쇼트의 충돌과 상극 속에서 동적으로 파악
　　되기에 이르렀으며, 영화의 본질론으로서 이후 큰 영향을 끼쳤을 뿐만 아니라
　　토키 이후에도 화면과 음향의 대립 · 종합에 이용되었다.

오늘날 작가의 상은 변하고 있다. 글을 써서 먹고사는 사람들은 그의 텍스트를 다매체의 시장에 내놓아야 한다. 독일에서는 어떤 작가도 자기의 문학 생산을 시청각 매체에서 벗어나 순수한 문학 시장에서 관철시킬 수 없다고까지 단언하고 있다.[12] 레슬리 피들러도 영상시대에 살아남기 위하여 문학은 스크린과 과감히 제휴해야 하며, 영상문학이 지니고 있는 대중문화적 요소들을 적극 수용해야 한다고 제안한 바 있다.[13] 한국에서도 소설 시장은 대단히 협소하며, TV나 신문광고 혹은 영화나 비디오 시장을 통하지 않고 독자적으로 높은 판매 수익을 올리기는 어려운 실정이다.

3. 소설의 변화

맥루언이 활자 문화의 종말을 예고했지만 지금도 여전히 소설은 대량으로 생산되고 있다. 그런데 그 가운데 극소수를 제외하고는 팔리지 않고 있다. 소설이 엄청난 숫자의 독자를 영상 매체에 빼앗기는 사태에 대하여 소설가들은 심각한 우려를 표명하고 있다. 독자들은 서점에 가는 대신 비디오 대여점이나 극장에 가서 명화를 즐겨보고 있다. 소설은 그 출발부터 대중성을 추구하고 있었다. 소설 판매 부수에 신경을 쓰지 않은 소설가가 얼마나 되는지 우리는 눈여겨보아야 한다.

요즘 소설은 영화와 TV 등 다른 매체를 통하여 대중화를 시도하고 있다. 물론 오늘날의 수많은 상업주의 영화들이 대중에게 주는 효과란 반드시 긍정적인 것이라고 이야기할 수는 없다. 많은 영화사와 방송사들은 수입에만 눈이

---

12) Joachim Paech, 앞의 책, p.265

13) 김성곤, 『문학과 영화』, 민음사, 1997. p.18

어두워 성적 장면을 경쟁적으로 애용하면서도 현실의 사회문제를 똑바로 해부하거나 비판하려고 하지 않는다. 그럼에도 영화와 TV가 문학적 소통 공간을 확대시키고 문학의 역할을 보장해 주기도 한다.

영화 <태백산맥>과 <난장이가 쏘아올린 작은 공>은 소설 <태백산맥>과 <난장이가 쏘아올린 작은 공>을 스테디 셀러로 만드는 데 일조했다. 그런데 한국문단에서 영상매체의 수용을 이야기하려면 오상원, 김승옥, 최인호를 빼놓을 수 없을 것이다. 오상원은 60, 70년대에 영상적 묘사와 영상적 구성을 특징으로 한 특이한 서술기법을 선보였다. <유예>의 마지막 장면에 보이는 풍경은 한 컷의 영화를 연상케 한다.[14] 김승옥은 주변적이고 일탈적인 사람들의 모습을, 최인호는 먹고 살기 위하여 시골에서 올라온 사람들의 소외된 삶을 아주 감성적으로 서술하고 있다.

이지적이고 분석적인 사고에 길들여진 문예비평가들에게 다소 낯설은 그러한 서술 방식은 독자를 의식하기 시작한 소설계의 새로운 변화로 볼 수 있다. 유종호는 오상원의 <백지의 기록>과 <황선지대>를 대비하는 자리에서 전자는 상투적으로 억지 해피엔딩을 만들어내어 보이는 미국 서부영화를, 후자는 곧잘 암담한 절망으로 끝나곤 하는 불란서 영화를 연상케 한다는 지적을

---

14) 마지막 총살 장면은 그 좋은 예가 될 것이다. 포로가 된 국군 소대장의 의식이 백설이 깔린 대지 위에 클로즈업된다. 절망적인 상황은 그의 의식에서 보다는 백설 그 자체로부터 찾을 수 있다. 백설이 결국 그의 극한상황에서의 내면의식과 일치되고 있는 것이다. "눈에 함빡 싸인 흰 둑길이다. 오오 둑길 … 몇 사람이나 이 둑길을 걸었을 거냐. 훤칠히 트인 벌판 너머로 마주선 언덕, 흰 눈이다. 가슴이 탁 트이는 것같다. 똑바로 걸어가시오. 남쪽으로 내닿은 길이오. 그처럼 가고 싶어하던 길이니 유감 없을 거요. 걸음마다 흰눈 위에 발자국이 따른다. 한 걸음 두 걸음 정확히 걸어야 한다. 사수 준비! 총탄 재는 소리가 바람처럼 차갑다. 눈앞엔 흰눈뿐, 아무 것도 없다. 인제 모든 것은 끝난다. 끝나는 그 순간까지 정확히 끝을 맺어야 한다. 끝나는 일초, 일각까지 나를, 자기를 잊어서는 안된다."

하고 있다.[15] 김승옥은 동시대의 비평가들로부터 '감수성의 혁명'을 이루어 낸 작가라는 평가를 받은 바 있으며[16], 영화에 뛰어들어 환상적이거나 추상적인 것을 다루지 않고 리얼리즘적인 것을 추구하고 있다.[17] 최인호는 '감수성이 뛰어난 작가'라는 평가를 받은 작가로, 김승옥에 의하여 자신의 소설들이 영화로 각색되는 것을 계기로 영화에 지대한 관심을 갖게 된다.

소설이 시나리오의 대본이 되고 그것이 다시 영화로 만들어지는 시대를 거쳐 이제는 영상소설이 등장한 시대로 접어들고 있다. 마이클 크라이튼의 <쥬라기 공원 Jurassic Park>,[18] 구효서의 <카사블랑카여 다시 한번>, 김경욱의 <변기 위의 돌고래>는 처음부터 끝까지 영화 대본을 보고 있는 듯한 느낌을 준다. 물론 영화를 전제로 하고 쓴 것이거나 아니면 영화를 보고 그에 영향 받아서 쓴 것인지는 현 단계에서 확실하게 밝힐 수 없다. 그러나 분명한 것은 이들이 영상 시대의 독자들을 염두에 두고 만들어진 소설이라는 사실이다.

마이클 크라이튼은 <쥬라기 공원>을 쓰기 전에도 이미 소설 <안드로메다 스트레인 The Andromeda Strain>을 영화로 만들어 시장에 내놓아 대히트를 한 작가이다. <쥬라기 공원>은 상업적인 성공으로 대중소설처럼 보이지만, 오늘날 우리가 직면하고 있고 또 앞으로 가까운 미래에 우리의 후손들이 직면하게 될 첨단 과학과 과학자들의 윤리의 문제 — 상업주의에 이용되는 과학자들, 컴퓨터에 대한 맹신, 과학과 이성에 대한 과도한 확신, 돈에 팔려가는 컴퓨터 기사, 과학의 조물주에 대한 도전, 혼돈이론의 포용 등 — 를 아주

---

15) 유종호, 「청년의 문학」, 『황색지대』, 삼중당, 1981. p.318
16) 유종호, 「감수성의 혁명」, 『현실주의 상상력』, 나남, 1991.
17) 김성호, 「서울, 1960년대의 방랑자」, 『우리시대 우리작가』, 은혜사, 1989. p.26
18) 김성곤, 앞의 책, p.19

깊이 있고 진지하게 다루고 있는 점에서 그 문학성을 평가받기도 한 작품이다.[19]

이 작품을 읽어본 사람들은 한결같이 이 작품이 소설이 아니라 시나리오나 영화 대본이 아닌가 하고 의아하게 생각할 것이다. 장면의 설정, 작품 구성, 장면의 전환 등이 분명 우리가 알고 있는 소설의 틀에서 벗어나 있으며, 다분히 영화를 의식하고 쓴 것 같은 느낌을 주기 때문이다. 소설의 첫머리는 한 컷의 영화를 연상시키고도 남음이 있다.

> 젖은 홑이불이 하늘에서부터 세상을 덮어씌우듯 열대 지방의 비가 쏟아져 내리며, 병원 건물의 물결 무늬 지붕을 망치로 두드리듯 때려대고 있었다. 빗물은 양철로 만든 낙수 홈통을 타고 고함을 지르듯 쏟아져 내리다가 격류를 이루어 땅바닥에 부딪치며 사방으로 흩어졌다. 로버타 카터는 한숨을 쉬며 창 밖을 내다보았다. 병원에서 낮게 깔린 안개 때문에 해변이나 바다가 거의 보이지 않았다.[20]

한 컷의 영상을 떠올릴 수 있을 정도로 사건의 배경이 될 병원에 대한 묘사가 자세히 이루어지고 상황에 대한 설명이 자세히 이루어지고 있다. 여기에서 우리는 영상적 글쓰기의 좋은 사례를 엿볼 수 있다. 그럼에도 불구하고 이 작품은 작가에 의해 다시 각색되어 영화로 만들어졌다.[21] 영상 소설이 바로 영화로 만들어질 수 없음을 단적으로 보여준 것이다.

‘인터내셔널 제네틱 테크놀로지’의 사장 존 해먼드는 중생대를 복원시킨

---

19) 앞의 책, p.193

20) 마이클 크라이튼, 정영목 옮김, <쥬라기공원>, 김영사, 1993. p.19

21) 김성곤, 앞의 책, p.193

관광공원으로 큰 돈을 벌기 위하여 막대한 자금을 동원하여 컴퓨터 기사, 유전공학자 등을 고용한다. 화석에서 찾아낸 중생대의 모기에서 공룡의 피를 추출하여 DNA 합성을 통해 2억 년 전 멸종된 공룡을 부화시킨다. 아기 공룡의 부화로 그는 자연의 순리를 거슬러 생태계를 뒤바꿀 수 있으리라는 환상에 빠져든다. 모든 것은 컴퓨터에 의해 조종된다.

　여러분은 이 섬에 아주 적은 수의 직원들밖에 없다는 것을 이미 눈치채셨을 겁니다. 우리는 이 휴양지를 총 스무 명의 인원으로 운영하고 있습니다. 물론 관람객들을 받을 때는 좀더 있어야겠지요. 하지만 당장은 오직 스무 명뿐입니다. 여기가 통제실입니다. 공원 전체가 여기서 통제됩니다.[22]

　공원에는 어디에나 동작 감지기가 있습니다. 대부분은 유선이고, 몇 개는 무선으로 움직이는 것도 있습니다. 물론 동작 감지기로는 동물의 종은 구별하지 못하죠. 하지만 우리는 비디오로 바로 화상 확인을 합니다. 설사 우리가 비디오 모디터를 보고 있지 않을 때라도, 컴퓨터는 보고 있습니다. 그렇게 해서 모든 동물이 어디 있는가를 확인하는 거죠[23]

그런데 공룡을 완벽하게 통제할 수 있다고 믿었던 통제실의 메인 컴퓨터가 작동을 중단하자 모든 것은 혼란에 빠져든다. 공룡은 컴퓨터의 통제에서 벗어나 자연의 상태로 돌아가려고 한다. 컴퓨터와 공룡, 인간과 자연 사이에 갈등이 빚어진다. 여기에서 악한 것은 공룡이나 자연이 아니고 인간과 컴퓨터이다. 인간은 자신이 만든 문명의 이기에 의하여 자연의 질서를 파괴하려다가 되려

---

22) 마이클 크라이튼, 앞의 책, p.172
23) 위의 책, p.219

자연의 질서 속으로 편입되고 만다. 컴퓨터를 통제하지 못하여 사장 존 해먼드와 혼돈이론가 이언 맬컴은 공룡에 의하여 희생되는 것이다.

영화 <쥬라기 공원>은 스티븐 스필버그에 의하여 제작되었다. 공룡들의 생동감 있는 모습과 화면에서 눈을 돌릴 수 없는 재미로 이 영화는 흥행에 성공했고, 원작은 세계적인 소설로 자리를 잡게 되었다. 그러나 소설에서의 다양한 읽을 거리들이 영화에서는 단순화되고 소설에서 재미있고 중요한 내용들이 영화에서는 삭제되었다. 중요한 두 인물의 모습도 영화에서는 원작과 다르게 처리되었다.[24]

구효서의 소설은 '그'의 자살과 관련이 있는 서사적 자아 '나'가 여수사관과 만나서 하는 이야기로 되어 있다. 소설의 서술은 주로 '나'의 독백에 의존하고 있다. 이야기가 진행되는 현재의 공간에서, 나는 수사관과의 대화 형식으로 이야기를 풀어나가고 있다. 처음 만난 사람, 그것도 수사관과의 대화에서 자신의 속내까지를 이야기할 수는 없다. 때문에 전적으로 심리적이지는 않다.

'나'로 등장하는 한유미는 31살의 미혼모로 아비 없는 아이로 자라왔고 자신이 사랑한 남자와의 신분적 차이로 아비 없는 자식을 낳았다. 연극을 하고 있지만 아직 배역을 맡은 적은 없다.[25] 연극을 해서 생활을 꾸려나가기가 어렵다는 것을 알면서도 연극을 계속한다. 그녀와 '그'를 이어주는 끈은 연극의 대본이다. 연극은 대본의 영화 <카사블랑카여, 다시 한 번>인데, 이 소설에서 아주 중요한 의미를 지닌다.

…… 아니에요 가을은 그렇게 갔고, 겨울로 접어들어서야, 아마 십이월

---

24) 위의 책, p.193
25) 구효서, 앞의 책, p.13

이일이었던가, 저는 그와 처음으로 대사를 맞출 수 있었지요.

  - 린다, 온 우주가 흔들리는 것 같지 않소?

저희 집에서 차를 마시던 도중에 갑자기 그는 그런 말을 했던 것입니다. 저는 영문을 몰라 우두커니 있다가 린다라는 인물의 이름에서 곧 그의 의도를 읽어낼 수 있었지요. 린다는 '카사블랑카여 다시 한 번'에 나오는 여주인공이었던 것입니다.

  - 네?

그 다음 대사는 린다가 놀라면서 되묻는 거였지요. 저는 재치 있게 원고대로 외웠습니다.

  - 사랑합니다, 린다.[26]

처음 만났을 때 남루한 차림의 '그'를 적대시 하지만 '연극'을 매개로 두 사람은 가까운 사이가 된다. 그들은 마치 영화의 주인공들처럼 서로를 진심으로 이해하고 사랑하는 사이로까지 발전한다. 연습한 내용은 마로니에 공원에서 즉흥적으로 공연하기도 한다. 이러한 모습은 내가 현실에 속하지 않은 듯한 느낌을 준다. 자신이 하고 있는 '연극'의 허구적 내용처럼 허구의 세계를 동경하고 현실에서 겉도는 듯한 느낌이다.

'그'로 등장하는 윤명훈은 자신이 택한 최저의 삶을 살아가는 인물이다. 스스로 부랑자를 자처하며 그런 자신에게 편안함과 자유로움을 느낀다.[27] 처음에는 극단을 운영하면서 사회에 적응해 가는 모습을 보여주지만 극단의 해체로 자살을 기도한 이후로는 현실에서 벗어나 죽을 이유를 찾기 위해 살아간다. '그'는 '나'를 만나 동지 의식을 느끼고 사랑하기까지 이르지만 '나'의

---

26) 구효서, <카사블랑카여 다시 한 번>, 『96 올해의 문제소설』, 신원문화사, 1996.
    p.45
27) 위의 책, pp.18-19

남편이 나타나자 '나'를 자유롭게 떠나보내기로 작정한다.

> 당신이 이 녹음을 듣고 있을 때 나는 천백이십사 동 사백삼 호에 잠들어 있을 거요. 영원히. 떠나기 전에 내 마지막 음성으로 당신에게 하고 싶은 말이 있소. 당신은 내게 고맙다고 한 적이 두 번이나 있었소. 두 번이나 …… 무엇보다 그 말이 나로선 사무도록 고맙소. 난 비로소 편안하게 눈을 감을 수 있을 것 같소. 당신, 아이, 그리고 세상이여 안녕.
> 추신 ; 내 낡은 책상 서랍에 워너브라더스 원판의 '카사블랑카'가 있을 거요. 그걸 당신 앞으로 남기오.[28]

그가 죽음으로 작별을 하면서 남긴 것이 〈카사블랑카〉의 테이프이다. 그들은 영화 〈카사블랑카여 다시 한 번〉을 그렇게 불렀다. 이 소설을 이해하기 위해서는 영화 〈카사블랑카〉, 영화 〈카사블랑카여 다시 한 번〉을 끌어오지 않을 수 없다. 영화의 공간적 배경인 '카사블랑카'는 2차 대전 중의 프랑스령 모로코의 한 도시이다. 이 도시는 자유로운 나라 미국으로 가기 위해 거치는 중간 지점으로 자유의 상징인 신세계를 찾아가는 사람들이 그곳으로 떠나기 위해 기다리고 기다리는 도시이다. '아이 아빠'는 부자 집의 자식으로 '나'와의 사랑을 이루려고 하지만 집안의 반대로 유학을 갔다가 '나'에 대한 사랑으로 고민하며, 결국 '나'를 미국으로 데려가려고 귀국한다.

소설 〈카사블랑카여 다시 한 번〉에서 우리는 현실의 모습과 허구의 모습이 일치하는 혼란한 모습을 보게 된다. 그들이 마로니에 공원에서 벌인 즉흥극에 이르면 한 인물의 일생이 '영화 텍스트와 연극 텍스트와 현실 텍스트의 각 층위에 하나의 의미로 통합되'기에 이른다.[29]

---

28) 위의 책, pp.60-61

김경욱의 <변기 위의 돌고래>는 영상적 기법을 소설에 수용하여 다분히 환상적인 분위기를 연출한 작품이다. 우선 제목부터가 그렇다. 마치 영화의 제목과 같은 이 소설이 우리에게 연상시키는 것은 너무도 애절하고 비극적인 주변인의 몸부림이다. 이 작품은 서사적 자아의 파편화된 삶을 극명하게 묘사하고 있다.

그러한 일상에서의 탈피는 발기가 되지 않는 현실에 불안을 느끼면서 일어난다. 그는 직장과 가정에서 소외당하고 자신의 설자리마저 잃어버린 극한 상황 속에서 방황하다가 잃어버린 과거, 자신이 생각하는 황금시대를 되찾고자 정부와 마지막을 즐기던 극장을 찾아간다. 극장을 찾아가는 장면은 다소 환상적이면서도 과거를 되살려주는 역할을 한다.

> 눈꺼풀이 반쯤 감긴 그의 눈에 가슴이 유달리 큰 여자의 그림이 그려진 영화 간판이 보였고, 그는 별 주저 없이 허름한 3층 건물의 지하에 있는 극장으로 발길을 옮겼다. 극장 입구에는 '금일 상영'이라는 글씨 아래로 세 장의 영화 포스터가 나란히 붙어 있었는데, 그 세 장의 포스터 속에서는 모두 네 명의 여자가 가슴을 드러내놓고 졸린 듯한 표정을 짓고 있었다. 지하로 내려가는 통로는 비좁고 어두웠다. 계단의 양편 벽에는 많은 영화 포스터들이 즐비하게 붙어 있었다.[30]

거기에서 그는 뤽 베송의 영화 <그랑부르>의 영화 광고를 본다. '금방이라도 쏟아져 내릴 것만 같은 다크블루의 바다. 그 위로 편두통처럼 솟구쳐 오르는 돌고래, 돌고래들. 그랑브르'[31]를 보고 돌고래 같은 여자 윤수민을

---

29) 우한용, 「독백언어와 폐쇄상황」, 『96 올해의 문제소설』, 1996. p.69
30) 김경욱, <변기 위의 돌고래>, 『97 올해의 문제소설』, 신원문화사, 1997. p.19

생각한다. 화장품 대역 모델이었던 그녀는 4년 전 광고 관계로 그와 만나 성적 관계를 맺은 사이였다. 그녀의 풋풋한 머리카락은 미와 정열의 상징이었다. 그는 그녀의 어떤 부위보다도 머리카락을 사랑했으며, 거기에서 무한한 가능성을 발견하였다.[32] 그것은 당시 그의 페니스가 자유를 만끽할 수 있을 정도로 힘이 넘쳤기에 가능한 것이다.

그런데 그녀는 3년 전 바로 그 극장에서 영화를 보고 그와 헤어졌다. 자신의 진정한 가치를 인식하지 못하고 자신의 성적 대상인 머리카락에 매달리는 허위적 인간 관계를 거부하고 자신의 존재를 분명하게 각인하기 위하여 머리카락을 잘라버린 채 그의 곁을 훌훌 떠나갔다.[33] 언제든 자신을 떠날 준비가 되어 있는 남성으로부터 자신이 먼저 훌쩍 떠나버린 그녀에게는 허위의식이 없었다. 자신을 인격을 지닌 인간으로 대등하게 대접해 주기를 바라다가 그것이 여의치 않은 것으로 판단한 것이다.

그 후로 그는 그녀를 다시는 찾지 않았다. 그런데 발기가 되지 않은 현실에서 비로소 그녀의 진실을 발견하고 3년 동안 한 번도 찾은 적이 없는 그녀의 집을 찾아간다. 서사적 자아는 진실을 이야기할 수 있는 그녀와의 만남을 통해 자신의 돌고래적 이미지를 회복할 수 있으리라고 생각했던 것이다. 그러니까 돌고래는 자신의 이상, 꿈, 동경의 대상이며, 그녀를 통하여 돌고래의 환상을 충족하려 한 셈이다.

그는 무언가를 확인하듯 다시 한 번 그랑부르의 포스터를 아주 오랫동안 바라본 뒤 소파에서 일어섰다. …… 중략 …… 그는 극장에서 가장 가까

---

31) 위의 책, p.24
32) 위의 책, pp.24-25
33) 위의 책, pp.26-27

운 식당으로 들어갔다. 그런데 식당에는 손님이 한 명도 없었다. 구석진 의자에 앉은 중년의 여자는 껌을 씹으며 벽에 설치된 텔레비전을 바라보고 있었다. …… 중략 …… 그가 택시를 타고 그녀의 아파트에 도착했을 때는 열 시가 넘은 시각이었다. 그녀를 만나기 위해 들르던 그 아파트는 예전 그대로였다. …… 중략 …… 하지만 돌고래도 그녀도 튀어나오지 않았다.34)

여기에서 우리는 영화의 한 장면을 보는 듯한 환상에 빠져든다. 서사적 자아의 내면 세계가 깊이 있게 드러나는 것은 영상처럼 빚어놓은 표현 기법과 서사 구조에 기인한다. 과거와 현재가 마치 환상과 현실의 교차된 화면 처리처럼 팽팽한 긴장감속에 전개되고 있다. 과거와 현재는 단순한 시간적 대비가 아니다. 그것은 천당과 지옥의 차이만큼이나 서사적 자아의 의식의 명암을 대비시켜 주고 있다. 억압받고 절망감에 빠져 제자리를 잃어버린 존재가 현재의 그의 모습이라면, 과거의 그의 모습은 자유를 만끽하고 환상적 이상이 현실과 하나가 되어 전혀 이질감을 느낄 수 없던 유토피아적 세계다.

자신의 의지대로 성행위를 할 수 없는 상태가 현재의 그의 모습이라면, 과거의 그의 모습은 돌고래처럼 언제나 힘이 넘치고 자유롭게 성적 만족을 탐닉하였다. 현재는 허위적 인간 관계로 고독과 절망이 지배하는 시대이지만, 과거는 그로 인하여 비록 아픔을 감내해야 한다고 하더라도 진실을 말할 수 있던 화려한 낭만의 시대다. 때문에 화려했던 과거를 연상하고 잃어버린 과거를 찾기 위하여 고심하면 할수록 그의 현실적 절망은 크게 부각된다.

<변기 위의 돌고래>라는 제목은 다분히 환상적이고 상징적인 의미를 지니고 있다. 실제로는 돌고래가 변기 위에 앉을 수도 없고, 변기 위에 앉아

---

34) 위의 책, pp.27-29

있는 돌고래가 있을 수도 없다. 그것은 돌고래로 표상되는 어떤 존재, 바로 페니스가 힘있게 발기되어 자유롭게 애정 행각을 벌이는 남성에 대한 객관적 상관물인 것이다.

이들은 이제 영화와 소설의 벽이 허물어지고 새로운 소설이 서서히 고개를 들고 있음을 보여준 단적인 예라고 할 수 있다. 영상소설에서 한 걸음 나아간 것이 스튜디오소설이다. 토마스 헤리스의 <양들의 침묵 The Silence of the Lambs>은 영화용으로 만들어진 스튜디오소설로, 스케치적 언어와 공허한 공백을 특징으로 한다.[35]

4. 결론

다매체가 우리의 삶을 규정하고 있는 시대에 문자 문화와 영상 문화 혹은 문자 문화와 매체 문화를 대립적인 것으로 볼 때, 문예비평가들은 위기 의식에 빠지고 고립되어갈 것이다. 소설과 영상 매체가 강한 연대감을 지닌 이상 그들의 상관 관계를 중시하면서 문학 연구의 새로운 방향을 모색해나가야 할 것이다. 이제 더 이상 영화·텔레비전·비디오·컴퓨터를 문예학의 연구 대상으로 끌어오는 데 주저하지 말아야 할 것이다.

그럼에도 문학비평가들은 언어적 매체에 대하여 너무 배타적으로 생각하는 경향이 있다. 소설과 영화는 현실에 대한 그 나름대로의 지각 방식이며 대응 방식이다. 영화도 소설처럼 미래 사회와 인류의 장래에 대해 심각한 문제를 제기한다. 핵전쟁의 위험, 인류 문명의 위기, 인간성 말살, 물질문명의 폐해

---

35) 김성곤, 앞의 책, p.20

등 인류의 미래에 대한 화두를 우리에게 끈질기게 던지고 있다. 미래의 영화는 인류 문명의 장래와 미래 사회 속에서의 인간의 문제를 더욱 심각하게 다룰 것이다. 인류가 존속하는 한 영상을 통한 커뮤니게이션은 계속될 것이다.

소설 강의로 수강생을 채우기 어려운 사태가 벌어지자 대학 강의실에서도 변화의 바람이 일고 있다. 정규 소설 교과목 시간에 영상 매체를 활용하는 새로운 강의법이 도입되고 새로운 강좌들이 속속 개설되고 있다. 보수적인 케임브리지 대학에서도 <영화와 문학>이 개설되어 수강생들을 불러모으고 있으며, 한국의 대학에서도 영화학이 외국문학 전공의 정규 교과목으로 자리 잡고, 영상문학 관련 강의들이 수강생들을 끌어 모으고 있다.

이러한 일련의 시도는 다매체 시대의 소설의 장래에 대하여 심각하게 고민한 결과로 나타난 것으로 소설의 예술성을 훼손시키지 않으면서도 학생들이 소설에 쉽게 다가가도록 하려는 것이다. 혹자들이 걱정하는 것처럼 결코 활자체 문학을 대체할 새로운 대안을 찾으려는 것은 아니다. 당대의 요구를 수용하지 않고 기존의 입장만을 고집하는 것은 문학적 전통에 대한 올바른 인식이 아니다. 그렇게 해서야 어떻게 소설이 그 생명력을 유지할 수 있을 것인가?

문학사를 거슬러 올라가 보면 늘 대중문학은 당대의 시대적 요구를 수용했고, 순수문학은 대중문학 저편에 자리를 잡고 있으면서 도도한 흐름을 유지하고 있었던 것이다. 역사상 숱하게 명멸했던 대중소설들을 소설의 장르에서 배제할 수 있는가? 루카치가 도스토예프스키의 소설은 소설이 아니라 제3의 장르라고 했음에도 그것을 소설이 아니라고 이야기할 사람이 과연 있는가?

어차피 문학은 기술 혁명에 의하여 일부 계층의 향유물에서 벗어나 대중화되기 시작했다. 그럼에도 소설이 다매체와 무관하게 존립할 수 있을 것인가? 다매체 시대의 소설은 감성적 사고를 즐기고 영상을 선호하는 사회적 요구를 수용할 필요가 있다. 그러한 변화는 결코 활자체 문학의 종말을 유도하기보다는 활자체 문학의 폭을 넓히고 살찌워갈 것으로 확신한다. 따라서 우리는 영화에 대하여, 혹은 다매체에 대하여 지나치게 배타적으로 접근할 필요는 없을 것이다.

◆ 참고문헌

권중운 편역, 『뉴미디어 영상미학』, 민음사, 1994.

김성곤, 『뉴미디어시대의 문학』, 민음사, 1996.

김성곤, 『문학과 영화』, 민음사, 1997.

김성호, 『우리시대 우리작가』, 은혜사, 1989.

김욱동, 『문학의 위기』, 문예출판사, 1993.

우한용, 『한국현대소설담론연구』, 삼지원, 1996.

유종호, 『현실주의 상상력』, 나남, 1991.

유종호, 『황색지대』, 삼중당, 1981.

이용욱, 『사이버문학의 도전』, 토마토, 1996.

정과리 외, 『문학의 새로운 이해』, 문학과지성사, 1996.

한국현대소설학회 편, 『96 올해의 문제소설』, 신원문화사, 1996.

한국현대소설학회 편, 『97 올해의 문제소설』, 신원문화사, 1997.

마샬 맥루언, 박정규 역, 『미디어의 이해』, 박영률출판사, 1997.

마이클 크라이튼, 정영목 옮김, 『쥬라기공원』, 김영사, 1993.

앨빈 커넌, 최인자 역, 『문학의 죽음』, 문학동네, 1999.

Arijon, Daniel, 황옥수 역, 『영상문법』, 다보문화, 1987.

Bremond, Claude, "Le Message narratif", Communications 4, 1964.

Chatman, Seymour, Story and Discourse : Narrative Structure in Fiction and

Film, Cornell University Press, 1978.

Paech, Joachim, Literature und Film, J. B. Metzlersche Verlagsbuchhandlug, 1988.

4. <맹순사>의 풍자적 성격과 언어적 진실

1. 문제의 제기

<맹순사>는 1946년『백민』에 발표한 작품으로 풍자적인 성격이 강한 소설로, 해방기 풍자소설에 관심을 가질 때 <논 이야기>나 <역로>에 못지 않게 우리의 주목을 받을만한 작품이다.[1]

이 작품은 해방 직후 미온 적이었던 친일파 청산의 문제와 당대의 문란한 행정의 문제를 풍자적으로 서술하고 있는 점에서 <논 이야기>나 <역로>와 유사한 성격을 지닌 작품으로 볼 수 있다.

그런데 <역로>와 <논 이야기>에서는 서술자의 이야기 구연 방식에서 벗어나 묘사 위주의 서술을 하고 있으나 <맹순사>에서는 전지적인 작가 시점에 전통적인 이야기 방식을 수용하고 있다.[2] 서술자의 묘사는 맹 순사와 그의 아내의 인물 치레에 초점이 맞추어져 있으며, 다른 인물에 대한 이야기는 주로 맹 순사 부부의 대화를 통하여 드러나고 있다. 맹 순사와 그의 아내의 대화는 <치숙>의 '나'와 아저씨의 대화를 연상시킬 정도로 긴장과 이완의

---

1) 김윤식은「채만식론-민족의 죄인과 죄인의 민족」『한국현대문학사』, 일지사, 1983)과「해방공간의 문학」(『해방전후사의 인식 2』, 한길사, 1985)으로 채만식의 해방기 문학에 대하여 본격적으로 문제를 제기한 바 있으며, 우한용은 냉소적 담론의 텍스트 연관성이라는 이름으로 <맹순사>, <논 이야기>, <역로>의 풍자성에 대하여 본격적으로 분석을 시도하고 있다. (『채만식소설 담론의 시학』, 개문사, 1992, pp.284-292)

2) 졸저,『한국현대문학론』, 관동출판사, 1993, pp.46-62

구조를 반복적으로 나열하고 있으며, 서술자는 맹 순사만을 풍자하지 않고 등장 인물 모두를 풍자의 대상으로 삼고 있다.

부정적 인물을 누가 서술하고 희화화하고 있느냐를 기준으로 삼을 때 풍자의 유형은 두 가지로 나눌 수 있다. 그 하나는 서술자가 부정적인 인물로 자신을 희화화하여 풍자성을 획득하고 있는 <치숙>이나 <역로>와 같은 경우이고, 다른 하나는 서술자가 부정적 인물이 아니고 서술자가 관찰하여 보고하고 있는 인물이 부정적 인물인 <태평천하>, <레디 메이드 인생>, <논 이야기> 등과 같은 경우이다. <맹순사>는 후자에 속하는 작품이다.

본고에서는 <맹순사>에 나타나는 풍자와 그 언어적 진실에 대하여 알아보되, 두 가지 점에 주목하려고 한다. 그 하나는 서술자의 인물치레에 나타나는 냉소적인 어조이고, 다른 하나는 맹 순사 부부의 대화에 나타나는 자기 고백과 그 언어적 진실이다.

2. 인물치레와 언어적 진실

인물치레는 맹 순사와 그의 아내에 치중되고 있는데, 맹 순사의 인생관에 대한 서술자의 냉소적인 어조가 은연중에 드러나고 있다. 서술자는 맹 순사가 맹자님과 혈통적으로 어떤 관계가 있는지, 우리나라 명재상이었던 맹 정승의 몇 대 손인지 혹은 그와 관계가 없는지 모르겠다고 하면서 인물치레를 시작하고 있다. 어투가 <태평천하>에서 흔히 볼 수 있는 냉소적이고 빈정거리는 투이다.

맹 순사는 내일 모레 사 십이어서 '속이 대개는 썩을 대로 썩고, 모나던 성질이 둥그러지고 하여, 감정 생활이 누그러지는' 나이지만, '타고난 성품이

본시도 유한' 인물이어서 '남과 시비와 갈등 같은 것은 생기는 일이' 드물어서 아내가 아무리 '쫑쫑대고 생동거리고' 공박을 해도 화를 내는 일도 없고 고집을 굳이 세우려 들 줄도 모르는 위인이라고 했다. 좋게 말하면 원만한 사람이고, 나쁘게 말하면 '반편스럽고 지조 없고 무능'한 사람이었던 것이다.[3]

반면에 서분이는 열일곱 살 되던 해 서른 살 홀아비 맹 순사에게 시집을 온 새파랗게 젊은 색시로 순사 부인들이 갖추어야 할 세 가지 특색 가운데 '미상불 언변 좋고, 똑똑하고(즉 객관적으로 바꾸어치면 건방지고) 하기로는 좀처럼 남에게 질 생각이 없으나, 오직 옷 호사 한 가지만은'[4] 자신이 없는 여인이요, 신경질적이고 요망스런 부류의 여자라고 했다. 성질이 그러하니 자연 '남편한테 포달을 떨고, 볶아대고, 버르장머리 없이 굴고'[5] 하였다.

그럼에도 두 사람이 원만하게 살아갈 수 있었던 것은 맹 순사가 그것을 잘 받아주고 '열세 살이나 어린 아낙이 딸자식 같아서' 귀엽게 생각했고, '자식이고 계집이고 간에 귀여우면, 흉이 흉이 아니요, 흉도 이쁜 법이'기 때문이라고 했다.

두 인물에 대한 인물치레에 이어서 두 사람의 대화를 통하여 그들의 생활고와 청백관에 대한 진지한 토론이 이루어진다. 그들의 토론을 통하여 맹 순사와 그의 아내는 어떤 인생관과 청백관을 지니고 있는가가 비교적 잘 드러난다.

서분이는 남편이 무능해서 생활이 궁색하고 '집안 여편네 유똥치마 하나 못해' 준 것이라고 하고, 맹 순사는 순사 노릇하면서 '내가 그만침이나 청백했기 망정이지' 그렇지 않았다면 순사 동료들처럼 민중들에게 맞아죽거나 팔다리가 부러졌을 것이고 심하면 방화를 당했을[6] 수도 있었을 것이라고 한다.

---

3) 『채만식전집 8』, 창작과비평사, 1987, p.261

4) Ibid., p.259

5) Ibid., p.261

서분이는 '가네모도상은 그렇게 들이 긁어먹구두, 되려 승찰 해서 부장이'
되었고, '기노시다상넨, 이살 해오는데, 재봉틀이 인장표루다 손틀 발틀 두
개에, 방안 짐이 여덟 개에, 옷이 옥상옷만 도랑꾸루 열다섯 도랑꾸드래요
그리구두 서울루 뻐젓이 와서 기계방아 사놓구 돈벌이만 잘 허문서, 활개 펴
고' 살더라고 하면서 남편을 원망한다.[7] 맹 순사는 '사람이 청백하면, 가난해
두 두려울 게 없는 법'이라고 하면서 제법 거드름을 피우기도 한다.

대화의 내용을 보면 맹 순사는 청백리요, 그의 아내는 타락한 인물로 보인
다. 서술자도 빈정거리기는 하면서도 맹 순사를 한껏 추켜세우고 있다. <태
평천하>와 <치숙>의 서두 부분과 크게 다를 바 없는 상황 설정으로 볼
수 있다.

그런데 서술자는 맹 순사의 주장이 얼마나 허무맹랑한 것이었는가를 보여
주면서 그에 대한 희화화를 시도한다. 맹 순사는 양복장을 보고 얼굴이 간지
러웠다. 양복장은 유치장 간수로 있을 때 아내의 성화를 못 이겨 경제 사범으
로 들어온 사람에게 쪽지를 건네주어 얻은 물건이었다. 양복장을 열자 거기에
'대마직 국민복'이 그를 기다리고 있었다. '작년 초가을, 좋지 못한 풍문이
들리는 파출소 건너편의 양복점에서 맞추어 입은 것이었다. 공정 가격은 32원
인데' 3원을 들고 갔다가 그냥 얻어 입은 옷이다. 순사로 팔 년을 지내면서
특히 '통제 경제가 강화된 이삼 년 육십 몇 원이라는 월급으로는 도저히 지탱
해 나갈 수 없는 생활을 뇌물 받은 것으로써 보태어 나왔'다.

이쯤 되면 그가 청렴결백한 사람이 아니라는 사실이 드러난 셈이다. 그럼에
도 맹 순사는 자신이 청백하다는 생각을 굽히지 않는다. 그것은 '양복벌이나

---

6) Ibid., p.261

7) Ibid., p.262

빼앗아 입고, 돈이나 몇 십 원, 돈 백 원 받아쓰고, 쌀 나무며 찬거리나 조금씩 얻어먹고, 술대접이나 받고 하는 것은 예사로 하는 일이요, 하여도 죄 될 것이 없다'고 생각한 때문이다. 부정부패가 순사 사회에 만연된 일임을 짐작케 하는 대목이다. 죄가 죄인지 모르고 살아온 그에게 적어도 독직이나 죄가 되려면 '몇 만 원 집어먹고서 소위 팔자를 고친다는 둥, 허리를 푼다는 둥의 수준에 올라야'8) 한다. 이러한 생각은 모두가 부정을 저지르는데, 왜 나만 문제를 삼느냐는 논리와 크게 다를 바 없다.

서술자는 맹 순사를 전면에 내세워 문란한 공직 사회와 그 속에서 죄의식 없이 살아가는 타락한 인물을 조롱하고 있는 것이다. 타락한 인물에 대한 풍자는 반어의 수법을 통한 희화화에 의해 실현되고 있다. 서술자는 겉으로는 맹 순사를 추켜세우고 있는 것 같지만, 실제로는 그의 잘못된 공직자상과 청백관의 실체를 폭로하여 웃음거리로 만들고 있다.

풍자는 일반적으로 인간의 약점, 사회의 부조리, 비논리 같은 것을 역설, 반어, 과장, 축소 등의 방법이나 해학, 기지 등의 기법을 구사하여 조소적으로 표현하는 수법을 말한다.9) 부정적 인물을 소설의 전면에 내세우고 긍정적 인물을 이면에 감추어 희화화할 때, 풍자는 극명한 효과를 거둘 수 있다.

<맹순사>에서 부정적 인물들은 맹 순사, 서분이, 가네모도, 기노시, 노마, 강봉세 등이고, 긍정적인 인물은 드러나 있지 않다. 겉으로 볼 때 맹 순사가 긍정적인 인물로 설정된 것 같지만, 그가 풍자의 대상이 되고 있는 점에서 <태평천하>의 윤 직원이나 <치숙>의 '나'와 크게 다를 바 없다.

그와 아내의 계속되는 대화를 통하여 당대 공직자들의 비리의 실체가 어느

---

8) Ibid., p.263

9) 조남현, 『소설원론』, 고려원, 1986, pp.306-307

정도 드러난다. 동료 순사 가운데 ‘열에 아홉은 한몫을 보고 늘어져 만 원 짜리 집을 사느니, 오십 석 추수의 땅을 양주에다 사놓았느니, 상사회사를 꾸며 가지고 대주주가 되어 사직하고 나가느니’[10] 했던 것이다. 자신이 청렴 결백하다고 생각하는 것이 어디까지나 상대적인 결핍에서 오는 것임이 드러 난다.

3. 자기 고백과 언어적 진실

자기 변명으로 일관하면서 청렴결백을 주장하던 맹 순사는 먹고 살 길이 막연해지자 군정청 경찰학교에 지원서와 이력서를 낸다. 해방 후 친일 행위에 대한 죄의식과 신변상의 위협으로 순사 생활을 그만 둔 그가 다시 경찰에 지원하게 된 것은 자기 모순이 아닐 수 없다. 더욱 심각한 것은 당국에서도 그의 친일 행위를 문제삼지 않고 다시 기용한 사실이다.

그럼에도 그에게는 일말의 양심이 남아 있어 시민들이 자기를 대하는 태도 에 놀라기도 한다. XX파출소에서 그를 맞이한 사람은 자신이 세 들어 살았던 주인집의 행랑 아들인 ‘노마’였다. 노마는 학교도 제대로 다니지 않았고 유미 관을 드나들면서 주먹패의 똘마니 생활을 했고, 주먹질 때문에 파출소에 끌려 간 그를 맹 순사가 몇 차례 방면해준 적이 있던 인물이다. 맹 순사는 ‘저런 것이 다 순사니, 수모도 받아 싸지'하고[11] 생각했다.

맹 순사를 더욱 놀라게 한 것은 노마가 전출을 가고 그 후임으로 온 새로운 동료 때문이다. 이 사람은 재작년 맹 순사가 XX경찰서에서 유치장 간수로

---

10) 『채만식전집 8』, 창작과비평사, 1987, p.263

11) Ibid., p.266

있을 때, 살인 강도죄로 붙잡혀 들어 왔던 강봉세였다. 강봉세는 맹 순사에게
복수의 칼을 갈던 사람으로 정치범·사상범이 풀려나올 때 같이 나와 경찰이
된 사람이었다.

맹 순사는 위기감을 느끼고 헐떡거리며 집으로 돌아오자마자 강봉세의 칼
에 배가 찔리지 않은 것만도 다행이라고 생각하면서 정복 정모와 패검을 보따
리에 싸놓고 사직원을 썼다. 영문을 모르는 그의 아내가 구박하자 아내의 성
화를 감당하기 어렵다고 판단하고 결국 자기 고백을 하기에 이른다.

> "그새, 벌써 사직예요?"
> 아낙 서분이가 구박이었다.
> "쾌니, 과부 아니 된 것만 천행으루 알아요"
> "?……"
> "사상범, 정치범만 석방을 하라니깐, 살인강도꺼정 말끔 다 풀어놨으니,
> 그놈들이 그래 심청이 그래야 옳담? 심청머리가 그리구서야 전쟁에 아니
> 져?"
> "살인강도가 났어요"
> "난 게 아니라, 들어왔드라우"
> "뉘 집엘?"
> "파출소루 …… 칼 차구, 정복 정모 잡숫구."
> "에구머니! 가짜 순사 말이죠?"
> "훙, 뼈젓이 사령장꺼정 받은 진짜 순사드랍니다요 당당헌 경찰학교
> 졸업생이시구."
> "절 어찌우? 그럼 인전 순사한테두 맘 못 놓겠구료?"
> "허기야 예전 순사라는 게 살인강도허구 다를 게 있겠나! 남의 재물
> 강제루 뺏어먹구, 생사람 죽이구 하긴 매일반였지."12)

인용문은 맹 순사와 그의 아내의 대화로 이루어져 있는데, 이야기꾼이 청자를 의식하여 질문을 던지고 그에 화답하는 형식으로 서술되고 있다. 아내의 질문은 이완의 기능을 하고 있으며, 맹 순사의 응답은 구체적인 진술을 통하여 긴박한 상황을 연출하고 있다. 판소리의 서사구조인 창과 아니리의 구조를 수용하여 긴장과 이완이 반복되고 있는 형국이다. 또한 맹 순사 부부의 대화는 대부분 존칭형 종결어미를 사용하고 있으며, '들어왔드라우', '잡숫구', '드랍니다요' 등의 전라도 사투리를 구사하여 이야기를 훨씬 구수하고 생동감 있게 해주고 있다.

그러나 <태평천하>에서 빈번하게 나타나고 있는 욕설이나 비어는 눈에 띄지 않는다. 그럼에도 이러한 언어 구사와 서술 방식은 판소리 사설을 연상시키고도 남음이 있다. 맹 순사의 넋두리는 판소리 창자가 구체적 사실들을 제시하여 극적 효과를 얻기 위하여 취하고 있는 창법에서 크게 벗어나지 않은 것이며, 이야기꾼이 청자들에게 이야기를 들려주면서 흥을 돋구는 형국으로 볼 수 있다.

이러한 언어 구사와 서술방식은 분명 채만식의 독창적인 소설 기법임에 틀림없다. 그것은 전통을 답습한 것도 서구의 리얼리즘을 흉내낸 것도 아니다. 그는 우리 문학의 수준을 세계적인 수준으로 끌어올리기 위해서 외국 문학을 모방한다면 우리 문학은 주변부 문학에서 벗어날 수 없고, 우리의 유산을 계승하고 새로운 전통을 창조해야 비로소 진정한 의미의 세계적인 수준의 문학에 도달할 수 있다고 생각한 사람이다.[13]

그는 설화체의 수용을 통하여 해방 이후 친일의 행각을 속죄하지 못하고

---

12) Ibid., pp.267-268

13) 『채만식전집 10』, 창작과비평사, 1989, p.163.

자기 변명이나 하면서 우유부단하게 살아가는 인물 맹 순사를 희화화하여 풍자의 효과를 극대화하고 있다. 서술자는 맹 순사를 긍정적으로 서술하기도 하지만 여러 가지 정황으로 미루어 보면 그것이 냉소적이고 풍자적임이 드러난다.

이 작품은 45년 12월 19에 작성하였고 46년에 발표하였으니 인용문에 나타나 있는 전쟁이 구체적으로 어떤 전쟁을 의미하는지 불분명하다. 해방 후 우리 정부가 치른 전쟁이 없는데, '심청머리가 그리구서야 전쟁에 아니 져'라고 말하고 있는 점으로 미루어 분명 대동아 전쟁을 의미하는 것 같다. 그렇다면 이 대목은 풍자적인 것으로 당대를 여전히 일제 암흑기의 연속으로 파악하고 있는 작가의 세계관의 표출로 보아야 할 것이다.

당시는 식민 잔재의 청산은커녕 미군정이 들어와 우리 민족 자체의 열망과 역량을 억누르고 오히려 일제 식민지 통치 구조를 그대로 지속시켜 일본인 관리와 친일 한국인 관리를 그대로 중용하여 또 다른 식민지 체제 구축을 하고 있었던 것이다. 마지막 말은 그럴 가능성을 더욱 짙게 해준다.

자신의 청렴결백을 주장하던 그는 '허기야 예전 순사라는 게 살인강도허구 다를 게 있겠나! 남의 재물 강제루 뺏어먹구, 생사람 죽이구 하긴 매일반였지'라는 자포자기적 발언을 한다. 그는 왜 그렇게 말했으며, 그 진의는 무엇일까? 인정하기 싫은 진실을 인정한 것인가, 아니면 순사를 강도와 같은 취급을 하는 미군정에 대한 반발인가?

여전히 아리송한 말이지만 다소 빈정거리는 듯한 그의 말속에서 막연하기는 하지만 세계관의 변화를 엿볼 수 있다. 그가 순사를 역임한 사람이고 보면 경찰의 세계를 그 누구보다도 잘 알 것이다. 그것은 경찰만의 일이 아니고, 정치인도 마찬가지이다. 그들은 조직의 생리상 결코 자신들에게 불리한 진실을 발설하지 않을뿐더러 끝까지 결백을 주장하기도 한다.

맹 순사의 자기 고백은 다분히 자기 변명의 성격이 짙지만 당대의 현실이 자신이 바라는 방향으로 나가지 않고 원하지 않는 방향으로 나가고 있다고 판단하여 자신의 진실을 우회적으로 표출한 것으로 볼 수 있다.

4. 결론

본고는 <맹순사>를 텍스트로 선정하여 서술자의 인물치레에 나타나는 냉소적인 어조와 맹 순사 부부의 대화에 나타나는 풍자적인 성격을 살펴보고 아울러 그 언어적 진실에 대하여 알아본 것이다.

인물치레는 맹 순사와 그의 아내에 치중되고 있는데, 맹 순사의 인생관에 대한 서술자의 냉소적인 어조가 은연중에 드러나고 있다. 맹 순사는 순사 노릇하면서 청렴결백하지 않았다면 봉변을 당했을 것이라면서 거드름을 피우기도 한다. 서술자도 빈정거리면서도 맹 순사를 한껏 추켜세우고 있다. <태평천하>와 <치숙>의 서두 부분과 크게 다를 바 없는 상황 설정이다. 이어서 서술자는 맹 순사의 주장이 얼마나 허무맹랑한 것이었는가를 아주 구체적으로 보여주면서 당시의 문란한 공직 사회와 그 속에서 죄의식 없이 살아가는 타락한 인물을 조롱하고 있다. 서술자는 맹 순사를 겉으로는 추켜세우고 있는 것 같지만, 실제로는 그를 웃음거리로 만들고 있는 것이다.

자기 변명으로 일관하면서 청렴결백을 주장하던 맹 순사는 먹고 살 길이 막연해지자 군정청 경찰학교에 지원서와 이력서를 낸다. 그런데 동료 순사로 온 사람들이 깡패와 살인강도이다. 맹 순사는 위기감을 느끼고 사직원을 쓰고, 영문을 모르는 그의 아내는 구박을 한다. 아내의 성화를 감당하기 어렵다고 판단한 그는 자기 고백을 한다. 맹 순사의 자기 고백은 다분히 자기 변명의 성격이 짙지만 당대의 현실이 자신이 바라는 방향으로 나가지 않고 원하지 않는 방향으로 나가고 있다고 판단하여 자신의 진실을 우회적으로 표출한 것으로 볼 수 있다.

이상에서 살펴본 바와 같이 <맹순사>에 구사되고 있는 언어는 겉으로 드러나 있는 의미와 그 이면에 감추어져 있는 의미가 다르며, 그 진실을 파악하기가 쉽지 않다. 겉으로 드러나 있는 의미에만 주목할 때 그에 대한 평가는 긍정적으로 나오기 어려우며, 그 이면에 감추어져 있는 진실까지 주목할 때 비로소 그에 대한 평가는 제대로 이루어질 수 있다.

◆ 참고문헌

권영민, 『한국근대문학과 시대정신』, 문예출판사, 1983.

김용직 외, 『한국문학연구입문』, 지식산업사, 1982.

김윤식, 『한국근대문학양식연구』, 아세아문화사, 1980.

───── 외, 『한국문학사』, 민음사, 1979.

김화영 편역, 『소설이란 무엇인가』, 문학사상사, 1986.

박동규, 『현대한국소설의 성격연구』, 문학세계사, 1981.

송현호, 『한국현대소설론』, 민지사, 1986.

─────, 『한국근대소설론연구』, 국학자료원, 1990

우한용, 『한국현대소설구조연구』, 삼지원, 1990.

이재선, 『한국현대소설사』, 홍성사, 1984.

임형택, 『한국문학사의 시각』, 창작과비평사, 1984.

───── 외, 『한국근대문학사론』, 한길사, 1981.

전형대 외, 『동편제판소리창본』, 한샘, 1991.

조남현, 『한국현대소설연구』, 민음사, 1987.

조동일, 『한국문학과 세계문학』, 지식산업사, 1991.

────── 외, 『판소리의 이해』, 창작과 비평사, 1984.

최원식 외, 『한국고전산문연구』, 동화출판사, 1981

Ashoroft, Bill, 『The Empire Writes Back : Theory and Pratice in Post-Colonial Literatures』, London ; Routlege, 1989.

Booth, Wayne c., 『The Rhetoric of Fiction』, The Univ. of Chicago Press, 1970.

Cullerd, Jonathan,『Structuralist Poetics』, Routledge & Kegan paul, 1975.

Hernadi, Paul,『Beyond Genre』, Ithaca ; Cornell Univ. Press, 1972.

Scholes, R. and R. Kellogg,『The Nature of Narrative』, Oxford Univ. Press, 1979.

Stanzel, Franz,K.(안삼환), 『소설형식의 기본유형』, 탐구당, 1982.

Todorov, tzvetan,「Les Catagories du recit Litteraire」,『Communication 8』, Paris ; Seuil, 1966.

Watt, Ian, 『The Rise of the Novel』, Berkley & los Angels ; Univ. of California, 1974.

5. 송기숙 문학의 갈래와 저항문학적 성격

1. 문제의 제기

송기숙은 우리 시대를 치열하게 살아온 지식인이며, 현실 문제에서 제3자적 관점을[1] 거부한 작가이다. 동학도의 후예답게 불의에 항거하면서 한평생을 살아왔다. 1978년 교육민주화 선언문을 발표하여 '대통령 긴급조치 9호 위반'으로 징역 4년의 형을 받고 복역한 것을 필두로 1980년 5 · 18 광주항쟁에 참여하여 징역 5년의 형을 받고 복역하기도 했다. 그는 격동기 한국 역사의 한복판에 서서 불의에 항거하면서 살아왔다. 최근에는 시민단체가 주동이 되어 전개한 우리 사회의 정의 실현을 위한 16대 국회의원후보 부적격자 선정운동과 낙선운동에도 관여한 바 있다.

그의 작품 속에는 동시대적 삶의 진실과 고뇌가 짙게 배여 있다. 분단의 비극과 그 극복의 문제, 농촌의 현실과 민중의 삶의 문제, 인간성 회복과 정의 사회 구현의 문제에 이르기까지 그가 즐겨 다루고 있는 소재들은 오늘날 우리

---

[1] 채광석은 『매운 바람부는 날』에 실린 소설들을 읽고 '주변적 인간, 제3자적 관점에서 당대 현실을 조명하는 데서 드러나는 작가들의 삶의 자리, 삶의 관계를 여실히 느낄 수' 있었고 송기숙의 작품도 예외가 아니라고 비판했다. (「삶의 중심에 살아 있는 총체성을」, 『어머니의 깃발』, 심지, 1988, p.443) 그러나 소설이 선동을 위한 팜플렛이 아니고 예술이라는 점을 감안한다면 위장취업자를 주인공으로 설정하지 않은 것은 작가가 현실에서 물러나 제3자적 입장에 선 것이라기보다 어떤 시각에서 인물을 그려나갈 것이냐 하는 시점 선택의 결과에 불과한 것이리라.

가 당면하고 있는 문제들이다. 그는 정공법의 입장을 견지하여 주어진 현실을 언제나 정시하고 있다. 정의로운 사회를 구현하기 위하여 당대의 지배적인 질서에 반기를 들고 새로운 질서를 지향하고 있다. 그의 언어는 언제나 진지하면서도 공명정대하다.[2] 한 마디로 그의 작품은 동시대적 삶의 세계를 정면으로 향해 있는 것이다.[3]

그를 잘 아는 사람들은 그의 문학에서 그의 모습을 대하는 것 같다고 말한다. 염무웅은 '송기숙씨의 문학이야말로 그의 사람됨에서 우러난 인간적 경험의 진실한 반영'이라고 했다.[4] 이문구는 모든 작품에 도도히 흐르고 있는 '불패자의 의지'나 '불의와 맞서'[5] 싸우려는 대결 의지는 인간 송기숙의 모습 그대로라고 했다. 작가는 세상에 흔히 널려 있는 이야기를 가지고 자신의 이야기로 바꾸어서 현실에 적극 대응하고 있다. 때문에 남도 지방의 걸죽하면서도 투박한 사투리와 어우러져 작가의 직설적인 모습이 작품 속에 그대로 투영되고 있는 것이다.

그럼에도 그의 소설이 남의 이야기가 아니라 바로 우리의 이야기처럼 느껴지는 것은 어디에 기인하는가? 그것은 바로 원초적 심성을 지닌 인물들이 '구체적인 역사적 상황 속에서 어떻게 존재해 왔는가를 냉정한 눈으로'[6] 바라보고 '이름 없는 민중에게서 사람됨의 바탕을 찾고 그것에서 민족적 전통성과 주체성을'[7] 찾은 데 기인한다. 즉 '이조 봉건사회로부터

---

2) 천이두, 『문학과 시대』, 문학과지성사, 1982, p.163

3) 홍정선, 「삶과 역사를 향해 열린 공간」, 『어머니의 깃발』, 심지, 1988, p.416

4) 염무웅, 「민중적 인간상의 작가 송기숙」, 『도깨비잔치』, 백제, 1978, p.280

5) 이문구, 「소설 송기숙-그는 어떤 사람인가」, 『어머니의 깃발』, 심지, 1988, p.437

6) Ibid., p.281

7) Ibid., p.285

일제 식민지시대를 거쳐 동족이 대치한 분단시대에 이르는 엄중한 민족사적 조건 속에서 그 조건에 의해 제약된 인간의 삶'을 형상화하고 새로운 전망을 제시하려고 한 것이다.

따라서 그의 작품에 등장하는 인물들은 '그대로 송기숙 자신'이라기보다는 '적어도 그가 추구하는 인간형'이라고 말할 수 있다. 모든 작품에서 볼 수 있는 '불패자의 의지'나 '불의와 맞서' 싸우려는 대결 의지도 따지고 보면 송기숙이 추구하고자 하는 이상적 인간형에 다름 아니다. 때문에 필자는 독재의 음울한 그늘 속에서 지식인으로서의 역할을 다하면서 살아온 작가의 삶에 초점을 맞추어 그가 생산한 작품의 갈래와 그 저항문학적 성격을 개략적으로 검토를 해보려고 한다.

2. 분단의 비극과 분단 극복의 시도

남북 분단 이후 반공이 국시가 되면서 분단의 문제를 다루는 것은 위험스럽기 짝이 없는 일이 되었다. 통일 운동이나 분단 극복의 노력은 남한의 이데올로기나 북한의 이데올로기를 초월하여 민족 화합의 정신에 바탕을 두어야 할 것이다. 그런데 남북의 위정자들은 분단의 상황을 정치적 헤게모니의 장악을 위한 수단으로 이용해왔고, 분단 극복을 위한 노력마저도 정략적으로 이용해왔다. 북한에서 반미문학이나 김일성의 영웅담이 문단의 헤게모니를 장악한 것이나 남한에서 반공문학이 문단의 헤게모니를 장악할 수 있었던 것은 그에 연유한다. 분단 이데올로기가 대한민국에서처럼 수십 년 동안 아무런 저항도 없이 통용된 나라는 세계 역사상 유례를 찾기가 어렵다.

새 천년에는 상황이 어떻게 바뀔 것인지 예측을 불허한다. 지난 4월 제16대

국회의원 선거를 얼마 남겨두지 않은 상황에서 남북정상회담 합의 소식이 전해졌다. 여당과 야당간에는 민족의 화해라는 민족적 과제를 앞에 두고도 생존을 건 싸움에 밀려 이전투구의 모습만을 보여주었다. 그런데 정부의 발표대로 6월 15일 남북 정상이 평양에서 극적으로 상봉을 했다. 이어서 8월 15일부터 18일까지 남북이산가족이 서울과 평양에서 50년의 한을 안고 꿈에도 그리던 가족들을 상봉했다. 그것은 어떤 드라마보다도 감동적이었다. 그러나 그것도 한순간의 일이었다. 남북의 화해 분위기를 가로막는 요인들은 아직도 우리 사회 곳곳에 도사리고 있다. 남에는 보수주의를 가장한 극우와 북에는 권력의 핵심에 위치한 극좌의 이데올로기가 여전히 힘을 발휘하고 있다. 우리의 앞날이 그렇게 순탄하지만은 않을 것이다.

분단의 현실 속에서 우리의 삶은 왜곡될 수밖에 없었다. 80년대 시인 김남주는 '삼팔선은 삼팔선에만 있는 것이 아니다', '삼팔선은 어디에나 있다'고 했다. 그것은 만고의 진리다. 삼팔선은 한반도의 곳곳에 있었다. 아니 지구상의 어디에도 존재했다. 우리의 삶을 지배하는 어둠의 그림자요, 독재자였다. 고착화된 분단 현실은 모든 분야에 걸쳐 절대적인 영향을 미쳤다. '레드 콤플렉스'가 정착되었고, 국민들의 의식을 지배하는 내적 사회 실재가 되었던 것이다.[8] 열강의 이해관계 앞에서 진실은 항상 견제를 받아 분단으로 형성된 상처를 치유하기는커녕 자꾸만 내면화시키는 결과를 낳았다. 분단의 문제는 만지면 만질수록 덧나는 민족의 상처와 같다고 한 것도 그러한 인식에 근거를 둔 것이다.

따라서 분단의 문제는 작가들의 지속적인 관심의 대상이 되어 왔고, 언제나 벗어버리기 어려운 운명의 짐이었지만,[9] 누구도 감히 정면에서 다루기가 곤

---

8) 김진균 조희연, 「분단과 사회상황의 상관관계에 관하여」, 『분단시대와 한국사회』, 까지, 1985, p.434

란한 애물단지와 같은 존재였다. 그런 이유로 자유당시절 이후 군사 독재시대에 이르기까지 분단의 문제를 다루는 것은 신변의 위험을 감수해야만 하는 모험으로 여겨졌다. 지극히 소수의 작가에 의해 간헐적으로 분단의 문제가 다루어진 것도 그와 무관하지 않다. 분단 시대와 분단 극복이라는 용어가 본격적으로 논의되기 시작한 것은 70년대였고, 분단 문학이 한국문단의 중심적인 화두가 된 것은 80년대에 이르러서다.

그런데 송기숙은 60년대 중반 이후 <어떤 완충지대>(1968), <백의 민족>(1969), <휴전선 소식>(1971), <흰구름 저 멀리>(1973), <전설의 시대>(1973), <갈머리 방울새>(1973), <살구꽃 필 때까지>(1980), <당제>(1983), <어머니의 깃발>(1984), <파랑새>(1988) 등을 발표하면서 아주 도전적으로 분단의 문제를 다루었다. 이들 작품은 전쟁의 극한 상황보다는 전쟁으로 상처를 입은 사람들의 삶을 사실적으로 묘사하고 있어서 전쟁문학이라기보다는 분단문학으로 보는 것이 타당하다.

<어떤 완충지대>에서는 간첩으로 남파되었다가 체포된 여인의 극한 상황을 통하여 남북 분단의 비극을 고발하고 새로운 전망을 제시하고 있다. 소설의 서두는 강 대위와 여인이 호송선을 기다리는 대목에서부터 시작하고 있다. 그들은 배가 물을 가르는 소리를 듣고 서로 다른 불안감에 사로잡힌다.10) 강 대위가 불안하게 생각하는 것은 여인을 신뢰할 수 없는 데 기인한다. 호송선을 타는 순간 자신과 여인의 운명은 뒤바뀔 것이다. 그녀가 살기 위하여 진실을 밝힌다면 목숨을 부지하기 어려울 것이다. 아내와 세 살 짜리 딸을 두고 북한으로 가서 그녀와 부부행세를 한다는 것도 못할 일이다. 여인은 남

---

9) 김승환 신범순, 『분단문학비평』, 청하, 1987, p.17

10) 송기숙, <어떤 완충지대>, 『파랑새』, 전예원, 1988, pp.303-304

쪽의 남편과 북쪽의 아들의 미래를 생각하고 갈피를 잡지 못한다. 남파 즉시 붙잡힌 것은 남편을 위해 잘 된 일이지만, 남쪽의 공작에 협조하다가 발각될 경우 아들이 감당해야 할 짐을 생각하고 괴로워한다. 더구나 강 대위의 가족을 비롯한 '다른 사람의 생명이 줄래줄래 매달려' 있는 현실을 생각하고 고민하게 된다. 그녀는 남쪽에도 북쪽에도 예속되지 않는 완충지대로 존재하고 싶어한다.[11] 그것은 남편이 다치지 않고, 아들에게 불이익이 돌아가지 않는 유일한 길이다. 진정한 화해에 바탕을 둔 제3의 길이며, 분단의 현실을 극복할 수 있는 길이지만 아직은 그러한 분위기가 성숙되지 않았다. 결국 그녀는 자살을 선택하기에 이른다.

　<백의 민족 1968년>에서는 분단 시대의 극단적 반공 이데올로기와 왜곡된 인간상을 문제삼고 있다. 서사적 자아는 기차를 타고 가다가 지리산 공비 토벌에 참전한 '운동모'를 알게 된다. 그는 남북 분단으로 고착화된 반공 이데올로기에 충실한 인물이다.[12] 통치의 수단으로 악용되기도 한 반공 이데올로기가 그에게 있어서는 신성한 것이요, 절대적인 것이다. 거기에 물신주의가 가미되어 좌익에 가담한 사람들은 인간이기 이전에 적이요, 상금을 탈 수 있는 물건으로 인식된다. 그가 박살을 낸 양 선생은 한때 빨치산에 가담한 적이 있는 지식인이다. 양 선생은 지리산에서 '운동모'에게 생포되었지만 탈출하여 지내다가 자수를 한 교사다. 자신의 전력을 감출 수밖에 없는 양 선생과 극우적 성향을 지닌 '운동모'의 레드 콤플렉스는 당대의 사회가 만들어낸 기형적인 인간상들이다. 작가는 양 선생과 '운동모'의 악연을 통하여 우리 사회에 팽배한 분단의식과 그 극복의 가능성을 조심스럽게 타진하고 있다.

---

11) Ibid., pp.319-320

12) Ibid., pp.297-298

<휴전선 소식>에서는 반공 이데올로기가 극성을 부리던 6, 70년대의 극한 상황을 고발하고 있다. 위정자들은 불고지죄를 만들어 교사와 학생의 인간적인 유대까지도 깨뜨리며 서로를 불신하고 고발하게 만든다. 특히 도서지방의 경우 주민들에 대한 감시가 그 어느 곳보다도 삼엄하다. 평식의 사랑방 옆에는 '이웃에 오신 손님 간첩인가 다시 보자'는 삭막하기 그지없는 방첩 포스터가 붙어 있고, 이웃 간에는 서로가 서로를 감시하는 조직망이 구성되어 있다. 교사라고 해서 예외는 아니다. 그는 불고지죄를 범하지 않기 위하여 제자의 천진난만한 언행까지도 의심을 한다.[13] 평식의 할머니가 꿈을 통해 확인한 할아버지의 죽음과 바다를 떠돌던 아버지의 귀가가 맞물리면서 할아버지의 제사를 두고 평식과 교사 사이에 의사 소통의 왜곡이 일어난다. 평식은 할아버지의 죽음에 대한 할머니의 확신이 미신 같은 것이어서 선생님께 이야기를 하지 못하는데, 선생님은 평식의 아버지가 월북했다가 할아버지의 죽음을 확인하고 제사를 지낸 것으로 착각한 것이다.

<흰구름 저 멀리>에서는 전쟁 중에 월남한 실향민의 고향에 대한 그리움과 이산 가족의 아픔을 그리고 있다. 낚시를 즐기는 한 사장은 자신의 고향 마을과 너무도 흡사한 어떤 저수지에 자주 간다. 거기서 그는 자신과 너무도 닮은 낚시꾼에 대해서 알게 되고, 그가 자신과 같은 성씨인 사실도 알게 된다. 그러나 비밀을 알아버린 순간 꿈이 깨어지고 만다는 전래설화와 유사한 이야기 전개로 그는 다시는 그곳에 나타나지 않는 그 사람을 만나지 못해서 안타까움만 커간다. 관찰자인 '나'는 5년 가까이 낚시질에 대한 긴장보다는 형제 간의 극적 상봉을 기대하고 '귀끔스런 저수지만 골라 다니고 있지만 아직 그런 사람은' 찾지 못하고 '찌가 아니고 저 건너 흰 구름에 앉혀 있는' 한

---

13) Ibid., p.246

사장의 눈만을 확인하게 된다.[14)

<전설의 시대>에서는 이데올로기적 대립의 실상을 적나라하게 보여주고 있다. 나와 윤수는 두 성씨가 반반쯤으로 한 마을을 이루고 있는 같은 마을에 살고 있다. 두 사람은 깊은 우정을 유지한다. 그들에게 좌우익의 이데올로기는 중요하지 않다. 윤수의 형이 좌익에 가담하자 '나'의 형은 우익에 가담하고, 그것은 성씨간의 집단적인 가담으로 이어진다. 좌우익의 싸움에서 형은 한쪽 다리를 잃고 좌절 속에서 살아간다. 반면에 좌익에 가담한 사람들은 귀향하지 않은 사람도 있지만 자신의 죄를 감추기 위하여 군인이나 경찰이 되어 돌아오는 사람들도 있다. 형과 그들의 싸움은 연좌법과 냉전적 사고에 의해 더욱 치열해질 수밖에 없다. 윤수의 미국 유학을 막을 수 있는 길도 관직에 있는 사람들을 골탕먹일 수 있는 것도 남북 분단의 현실이 가능하게 만든 것이다. 그런데 이러한 현실을 즐기는 것은 다름 아닌 위정자들이요 가진 자들이다. 제대 후 함께 동숙한 적이 있는 '나'와 윤수의 친구가 한 말을 화자가 회상하는 대목을 통하여 냉전 논리와 그 허구성이 여지없이 드러나고,[15) 진정한 민족적 화해의 길이 어디에 있는지가 분명히 드러나고 있다.

<갈머리 방울새>에서는 김성준 상사가 갈머리란 섬에서 윤심이라는 천진난만한 처녀를 만나 인간성을 회복하는 모습을 보여주고 있다. 당시 간첩들에게는 인권이나 고상한 감정이 존재할 수 없었다. 사람이 죽어도 간첩의 경우에는 죽은 자만이 불쌍하고 억울한 뿐이었다. 김성준은 그 점을 최대한 이용하여 간첩들을 고문하며, 그 결과 상당한 성과를 얻어내기도 한다. 그런데 간첩 김민혁이 죽어가면서 밝힌 심달모라는 고정간첩을 잡기 위하여 8개월을

---

14) Ibid., p.216

15) Ibid., pp.226-227

돌아다니던 김성준은 윤심을 겁탈한다. 윤심은 천진한 모습을 잃지 않는다. 배를 타고 섬을 빠져 나오던 그는 손을 흔들고 서있는 그녀의 모습을 보고 마음에 동요를 일으킨다. 그는 기적소리를 듣고 '틀림없이 오는 봄에는 여기 돌아오겠다는 윤심이를 향해 지르는 자기의 목소리'라고 생각한다.[16] 당대의 반공 이데올로기가 잘 드러나 있어서 반공소설로 분류할 수도 있겠으나, 분단 극복을 위한 가능성이 어느 정도 암시되고 있어서 분단 문학의 범주에서 충분히 다룰만한 가치가 있는 작품이다.

<살구꽃 필 때까지>에서는 6.25 때 좌익의 거물이라는 이유로 가족이 처형을 당한 상황에서 용케 살아남은 어린 소녀의 삶의 여정에 초점을 맞추어 분단의 비극과 그 극복의 문제를 다루고 있다. 일곱 살의 안순은 부모가 처형을 당하고 고아원에 맡겨진다. 그녀는 할머니가 살아 계시기 때문에 고아원에서 쫓겨날 것을 염려하여 남의 눈을 피해가면서 할머니를 만난다. 할머니는 화자의 외갓집 일을 거들면서 근근히 살아가는데, 살구꽃이 피면 안순을 데려다 함께 살겠다고 한다. 그런데 할머니는 살구꽃이 피기 전에 숨진다. 좌익에게 두 명의 아들을 잃은 방호 영감은 그녀와 우익 운동을 하다가 살해된 사람의 아들인 삼식을 함께 거둔다. 나중에 두 사람은 성장하여 결혼을 한다. 방호 영감과 그들 부부의 삶을 통해 분단 극복의 가능성을 확인할 수 있다. 그렇지만 그들을 끊임없이 괴롭히는 인물이 있다. 우리 민족이 진정으로 청산해야 할 대상이라고 할 수 있는 학산 영감이다. 그는 '자유당 부정선거의 공로로 준 상아파이프에 정보부장이 선사한 라이터로 담배를 태워 물고, 일제 때 주구 노릇한 상으로 탄 시계로 시간을 보내고 있는 사람'이다.[17]

---

16) Ibid., p.275

17) Ibid., p.207

<당제>에서는 수몰민의 한을 이산 가족의 문제와 연계시켜 서술하고 있다. 한몰 영감 내외는 6.25 때 의용군으로 끌려간 아들이 이북에 살아 있을 것으로 확신한다. 자신이 징용을 끌려갔다가 돌아올 때 그랬던 것처럼 '저 건네 미륵보살이 즈그 엄씨 꿈에 선몽을' 했고, 그것이 '예사 꿈이' 아니라고 믿은 데 기인한다. 차실 영감의 죽은 딸과의 사혼을 단호하게 거절한 것이나 마을에서 도로를 넓힐 때 땅을 내놓지 않은 것은 그러한 믿음에 바탕을 두고 있다. 그러나 자신의 본심을 숨길 수밖에 없었다. 그것은 '사람의 종자들하고 는 입도 짝을 할 수 없는 소리'였기 때문이다. 그런데 댐 공사로 마을이 온통 수몰될 지경에 이르자, 한몰 영감은 도깨비에게나마 푸념을 늘어놓는다. 수몰 이 되고 마을은 흔적조차 없이 사라지지만 그는 여전히 고향을 떠나지 못한다. 그는 오두막을 짓고 언제 돌아올지 모르는 아들을 위하여 관광지 안내판 크기 의 나무 안내판을 세운다. 거기에 '감내골 동네는 한 집도 업씨 전부 저수지 땜을 마거 업써저 불고 거그 살든 부님이 어매 한몰댁하고 아배 한몰 영감은 이 집에 산다. 부님이 아배 이름은 김진구다'라고 씌어져 있다.[18] 안내판은 분단의 비극적 현실이 잘 드러나 있는 상징물에 다름 아니다.

<어머니의 깃발>에서는 이산가족의 문제를 다루고 있는데, 분단의 문제 가 진도 도깨비 굿으로까지 연결되어 여성들의 한의 역사도 드러나고 있다. 여기에는 두 개의 만남이 준비되어 있다. 그 하나는 전쟁의 와중에 헤어진 어머니와 그의 만남이고, 다른 하나는 겁탈을 당하고 잠적해버린 인실과 그의 만남이다. 그는 5세 때 어느 나루터에서 군인들이 어머니를 끌고 가는 바람에 혼자되어 떠돌다가 8세 때 평화곡마단에 입단했다. 거기서 일하다가 현재 평 화고물상을 운영하고 있다. 그는 아내와 사별한 뒤 딸은 처가에 보내고 혼자

---

18) Ibid., p.192

살고 있다. 어릴 때의 정신적 상처 때문에 성 폭력범에 대하여 단호하며, 그로 말미암아 세 번이나 구속되었다. 그의 주위 인물들은 '고물같이 허름한 인생'들이다. 인걸은 양친이 일찍 죽어 고아가 되었고, 호도장은 부모의 얼굴도 모르는 고아원 출신이고, 평화곡마단의 단장은 가족이 모두 북한에 있다.[19] 그들은 그의 어머니를 찾기 위해 함께 노력한다. 그 결과 재판정에 그의 생모가 나타난다. 그녀는 여고를 졸업하고 결혼을 해서 그를 낳았다. 항일 사건으로 투옥된 남편은 해방 후 폐인이 되어 사망했다. 6.25 때 군인들에게 끌려가 강간을 당하고 아들마저 잃었다.[20] 그러나 좋은 혼처가 나타나자 결혼했고, 전문대학의 학장이 되었다. 남편에게 과거를 이야기할 수 없는 그녀는 아들의 복을 빌기 위하여 미륵불을 몰래 집으로 가져가서 모시려고 한다. 거기에서도 이산의 아픔과 모성애를 엿볼 수 있다.

　<파랑새>에서는 분단의 비극을 그리고 있다. 제1부는 이데올로기적 대립의 현장인 은내골의 비극적 상황을 서술한 전쟁소설이고, 제2부는 20년 후 은내골을 찾은 서사적 자아가 분단의 현실을 확인한 분단 소설이다. 서사적 자아는 피난 온 사촌형을 위하여 은네골에 갔다가 혜선이라는 소녀를 만난다. 은네골은 이데올로기적 대립의 역사적 현장으로 경찰서장과 인민위원장을 낸 마을이었다. 소년과 소녀는 전쟁의 와중에도 서로 사랑을 키워간다. 그런데 전쟁의 마수는 소녀의 집안에도 뻗쳐 집안이 풍비박살이 난다. 소년은 아픈 상처를 안고 고향을 떠난다. 20년이 지난 뒤 지방신문에 난 기사를 보고 그곳을 찾아갔다가 분단의 현실을 발견한다. 여인이 미륵불에게 늘어놓고 있는 넋두리를 통하여 그녀의 사연이 드러난다. 전쟁이 끝난 뒤 10년이 지난 어느

---

19) Ibid., p.80

20) Ibid., p.143

날 남편이 몰래 고향에 찾아왔다. 부부는 감격의 해후를 했고 그 결과 여인은 아이를 갖게 되었다. 그런데 그 사실을 발설했다가는 불고지죄로 반공법망을 피하기 어렵게 되었다. 여인은 스님의 아이를 가졌다는 소문에 묵묵 부답이었고 스님은 '그 동안 죄 없는 죄인이 되어 세상 사람들의 분별 없는 험담에다 모진 손가락질을 바람소린 듯 물소린 듯 귀결에 흘리고'[21] 있다. 아이는 천덕꾸러기가 되었다. 그 모든 것이 해결되기 위해서는 하루 빨리 통일이 되는 길밖에 달리 방법이 없다.

위에서 살펴본 바와 같이 분단의 비극은 우리 사회의 도처에서 볼 수 있는 현상이다. 작가는 분단의 문제를 획일적으로 다루지 않고 다양한 시각에서 접근하고 있다. 가해자의 시각에서 접근하기도 하고, 피해자의 시각에서 접근하기도 한다. 그리고 제3자의 입장에서 접근하기도 한다. 다루고 있는 문제 역시 대단히 다양하다. 분단은 부부 사이에 깊은 상처를 남겼고, 우리의 가정을 파괴했고, 이웃 간에 반목과 경계심을 심어주었다. 그것은 사회적인 골과 정치적 불신으로 이어졌고, 통일의 장애가 되기도 했다.

분단으로 <어떤 완충지대>의 여인과 남편, <휴전선 소식>의 할머니와 할아버지, <파랑새>의 여인과 남편은 정상적인 부부관계를 갖지 못하고 남북으로 갈라져 살고 있다. <백의 민족 1968년>의 '운동모', <갈머리 방울새>의 김성준, <전설의 시대>의 인물들, <휴전선 소식>의 교사는 냉전논리에 젖어 서로의 내면에 삼팔선을 지니고 살아간다. <흰구름 저 멀리>, <당제>, <어머니의 깃발>에서는 이산가족의 아픔과 가족에 대한 사랑을 보여주고 있다. <살구꽃 필 때까지>에서는 고아가 된 어린 아이를 통하여 전쟁의 비극성을 보여주고 있다.

---

21) Ibid., p.72

이들을 통하여 작가는 오랫동안 국민들의 뇌리에 각인되고 고착화된 분단 이데올로기에 반발을 하면서 우리 시대의 비극을 고발하고 그 극복의 가능성을 조심스럽게 타진하고 있다. 당시 반공을 국시로 했던 당대의 지배적인 담론에 반기를 들고 새로운 질서를 구축하기 위하여 일을 한다는 것이 얼마나 어렵고 험난한 길이었을 것인지는 가히 짐작이 되고도 남음이 있다. 작가는 군사정권 시절에 분단 주제를 다루는 것이 '이만저만 까다로운 일이 아니었지만, 그런 주제말고는 성이 차지' 않았다고 밝힌 바 있다.

당대의 가장 첨예화된 이슈는 분단의 비극과 분단의 극복이라는 문제였던 점에서 역사적 사실에 충실한 거대서사(grand narrative, metanarrative)를 즐겨 다룬 작가다운 고백임에 틀림없다. 그가 시골 아이의 눈에 비친 교사의 모습이나 낚시꾼의 가슴에 묻어둔 한의 정서 혹은 수몰지구가 된 농토를 지닌 농민의 자식에 대한 사랑이라는 미소서사(little narrative, micro narrative)를 통해서도 분단의 문제를 끌어오고 있는 것은 그 좋은 예가 될 수 있다.

최인훈이 <광장>은 분단의 문제와 남북 이데올로기의 문제를 정면에서 다룬 작품으로 우리의 주목을 받기에 충분하다. 그런데 그 발표시기는 자유당의 독재정권이 시민의 힘에 의해 무너지고 민주당의 정권이 들어섰던 때였다. 그 점을 감안한다면 송기숙의 작품 활동은 우리에게 시사하는 바 크다. 지금은 혁명가나 투사로 분류됨 직하지만 당시로서는 문단의 햇병아리에 불과한 그였다. 군사정권 시절에 어디에서 그런 용기가 나왔는지 알 수 없다.

반공법의 그물을 피하고 독재의 하수인들의 온갖 공갈과 협박을 이겨내면서 그런 작업을 하기가 그렇게 쉽지만은 않았을 것이다. 때문에 철저한 위장을 통하여 분단의 문제를 다루고 있는 작품도 있다. <지리산의 총각샘>은 겉으로 보면 지리산 등반의 이야기이다. 그러나 자세히 살펴보면 분단의 문제를 다루고 있음이 드러난다. 김 부장의 산행은 사실 자신의 잊혀진 과거 찾기로 볼 수 있다. 다른 산이 아닌 지리산을 등반한 것이나, 그곳에서 대위로 승진한 그의 전력은 그 논리적 근거가 될 수 있다. 지리산은 분단의 아픔을 간직한 역사의 현장이다. 그런데 치열한 전투가 벌어져 '피비린내와 포성으로 살벌하기만' 한 그 날의 모습은 간 곳이 없다. 대신 '한 폭의 풍경화'만[22] 볼 수 있을 뿐이다.

3. 농촌의 현실과 민중의 삶

농촌은 조선시대로부터 현재에 이르기까지 수탈의 대상으로 언제나 헐벗고 가난한 사람들이 모여 사는 곳이다. 피땀 흘려 일을 해도 굶기를 밥 먹 듯하고 그 날이 그 날 같은 고통의 나날이 계속되는 있다. 그것은 농민들이 무지하고 가난해서가 아니라 당대 사회의 구조적 모순에 기인한 바 크다. 부의 편중 현상, 과도한 세금과 소작료, 고리대금 등은 궁핍한 농민들이 춘궁기를 넘기기 어렵게 하고 있다.

농촌의 구조적 모순에 대한 인식은 대부분의 농민들에 의해 이루어지고 있다. 열심히 일을 해도 최저 생활을 영위하기 어려운 것은 지주와 권력층의 과도한 착취와 부당한 대우에 있다고 보았다. 때문에 그들은 인간다운 삶을 영위하기 위하여 끊임없이 투쟁하고 있다. 어떤 경우에는 아주 온건한 방법으로 싸우고 있지만 어떤 경우에는 목숨을 걸고 투쟁하고 있다. 그러나 그들은 지주와 권력층을 상대로 싸우는 일이 그렇게 만만한 일로 보지도 않고, 농촌의 구조적 모순을 극복하는 일이 그렇게 용이할 것으로 생각하지도 않고 있다.

---

22) 송기숙, 『백의민족』, 형설출판사, 1973, pp.86-87

그럼에도 그들은 한결같이 '황소처럼 고집이 세고 타협'을 모른다.[23] 사리
에 어긋나는 일이면 설령 자신에게 이로운 것이라고 하더라도 결코 그냥 넘기
는 법이 없다. 그것은 그들이 불의에 맞서 싸운 동학군 혹은 의병의 정신을
계승한 때문이다. '자랏골'이나 '몽기미'의 농민들은 동학군의 후예들이 사는
곳이다. <자랏골의 비가>, <재수 없는 금의환향>, <몽기미 풍경> 등에는
그러한 점이 분명히 드러나 있다. '자랏골'이나 '몽기미'는 어떤 특정한 지역
이라기보다 열악한 삶을 살아가는 한국의 농촌을 상징한다.

> 높은 산이 울타리처럼 빙 둘러 마을을 싸안고 있어, 소쿠리에 밤알 담아
> 흔들어놓은 꼴로 안쪽에 옹기종기 집이 붙어 있는 자랏골 마을은, 울타리
> 처럼 둘러싼 산줄기가 사방으로, 다 쳐다보이게 높아, 다른 곳에 비하면
> 하늘이 셋에 둘 꼴로 좁았다. 이렇게 하늘이 좁아 일광 시간이 짧으니,
> 산자락에 얹힌 논다랑치들은 항상 햇빛 가난인데다가 산골이라 찬물까지
> 쳐, 벼포기들은 자라다가 그대로 풋대에 서리를 맞히기 십상이었다. 다른
> 곡식도 늘 그렇게 햇빛을 그려 가을이 다른 동네보다 좋게 보름은 늦게
> 들었는데, 그런 논밭을 벌어먹고 사는 자랏골 사람들도, 그렇게 크다 만
> 벼포기처럼 궁기에 찌들어 산다. 남의 것일망정 그런 밭뙈기나 산전 한
> 자랑치도 없는 끝심이 같은 집은 뱀 같은 것을 잡거나, 비럭질을 해다가
> 먹으며 더 찌든 인생을 살아가고 있는 것이다.[24]

인용문은 '자랏골'을 묘사한 것인데, 실제로 존재하는 공간이 아니다. 고향
인 '자푸지'를 배경으로 작가가 만들어낸 상상의 공간일 뿐이다. 사건도 자신
의 고향에서 실제로 일어난 것은 아니다. '자푸지'의 사람들을 모델로 그들의

---

23) 염무웅, Op. cit., p.280
24) 『자랏골의 비가』, 창작과비평사, 1983, pp.10-11

생활을 반영한 것이지만,[25] 작가는 한국의 농촌에서 흔히 볼 수 있는 문제를 다루고 있다. 여기에 등장하는 동학군의 후예들도 의향인 자신의 고향 사람들을 모델로 한 것이다.

작가는 그의 작품에서 지주와 농민 혹은 지배자와 피지배자 사이의 갈등을 동학농민전쟁의 정신에 바탕을 두고 집단적 항거를 통하여 해소하고 있다. 그러한 사실은 <자랏골의 비가>(1974), <재수 없는 금의환향>(1976), <몽기미 풍경>(1978), <암태도>(1979), <녹두장군>(1981 -1994) 등을 통하여 확인이 가능하다. 이들 작품에서 작가는 농촌의 문제를 원초적 고향에 대한 향수나 유토피아의 대상으로서가 아니라 그야말로 '절박한 삶의 현장으로서'[26] 다루고 있다.

<자랏골의 비가>에서는 3.1운동 전해부터 4.19에 이르기까지의 역사적 사건을 배경으로 자랏골 사람들의 '수모와 핍박, 궁기와 곤비를 적나라하게 조명함으로써 무엇을 위해 문학이 존재하는가 라는 큰 물음에 확답을'[27] 내놓고 있다. 자랏골 농민들은 가진 것이 없는 소박한 사람들이다. 권력층에 원한을 가지고 있지만 자신들의 삶을 위해 굽실거리기도 하고 회유 당하기도 한다. 선찬은 자랏골 사람들의 원한과 통분을 대변하는 인물로 복수의 의지를 지니고 있다. 종수와 문길에게 영향을 미쳐 권력층의 억압과 횡포에 대하여 적극적으로 대처할 수 있게 해준다. 용골 영감과 고당 영감은 동학혁명 때 전봉준 장군 밑에서 이름을 날린 용사로, 황소처럼 고집이 세고 타협을 모른다. 그런데 고당 영감은 일본에서 대학을 다니던 아들이 독립운동가로 변신하면서 독립자금을 마련하기 위하여 이양문에게 묏자리를 판다. 이양문은 자랏골의

---

25) 송기숙, 『교수와 죄수사이』, 심지, 1988, p.14

26) 천이두, Op. cit., p.163

27) 김병걸, 「<자랏골의 비가> 해설」, 『현대문학』 1975.7, p.260

비가에 알게 모르게 관계되고 있는 인물이다. 그는 힘없고 소박한 농민들을 괴롭히고 착취하는 세도가다. 자랏골 사람들에게는 정치적 상황이 달라져도 재앙이 그치지 않는다. 그러나 그의 집안은 일제 시대나 지금이나 운이 틔고 복이 닥쳐 아들들이 고관, 재벌, 국회의원 등으로 출세의 길을 달린다. 심지어 6.25 같은 때도 손끝 하나 다친 사람이 없을 정도이다. 자랏골 사람들은 그것이 묏자리 때문이라고 생각하여 양문 일가와 갈등을 빚는다. 자랏골의 비극의 원인을 그 묏자리라고 해도 과언이 아니다.[28] 이 소설은 하층민들의 절망과 참담한 생활상에 토대를 둔 것이지만, 민중의 현실과 삶의 모습을 잘 보여주고 있다. 작가가 이 작품을 쓰면서 '여태 잊은 고향을 찾은 것 같고 내 의식과 감정 그리고 호흡에서 고향이 되살아나면서 글이 풀려나가기 시작했다'라고 말한 것은 자신의 초기 문학에서 제기된 바 있는 정체성의 위기와 민중성의 회복을 어떻게 극복할 것인가를 고심한 증거라고 하겠다.

<재수 없는 금의환향>에서는 동학군의 후예들의 오랜 숙원과 그 성취 과정을 다루고 있다. 마찬가지로 마을 초입에는 농민들의 원성을 사고 있는 '묏등'이 떡 하고 버티고 있다. 사람들은 거기에 침을 뱉고 오줌을 갈기면서 그들에게 총 맞아 죽은 의병들의 비석을 세우려고 한다.[29] 이야기는 객지에 나가서 살다가 추석을 맞아 고향을 찾은 어린 시절 친구인 선구와 복만이 만나는 대목부터 시작한다. 그들의 만남을 통하여 산업화 사회의 각박함과 농촌의 포근한 인정미가 드러난다. 선구는 xx 비료공장에 취직하여 가난에 대한 가혹한 체험을 하면서 살아간다. 그 덕분에 어린 시절 '신을 찾아 헤매던 복만의 모습과, 고무신을 끌어안고 울음을 터뜨리던 모습'을 악몽처럼 떠올린

---

28) 『자랏골의 비가』, 창작과비평사, 1983, p.13

29) 『한국소설문학대계』56, 동아출판사, 1995, p.402

다. 복만은 불우했던 과거를 감추기 위하여 '자기 사업 규모와 부유한 생활'
을[30] 자랑하지만, 마을 청년들이 마을회관 건립과 의병들의 비석을 세워줄
돈을 마련하기 위하여 기부금을 요청하자 고작 만원을 기금으로 내놓는다.
마을 청년들은 그를 달아매고 몽둥이질을 한다. 청년들의 힘에 눌린 그는 백
만 원을 마을에 기부하기로 한다. 복만의 귀향이 마을 청년들의 입장에서는
그들의 오랜 숙원사업을 해결할 기회가 되었다면 복만의 입장에서는 재수
없는 금의환향이 된 것이다.

<몽기미 풍경>에서는 동학군의 후예인 순자의 삶을 통하여 농촌 경제의
붕괴와 탈향한 농촌 젊은이들의 열악한 삶의 모습을 그리고 있다. 순자의 할
아버지는 고향이 전라도 고부였으나 동학군에 가담하여 제주도로 쫓겨가다가
파선으로 몽기미에 주저앉았다. 어머니가 들려주는 할아버지와 동학군에 대
한 내용은 비교적 상세한 편이다.[31] 순자는 고향을 떠나 서울로 와서 '무녀리
로 떠돌다가 지금 다니는 장난감 공장에 부비고 든 것이 그럭저럭 오 년이'
흘러갔다. 그 동안 서울에 대한 소녀의 꿈은 '뼈마디가 저미는 고통으로 조각
조각 조각이 나는 기간이었고 또 처참하게 조각난 꿈을 딛고 살벌한 현실에
뼈마디를 추슬러 온 기간'이었다. 탈향한 시골 청소년들의 열악한 삶이 순자
의 공장 생활을 통하여, 탈선한 청소년들의 문제가 남분을 통하여 잘 드러난
다.

<암태도>에서는 1920년대 농민운동의 하나였던 암태도 소작 쟁의를 다
루면서 1920년대 한국농촌의 보편적 문제를 제기하고 있다. 지주 계층의 영
세 농민들에 대한 부당한 대우와 경제적 착취[32] 그리고 그에 항거하는 모습

---

30) Ibid., p.396

31) Ibid., p.425

32) 『암태도』, 창작과비평사, 1981, p.136

이[33] 작품 곳곳에서 확인된다. 박순동의 논픽션 <암태도 소작쟁의>(신동아, 1969.9)와 현장 답사를 바탕으로 당시의 역사적 사실을 충실히 기록하고 있다. 암태도의 대지주는 문재철이다. 그는 일제의 앞잡이로 끝까지 자기의 권리를 보호하려고 한다. 그가 받아들이는 소작료는 명목상 5할이지만 갑을도 조여서 실제로는 7-8할이다. 서태석은 문 지주의 공덕비 건립 위원장을 맡았지만 그것이 일제의 앞잡이 노릇에 불과함을 깨닫는다. 그는 '소작회'를 조직하여 소작쟁의를 주도한다. 그는 스물 아홉 때부터 7년 동안 면장을 지냈으나 3·1운동에 가담하여 징역을 살고 나와서는 소작을 부치고 있는 지식인이면서 소작농민이다. 20, 30년대 프로문학계열의 농민소설에 종종 등장했던 독특한 인물이다. <흙>이나 <상록수> 등에서 확인할 수 있는 시혜적 지식인의 허위의식에서 벗어나 농민의 집단의식을 구체적으로 실천하는 인물이다. 그는 철저한 자기 비판을 통하여 '아무리 부지런히 일을 해도 그것이 도둑놈의 심부름일 때, 그것은 그만큼 세상을 배반하는 일'이며, '일본 제국주의의 식민지 통치 자체를 근본적으로 거부하지 않고는 그 속에 들어가서 별 짓을 해보아야 역적질밖에 안 된다'고 생각한다. 그는 철저한 자기 비판의 과정을 통하여 농민의 역량을 신뢰하고 그들을 운동주체로 인식하게 되는 것이다.

<녹두장군>에서는 동학혁명 전쟁의 모든 과정을 다루고 있다. 제1부는 1892년 동학 접주들이 선운사 도솔암의 미륵 비결을 꺼낼 것을 논의하는 데서부터 시작한다. 가렴주구에 시달리던 민중들은 당대의 제도적 모순을 극복할 수 있는 궁극적인 길이 비결을 꺼내는 것이라고 굳게 믿고 있었다. 권력층은 비결을 꺼내지 못하게 한다. 무장 현감 조경호는 비결을 꺼낸 접주들을 잡아들여 사형을 선고했다.[34] 손화중은 비결을 가지고 전봉준을 찾아가서 교

---

33) Ibid., p.282

조신원운동을 전개한다. 당시의 불합리한 세제는 조성태를 찾아온 군아 서원의 이야기를 통해 드러난다. 제2부는 1893년 서울에서의 복합 상소와 보은 집회를 거치면서 드러나는 동학집행부와 농민 사이의 이견을 다루었다. 전라 감사가 동학의 인정 여부는 자신의 소관이 아니라고 한다. 이에 서울로 가서 복합상소(伏閤上疏)를 하기로 하고, 동학이 사교가 아님을 설명하고 신원을 해달라는 상소문을 손천민이 작성한다.35) 그러나 상소는 성과 없이 끝난다. 그리하여 보은에서 북접 최시형의 주도로 교조신원운동을 다시 열었고, 전라도에서 전봉준의 주도로 별도의 집회를 가졌다. 그러나 어윤중의 회유로 최시형은 도망을 가고 고부군 농민들은 봉기를 결의한다. 제3부는 전봉준을 중심으로 고부 농민들이 조병세에 항거하여 고부관아를 습격하는 내용이다. 조정에 든든한 빽을 지닌 조병갑에게 김문현이 파발을 띄워 전임을 알려준다. 소식을 들은 조병갑은 득달같이 익산으로 내달았다.36) 동학군은 조병갑을 놓쳤으나 물세를 돌려 받고 자치 활동을 한다. 지도부는 군대를 백산으로 이동시켜 농민전쟁을 준비했으나, 신임군수 박원명이 부임하여 요구 조건을 일부 수용하고 해산을 간곡히 촉구한다. 농민들이 해산하자 다음 날 안핵사 이용태가 역졸들을 끌고 와서 약탈, 강간, 방화를 일삼는다.37) 제4부는 역졸들의 만행에 분노한 농민들이 대대적인 봉기를 한다. 동학의 거두들이 속속 몰려들자 전봉준은 백마를 타고 호남 농민군 봉기를 만천하에 포고하는 의식을 거행한다.38) 출정식이 끝나고 농민군은 고부 경내로 진군한다. 황토재전투에서

---

34)『녹두장군』1, 창작과비평사, 1992, p.26

35)『녹두장군』4, 창작과비평사, 1990, p.183

36)『녹두장군』5, 창작과비평사, 1994, p.13

37)『녹두장군』7, 창작과비평사, 1994, p.298

38)『녹두장군』8, 창작과비평사, 1994, p.244

야습으로 승리를 거두고 황룡강전투에서 관군의 신식무기를 무력화시키고 승리를 거두어 전주에 입성한다. 그러나 농번기의 도래와 청나라 군대와 일본군의 출동 소문으로 농민들이 동요하자 서둘러 전주화약을 맺고, 각 고을마다 집강소를 설치한다.[39] 제5부는 김개남과 전봉준 사이에 불화로부터 시작한다. 김개남은 곧장 서울로 진격할 것을 주장하였다. 갑오경장의 실시로 농민들의 요구는 상당히 반영되지만 개혁이 지지부진하게 되자 동학군은 2차 봉기를 한다. 많은 농민들이 동원되고 여러 지역에서 전투가 일어났지만, 일본군의 막강한 화력 앞에 속수무책이었다. 지도자들은 체포되어 사형 당하고, 농민들은 관군과 지주들에게 더욱 참혹하게 짓밟힌다.

이외에도 그의 많은 작품에는 농민들의 애환이 잘 나타나 있다. 그 가운데 주목할만한 작품이 꽁트 <자갈밭에 모심기>, <농부 조규현>, <돼지 값 보리 값에 우는 농민들>이다. 이 글에서 보면 언제나 위정자들에게 속고 착취당하고 수탈의 대상이 되어 온 것은 힘없는 농부요, 민중이다. 작가는 그들의 억울한 삶의 여정을 위정자들이나 힘있는 자들과의 대립적인 설정을 통하여 아주 부각시키고 있다. 그들은 힘없고 가난한 자들이다. 그러나 그들은 결코 만만하지 않은 불패자의 의지를 지니고 있으며, 불의에 맞서 잡초처럼 끈질기게 대처하고 있다.

작가는 동학혁명이라는 역사적 사건에서부터 돼지 값 파동이나 농지 정리 과정에서 나타난 비리라는 일상적 이야기에 이르기까지 농촌과 농민의 문제를 우리 민족의 중요한 이슈로 형상화하고 있다. <자랏골의 비가>에서는 3.1운동 전해부터 4.19에 이르기까지의 자랏골 농민들의 참담한 생활상과 민중의 삶의 모습을 잘 보여주고 있다. <재수 없는 금의환향>에서는 동학군의

---

39) 『녹두장군』10, 창작과비평사, 1994, pp.171-172

후예들의 오랜 숙원을 통하여 민중의 한을 보여주고 있다. <몽기미 풍경>에서는 농촌 경제의 붕괴와 탈향한 농촌 젊은이들의 열악한 삶을 보여주고 있다. <암태도>에서는 소작 쟁의를 다루고 있다. <녹두장군>에서는 동학혁명전쟁 당시의 하층민들의 의식과 그들의 활동을 보여주고 있다.

그의 작품에서 왜 하필이면 농촌의 문제를 다룬 소설들이 많은가? 그가 시골 출신이어서 그런 것인가? 잘 알고 있는 문제를 문학적으로 형상화하는 것이 작가들의 보편적인 경향이고 보면 크게 틀린 말은 아니다. 그러나 그 때문만은 아닐 것이다. 지금은 정서가 달라졌지만, 조선조에는 말할 것도 없고 70년대까지만 해도 민중을 지칭할 때 가장 먼저 떠오르는 것은 농민이었다. 국민의 절대 다수가 농업에 종사하고 있었고, 그들은 언제나 헐벗고 굶주렸다. 부당하게 대우받고 착취를 당했다. 그런 시각에서 접근하는 것이 아마 더 타당할 것으로 생각된다.

농민은 조선시대로부터 현재에 이르기까지 역사적으로 수탈의 대상이었고 농촌은 언제나 헐벗고 가난한 사람들이 모여 사는 곳이었다. 농촌의 구조적 모순에 대한 인식은 대부분의 농민들에 의해 이루어지고 있으며, 그들은 생존권을 지키기 위해 끊임없이 투쟁하고 있다. 작가는 그의 작품에서 지주와 농민 혹은 지배자와 피지배자 사이의 갈등을 동학농민전쟁의 정신에 바탕을 두고 집단적 항거를 통하여 해소하고 있다. 그런 의미에서 이들 작품에는 민중 지향성이 뚜렷하게 나타나 있는 셈이다.

70년대 민중문학 혹은 민족문학의 업적을 운위할 때 그런 업적 중의 하나로 꼽히는 것이 바로 <자랏골의 비가>와 <암태도>이다. 그러나 혹자가 지적한 '소시민적 민족문학'이라는 수식어에 작가는 부정적인 반응을 보인다.40) 자신의 내면에서 꿈틀거리고 있는 농민이면서 동학도인 조상에 대한 부채의식의 표출이며, 농민에 대한 진실한 애정에 바탕을 둔 자신의 작품을

두고 주변성이니 소시민적이니 하는 수식어를 붙이는 것은 적절하지 않다고
생각한 때문이리라.

4. 인간성의 회복과 정의 사회의 구현

70년대 이후 우리 사회는 급격한 변화를 겪는다. 산업 사회로 바뀌면서
가부장제적 전통이 깨어지고 이성 중심의 새로운 분위기가 형성된다. 자본의
집중화와 도시화가 이루어지고 직선적 성장의 추구가 이루어진다. 이전에 비
하여 물질적으로 풍요로워졌지만 노동자들은 그들이 생산한 생산물과 그들
주위의 이웃들로부터 소외된다. 도시 부근에 수많은 공장이 들어서면서 부동
산 투기가 기승을 부리고, 선량한 서민들은 번번이 가진 자들의 사냥감으로
전락하고 있다. 양심과 인정은 구시대의 산물이 되고 물신주의와 허위의식이
그 자리를 차지하고 있다.

이로 말미암아 우리 사회는 각박해지고 살벌해지기까지 했다. 중산층과 서
민층, 도시와 농촌의 빈부의 격차가 심화되고, 부의 공정한 분배가 사회적
이슈로 대두되었다. 계층 사이의 갈등과 지역 사이의 갈등이 끊임없이 일어나
고, 그 골은 깊어만 갔다. 그것은 새로운 천년이 시작된 2000년에 이르러서도
변함이 없었다. 탈산업화 시대의 중요한 현안은 산업화 시대의 그것과 크게
다를 게 없다. 인정이 넘치고 살맛 나는 세상은 어디로 가버리고 그 자리를
온갖 사회악과 비인간화만이 차지하고 있다. 그것이 산업화 시대와 탈산업화
시대의 특징이다.

---

40) 송기숙, 『교수와 죄수사이』, 심지, 1988, p.30

건전한 양식을 지닌 인간들이 마음놓고 살 수 있는 세상을 복원하기 위해서는 무엇보다도 인간성의 회복과 정의 사회의 구현이 급선무이다. 그렇게 하기 위해서는 당대 사회의 모순이 시정되고 과거의 청산이 이루어져야만 한다. 특히 과거 청산의 문제는 청소년들에게 올바른 역사의식을 심어주고 정의로운 사회를 구현하기 위해서 반드시 짚고 넘어가야 할 문제이다. 모든 사람들이 관심을 가지고 적극적인 대응을 해야 할 문제임에도 불구하고 대내외적 요인들로 말미암아 그에 대한 논의조차 이루어지지 못하고 있는 것이 실은 당시의 우리의 현실이었다. 작가는 그러한 현실을 애석하게 생각하면서 그 심각성을 고발하고 극복의 가능성을 조심스럽게 타진하고 있다.

특히 당대 사회의 모순이 일시적으로 생긴 현상이 아니라 조선왕조로부터 식민지 시대를 거쳐 군사 독재시대에 이르기까지 일관되게 유지되어 오고 있는 악습으로 파악하고 있다. 시대가 바뀌고 정권이 바뀌어도 권력의 편에 선 사람들은 언제나 기득권을 유지하고 위세를 부리면서 살아가고 있다. 부패한 왕조에 아부하면서 살다가 식민지 시대에는 일제의 앞잡이가 되기도 하고 해방이 되어서는 독재 정권의 하수인이 되기도 한다. 그들은 기득권을 유지하기 위한 일이라면 어떠한 일도 주저하지 않는다. 이들은 막대한 경제력과 자본을 앞세워 위정자들을 유혹한다.

친일파에 대한 역사적 심판이 이루어질 수 없는 이유 가운데 하나로 정경유착을 든다면 과언일까? 과거 청산이 이루어지지 않는 이유 가운데 하나로 지역 감정 못지 않고 신흥 세력과 구세력의 야합을 든다면 잘못된 것일까? 때문에 봉건주의적 사고 방식과 식민 잔재가 여전히 이 땅의 서민들을 억압하고 있다. 정의 사회를 구현하기가 요원한 것은 그에 연유한다.

작가는 진정한 의미에서의 과거 청산과 정의 사회의 구현을 위하여 문제가 되고 있는 현실에 적극적으로 대응하면서 정말 심각하게 고민하는 모습을 보여주고 있다. 그러한 현실 인식을 토대로 쓰여진 작품이 <추적>(1975), <불패자>(1976), <가남 약전>(1977), <도깨비 잔치>(1978), <만복이>(1978), <땅꾼의 꼭지>(1978), <개는 왜 짖는가>(1983), <부르는 소리>(1987), <오월의 미소>(2000) 등이다. 작가는 이들 작품에서 문제가 되고 있는 현안들을 직설적으로 토로하고 있다.

<추적>에서는 항일운동을 한 바 있는 퇴직 교장과 동지를 배반하고 거사를 위하여 마련한 자금을 독식하여 호의호식하면서 살아온 친일분자 사이의 갈등과 그 응징 과정을 그리고 있다. 그들의 과거는 정신병원에 강제로 입원한 퇴직 교장에 의해 드러난다. 그와 박 사장은 대학까지 함께 다닌 고향 친구로 대학을 그만 두고 독립투쟁도 함께 한 사이다. 그들은 일본 천황을 납치해서 독립을 흥정하기 위하여 궁성 밑까지 땅굴을 파들어 가기로 했다.[41] 그런데 관동 대지진으로 굴속에 있던 동지들은 생매장되고 굴밖에 있던 동지들은 일본인들에게 학살된다. 그때 그는 국내에서 자금을 구하다가 사기 사건으로 구속 중이어서 목숨을 부지했고, 낙향하여 교직에 몸담게 되었다. 그런데 죽은 줄 알았던 박가가 재벌이 되어서 국내로 들어왔다는 소문을 듣게 된다. 그는 박가가 동지를 팔아먹은 사실을 알게 되고, 그에게 항의하다가 정신병원에 갇히게 되는 신세가 된다. 의사에게 하소연해도 소용이 없다. 그는 거기서 또 다른 음모를 꾸민다. 박가를 살해하기로 한 것이다. 거사를 성공한 다음 정신병자라는 점이 참작되어 그는 병원에서 무사히 퇴원하게 된다.

<불패자>에서는 도시 변두리 마을을 배경으로 개발 독재시대의 허위의식을 다루고 있다. 여기에서 주목할 만한 인물은 동네 복덕방의 악발 영감과 불꽃표 연탄공장의 장 사장이다. 악발 영감은 원칙을 지키면서 살아가는 사람

---

41) 『도깨비잔치』, 백제, 1978, p.251

이다. 장 사장이 4필지의 땅을 사서 2층집을 지으려고 복토 작업을 하자 계약 상의 문제를 들어 위약금을 물어주고 해약을 주도한다. 그는 장 사장 일행의 부당한 처사에 강력히 대처하면서 서민들의 편을 들어준다.[42] 장 사장은 돈만 있으면 무엇이든지 할 수 있다고 생각하는 인물이다. 속물 의식에 빠져 어렵게 살았던 과거는 잊어버리고 남에게 피해를 주면서까지 다른 사람 위에 군림하면서 살려고 한다. 그는 주민들의 원성이나 악발 영감의 원칙에 입각한 삶 따위는 안중에도 없으며, 술수를 부려서 끝내 자신의 의사를 관철한다.

<가남약전>에서는 가남 영감의 인생유전을 통하여 우리 민족의 열악한 삶의 전모를 보여주고 있다. 그는 본명이 박억주이다. 그의 아버지는 일본인들이 토지조사를 할 때 고집을 피우다가 땅을 일제 앞잡이에게 빼앗기고, 화병으로 숨진다. 그는 열두 살 때부터 머슴살이를 전전한다. 자신의 꿈을 이루기 위하여 열심히 일하지만 간평꾼의 간계로 마을을 떠날 수밖에 없다. 간척 공사장에서 일을 하다가 농간을 부린 십장 일행을 응팔, 박치기 등과 제압하고, 함경도의 광산을 찾아간다. 그런데 노사 갈등이 일어나자 사용자측이 노동자들을 탄압하고 헌병들을 불러들이기까지 한다. 억주는 광산촌의 사무실과 건물에 방화를 한다. 여기저기 떠돌던 억주와 응팔은 갯마을로 스며들어 선주의 돈을 턴다. 응팔은 도망을 치고 억주는 잡혀서 2년 동안 감옥살이를 한다. 출감 후 억주는 응팔을 찾아 텃골에 온다. 여기서 일본 순사와 실랑이가 벌어져 또 옥살이를 한다. 이십 이 년이 지난 후 억주는 어린 딸을 데리고 텃골에 다시 나타났다. 그는 마을에 정착하여 살다가 강을 막아 논을 치기 시작했다. 제법 살림을 모을 즈음 응팔이 나타나자 당시 가져갔던 돈을 내놓아 다리를 놓게 한다. 다리 공사 과정에서 폭력배들과 다툼이 일어나고 정치

---

42) Ibid., p.237

인들의 비리가 드러난다.[43) 그는 물에 빠진 폭력배를 구하려다가 급류에 휘말려 익사한다.

<도깨비 잔치>에서는 성호 할아버지와 윤주 할아버지의 악연과 과거 청산의 문제를 다루고 있다. 성호 할아버지는 어린 시절 동복 할아버지 집에서 머슴을 살았지만 성실하고 근면하여 자수성가한 사람이다. 그들은 신분의 차이를 넘어서 우정을 나눈 사이이며, 훗날 항일 사건으로 아들을 함께 잃는 쓰라린 경험도 하게 된다. 그들의 반대편에 가네야마 경부가 위치한다. 조선인 형사인 그는 성호 큰아버지와 동복 할아버지의 외아들을 고문하여 죽음의 길로 이끈다. 그 가네야마의 아들인 김학모는 해방 후에 출세하여 교육청에 근무한다. 성호 할아버지는 친일파의 자손이 일본 침략이나 민족 항쟁을 제대로 가르치고 민족의 정기를 바로잡을 수 없을 것으로 확신한다.[44) 그런데 성호 아버지는 김학모와 친하게 지낼 뿐만 아니라 그의 도움을 받기도 한다. 출세에 눈이 멀어 왕래가 잦은 편이며, 자식들에게도 영향을 미친다. 성호 부모는 급기야 성호와 윤주의 약혼을 정략적으로 추진한다. 그들의 음모는 성호 할아버지의 개입으로 무산된다. 아픈 과거를 안고 살아가는 성호 할아버지와 자신의 영달만을 바라는 성호 아버지 사이에는 필연적으로 갈등이 일어날 수밖에 없다. 그것은 당대의 현실에 대한 작가의 비판적 인식의 산물일 수 있다. 일제 시대 동족에게 악행을 일삼던 사람들이 해방 후에도 여전히 권력을 쥐고 있는 현실은 비극이 아닐 수 없다. 작가는 청산되지 않고 있는 과거 문제에 깊은 관심을 보여준다. 자신이 빠진 부모들만의 잔치를 도깨비 잔치로 연상한 것, 동복 영감에게서 <청포도>의 나그네를 연상한 것, 할아버

---

43) Ibid., p.165

44) Ibid., p.21

지를 따라 나온 자신의 '가슴이 툭 트이는 것'을 느끼게 한 것은 모두 그와 무관하지 않다.

<만복이>에서는 만복이와 김명준의 대비를 통하여 우리가 지향해야 할 삶이 무엇인가를 보여주고 있다. 만복이는 자연적이고 순박한 인간으로 작가가 추구하는 원형적인 인간이다. 반면에 김명준은 시대가 발전함에 따라 변화해온 인간형이다. 그들의 묘한 인연과 대립은 우리의 역사를 반영한 것이다. 소설은 밤 등반을 하면서 김명준이 만복이와 자신의 관계를 강 사장에게 들려주는 형식으로 진행된다. 만복이는 깊은 산골에서 태어나서 사람이라고는 자기 아버지와 어머니밖에 모르고 살았다. 6.25 때는 빨치산들에게 밥을 해준 것이 문제가 되어 동네로 소개가 되어 내려오기도 했다. 만복이네가 다시 산으로 옮겨간 무렵 명준 일행은 논두렁에 불을 놓아 결과적으로 그들 가족을 산에서 쫓아냈다. 25 년 후 명준은 칡을 팔고 있는 그를 발견했다. 다음 해 국립공원 안에 있는 무허가 건물을 철거하다가 그와 대립한다. 그야말로 '호적 없는 인생들이 번지 없는 땅을 벌어먹고' 살아가는45) 그는 당대의 열악한 삶을 살았던 하층민들의 전형적인 모습이다.

<땅꾼의 꼭지>에서는 개발 독재 시대의 상징이라고 할 수 있는 새마을 운동의 허위성을 고발하고 하층민들의 끈끈한 인간애를 보여주고 있다. 김순경은 도둑놈을 잡아 놨다는 연락을 받고 현장에 출동한다. 거기서 인도 받은 범인은 고향의 동생 친구였다. 그는 범인으로부터 도둑이 된 사연을 듣고 당대의 현실에 대하여 안타까운 마음을 갖게 된다. 새마을 운동은 전시 행정의 표본이다. 당국자들은 초가지붕을 슬레이트 지붕을 교체하도록 했다. 슬레이트를 얹을 수 없는 상태였지만 당국자들의 지시를 거부할 수 없어서 소나무

---

45) Ibid., p.200

를 베어다가 서끌을 갈아내고 슬레이트 입혔다. 그런데 무단벌목죄로 7만원의 벌금이 나왔다. 벌금을 내면 '애비 에미 없는 손주 새끼덜 쪽박 채워서'[46] 내보낼 수밖에 없다. 할아버지는 감옥에 가기로 작정을 한다. 그것을 막기 위해서 범인은 도둑질을 한 것이다. 김 순경은 불합리한 현실과 범인의 효심에 감동하여 범인이 도망치도록 하고, 범인은 김 순경이 다칠 것을 염려하여 도망치지 않는다.

<개는 왜 짖는가>에서는 자신의 직업에 회의를 느낀 신문기자를 통하여 당대의 언론이 당면한 문제를 다루고 있다. 공포정치하의 신문기자란 어떤 것이며, 무엇을 할 수 있는가 하는 문제로 고민하던 영하는 시골로 낙향하여 농사나 짓고 살아가려고 한다. 그런데 마을 노인들은 영하에게 마을의 패륜아를 신문에 내달라고 요구한다. 패륜아는 영하에게 '신문기자 배때기에는 철판 깐 줄' 아느냐고 공갈협박을 한다.[47] 현실에 개입하기를 꺼려하던 영하는 자신이 처한 상황에서 도피하기 위하여 술을 마신다. 술은 그의 억눌린 감정을 폭발시키는 기폭제 역할을 한다. 그는 술주정을 통하여 왜 자신이 현실 문제에 애써 눈을 돌리려고 했는지 보여준다. 길거리에서 '다 때려죽인다'고 고래고래 소리를 치면서 '무슨 장군'을 들먹인다. 이를 통해 독재자와 그 하수인들의 폭력성과 자신의 잠재의식 속에 감추어진 비판 의지를 동시에 드러낸 것으로 보인다.

<부르는 소리>에서는 봉제 하청업체인 태평섬유회사를 배경으로 노동자와 사용자의 갈등을 그리고 있다. 이명자가 공원으로 취직하면서 이 회사에 문제가 생기기 시작한다. 공원들의 의식화를 노리고 누군가가 노동삼권을 주

---

46) Ibid., p.241

47) 『한국소설문학대계』56, 동아출판사, 1995, pp.461-469

장하는 유인물을 돌렸다. 박 사장은 범인을 잡기 위하여 혈안이 되었다.[48]
범인이 명자로 추정되자 박 사장은 명자와 그 주변 인물들에 대하여 경계심을
늦추지 않는다. 그런데 회사를 그만 둔 길순이 박 사장을 찾아와서 3년 동안
초과로 일한 수당을 요구한다. 노동청에서는 상부에서 노임 관계로 말썽이
나면 가차없이 조치를 취하라는 지시가 있었다고 한다. 박 사장은 5년 동안의
80명분의 초과 수당을 계산해 본다. 1억이 넘는 돈인데, 간 곳이 없다. 박
사장은 자신이 노동자를 착취한 악덕기업가인가 반문해 본다. 경찰이 나타나
서 명자를 보안법 위반으로 검거하겠다고 밝힌다. 김이태의 도움으로 위기를
넘긴 명자는 초등학교 시절 칠흑 같은 밤중에 공동묘지를 지날 때 자신을
부르는 소리를 듣고 공포감에서 벗어날 수 있었다는 이야기를 들려준다. 작가
는 노동자와 사용자의 어느 편에도 서지 않고 당대의 현실을 냉철히 관조하면
서 노사갈등이 당대 사회의 구조적 모순에 기인함을 암시하고 있다.

<오월의 미소>에서는 대통령 후보들이 전두환의 사면을 제기하면서 다시
수면위로 떠오른 5.18 광주항쟁의 실상과 민족 구성원간의 화해의 문제를
다루고 있다.[49] 정찬우는 5.18 당시 재수생으로 자신도 모르는 사이에 역사의
한복판으로 뛰어들어 인고의 세월을 살아가는 젊은이다. 여자 친구와 누나의
친구가 겁탈을 당하고 이웃들이 살해당하면서 그도 항쟁에 참여하게 된다.
그는 복수심에 공수대원을 칼로 찌르기도 하고 여인에게 총을 쏘기도 한다.
그 일로 죄의식을 지니고 살아가지만 차츰 광주항쟁이 동학혁명이나 항일투
쟁의 연장선상에 위치하고 있다는 확신을 하게 된다. 피해자는 시민들만이
아니었다. 공수대원들도 피해자였다. 그들은 모두 악몽에 시달리면서 살아간

---

48) 『어머니의 깃발』, 심지, 1988, p.247
49) 『오월의 미소』, 창작과비평사, 2000, p.27

다. 대통령 후보들은 그들의 상처를 치유해줄 생각은 하지 않고 정치 논리로 역사의 죄인을 사면하려 한다. 광주시민들이 죽음을 각오하고 제기한 문제들을 외면하고 과거를 덮으려고만 한 것이다. 그것은 백범 암살범의 처리와 크게 다를 바 없다. 박기서가 나서서 안두희의 죄를 물었듯이 누군가가 나서서 전두환의 죄를 물어야만 정의 사회가 구현될 것이라는 것이 작가의 생각이다.

이외에도 군대 체험을 바탕으로 당대의 허위의식을 고발하고 비판한 <대리복무>, 장교들의 비리와 사병들의 고충을 다룬 <전우>, 죄수의 심리와 사회의 병리 현상을 다룬 <사형장 부근>, 소작인의 한을 간직하고 죽은 농민의 자식이 노동자를 탄압하는 악덕 기업주의 앞잡이로 변신한 비극적 현실을 다룬 <청개구리>, 국회의원을 등에 업고 온갖 악행을 자행하는 자와 그를 폭행하고 도피생활을 한 서민의 한을 다룬 <유채꽃 피는 동네>, 관권 선거의 문제를 다룬 <어느 해 봄>, 열악한 현실 속에서 파멸해 가는 인간상을 그린 <사모곡 A단조>, 완전범죄를 추구하는 독립투사와 생사를 초탈한 승려 사이의 심리적 갈등과 그 극복의 과정을 다룬 <테러리스트> 등이 있다.

이들도 우리 사회가 안고 있는 문제들을 깊이 있게 분석하고 고발한 작품들이다. 작가는 이들 작품에서 우리가 당면한 문제 가운데 하나라고 할 수 있는 인간성의 회복과 정의 사회의 구현에 대한 문제를 중요한 현안으로 제시하고 있다. 조선왕조 시대로부터 식민지 시대를 거쳐 군사 독재시대에 이르기까지 일관되게 문제가 되고 있는 현실을 당면 과제로 제시하고 있는 것부터가 타락한 현실을 타개해 보고자 하는 문제의식의 발로라고 할 수 있다.

작가의 문제의식은 대내외적 요인들로 말미암아 언급을 꺼려하는 당대의 현안까지를 적극적으로 포괄하고 있어서 주목할만하다. <추적>에서는 친일 분자의 응징을 통한 정의로운 사회의 구현의 문제를 제기하고 있다. <불패자>에서는 도시 변두리 마을을 배경으로 개발 독재시대의 허위의식과 건전한 양식의 문제를 다루고 있다. <가남약전>과 <만복이>에서는 민중들의 열악한 삶과 그들의 원초적 인간성을 다루고 있다. <도깨비 잔치>에서는 기득권 계층의 부도덕성과 과거 청산의 문제를 다루고 있다. <땅꾼의 꼭지>에서는 새마을 운동의 허위성과 서민들의 끈끈한 인간애를 다루고 있다. <개는 왜 짖는가>에서는 당대 언론의 문제를 다루고 있다. <부르는 소리>에서는 노동자와 사용자의 갈등과 신뢰의 문제를 다루고 있다. <오월의 미소>에서는 광주항쟁의 의의와 과거 청산의 문제를 다루고 있다.

이들은 당대 사회가 정의로운 사회와 얼마나 먼 거리에 있는가를 잘 보여주고 있다. 기득권을 유지하고 있는 층은 힘 있고 부유한 자들이다. 그들은 마음만 먹으면 못할 것이 없다. 반면에 그들에게 짓밟히고 고통을 당하는 사람들은 힘 없고 가난한 사람들이다. 그들 한 사람 한 사람은 문제가 되고 있는 현실에 정면으로 대결하거나 정의를 부르짖을 힘을 지닌 자들이 아니다. 때문에 양자의 대립은 결과가 뻔한 것이고, 부질없는 일로까지 보인다. 그러나 그들은 잡초처럼 끈질긴 생명력과 불굴의 의지를 지니고 있으며, 극한 상황에 처해서는 동학운동에 참여했던 농민들이 그러했듯 서로 뚤뚤 뭉쳐 목숨을 내놓고 항쟁하고 있다.

송기숙의 소설에서는 인간성의 회복과 정의 사회의 구현의 문제와 관련이 있는 하나 하나의 문제가 모여서 일상적 이야기의 차원에 머물지 않고 역사성을 지닌 거대 서사로 발전하고 있다. 작가는 이들 작품에서 문학의 비판적 기능을 활용하여 당대의 부정적인 현실을 정화하고 그를 바탕으로 새로운 세상, 동학에 참여한 조상들이 그토록 염원했던 인간다운 삶을 구현할 수 있는 세상을 만들려고 했다. 그리하여 우리의 후손들에게만은 그릇된 역사의식을 가지고 살아가는 것이 얼마나 부끄러운 일인가를 알려주고, 올바른 역사의식에 입각하여 자신의 능력을 마음껏 발휘하면서 살아갈 수 있는 정의로운 사회를 구현하려고 했던 것이다.

6. 결론

지금까지 필자는 송기숙의 문학을 세 개의 갈래로 나누어서 그들에 나타나는 저항문학의 성격에 대하여 살펴보았다. 그렇게 나눈 논리적 근거는 주제의식에 토대를 두었다. 물론 어느 갈래에 속하는지 판별하기 곤란한 작품도 적지 않다. 각각의 주제는 근본적으로 우리 사회의 구조적 모순에 기인한 것으로 서로 긴밀한 관련이 있으며, 조선조 말기로부터 일제시대를 거쳐 당대에 이르기까지 지속적으로 우리 사회에서 문제가 되어온 것들이다.

<갈머리 방울새>는 분단 문제와 수몰민의 한을 담고 있어서 첫 번째 갈래와 두 번째 갈래를 넘나들 수 있는 작품이다. <자랏골의 비가>의 경우는 3.1운동이 일어나기 바로 한해 전으로부터 4.19에 이르기까지의 역사적 사건을 다루고 있어서 세 개의 갈래를 넘나들 수밖에 없다. <가남약전>과 <도깨비 잔치>는 일제 시대로부터 당대에 이르기까지의 사회적 모순과 그 극복의 문제를 다루고 있어서 두 번째 갈래와 세 번째 갈래를 넘나들 수 있는 작품이다.

그렇더라도 작가가 어디에 초점을 맞추고 있는가는 비교적 분명하게 드러난다. <갈머리 방울새>는 분단과 이산 가족의 문제에, <자랏골의 비가>는 3대에 걸친 농촌 마을의 비극적 사건에, <가남약전>과 <도깨비 잔치>는 인간성의 회복과 정의 사회의 구현에 그 초점이 맞추어져 있다. 때문에 <갈머리 방울새>를 첫 번째 갈래로, <자랏골의 비가>를 두 번째 갈래로, <가남약전>과 <도깨비 잔치>는 세 번째 갈래로 분류했다. 이러한 경우는 앞에서 논의한 작품 이외에도 많다.

첫 번째 갈래에 속하는 작품에서든 두 번째 갈래에 속하는 작품에서든 세 번째 갈래에 속하는 작품에서든 또는 여러 갈래가 혼합된 작품에서든 작가는 우리 사회가 당면하고 있는 현실 문제에 대하여 일관되게 저항적이고 비판적 입장을 취하고 있다. 훼손된 현실을 고발하고 비판하는 한편 진정한 의미에서의 정의로운 사회를 구현하기 위하여 심각하게 고민하고 있다.

이러한 소설적 경향은 그의 다른 장르의 글들을 분석해보면 작가의 기질과 관련된 불가피한 결과임이 드러난다. 『녹두꽃이 떨어지면』, 『보쌈』과 같은 산문집이나 민담집은 말할 것도 없고, 『교수와 죄수 사이』와 같은 시대평론집 그리고 소설집에 수록된 꽁트들에는 그의 현실 비판정신이 잘 나타나 있다. 당시 금기가 되어온 문제들을 과감하게 문제삼고 그에 정면으로 도전하고 있는 것이다. 이것은 작가의 현실 참여적 기질과 긴밀한 관련이 있다.

그는 문단에 데뷔하던 출발부터 참여적인 성격을 분명히 했다. 손창섭과 이상처럼 당대의 병든 현실을 해부하고 개조하기 위해 치열하게 살다간 작가들을 대상으로 평론을 써서 문단에 데뷔했다. 그에게는 소설, 꽁트, 평론과 같은 문학의 하위 장르 구분이나 장편소설, 단편소설과 같은 소설의 하위 장르 구분 혹은 미소 서사나 거대 서사와 같은 서사 양식의 구별도 불필요하고 오직 민족의 역사적 삶을 조명하는 것만이 중요해 보인다.

이러한 현실 참여적인 기질이나 저항 정신은 자신의 출신 배경이나 성장 과정과 긴밀한 관련이 있는 것으로 보인다. 의병들의 고향인 장흥에서 태어났고, 민란을 일으키고 도망한 사람들이 살던 완도를 외가로 둔 그는 실제로 태인 전투에 참전했던 외할아버지로부터 동학에 대한 이야기를 들으면서 성장했다. 아울러 동학농민군의 후손임을 자랑스럽게 생각했다. 그러한 체험이 그를 현실 참여적인 작가로 만들었던 것이다. 현실 참여를 통하여 그는 타락한 현실을 인간다운 삶을 구현할 수 있는 세상으로 바꾸어가려고 했던 것이다.

◆ 참고문헌

권영민, 「<월평> 송기숙의 <어머니의 깃발> 기타」, 『한국문학』 12권 2호, 1984.2

김병걸, 「<서평> 역사를 보는 탄탄한 시각」, 『세계의 문학』 4권 1호, 1979.3

김병걸, 「<자랏골의 비가> 해설」, 『현대문학』 1975.7

김병걸, 「민중소설」, 『오늘의 한국문학 33인선 작품세계』, 양우당, 1988.

김사인, 「<서평> 암태도(송기숙 저)」, 『청소년』 18호, 1982.2.

김인환, 「<서평> 해방의 언어」, 『창작과 비평』, 1978.12.

백낙청, 「80년대 소설의 분단극복의식」, 『분단 시대와 한국사회』, 까치, 1985.

서경석, 「투철한 역사 의식과 농민적 언어의 가능성」, 『한국소설문학대계』 56, 동아출판사, 1995.

송기숙, 「동학농민전쟁의 문학적 과제들」, 『한길문학』, 1990.10

송현호, 『한국현대소설론(개정판)』, 민지사, 2000

염무웅, 「민중적 인간상의 작가 송기숙」, 『어머니의 깃발』, 도서출판 심지, 1988.

이문구 「인간천연기념물」, 『이문구의 문인기행』, 열린세상, 1994년 봄.

이상경, 「역사소설의 주인공과 성격화 문제」, 『민족예술』, 1994 여름.

전영태, 「평범한 형식, 비범한 내용」, 『어머니의 깃발』, 도서출판 심지, 1988.

정현기, 「<서평> 무당굿과 소설가」, 『창작과 비평』, 1979.12.

정호웅, 「송기숙론 - 70년대 농민문학의 한 수준」, 『현대작가연구』, 1989.6.

채광석, 「삶의 중심에 살아 있는 총체성을」, 『어머니의 깃발』, 도서출판 심지, 1988.

천이두, 『문학과 시대』, 문학과지성사, 1982, p.163

최원식, 「민중성의 회복」, 『현대의 한국문학 19』, 범한출판사, 1984.

최원식, 「토지와 평화와 빵」, 『민족문학의 논리』, 창작과비평사, 1982.

한승옥, 「<녹두장군>의 갈등 양상과 다성적 특질」, 『현대소설연구』 2, 1995.6.

홍정선, 「삶과 역사를 향해 열린 공간」, 『어머니의 깃발』, 도서출판 심지, 1988.

6. 原初的 故鄉 찾기와 人間性 回復

— 최기인의 『까치병』을 중심으로

1. 문제의 제기

최근 우리 소설계에는 원초적 고향에 대한 향수와 인간성의 회복을 그린 소설들이 적지 않게 나타나고 있다. 그러한 소설의 등장은 우리 시대의 불가피한 선택으로 볼 수 있다. 신이 떠나버리고 신이 살던 시대의 여광만으로 살던 우리에게 물신주의가 팽배해지면서 점차 심화되고 있는 비인간화, IMF의 구조 금융을 지원받으면서 선택의 여지없이 시행되고 있는 구조 조정은 더 이상 우리 사회를 서로 의지하고 신뢰하면서 더불어 사는 사회가 되지 못하게 하고 있다.

물질적으로 빈곤하지만 마음이 넉넉한 사람들이 모여 사는 사회, 구수한 인정이 살아 숨쉬는 사회는 마음이 가난한 사람들의 유토피아일 수 있다. 최기인은 마음이 가난한 사람들을 주인공으로 설정하여 그 나름대로의 유토피아를 추구하고 있다.[1] 창작집 『갈대』(1977), 『뿌리 없는 사람들』(1981), 『다로선생』(1985), 『기다리는 빛』(1987), 장편 『꿈꾸는 신화』(1984), 『똠방각하』(1989), 연작 동화집 『깃털과 바람』(1989), 창작집 『까치병』(1998) 등에서 우리는 그 점을 아주 분명하게 확인할 수 있다.

---

[1] 최기인은 1964년 『서울신문』 신춘문예 희곡부분에 <낙엽>이, 1967년 『새농민』 장편현상공모에 <대지의 품>이 당선되어 문단에 데뷔하였다.

창작집 『까치병』은 우리 시대의 다양한 문제를 소설적으로 형상화하여 어떻게 사는 것이 이 시대를 가장 바람직하게 사는 길인가를 그 나름대로 잘 보여주고 있다. 자식과 일을 잃은 한, 현대인의 물신주의, 전통에 대한 향수 등에서부터 IMF 시대의 부정적 삶에 이르기까지 그가 다루고 있는 제재는 실로 다양하다.

그들을 통하여 그는 한결같이 우리 시대의 진정한 가치 추구와 인간성 회복에 대하여 깊은 관심을 보여주고 있다. 따라서 몇몇 작품에 국한하여 최기인의 문학을 논의하면서 최기인을 농민과 농촌 문제에 천착한 작가라고[2] 평가하는 것은 부분적 진실은 될지언정 그의 전모를 제대로 평가한 것으로 보기는 어렵다.

따라서 본고에서는 그가 원초적 고향에 대한 향수와 인간성의 회복이라는 문제를 어떻게 문학적으로 형상화하고 있는지를 인물 설정과 시간 설정으로 한정하여 알아보고자 한다. 최기인의 세계관과 그의 문학을 관통하는 가장 중요한 흐름이 다름 아닌 '원초적 고향 찾기' 혹은 '인간성 회복'이라고 사료되기 때문이다.

2. 인물 설정의 이원성

『까치병』에는 11편의 소설이 수록되어 있다. 표제가 된 작품 <까치병>은 어머니를 민족의 비극인 6.25와 대립적으로 설정하고 있다. 어머니는 6남매를 두고 행복하게 살던 사람이다. 큰아들 경춘은 그녀의 희망이요 보람이었다.

---

2) 오양호, <생생한 인간상, 그 조형의 뒷말>, 『우리 시대의 한국문학 12』, 계몽사, 1991

서울에 시험을 보러간 학생들 가운데 혼자 중앙고보에 합격할 정도로 재원이다. 그녀는 아들을 따라 상경하여 설립자인 김성수와 3.1운동에 대하여 듣고, 과거를 회상한다. 당시 그녀는 11세의 소녀였고, 3.1운동에 대하여 많은 풍문을 들었다. 아들이 더욱 돋보이고 자랑스럽게 생각된 것은 그 때문이다. 그녀의 믿음을 확인이라도 시켜주듯 아들은 일류대학에 입학하여 선망의 대상이 되었다.

> 경춘이 대학에 들어갈 때 창골이 또 한번 들썩하게 되었다. 서울 공대에 들어간 것이다. 창골에 군수보다 높은 자리를 맡아논 인재 하나 나왔다는 말이 떠돌았다. 가문의 영예일 뿐 아니라 동네의 경사이기에, 창골이 보통 창골이 아니라는 것을 드러내기 위해 동네 사람들은 그렇게 말했다. 공대생과 군수는 거리가 먼 데도 그렇게 믿고 있었다. 실제로 군수를 지낸 사람들의 학력을 보면 대학과는 거리가 멀 때였다. 그런 장한 아들이었다.[3]

그녀는 전통적 신앙에 충실한 사람이다. 어느날 참죽나무 위에서 까치가 울자 동구밖으로 뛰어나갔다. 큰아들이 집에 올 것이라고 믿었기 때문이다. 우연인지 아들이 고향에 나타났다. 그 일이 있은 후 그러한 속신은 더욱 그녀의 가슴 깊은 곳에 자리잡게 되었다. 그런데 동족상잔으로 큰아들이 실종되었다.

> 1950년 졸업을 앞둔 경춘은 서울에서 내려오지 못하고 소식이 끊기고 말았다. 그런데 벌써 사십 년이 지나도록 풍문 한 마디 들을 수 없었다. 만약 살아 있다면 있을 곳이라고는 한 군데 뿐이다. 지구의 반 바퀴 돌아서 멀리 있는 막내 아들은 전화로 노상 연락이 되는데, 희망이요, 보람이요,

---

3) 최기인, 『까치병』, 남양문화, 1998, p.69

꿈이던 맏이는 사십년 세월이 지나도 일자 소식이 없었다.[4]

그해부터 까치는 마을에서 자취를 감추어버렸고, 새마을 운동으로 까치가 희소식을 알려주던 참죽나무는 시멘트 블록담으로 대체되었다. 까치와 참죽나무가 있는 풍경과 그렇지 않는 풍경은 다분히 상징적 의미를 지니고 있다. 따라서 그녀의 희망은 죽어가고 있는 셈이다.

뿐만 아니라 산업화의 시대가 도래하면서 그녀는 다른 자식들을 그들의 생활 터전인 도시로 보내고, 마지막 희망이랄 수 있는 막내 아들마져 미국으로 떠나보낸다. 둘째 아들 경하가 고향에 남아 어머니와 함께 살지만, 그 역시 아이들 교육을 위해 서울로 이사하여 고향과 서울을 오르내리면서 살고 있다.

그런데 어머니를 괴롭히는 것은 위정자들과 그들의 의도대로 이끌려가는 세태다. 위정자들은 정치적 이해 타산에 의하여 이산 문제와 통일 문제를 다룬다. 어머니가 지겹도록 텔레비젼을 시청하는 것은 위정자들의 눈속임에 길들여진 증거다. 그녀는 남북적십자사 대표가 판문점에서 만나는 이야기에서부터 북한 뉴스에 이르기까지 하나도 놓치지 않는다. 행여나 하는 기대로 그녀는 텔레비젼에 집착을 보인다.

그러나 어머니는 차츰 동족 상잔의 비극을 남의 일로 인식하기 시작한 자식 세대들에 대한 무언의 비판을 가한다. 젊은 세대들은 동족 상잔의 비극을 근본적으로 해결하기보다는 정치 쇼를 하고 국민들의 뇌리에서 잊혀지기를 바라는 위정자들의 의도대로 남의 일로 여기기 시작한 것이다.

동족 상잔으로 가장 촉망받던 큰아들을 잃은 어머니는 주기적으로 봄을 타고, 칠산 고모는 철만 되면 올케의 병이 도질 것을 예측한다. 칠산 고모는

---

4) Ibid., p.70

어머니의 병을 자식을 잃은 어미의 한으로 인식한 것이다. 어머니가 참죽잎을 지붕 위에 널면서 까치를 유인하려고 한 것이나, '죽어야 할턴데 누가 집을 지킬 것인가'하고 탄식을 하는 것이 서술적 자아의 내면에서 일어나는 갈등의 표출로 볼 수 있다.

<갈대>는 등장 인물이 대립적으로 설정되어 있다. 물신주의에 빠진 이강 필과 이장은 이웃의 따뜻한 인정을 배반한 인물들이다. 그 반대편에 영배와 농민들이 놓여 있고, 그 중간 지대에 갈대처럼 연약한 두례가 놓여 있다. 이 작품의 중심 인물은 영배다. 작가는 그의 애환을 통하여 산업화 시대 하층민 의 애환을 부각시키고 있다.

이강필은 선량한 사람들의 등을 치면서 살아가는 사람이다. 이장 종문은 선량하고 무지한 시골 사람들의 땅을 주인 몰래 담보로 대출을 받고 줄행랑을 치고, 담보물은 주인도 모르게 경매에 부쳐진다. 그런데 경매물이 친구의 땅 인줄 알면서도 이강필은 경매에 참여하여 그 땅을 가로챈다.

> "글씨, 법원에서 땅을 좀 판다기에 사들였더니, 공교롭게도 그게 자네 아부지 명의로 있는 논배미지 뭔가!"
> 이강필은 천연덕스럽게 말하였다.
> "머시 어어쪄? 논 임자 두 눈구멍이 이이렇게 멀쩡헌디 어느 놈이 땅을 사, 사고 판단 말여!"
> 허금돌 영감은 영배를 앞질렀으나 몸이 떨려 말을 제대로 하지 못했다.
> "말씀 삼가세요, 댁의 논배미 주인은 이미 댁이 아니고 조합이에요, 조 합이 법원을 통해 경매 붙여 사고 파는 땅 제가 좀 산 게 어째서요"
> 이제야 이강필 기자님의 본색이 드러났다.
> "그려서, 친구고 머고 상의 한 마디 없이 서푼 값에 그 논배미를 사들였 다 이 말이지?"5)

인용문을 통해서도 드러나듯이 두 인물은 아주 대립적으로 설정되어 있다. 이강필은 시골에서 기자 행세를 하면서 건달처럼 지내는 인물이라면 영배는 성실하게 농사를 지으면서 우직하게 살아가는 인물이다. 그들의 대립과 갈등은 농촌의 문제를 떠나 인간의 보편적 성정을 대변한 것일 수도 있다.

따라서 두 대립적 인물간의 갈등은 필연적인 것이다. 이강필은 영배와 싸움을 벌이며, 폭력을 행사하고 서울로 도망친 영배의 애인 두례를 돈으로 유혹하기도 한다. 두례와 결혼한 후에는 어민들의 항의에도 불구하고 바다를 막아 백합양식장을 한다. 기생놀음을 즐기고, 남의 돈을 빌려 과욕을 부리기도 한다. 그러다가 하루 아침에 거지가 되어 사망한다. 개발 독재 시대를 표상하는 가장 부정적인 인물이 그이다.

이강필에 의하여 알게 모르게 영향을 받는 인물은 영배이다. 영배는 농투산이다. 그는 가난하지만 순박하게 일만하면서 살아가는 사람이다. 그러나 그는 부친과 달리 가난을 숙명으로 받아들이지 않고 자신의 미래를 개척해 나간다. 그는 남의 집 살이를 하여 논을 사고, 두례와의 미래를 꿈꾸면서 살아간다. 그런데 이장과 이강필이 일을 낸다. 그들은 영배를 속여 하루 아침에 알거지로 만들며, 화가 난 영배는 폭력을 행사하고 고향을 떠난다. 서울로 올라간 그는 막노동을 하면서 살며, 자신의 신세를 망치고 도망친 이장이 서울의 떠돌이로 전락한 현실을 확인한다.

영배는 차츰 물신주의에 빠져든다. 두례를 잊기로 하고, 실리를 택하여 옆방의 혜숙과 결혼을 한다. 철저한 노무 관리와 노동력 착취로 어느 정도 기반을 잡고, 조그만 가방 공장의 사장이 된다. 공장을 더욱 확장하고 돈을 벌기 위해서는 안정적이면서도 값싼 노동력이 필요하다. 그는 부고를 받고 고향으

---

5) Ibid., p.254

로 내려가면서 조의도 하고 노동력도 구할 생각을 한다. 자신을 키워준 고향
사람들을 자신의 치부와 출세의 도구로 이용하려고 한 것이다.

그러나 두례와의 만남을 통하여 그는 심한 내적 갈등을 빚는다. 자신의
도주와 이강필의 죽음으로 두 차례나 마음에 상처를 입고 갈대처럼 흔들리는
두례의 소식을 전해 들은 그는 두례의 집을 찾으며, 두례의 한맺힌 노래가락
을 통하여 잃어버린 과거를 되찾는다. 이제 그는 노래가락이 빨리 멎고 그녀
가 자신의 방으로 찾아오기를 안타깝게 기다린다.

> "님이라 부르리까, 당신이라고 부우르리까아…"
> 두례가 밖에서 여전히 흥얼거리고 있는 것을 보면 안경쟁이 사내는 돌
> 아가지 않고 있는 모양이었다.
> 배신자라고 악다구니를 쓰건, 세상살이란 다 그렇고 그런게 아니냐고
> 불을 태워 보건, 어서 두례가 방으로 들어와 주기만을 영배는 간절히 고대
> 하고 있었다.[6]

서술적 자아의 내면 깊숙히 감추어져 있던 두례에 대한 회한과 과거에 대한
향수가 그를 갈대와 같은 존재로 만들어버린 것이다.

<처숙>은 한국인의 정체성 확보와 식민주의 비판의 문제를 해학적으로
다룬 소설이다. 다로 선생의 기행적 삶은 우리의 뿌리를 찾고 그것을 지키려
는 일에 다름 아니며, 서술적 자아의 전통 추구는 상업성에 기반을 둔 속물성
에 다름아니다. 작가는 그들을 대립적으로 설정하면서 역설적인 의미망을 구
축하고 있다. 콩트적 성격이 강한 소설이다.

다로 선생은 우리 나라 전통차의 다성인 초의 선사에 비견할 수 있는 현대

---

6) Ibid., pp.293-294

적인 인물로 본명이 알려지지 않았다. 그는 낭인처럼 전국을 떠돌아 다니는 당대의 기인이다. 보성, 영암 등 차를 재배하는 고장과 지리산에서 야생차를 채취하는 절의 스님들까지도 그를 모르는 사람이 없으며, 심지어 차의 본고장에서 이름깨나 알려진 사람들은 그를 다성으로 인정하였다.

그는 옥로원을 열고 전통차 연구가로 행세하는 서술적 자아를 찾아와 돈을 얻어가면서 글씨를 주기도 하고 그림을 주기도 한다. 이러한 행위는 서술적 자아에게만 한정되지 않은 일이어서 처가에서는 그를 무능하고 귀찮은 인물로까지 생각한다. 그런데 그는 전통차에 관심이 있는 서술적 자아에게 결정적으로 도움이 될 연구서의 출판을 의뢰한다. 전국을 떠돌아 다니면서 집필한 전통차 연구서였다.

서술적 자아인 '나'는 돈놀이를 하면서 살다가 오년 전 물린 돈을 대신하여 다원을 인수한다. 옥호를 옥로원이라는 바꾸고, 전통차를 취급하였는데, 생활의 안정을 찾은 사람들이 문화의 뿌리를 찾으려고 하던 때였던지라 사업은 날로 번창해갔다. 찻집이 잘되자 이십여 년을 차를 연구했노라고 떠들어 강연이 줄을 잇고, 그야말로 전통차 연구가로 행세하면서 지낸다. 그러나 TV출연으로 마각이 드러나 사업이 사양길에 접어들자 전통차의 대가인 다로 선생을 찾기에 이른다.

작품의 말미에서 작가는 서술적 자아의 내면에서 일어날 수 있는 갈등을 해학적이면서도 역설적으로 처리하고 있다.

"그게 무슨 말씀입니까? 다로 선생께서도 분명히 옥로원에서 한나절 있다가 나오는 길이라고 말씀하시던데요?"
"뭐라구? 그러면…"
"가방 하나, 우산 하나 들고 계시던데요?"

처숙을 두고 하는 말임이 분명했다.

··· 중략 ···

나는 안집으로 전화를 걸었다.

전화를 받은 사람은 아내였다.

"여보, 언젠가 내가 신문 뭉치에 싸서 맡겨 두었던 건 잘 간수하고 있겠지?"

나는 거두절미하고 용건만 물었다.

아내는 무슨 말인지 모르겠다고 대답했다.

나는 다시 기억을 돌이켜 가며 상세히 이야기해 주었다.

그러자 아내는 이렇게 대답했다.

"지저분한 게 방 안을 굴러 다니기에 불소시개로 처넣은 지가 언젠데 뜬금없이 케케묵은 얘길 다 묻고 그래요, 묻지 않으면 그런 걸 다 재수없이 집안에 모셔 놓을까 바요? 염려 놓으세요."[7]

자신이 찾던 인물이 자신은 말할 것도 없고 집안에서조차 푸대접을 일삼던 처숙임이 드러나면서 우리의 정체성을 찾으려는 행위가 사회에서 어떻게 받아들여지고 있는가를 냉소적으로 보여준다. 또한 돈을 얻어가면서 준 그림이나 글씨, 심지어 필생의 업적이랄 수 있는 원고의 진정한 가치를 인식하지 못하고 선입견으로 일관하는 서술적 자아의 속물성을 여지없이 폭로하고 있다.

<어머니의 지우산>에서는 가축병원장인 송형대와 가축병원을 애완동물 분장소로 전락시킨 아들 승호의 대립적 인물 설정을 통하여 농촌의 문제를 아주 예리하게 포착하고 있다. 산업화로 농촌의 인구가 감소하고 농사를 짓던

---

7) Ibid., pp.234-235

사람들이 차츰 도시로 떠나면서 농촌이 피폐해지고 이제 존재 의의를 상실해 가는 늙은 수의사의 애환을 도시적 삶과 대비시켜 그려내고 있다.

도시에서는 생활의 여유로 애완견을 키우는 사람들이 늘어만 가고 애완견을 분장하는 일이 산업화 이전의 농촌에서 소를 돌보던 일을 대신하게 된다. 수의사 면허증이 없는 승호는 아버지를 도시로 이사하도록 하여 애완동물분장소를 차리고 자신이 직접 분장사가 되어 생활의 기반을 잡게 된다.

세태가 변해갈수록 수의사인 송형대의 과거에 대한 집착은 커져간다. 그가 소를 갈망하게 된 것은 농경 사회의 영향이다. 소가 없으면 농사를 짓기가 쉽지 않다. 남의 소를 빌어서 농사를 지어야 하는데, 그게 여간 고생스러운 게 아니다. 제때에 남의 소를 구하지 못하면 모내기에 차질을 빚는 일이 비일비재할 수밖에 없다. 특히 농고를 다니던 그에게 소는 절대적 존재라고 할 수 있다. 그런데 그의 집안은 가난하여 소를 살 돈이 없었다. 할 수 없이 그의 집에서는 사납기로 소문난 군청 소를 입식하여 키우게 된다. 그 소는 우산만 보면 날뛰는 못된 버릇이 있었다. 비오는 어느날 어머니께서 우산을 쓴 채 소를 끌고 나갔다. 어머니가 걱정되어 들로 나간 서술적 자아는 한폭의 풍경화를 발견한다.

> 흰 저고리 검은 치마, 무산(無産)의 모습인 어머니는 빗물이 뚝뚝 떨어지는 숭숭 구멍이 뚫린 지우산을 쓰고 선 채로 마치 소와 무슨 말을 주고받는 것 같았다. 군청 소의 배는 뱃구렁을 채우고도 터질 듯한 공처럼 둥그렇게 되어 있었다. 어머니가 무슨 말을 하면 군청 소는 고개를 끄덕이는 것 같았고, 어머니가 쇠파리채를 휘둘러도 군청소는 온몸을 내맡긴 것 같았다. 참으로 안온한 평화가 거기 있었다.[8]

---

8) Ibid., p.108

어머니에게도 소는 집안의 재산이요, 명줄로 인식된다. 그런 존재이기에 어머니는 소에게 지극한 정성을 보여준다. 우산만 보면 난동을 부리던 소까지도 어머니의 정성에 감동하여 지우산을 쓰고 있음에도 호의적 반응을 보여준다.

서술적 자아는 자신의 신성한 직업을 돈벌이를 위한 애완동물 분장소로 전락시킨 아들의 행위에 비애를 느끼면서 어린 시절 사나운 소를 순한 양으로 길들인 어머니를 연상한다. 여기에서 작가가 의도하는 것이 무엇인가가 아주 분명하게 드러난다. 산업화 시대의 속물성과 농경 사회의 휴머니즘을 대비시켜 우리에게 절실한 것이 무엇인지를 아주 분명하게 보여주고 있는 것이다.

<탈출>에서는 한방과 판소리를 지키려는 아버지와 서양 의학과 서양 음악에 길들여진 아들간의 갈등을 통하여 진정한 삶의 가치가 무엇인가를 보여주고 있다. 부동산업자인 강성진은 태백에서 온 기파침구원 빙대평을 찾아간다. 뇌졸증으로 쓰러진 장인은 침을 맞는 것이 소원이었다. 그런데 의사인 처남의 완강한 반대에 부딪쳐 장인은 침을 맞을 상황이 아니었다. 처남인 재선은 장인을 자신의 병원에 입원시켜 수술 대기를 시킨다.

성진은 장인의 소원을 어떻게 들어드릴 것인가로 골몰하다가 집으로 들어선다. 맨먼저 눈에 들어오는 것이 북이었다. 성진은 북을 보고 장인의 모습을 연상한다. 그는 판소리 교습소에서 장인을 상면했고 아내까지 얻었다. 우리의 전통을 지키려는 장인의 인생행로에 감동하여 장인 이상의 관계를 맺게 된다. 성진은 장인의 문제를 재선과 상의하다가 면박만 당한다.

장인과 처남이 껄끄러운 부자 관계를 유지하고 있었던 것처럼, 성진과 처남의 관계도 껄끄럽기는 마찬가지였다. 잔치 마당에서 명곡과 외국 노래를 원어로 멋드러지게 불러재끼던 재선은 성진이 판소리를 부르자 분통을 터뜨린다. 판소리 뿐만 아니라 한방을 매도하며, 침구사와 침을 맞게 해준 자신을 모두 돌팔이, 사기꾼 취급을 하고, 육자배기 같은 족속이라고 성토한다.

> "결국 돌팔이 근성이 나오는군요 거 육자배기 족속같은 …"
> 재선에게 있어서는 한방뿐만 아니라 노래가락도 돌팔이로 매도 되었다.
> … 중략 … "그런 돌팔이 같은 소리도 노래라고 부르십니까?" … 중략
> … "제발, 그런 돌팔이 같은 소리는 노인들한테나 가서 뽑지, 이런 데 와서
> 는 흉도 내지 마시오."9)

나중에 재선은 아버지인 장인에게까지 사기꾼이라고 타박한다. 성진의 아내는 참지 못하고 과거를 털어놓는다. 의과대학에 다니던 재선의 학비를 마련할 길이 없던 장인이 남의 돈 심부름을 해준다고 해놓고 자식의 학비를 내버려 사기꾼으로 몰린 것이다. 친구들이 몰려와 있을 때 돈 임자가 나타나 한바탕 소동이 일어나자 자신의 체면만 생각하고 늘 아버지에게 적개심을 품어왔다는 것이다.

성진은 수간호사가 자리를 비우는 날을 택하여 장인을 침구원으로 빼돌려 평생 소원이던 침을 맞게 해드릴 계획을 세운다. 거기에 아내와 작은 처남 갑선이 동조하고 나선다.

앞에서 살펴본 바와 같이 『까치병』에 수록된 작품들은 대부분 이원적인 인물 구조를 유지하고 있으며, 자아와 세계의 대결을 아주 분명하게 드러내고 있다. 서술적 자아는 환경의 지배를 받으면서 살아가기도 하지만, 항상 타락한 세계와의 대결을 끊임없이 시도하고 있다. 그들은 자신의 현재적 삶에 만족하지 않고, 잃어버린 유토피아에 대한 향수로 끊임없이 갈등을 겪고 있는 것이다.

---

9) Ibid., pp.191-192

3. 대립적 시간의 설정

<갈대>의 서술적 자아인 '나'는 이중적 성격을 지니고 있다. 과거의 '나'
는 농사를 지으면서 성실하게 살아가던 인물이었다. 남을 해치거나 속이는
일도 없고, 가난 속에서도 부모를 원망하거나 불효를 한 바도 없다. 두레와
결혼하여 농사를 짓고 살겠다는 소박한 꿈을 지니고 살아가던 건실한 청년이
었다. 그러나 현재의 '나'는 15년 전 자신을 고향에서 쫓아낸 바 있는 이강필
을 닮아가고 있다.

그는 부친과 절친했던 조맨발 영감의 부음을 듣고 고향에 찾아온다. 그런데
귀향의 목적은 다른 데 있었다. 고향에 가면 마을 사람들에게 한턱내고 크게
생색을 내고, 도시병에 걸린 젊은이들을 꼬여 값싼 노동력을 얻을 생각이나
하고 있다. 그런데 고속버스와 직행버스를 타고 고향의 읍내에 도착하여 당촌
행 완행버스를 탔다가 두레 모친을 만나게 된다.

그녀와의 만남을 통하여 현재의 '나'는 자신의 의식 깊숙한 곳에 묻어두었
던 두레를 떠올린다. 두레는 서울에 가기 전 자신과 결혼을 약속한 여인이다.
아울러 그녀의 모친과의 만남을 통하여 '나'는 자신의 지나간 과거를 회상한
다. 서술적 자아의 내면에는 항상 과거에 대한 그리움과 고향에 대한 향수가
짙게 깔려 있다. 때문에 서술적 자아는 언제나 잃어버린 원초적 고향과 따뜻
한 인간애를 찾아가는 여로를 통하여 과거와 현재의 화해를 시도한다.

그러나 과거와 현재가 천편일률적으로 서술적 자아의 현재와 과거의 모습
을 통하여 대립적으로 설정되고 있는 것은 아니다. 과거 지향성을 지닌 인물
들을 설정하여 그와 서술적 자아를 대비시키기도 한다. <까치병>의 노모와
칠산 고모, <치숙>의 다로 선생 등이 과거 지향성을 지닌 인물들이다.

<까치병>은 창골을 무대로 홀로 쓸쓸하게 고향을 지키는 노모의 현재와

과거를 교묘하게 대비시키고 있는 소설이다. 노모가 병석에 누운 현재의 시각에서 이야기를 서술하다가 과거로 돌아가서 노씨 가족의 단란했던 시절과 이산의 아픔 그리고 가족 구성원의 삶의 궤적을 들추어내다가 다시 현재로 돌아와서 병석의 어머니를 애절한 마음으로 바라보고 있는 가족들의 모습을 그리고 있다. 과거와 현재의 대립을 통한 서술적 자아의 행, 불행의 대립 구도를 보여주고 있는 셈이다.

노모와 같은 위치에 칠산 고모와 큰아들이 놓여 있다. 특히 큰아들은 능력 있고 촉망받던 사람이며, 현재의 시점에서 그의 상실이 모든 사람들에게 얼마나 큰 불행을 가져다 주고 있는가를 분명하게 보여준다. 때문에 노모는 큰아들이 실종되기 전, 모든 가족이 함께 살던 시대를 잊지 못한다. 그때는 까치가 참죽나무 위에서 울었다. 그러한 풍경은 신이 존재하던 시대의 산물이다.

그런데 현재는 까치가 날아와서 울 수 있는 여건이 조성되어 있지 않다. 참죽나무가 없어진지 오래다. 그러나 누구도 그것을 복원할 생각을 하지 않는다. 노모만이 까치가 다시 날아와 울 수 있도록 지붕 위에 참죽잎이나마 널게 된다. 또한 언젠가 실종된 자식이 다시 찾아와 줄 것을 확신하며, 까치가 날아올 참죽나무가 없는 풍경에서 삶을 포기하지 못한다. 이제 그 누구도 믿을 수 없다고 생각한 때문이다.

위정자들은 남북 화해와 이산 가족의 문제를 정치적 쇼로 일관하고 있다. 그런 타락한 현실에 적당히 적응하면서 과거를 차츰 잊고 살아가는 세대가 우리 세대다. 현실에 적응하지 못한 사람들은 막내 아들처럼 조국을 떠나 이국 땅에서 처절하게 몸부림을 치면서 살아갈 수밖에 없다. 작가가 지향하는 유토피아적 세계가 큰아들의 무사 귀환이나 그의 상처를 치유해주는 일과 무관하지 않음을 보여준 셈이다.

<처숙>은 5년 전의 서술적 자아와 현재의 서술적 자아를 대비시켜 작가

가 지향하는 것이 무엇인가를 분명히 보여준 작품이다. 5년 전 그에게는 분명 희망이 있었다. 옥로원의 장사는 잘되었고, 전통차 연구가로 행세할 수도 있었다. 다로 선생이 가끔 들러 돈을 얻어가면서 글씨와 그림을 주기도 했다. 심지어 그의 사업에 결정적으로 도움이 될 전통차에 관한 원고 뭉치를 맡기기도 했다. 그러나 그는 자신의 좋은 기회를 살리지 못하고, 귀중한 원고뭉치를 방치했다.

현재의 서술적 자아는 자신의 마각이 폭로되고 사업이 부진하자 그 타개책으로 다로 선생을 찾으며, 다로 선생이 다름아닌 처숙임을 알고 그가 준 원고뭉치를 찾지만 이미 불쏘시개로 없어진 것을 안타까워 한다. 물신주의에 빠진 자신과 아내의 속물성을 뼈저리게 반성하고 다로 선생에 대한 진정한 이해가 이루어진다. 그러나 그것은 문면에 드러나 있지 않고 해학적 표현과 천박한 속물성에 대한 장인 정신의 승리라는 기본 골격을 통하여 드러난다.

따라서 현재와 과거는 대립적으로 설정되어 있고, 현재는 과거를 회상하고 과거에 대한 향수를 불러일으키는 도구가 되고 있다. 그의 소설에서 대부분 현재나 현재를 대변하는 인물들은 부정적으로 그려지고 있으며, 과거나 과거를 대변하는 인물들은 그 반대다. 그것은 어떤 의미를 지니는 것일까? 그것은 혹시 서구적 자본주의에 침식되어가는 현재의 우리의 삶의 태도를 비판하고 동양적 전통의 모델이라고 할 수 있는 민본주의와 가족주의에 대한 향수를 노출한 것은 아닐까?

<할단새의 겨울>은 IMF 통제하에서 이루어진 구조 조정과 실직의 문제를 다루면서 자신의 삶을 되돌아보고, 우리 사회에 팽배해 있는 3D 기피증, 농촌의 구조적인 문제, 현대인의 허위 의식, 우리 사회의 거품 현상 등을 고발하고 있다. 이야기는 서술적 자아가 아버지의 전화를 받는 현재의 시점에서 시작한다. 현재의 시간은 IMF 통제라는 특정한 시간이다. 과거의 시간은

현재의 원인이 되었던 거품 시대이다. 현재의 시간은 과거의 시간과 서로 대립적인 위치에 있지 않고 인과의 관계를 유지하고 있다. 따라서 실직의 고통을 당하는 현대인은 거품 시대에 다가올 시련을 예측하여 대비하지 못하고 과소비나 일삼으면서 살아온 무책임한 존재다. 그들은 마치 히말라야 산중에 사는 할단새나 다를 바 없다.

> 기온이 뚝 떨어지는 밤이 되면 편안히 지샐 수 있는 둥지가 그립지요. 그래서 아침이 되면 꼭 둥지를 틀겠다고 맘을 먹는다는 거예요. 그런데 정작 아침이 되어 해가 떠올르면, 이 새가 건망증인지 치매인지, 내가 언제 그런 생각을 했더냐 하고, 간밤의 일을 까맣게 잊어버린다는 거예요. 그러다 보니 평생 집없이 사는 할단새는 제 수명도 다 못 채우고 죽고 마는 거예요. 이 할단새의 불행은 어디서 온 것일까요. 둥지를 만들 수 있는 낮에 밤의 잠자리를 준비하지 않았기 때문이지요. 이렇게 무서운 아이엠에프란 혹독한 추위가 올지도 모르니 미리 준비가 되어 있었어야죠.[10]

그렇다고 시간이 이원적이고 대립적으로 설정되어 있지 않은 것은 아니다. 이야기를 좀더 자세히 들여다 보면 현재와 과거의 이면에 대과거가 전제되어 있음을 발견하기는 그리 어려운 일이 아니다. 현재와 대립적 시간은 바로 그 대과거인 셈이다. 근대적 세례를 받기 전의 농경 사회가 하나의 이상적 세계로 설정되어 있으며, 원초적 고향에 대한 향수가 커가면서 서술적 자아는 작품의 말미에 귀향을 결심하게 되는 것이다.

IMF 시대의 문제를 다루고 있는 또 다른 소설로는 <시바>와 <문제를 찾아서> 등이 있다. <시바>는 IMF 시대라는 특정한 시간을 배경으로 그것

---

10) Ibid., pp.18-19

을 과거와 대비하여 비인간화된 현재의 삶을 고발하고 있으며, <문제를 찾아서>에서는 속물주의에 빠져 한치 앞을 내다보지 못하고 우매하게 살아가는 동시대인들의 현재적 삶이라는 특정한 시간을 과거와 대비하여 현대인들의 비극적 삶을 해학적으로 그리고 있다.

앞에서 살펴본 바와 같이 시간의 대립적 설정도 최기인 소설의 특성이라고 할 수 있다. 그의 소설은 대부분 소설적 자아가 현재의 상황에서 과거를 회상하는 구조로 되어 있다. 현재는 산업화와 상혼의 개입으로 물신주의가 보편적 가치로 통하는 훼손된 세계이며, 그 속에서의 서술적 자아는 현실에 적당히 타협하면서 살아가는 타락한 존재로 설정되어 있다. 반면에 과거는 신이 존재하고 모두가 다복하게 살아가는 세계이며, 그 속에서의 소설적 자아는 순박하고 우직한 존재로 설정되어 있다.

4. 결론

우리는 지금 IMF 시대에 살고 있다. 개발 독재의 산물인 부동산 투기와 거품 현상이 우리 경제의 체질을 약화시켰고, 급기야 국가 부도의 직전까지 내몰린 상황에서 우리는 그 길을 선택했다. 생존을 위한 전략이었지만, 엄청난 시련이 뒤따르고 있다. 가혹할 정도의 구조 조정이 이루어지면서 자신이 살아남기 위하여 남을 해치고, 다른 집단을 짓밟는 비인간화 현상이 나타나고 있다. 거기에 개발 독재 시대부터 심화되어온 도농간의 갈등, 사회 구성원간의 갈등, 여성들의 자아 찾기와 성적 대립, 소외, 분단의 비극 등이 엎친 데 겹친 격으로 우리를 짓누르고 있다.

세기말적 현상이 심해지고 우리의 삶이 황폐해지면 황폐해질수록 우리는 신이 살던 시대를 그리워할 수밖에 없다. 신이 존재하던 시대에는 모든 것이 원만했기 때문이다. 그런데 신이 떠나버린 시대에는 신이 존재하던 시대의 희미한 여광을 등불 삼아 스스로 자신의 길을 찾지 않으면 안된다. 우리에게 있어서 신이 살던 시대란 무엇을 의미하는가? 가난 속에서도 이웃과 더불어 고락을 함께 하던 인정미 넘치던 사회와 포근한 농촌의 모습은 그와 어떤 관계가 있는 것일까? 왜 어려움에 처한 많은 사람들이 고향에 대한 향수와 과거로의 회귀를 꿈꾸고 있는 것일까?

최기인은 『까치병』에서 신이 떠나버린 시대와 신이 살던 시대를 이원적으로 설정하여 인간의 원초적 본능과 인간성의 회복이라는 그 나름의 전망을 제시하고 있다. 세기말적 현상으로 황폐해져버린 현실과 우리의 내면에 짙게 깔려 있는 소외를 극복할 수 있는 대안으로 신이 살던 시대인 과거와 우리의 전통을 그려내고 있는 것이다. 혹독한 가난 속에서도 이웃들과 더불어 희노애락을 함께 하던 인정이 넘치던 농촌의 풍경은 그의 내면에 자리잡은 유토피아적 세계임이 분명하다.

또한 판소리에 대한 깊은 이해에 바탕을 둔 생동감 넘치는 토속어의 구사와 해학적 언어의 사용은 그 나름대로의 문학성의 확보에 일익을 담당한 것으로 보인다. 감칠맛 나는 문체와 이야기를 끌고가는 힘은 판소리 명창들로부터 엿볼 수 있는 특성으로, 독자들을 소설속에 끌어들이기에 부족함이 없다. 그가 우리의 심금을 울릴 수 있다면, 그것은 우리 시대의 비극적 삶을 구수한 언어속에 투영한 때문이리라.

그러나 소설의 구조가 비교적 간단 명료하여 주제 의식을 구현하기에는 용이하겠으나 너무 도식적이 아니냐는 비판을 받을 가능성이 있다. 또한 일인칭 시점에서 서술의 시각이 전지적 작가 시점에서와 유사하게 나타나고 있는 점은 특이한 현상이 아닐 수 없다. 그리고 설화체 소설이 지니고 있는 한계를 어떻게 해야 극복할 수 있을까를 깊이 생각해 보아야 한다.

◆ 참고문헌

권영민(1983), 『한국근대문학과 시대정신』, 문예출판사

김용직 외(1982), 『한국문학연구입문』, 지식산업사

김윤식 외(1979), 『한국문학사』, 민음사

김윤식 외(1995), 『한국소설사』, 예하

김윤식(1974), 『한국문학의 논리』, 일지사

김윤식(1982), 『한국현대문학비평사』, 서울대출판부

송현호(1993), 『한국현대문학론』, 관동출판사

윤병로(1982), 『한국현대비평문학론』, 청록출판사

이재선(1984), 『한국현대소설사』, 홍성사

전광용(1986), 『한국현대문학론고』, 민음사

조남현(1994), 『한국지식인소설연구』, 일지사

조동일(1986), 『한국문학통사』, 지식산업사

조동일(1991), 『한국문학과 세계문학』, 지식산업사

Goldmann, Lucien(1975), Towards a Sociology of the Novel, OTavistock,
        trans. by Alan Sheridan

Scholes,R. & R.Kellogg(1979), The Nature of Narrative, Oxford Univ.Press

Watt, Ian(1974), The Rise of the Novel, Berkley & los Angels ; Univ. of
        California

Weisstein, Ulrich(1973), Comparative Literature and Literary Theory,
        Bloomington : Indiana Univ.Press

7. 체험의 소설화와 민중의 낙관주의
— 방영웅의 <분례기>를 중심으로

< 1 >

방영웅은 60년대에 등단한 작가이지만, 당시로는 드물게 보는 낙관적 세계관의 소유자다. 당시 문단은 니힐리즘과 비극적 세계관에 짓눌려 있었다. 4·19 혁명의 성공이 가져온 환희는 극히 찰라적인 일이었고, 5·16 구테타의 성공으로 자유와 민주주의를 갈망한 당대인들의 가슴에는 깊은 좌절감과 허무의식을 안겨주었다. 당대의 작가들이 자유를 갈망하고 실존을 운위한 것은 바로 그러한 시대적 요구를 적절히 수용한 것으로 볼 수 있다.

그는 당시 고등학생으로, 데모의 현장에 있었다. 지프 차 지붕 위에 올라타서 구호를 웨쳐대면서 피를 흘리던 고향의 선배를 기억할 정도로, 그는 당시의 상황을 생생하게 기억하고 있는 역사의 산 증인이다. 그럼에도 그는 그러한 시대적 상황과는 너무나 동떨어진, 농촌이나 도시 변두리의 가난에 찌든 사람들의 삶을 그리면서 낙관적인 세계관을 보여주고 있다.

그렇다고 그를 반역사적이고 반지성적이라고 매도할 수는 없다. 그는 그러한 사람들의 삶을 통해 역사의 주체이면서도 항상 역사의 뒷켠에 밀려난 민중의 모습을 사실감있게 제시하고 있다. 민중은 밑바닥 인생을 살아가면서 형성된 한을 안으로 삭이고 인고의 나날을 보내면서도, 결코 미래에 대한 희망을 잃지 않는다. 그러한 민중상은 관념적으로 형상화된 것이 아니라, 작가의 진정한 체험을 바탕으로 한 것이다. 때문에 그만큼 독자들에게 생동감을 불러일으킨다.

낙관주의자가 아니었다면, 그는 작가로 등단하는 행운을 잡지 못했을 것이다. 그는 대학 입시의 연속적인 낙방과 신춘문예의 낙선에서 좌절감을 느끼기보다 자신의 능력을 확인하는 기회로 삼을 정도였다. 때문에 『세대』 신인상에 응모했다가 낙선한 작품을 장편으로 개작하여 <분례기>라는 제목으로 『창작과 비평』에 투고할 수 있었다. 또한 계간지에 장편 소설을 게재하는 어려움마저 극복할 수 있었다. 당시 『창작과 비평』의 게재 결정은 쉽지 않았던 듯, '1,500매가 넘는 신인 작품을 3회에 걸쳐 전재하기란 우리 규모의 잡지로는 쉬운 일이 아니었다'고 편집 후기에서 밝히고 있다.

<분례기>에 대한 당시 독자들의 반응은 좋았던 것으로 술회되고 있다. 그러나 평단의 반응은 냉담했다. 당시 이 작품에 대한 작품론은 『창작과 비평』의 편집자인 백낙청의 「작단시감」이 유일하다. 여기에서 백낙청은 자신의 작품 선정이 옳았음을 밝히고, 그 해의 가장 큰 수확으로까지 고평하고 있다.

그러나 당시 문단에서는 역사 의식과 사회 의식을 표방한 『창작과 비평』에 순수 소설을 수록한 사실에 대하여 의외로 받아들이고, 작품의 수준에 대해서도 비판적이었다. 백낙청은 곤혹스러움을 감추지 못하면서 「『창작과 비평』 2년 반」에서 이 작품의 민중성과 미학을 구구하게 부언하고 있다. 그후 13년이 지나서야 구중서가 「방영웅론」을, 임헌영이 「농촌의 정서와 여인의 생태」를 쓰고 있지만, 단행본 『분례기』의 소략한 해설문에 불과하다.

4·19 세대의 약진과 5·16 이후의 허무주의가 풍미한 당대의 상황에서 볼 때 『창작과 비평』의 편집 태도는 상상을 초월한다. 구호와 정론성에 익숙한 당대의 문단에서 그것은 당연한 일이리라. 그러나 오늘날에도 진정한 의미의 민중 문학이 무엇이며, 왜 백낙청이 이 작품에 그토록 애정을 가졌는지를

이해해 주는 사람은 드물다. 아직도 그는 억세게 운 좋은 사람으로 평가받고 있을 정도다. 과연 그는 운 좋은 사람에 불과한가? 또한 <분례기>는 운 좋게 추천을 받은 작품에 불과한가?

< 2 >

방영웅의 힘은 본능적이고 원초적인 체험에서 온다. 그는 온갖 떠돌이들과 밑바닥 사람들이 모여드는 예산 장터를 중심축으로, 예산 읍내에서 어린 시절을 보냈다. 그는 결코 온실에서 곱게 자란 화초는 아니다. 그것이 그의 강점이고, 민중 작가라는 평가를 받을 수 있는 원동력이다. 온실에서 자란 화초는 조그만한 변화에도 견디지 못하고 쉽게 지지만, 야생화는 인고의 세월을 견디면서 내성을 키워갈 수 있다.

야생화처럼 밑바닥 삶을 체험하면서 자란 그에게 가난과 실패는 고통으로 느껴질지언정, 절망적 상황으로 인식되지는 않는다. 차라리 그것은 타성화된 일상성에 불과하다. 공간적 배경이 예산인 <분례기>의 주인공이면서 하찮게 태어나 그렇게 살아가는 똥예, 노름방을 어슬렁거리는 그녀의 아버지 석서방, 되는대로 살아가는 그녀의 어머니 석서방네의 타성에 젖은 삶은 작가의 예산 체험과 결코 무관할 수 없다.

방영웅은 우리 민족의 암흑기인 1942년 예산 오리정에서 아버지 방복홍과 어머니 이강순 사이에서 2남 3녀 가운데 차남으로 출생했다. 그의 집안은 <분례기>에 등장하는 대부분의 인물들이 뿌리가 튼튼하지 못하였다. 오리정에서 임성동으로, 임성동에서 신홍동으로 이사를 하고, 거기에서 해방을 맞았다. 1948년 예산국민학교에 입학하여, 국민학교 2학년 때 김구 선생의 암살 사건을 겪는다. 그는 장례를 치를 때 비가 오는 예산에서 조가를 불렀다. 6, 25가 일어나자 읍내에서 30여리 떨어져 있는 신암면으로 피난을 갔고, 1954년에는 예산중학교에 입학했다. 예산에서는 중학교를 졸업한 1956년까지 살았다.

그가 태어나 전전한 오리정, 임성동, 신흥동은 예산 읍내에 위치하고 있다. 읍내 사람들은 농사를 짓고 사는 사람들이 아니라, 장터를 무대로 해서 살아가는 사람들이다. <분례기>의 노랑녀 일가나 <말감고 김서방>의 김서방이 그들이다. 읍내에는 농사를 짓고 사는 사람들도 있다. 읍내에서 멀리 떨어진 산골이라면 농사를 짓는 사람들은 제법 많았을 것이다.

그런데 예산을 배경으로 한 <분례기>의 어디에도 농사를 짓고 사는 사람들의 이야기나 농부다운 농부는 나오지 않는다. 만약 그가 농사를 짓는 사람들과 섞여 살았다면, 시골을 배경으로 한 소설인만큼 농부들의 이야기가 나왔을 법하다. 그런데 그렇지 못한 점에서 그의 부친이나 가까운 이웃들은 농부가 아니었던 것같다.

나무를 하러 다니는 똥예와 용팔 그리고 동네 아낙네들이 등장하지만 그들은 농사를 짓는 사람들이 아니다. 그들은 밥을 지어 먹고 군불을 뗄 나무를 하거나 땔감을 팔아서 생계를 꾸리기 위하여 나무를 하러 다닌다. 그런데 그들이 사는 곳과 나무를 하는 곳은 지척의 거리가 아니다. 따라서 그들은 산골에 사는 사람들이 아니다.

그렇다고 똥예가 사는 마을이 읍내 장터 부근에 있는 것도 아니다. '호롱골'에는 상여집이 있고, 도수장이 있다. 나무꾼인 용팔이 새벽에 나무를 져다가 팔고 돌아와서, 산에 나무를 하러 갈 수 있는 곳이며, 석서방이 뻔질나게 읍내를 드나들 수 있는 거리에 있다. 그러나 그곳은 결코 지척의 거리에 있지 않다. 시집갈 날을 받아 놓은 봉순이 장에 갔다 돌아오는 길에 겁탈을 당할만한 거리에 있다. 그 사이에는 미친 똥예가 읍내 시집에서 쫓겨나서 자기 집으로 가는 도중에 겁탈을 당한 장소인 과수원도 있다.

그럼에도 농부들의 이야기가 나오지 않은 것은 어떤 이유에서인가? 아마 그의 체험이 장터에 나무를 팔러오는 사람들과의 만남으로 국한되어서가 아닐까? 장터가 등장하고 장터를 배경으로 살아가는 술장수, 노름꾼, 거렁뱅이, 기생, 장돌뱅이, 돌팔이 의사, 작부, 백정 등이 등장하고 있으면서도 농부들의 삶에 대해서 거의 언급이 없는 점에서 그럴 가능성은 다분하다.

작가의 예산 체험은 한국인의 숙명적 삶에 바탕을 둔 것이다. 작가의 체험은 그의 소설 속에 그대로 투영되고 있다. <분례기>에 등장하는 사람들은 가난을 숙명으로 알고, 신의 섭리대로 살아간다. 스스로 자신의 운명을 개척해 가려는 의지를 보이는 사람은 하나도 없다. 석서방 내외는 굶어 죽을 지경이 되어서도 천하태평이다. 석서방은 집안 일에는 관심이 없고 술집이나 노름방을 전전할 뿐이다. 석서방네도 방에 틀어 박혀서 배가 고파서 우는 아이들을 때려 주고 담배를 빨고 있을 뿐이다. 그들은 내일에 대한 불안감이나 미래에 대한 절망감을 보여주지 않는다. 자기의 밥줄은 태어나면서부터 가지고 온다는 속설과 자식을 여섯 명이나 두고 있어서 그런지 모른다.

사실 그들은 자식을 노동력으로 생각하고 있다. 때문에 똥예는 집안 일도 하고 나무도 하러 다닌다. 그녀는 늘 분실이와 봉순을 부러워 한다. 분실이는 최참봉의 손녀로, 그 고장의 유지인 백씨의 막내 아들과 혼인할 처녀이다. 봉순은 길남으로부터 혼인 말이 들어와서, 일도 하지 않고 집에서 자수를 놓고 있는 똥예의 친구이다. 똥예는 분실이를 생각하면서 자신의 신세를 한탄하고, 봉순을 부러워 하여 봉순네 집에 가서 자수를 배운다. 고자로만 알고 지내던 아저씨 뻘되는 용팔로부터 처녀성을 잃고도 그것을 감수하고, 자신도 빨리 혼인 말이 오고가서 나무를 하러 다니지 않기만을 학수고대한다. 그녀 역시 자신의 운명을 거스르지 않고 살아간다.

운명에 순종하면서 낙관적으로 살아가는 사람들은 그들 이외에도 많다. 용팔은 나무를 해다가 팔아서 먹고 살면서도 방사를 즐긴다. 그는 죽겠다고 신세 타령을 하는 똥예에게 자연의 섭리를 늘어놓으며, 똥예가 미쳐서 수철리 쪽으로 멀어져 갈 때 혼자서 민요 가락을 흥얼거린다.

> 달래야 달래야 진달래야 / 바위야 바위야 가새바위
> 구름 같은 말을 타고 / 수철리 고개를 넘어가서
> 곱사대야 문열어라 / 춘향이 얼굴 다시 보자
> 너 죽어서 꽃이 되고 / 나 죽어서 나비된다.
> 나비됐다 설워마라 / 꽃밭으로 날아든다.

용팔의 노래는 분명 자연의 섭리에 따라 살아가는 원초적 인간의 목소리이다. 그는 주어진 삶을 숙명으로 받아들이며 살아간다. 죽어서 나비가 된다고 해도 서러워하지 않으며, 똥예의 죽음까지도 자연의 섭리로 인식하고 받아들인다. 세상의 관심을 끌지 못한채 하찮은 존재로 태어나 하찮게 살다가 또 그렇게 죽어가는 것이 인생이라는 인식마저 엿볼 수 있는 대목이다. 역사의 수레 바퀴 속에서 그렇게 세상에 나왔다가 죽어간 사람들은 헤아릴 수 없이 많을 것이다. 어쩌면 작가도 그들 가운데 한 사람인지 모른다.

< 3 >

<분례기>에 등장하는 인물들은 한결 같이 빈민들이다. 작품 초반부의 문풍지가 파르르 떨리는 방에서 여섯 명이 떨어진 이불을 덮고 누워 있는 풍경

은 빈민들의 사는 모습을 가장 인상적으로 제시하고 있는 대목이다. 분실이 할아버지인 최참봉이나 그 고장의 유지인 백씨와 같은 부유층이 등장하지 않는 것은 아니다. 그러나 부유층은 빈민과 적대적인 관계에 있거나 부러움의 대상으로 떠오르지 않는다. 누구도 그들의 부귀를 탐내지 않는다. 다만 그들은 분실이에게 부러움을 느낀 똥예의 뇌리에 스쳐 지나갈뿐이며, 이 작품의 중심 구조와 전혀 무관한 인물들이다.

빈민들이 작품의 중심 구조를 이루고 있는 것은 작가가 그들에게 애착을 갖는 좋은 예가 될 수 있다. 왜 작가는 빈민들에게 그토록 애착을 갖는 것일까? 자신의 지나간 삶에 대한 추억 때문인가? 아니면 자신에게 가장 익숙한 제재를 끌어온 때문인가? 물론 그 답을 정확히 내릴 수는 없다. 그것은 여러 가지 요인이 복합적으로 작용한 데 기인하기 때문이다.

작가의 도시 빈민촌 체험은 금호동에서 시작된다. 그의 가족은 1956년 상경하여 금호동에 거처를 정하고, 그곳에서 10여년을 살았다. 여기에서 그는 이발사, 리어카꾼, 막걸리 배달부, 구두닦이, 출판사의 외판사원, 식당의 고용원, 늙은 갈보, 대포집 작부, 남대문 시장의 행상, 약방 주인 여편네, 식모 등을 만나고, 그들의 삶에 관심을 갖게 된다. 금호동의 체험은 1970년 이후의 많은 소설에 등장하는 인물과 사건이 된다. 그런데 도시 세태를 다룬 소설에서도 작가는 그들의 비참한 삶에 초점을 맞추기보다, 미래에 대한 희망을 잃지 않고 끈질기게 살아가는 야생화같은 모습을 보여주고 있다.

특히 금호동 시절의 체험에서 뺄 수 없는 것은 휘문고등학교에 재학한 사실이다. 휘문고등학교는 정지용, 이태준, 김유정, 박종화, 김영랑, 홍사용, 오장환, 이무영 등 기라성 같은 문인들을 배출한 학교이다. 그는 선배들을 흠모하면서 문학에 관심을 갖게 되며, 문학을 통해 자신의 이상을 실현하고자 한다.

많은 선배 작가들 가운데 그가 가장 영향을 받은 작가는 김유정이다. 예산 체험과 도시 빈민촌의 체험이 김유정의 문학에 관심을 갖도록 만들었고, 거기서 문학화의 가능성을 확인했는지도 모른다. 김유정의 <동백꽃>, <소낙비> 등에 등장하는 순박한 사람들의 이야기는 바로 그 자신이 체험한 바와 너무 흡사했다. 따라서 자신의 삶과 김유정의 작품이 어우러져 <분례기>를 낳았다고 해도 지나친 말은 아닐 것이다.

빈민촌 사람들은 대개 시골에서 이주해온 사람들이다. 그들은 가난을 신의 섭리나 자연의 이치 쯤으로 알고 살아가는 사람들이다. 그러나 그들에게는 다른 사람의 어려움을 자기의 어려움으로 인식하는 공동체 의식이 있고, 서로를 감싸 안아주는 따뜻한 인정이 있다. 도회지의 닳고 닳은 사람들의 모습이나, 이웃과 마음의 담을 쌓고 사는 모습은 찾아보기 힘들다.

예산 체험과 금호동의 체험은 작가를 인정 많은 진짜 시골 청년 혹은 빈민촌 사람으로 만들었다. 거기서 한발 더 나아가 그를 민중 작가로 키웠다. <분례기>에 등장하는 사람들은 한결 같이 인정이 많은 사람들이다. 미쳐서 돌아다니는 옥화에게 돌을 던지거나 욕을 해대기보다는 찬밥 한술이나마 나누어 먹을 줄 아는 사람들이다. 굶기를 밥먹듯하는 똥예에게 먹을 것을 나누어 주거나 김치를 나누어주는 사람들이다. 민중의 힘은 여기에서 나온다. 비록 가진 것이 없어서 이웃에게 충분히 나누어 주지는 못하지만, 항상 나누어 먹을 준비가 되어 있다.

< 4 >

<분례기>에 등장하는 사람들은 이웃에 따뜻하고 동병상린을 앓는 사람들이다. 그러나 그들이 모든 사람들에게 따뜻하고 인간적인 것은 아니다. 그들

은 가부장제적 질서에 익숙한 사람들이다. 남성들은 여성들이 자신들과 동등한 인간이라고 생각하지 않고 있으며, 여성들은 그것을 당연하게 받아들이고 있다. 그들은 한결같이 철저한 보수주의자들이다.

영철은 장가게집 아들로, 노름꾼이다. 그는 여러 차례 결혼을 했다. 아내가 마음에 들지 않으면 심하게 구타를 해서 가차없이 쫓아냈다. 그러한 행위를 그의 외할머니는 당연하게 받아들였다. 심지어 본인이 나서서 손주 며느리를 못살게 굴곤 했다. 똥예도 그러한 희생자의 한 사람이다.

남편은 신이나 전제 군주와 같은 존재이고, 아내는 언제나 남편의 말을 신의 말로 여기고 따라야 한다. 특히 여염집 여인들은 정조를 생명으로 알고 살아야 한다. 정조를 잃은 여인은 스스로 목을 메어 자살을 해야 한다. 자살하지 않으려면 용팔의 처 병춘처럼 목숨을 걸고 정조를 지켜야 한다.

그런데 똥예는 용팔이 아저씨에게 순결을 빼앗기고도 자살을 하지 않았다. 그녀가 윤리 의식을 지니지 않아서 그런 것은 아니다. 그녀도 처음에는 자신을 저주하고 죽을 작정도 해보았다. 그러나 '애 뭘 죽니, 죽지마'라고 한 찔레의 속삭임과 '지난 겨울에 폈던 꽃이 지금 또 다시 폈잖여'라고 한 용팔의 말에 슬그머니 마음을 고쳐 먹고 험준한 산길을 타고 신랑 점을 치러 향천사로 향해버린다. 고자를 따라 나섰다가 고자에게 당한 똥예의 비밀은 고자인 용팔과 자기 자신만의 비밀이다. 그러나 자기 자신을 기만하는 일은 그렇게 쉬운 일이 아니다. 그럼에도 그녀는 자신의 삶의 애환을 꿋꿋하게 견디어내는 건강성을 보여준다. 그러한 태도는 작품 말미에 이르러 삶에 대한 애착으로까지 발전해간다.

물론 이 작품에 등장하는 여성들이 모두 철저한 윤리 의식을 소유한 것은 아니다. 작가는 아주 분명하게 술집 여인들과 여염집 여인들을 이원적으로 처리하고 있다. 술집 여인들은 정조 관념이 없는 여인들로 처리했다. 술집

여인이 아니더라도 그에 준하는 여성들은 마찬가지로 다루었다. 그들은 기생
처럼 형님, 아우로 통칭하고 지낸다. 그 대표적인 여성이 노랑녀이다. 그녀는
외간 남자인 최서방을 자기 집에 끌여들여 함께 지낼 수도 있다. 그들에게
윤리 의식이나 도덕율은 배부른 자들의 논리에 불과하다. 배 고플 때 한 숟가
락 떠 먹는 밥 마냥 그들은 외간 남자들과 성적인 관계를 맺는다. 일부일처제
란 허울 좋은 명분일 뿐이다. 술집 여인이 아니라면 옥화처럼 미친 여성으로
처리해도 문제될 게 없다.

　그러나 똥예는 분명히 여염집의 딸이요, 재취이기는 하지만 남의 아내이다.
그녀가 양심의 가책을 느끼면서 살아가던가, 자신의 죄업으로 불행에 빠지던
가 하지 않고는 작가의 도덕율과 상치될 수 밖에 없다. 때문에 작가는 똥예를
미친 여자로 만들어 버린다. 그런데 똥예를 미친 여자로 만들어 놓아도 우리
는 전혀 거부감을 느낄 수 없다. 그 원인은 어디에 있는가? 작가의 치밀한
구성과 객관적 시각에 기인한다. 작가는 똥예가 용팔이 아저씨에게 겁탈을
당하는 순간부터 그녀의 운명이 예사롭지 않을 것임을 암시하고 있다.

　똥예, 용팔이, 병춘, 콩조지, 옥화는 서로 남이라고 할 수 없을 정도로 밀접
한 관련이 있는 인물로 설정되어 있다. 특히 똥예와 옥화는 일체감을 느낄
수 있을 정도이다. 똥예를 겁탈한 용팔은, 옥화가 낳은 아들을 주워다가 기른
다. 옥화의 아들은 고자인 용팔과 살고 있는 병춘을 겁탈(씨뿌리기)하려고
했던 콩조지가 옥화를 겁탈해서 낳은 아이다. 얽히고 섥힌 그들의 유대감 속
에서 똥예의 운명은 어느 정도 점쳐질 수 있다.

　똥예의 곁에는 언제나 광기와 죽음이 따라다닌다. 그녀를 좋아하는 철봉
가족은 모두가 천치들이고, 호롱골 사람들은 상여집 옆에 기거하면서 항상
죽음을 가까이 하고 있다. 똥예는 상여를 타고 가는 자신을 연상하기도 하고,
시집가는 날 상여집에 들어가서 옷을 갈아 입기도 한다. 해산을 하고 찾아

온 옥화를 씻겨 주기도 하고, 시집 올 때 입고 온 옷을 옥화에게 주기도 한다.
이처럼 똥예의 광기는 작가의 가부장제적 체험에 의해 이미 예정되어 있었다.

< 5 >

작가는 자연에 동화되어 원초적인 삶을 살아가는 민중상을 구현하고 있다.
이러한 민중상은 진정 방영웅적인 특징이다. 많은 작가들이 민중의 모습을
의도적으로 왜곡시키거나 관념화시켜 독자로부터 공감을 얻지 못한 점을 감
안한다면, 그가 진정한 민중 작가로 떠오를 수 있는 가능성도, 백낙청의 관심
을 끈 것도 이와 무관하지 않으리라 여겨진다.

그런데 그의 작품에 나타나는 낙관주의는 한국인의 생활 속에 도도하게
흐르고 있는 선비 정신과 밀접한 관련이 있다. 선비 정신은 당장 때울 끼니가
없어도 책을 벗삼아 안빈낙도를 즐길 수 있는 사람들만이 보여줄 수 있다.
그들에게 절망이나 좌절이란 있을 수 없다. 선비 정신은 양반의 전유물이었으
나, 그것을 오늘날까지도 유지해오고 있는 것은 민중이다.

선비의 고고한 삶은 여성의 인고와 남성 중심주의에 바탕을 두고 있다.
때문에 페미니스트들로부터 강한 거부감을 불러 일으킬 수도 있다. 그러나
그는 남성 중심주의를 강조하거나 미화시키기 위해서가 아니라, 자신이 체험
한 바 있는 진정한 민중의 모습을 보여주기 위하여 그러한 인물을 형상화한
것으로 보인다.

따라서 그는 민중의 후예로 태어나 민중 속에서 자란 체험을 바탕으로 소설
을 쓰고 있는 진정한 민중 작가이다.

◆ 참고 문헌

구중서, 「방영웅론」, 『분단시대의 문학』, 전예원, 1981
백낙청, 「작단시감」, 『동아일보』, 1967. 12. 19
백낙청, 「『창작과 비평』 2년 반」, 『창작과 비평』 통권 10호, 1968년 여름
임헌영, 「농촌의 정서와 여인의 생태」, 『한국대표문제작가전집』, 예조사,
        1981
한남철, 「이야기 재미와 민중의 진실」, 『창작과 비평』 33호, 1974.9

◆ 연보

1942년 충남 예산 오리정에서 출생
1948년 예산국민학교 입학
1954년 예산중학교 입학
1956년 서울 금호동으로 이사
1958년 휘문고등학교 입학
1961년 휘문고등학교 졸업
1967년 장편 <분례기>를 『창작과 비평』에 연재, 홍익출판사에서 『분례기』
       를 단행본으로 출간
1968년 중편 <사무장과 배달원>을 『창작과 비평』, <광대>를 『월간중앙』
       에 발표
1969년 장편 <달>을 『창작과 비평』, 단편 <바람>을 『월간문학』, <고향
       생각>을 『한국문학』, <방구리댁>을 『월간중앙』에 발표
1970년 <첫눈>을 『월간문학』에 발표
1971년 중편 <배우와 관객>을 『세대』에 발표
1972년 <꽃놀이>를 『창작과 비평』, <청개구리와 까마귀의 전설>을 『월간
       중앙』에 발표

1973년 <모녀>를 『현대문학』, <오막살이>를 『월간중앙』, <고향 생각>
　　　　을 『한국문학』, <살아가는 이야기>를 『월간문학』에 발표하고 장
　　　　편, <하늘과 땅>을 『월간중앙』에 연재
1974년 홍계선과 결혼, <장고춤>을 『서울평론』에 발표, <창공에 부는 바
　　　　람>을 『대구매일신문』에 연재, 창작과비평사에서 <살아가는 이
　　　　야기>를 출간
1975년 <야경>을 『한국문학』, <웃음소리>를 『신동아』에 발표
1976년 <억새의 노래>를 『부산일보』에 연재, 단편 <무등산>을 『창작과
　　　　비평』에 발표
1980년 중편 <봄강>을 『현대문학』에 발표
1982년 중편 <문패와 가방>을 『한국문학』에 발표, <동촌사람 출세하다>
　　　　를 지방지에 연재
1985년 <눈 속의 상여>를 『외국문학』에 발표, <청산나비>를 『광주일보』
　　　　에 연재
1986년 장편 <낮달과 부엉새>를 『마당』에 연재, 장편 <달>을 다시 씀

Ⅱ 미적 상상력과 시적 이상성

1. 求道者의 자세와 純粹 自然에 대한 탐구

1. 서론

정재완은 시인이면서 교수이다. 그는 1958년 청마 유치환의 추천으로 현대문학에 <그리움>, <어머니>를 발표한 이래 시작 활동에 전념하여 지금까지 10권의 시집과 2권의 동시집을 상재했다. 또한 월프레드 L. 궤린, 리 모간 등이 공동 집필한 『A handbook of critical approaches to literature』를 번역하여[1] 문학이론에 대한 체계적인 소개를 바라던 문학연구자들에게 도움을 주었고, 시에 대한 연구서를 출간하여 자신의 정립된 시론을 보여주기도 했다.[2]

그의 시에서는 청마의 시에서 볼 수 있던 허무의식과 그 극복, 노장 사상에서 볼 수 있는 허무의식과 무위자연 그리고 영성에 대한 천착을 엿볼 수 있다. 그는 한국현대시사에서 시인이 견지해야 할 자세를 가장 모범적으로 보여준 시인이 청마라고 생각하고, 그에게 큰 관심을 보여준 바 있다.[3] 그런데 청마가 인생과 우주를 보다 넓고 깊게 바라볼 수 있었던 것은 허무를 바탕으로

---

1) 정재완, 『문학의 이해와 비평』, 청록출판사, 1980

2) 『한국현대시의 반성』(형설출판사, 1981), 『한국현대작가작품론』(전남대학교 출판부, 1990), 『한국현대시인연구』(전남대학교 출판부, 2001).

3) 그는 『지상의 날에』의 책머리에 청마의 추천사를 인용하고 있으며, 『저자에서』의 후기에서 다음과 같이 말하고 있다. '오늘, 우리 시인의 자세, 시정신의 향방에 어떤 시사의 육성인 듯 뜨거움이 치밀어 오르게 하는 것이 있어 고 청마 선생의 시에서 몇 구절을 책머리에 실은 것이다.'(『저자에서』(형설출판사, 1972, pp.129-130) 또한 그는 <청마선생>이라는 제목의 시를 두 편이나 쓰고 있다.

한 자기 극복의 결과였다. 청마의 저편에는 노자와 장자가 자리잡고 있었다. 노자와 장자에 대한 정재완의 관심은 대학 시절 전공한 철학의 영향으로 보인다.

그를 떠올릴 때 가장 먼저 생각나는 것은 순수, 자연, 여림, 흙, 새, 어머니, 무위자연 등과 같은 언어이다. 지나칠 정도로 섬세한 그는 언어 하나, 문장 하나에도 세심한 배려를 하면서 수없이 많은 언어적 조탁을 거쳐 시를 생산하고 있다. 언제나 조용한 목소리로 인간이 궁극적으로 지향해야 할 바가 무엇인가에 천착하고 있으며, 순수한 세계를 지향하여 주위의 많은 사람들로 하여금 조심성 있는 접근을 하게 만들었다. 일찍이 청마는 '이 시인의 無垢한 리리시즘은 정작 순수한 銀線의 음향 같다. 어쩌면 그의 이 純度는 침통한 時代空氣 속에서는 아주 不適한 것인지 모른다'4)고 했다.

『地上의 날에』(전남대학교 출판부, 1996)는 그의 시적 변모 양상이나 시 세계를 일목요연하게 살펴볼 수 있는 시집이다. 이 시집은 그의 제8시집 겸 자선시집이다. 동시를 모은 제4시집 『해바라기』를 제외하고 제1시집에서부터 제7시집까지의 모든 시들 가운데서 자신의 시 세계를 가장 잘 보여줄 수 있는 시들을 엄선하고 거기에 새로운 시들을 추가해서 엮은 시집이다.

필자는 『地上의 날에』에 수록된 시를 중심으로 그의 제1시집 『하늘 빛』(1962), 제2시집 『저자에서』(1972), 제3시집 『빗발같이 햇발같이』(1975), 제5시집 『흙의 가슴』(1981), 제6시집 『믿음과 노래』(1987), 제7시집 『사랑 안에 살면』(1993)에 나타난 시 세계를 차례로 분석하여 정재완 시의 변모양상을 살펴보고 그 특징을 밝혀보고자 한다.

---

4) 정재완, 『地上의 날에』, 전남대학교 출판부, 1996, p.4

2. 시 세계의 변모 양상

1) 그리움의 세계

<날개>, <그리움>, <어머니>, <歲月>, <하늘 빛>, <노래> 등 6편
은 제1시집『하늘 빛』(1962)에서 발췌하여 실은 시들이다. 이들 시들은 '그리
움'의 세계를 형상화하고 있다. 먼저 <그리움>이라는 시에 대하여 살펴보기
로 한다.

> 하늘이란
> 둘러 앉은 골짜기 저마다의 빈 마음들일게다.
>
> 또는
> 다함 없는 푸르름의 속삭임 같은 너.
> 메아리여, 虛虛로움이여.
>
> 차라리 髑髏였으면 고향에라도 돌아올 것을…
> 더욱 우럴어 즈믄해 하루인양 기찬 하늘안
> …… 그리움이여.
>
> 아스름 흰 달밤이면 와자히 形姿하여
> 모두 살아오리라.
> 영원히, 가는 메아리. 오는 메아리.5)

---

5) Ibid., p.72

그리움을 간직하는 빈자리가 '빈 마음'으로 표현되고 있지만 그것은 그리움이라는 대상을 채울 수 있는 대상으로 설정한 빈자리로, 있어야 할 것이 채워지길 바라는 '빈 마음'이요 '허허로움'이다. 여기서 그리움의 대상 혹은 그리움의 세계는 '다함 없는 푸르름' 혹은 '메아리'의 표상으로도 나타나고 있다. 또 그 '그리움'의 표상은 '영원'한 것이기도 하다. 그런데 그것이 그리는 구체적인 대상이 무엇인지에 대해서는 그려지지 않고 있다. 다만 '흰 달밤이면 왈자히 形象하여' 살아올 것이라는 인식만을 보여주고 있다.

그리움에 대한 표상을 그리고 있는 또 다른 시가 <날개>이다. '그리움'의 실체가 '날개'라는 구체적인 형상으로 그려지고 있는데 그 날개의 퍼덕임처럼 그리움은 '흩날리는 몸짓'이자 울부짖는 소리이기도 하고, 바다 물결소리처럼 '하염없는 것'이기도 하다.

지는 꽃잎이었는지...... 언제부터선가
흩날리는 몸짓은 있어야 했다.

그를 위하여는 바람인지 스러지는 구름인지
멀리서 울부짖는 소리, 바닷물결소리.
그런 하염없는 것들 또한 있어야 했다.

너무 찬란한 彩色이었다.
歲月이란 애당초
이름하지 않았어야 옳았을게다.

永遠일네.
푸르름은 또 얼마를 흘러도

다시 切切한 부름……

…… 그리움은 그런
못견디는 모습으로 있어야 했다.6)

시의 마지막 부분을 보면 '그리움'의 몸짓은 '切切한 부름'처럼 '永遠'한 것이고, 삶이란 바로 그런 그리움의 모습을 간직하고 있는 것이다. 그렇다면 그리움의 대상은 무엇일까?

그리움의 대상이 어디에서도 구체적으로 그려지고 있지는 않다. 그러나 <그리움>을 통하여 짐작해 볼 수 있는 것은 '아스름 흰 달밤'이면 살아오는 것이라는 표현이나 '푸르름의 속삭임 같은 너'라는 표현을 통해 자연 혹은 자연과 유사한 어떤 정서가 아닌가 하는 추정을 가능케 한다.

그런데 <어머니>라는 시에 보면 '그날, 얼에 뜸에서 불러 보는 어머니…… / 하늘만한 은혜 앞에 기대이니 하그리 많은 주름살임에랴!' 라는 구절과 '그 깊은 골짜기마다에 들어 앉아 / 나는 悔恨 많은 구꾸기 울음 울고…… / 메아리도 따라 울고……' 라는 구절이 우리의 관심을 끈다. 그리움의 대상이 다름 아닌 어머니이고, 어머니에 대한 정이 아닌가 하는 추측을 할 수 있게 한다.

이러한 추정과 추측은 <하늘빛>에 이르러 좀더 구체적으로 드러난다.

문득 저만치
목마름이 발돋움한
자욱마다 고인

---

6) Ibid., p.71

젖은
나의 그리매……
한 채 오직 미쁜 하늘 빛이
그의
오랜 문을 열고
들어 서다! 7)

그리움의 표상이 '미쁜 하늘 빛'이라는 시어로 형상화되고 있다. <세월>
은 순수 자연계의 움직임으로 인식한 세월을 그리움의 대상으로 서술한 시이
며, <노래>는 '4월 영령들을 위한'이라는 부제처럼 4월 영령들을 추모하는
시이다.

제1시집의 시들은 '그리움'의 세계를 그리고 있다고 할 수 있다. 그 그리움
은 영원한 것이며 그 그리움의 대상 또한 영원하고 절절한 것이며 그것은
푸르름, 어머니, 하늘 빛 등의 순수 자연의 세계 정도로 이야기 할 수 있다.

2) 일상적인 세계

<古都 扶餘에서>, <눈발 속에서>, <저자에서>, <靑馬先生>, <河
童>, <강아지의 죽음> 등 6편은 제2시집 『저자에서』(1972)라는 시집에서
발췌한 시들이다.

제1시집의 내용이 '그리움'이라는 다소 추상적인 내용을 다루고 있다면,
제2시집에서 발췌한 시들은 그 제목에서도 알 수 있듯이 시적 대상이 좀 더
구체적이고 일상적인 것으로 옮겨지고 있다.

---

7) Ibid., pp.76-77

<고도 부여에서>에는 ‘伴侶 L여’라는 부제가 붙어 있고 <청마선생>에
는 ‘가신지 네 해 뒤에’라는 부제가 붙어 있어 그 제재와 대상이 아주 구체적
이다. <눈발 속에서>는 ‘光州도 농촌도 分斷의 나라들 거드름피는 大國
째째한 小國’[8], ‘平和를 선심쓰며 엄청난 비극을 연출하는 간덩이 큰 지도
자’[9] 등과 같이 당대의 현실을 구체적으로 언급하고 있다. <강아지의 죽음>
에서는 구체적인 일상사를 시적 대상으로 삼고 있다.

여기서 그가 주목하고 있는 일상적이고 구체적인 삶의 의미를 살펴볼 필요
가 있다.

> 貧血의 몸에서도 採血하는
> 聖戰보다도,
> 汚物이 끼얹어진 政治, 사타구니 드러낸 經濟보다도,
> 人工地震으로 거덜나는 찬란한 半萬年보다도,
> 시방 가슴에 具體的으로 메아리치는
> 이름들.
>
> 닳는 속살처럼 따신 가을 햇빛이
> 잡초 이룬 제제금의
> 生活의 밑뿌리를 깡그리 말릴 수는
> 없다는 이것이
> 오늘의 慰安이고 世界에의 肯定이며 標題없는
> 비그 - 뉴우스다.[10]

---

8) Ibid., p.84

9) Ibid., p.85

10) Ibid., p.87

구체적이고 일상적인 삶의 모습에 관심을 보이다 보니 현실의 부정적인 모습을 드러내는 인식이 몇 군데 나타나고 있다. 그러한 부정적인 현실 속에서 중요한 것은 명분이나 거시적인 것이 아닌 일상적이고 미시적인 삶의 모습들임이 드러나고 있다.

즉 <저자에서>라는 제목처럼 '시방 가슴에 구체적으로 메아리치는' 일상적인 삶이 중요한 것이다. 그러한 구체적인 일상의 삶 속에서 중요한 것, 또는 부정적인 세계를 대신할 수 있는 소중한 것으로서 '동심'에 대하여 이야기하고 있다. <강아지의 죽음>에서 보이는 아이들의 음성이 그렇고 <河童>이라는 시가 그렇다.

　　煩累 답쌓이는 영혼, 어른이란 치사한 이름이며 社會 國家 人類따위
　　떼묻고 너덜너덜 헤진 옷가지를 나도 벗어버리고 다아 팽개치고 저 고추들
　　의 조가비들의 天眞한 잔치에 첨벙 뛰어들고 싶어진다.11)

시적 대상이 좀 더 구체화됨으로 인해 거시적이고 명분 위주의 부정적인 현실에 대한 인식이 드러나고, 그에 비하여 상대적으로 생명력 있는 민중들의 일상사가 중요함을 깨닫는 것이다. 그리고 그 속에서 발견한 삶의 가치를 '동심' 즉 아이들로 표상되는 '순수함'에서 찾고 있다. '동심'에 대한 그의 관심은 그의 제4시집이자 동시집인 <해바라기>에서 구체적으로 드러난다.

3) 고난의 세계

<치자꽃>, <꽃샘>, <어느 閑日>, <농부의 가을>, <대춘사>, <백

---

11) Ibid., p.92

련초>, <어떤 말>, <새의 무덤>, <Herbert. E. 카딩톤 박사> 등 9편은
제3시집 『빗발같이 햇발같이』(1975)에서 발췌한 시들이다. 이들은 삶의 고난
에 대해 관심을 가지고 있다. 제 2시집에서 보여줬던 구체적이고 일상적인
삶에 대한 관심이 좀 더 심화되면서 고통스런 삶의 모습이나 일상에 대한
인식을 담고 있는 것이다.

　　<치자꽃>에서는 잠과 꿈 그리고 삶의 이미지를 연결시키면서 그것이 공
존하는 꽃의 모습을 통해 삶의 한 단면을 보여주고 있으며, <어떤 말>에서
는 '독한 바람' 맞으며 살아온 삶을 이야기하고 있다.

> 산다는 이
> 한 마디의 말
> 살기보다 더 어려워라.
>
> 술보다
> 독한 바람 마시고
> 살아왔다.[12]

　　살아있음을 인정하는 것이 더욱 어려움을 간결하게 그려내고 있다. <새의
무덤>도 그의 시 전편에 나타나는 새에 대한 관심이 새의 '죽음'을 소재로
삼고 있어서 삶의 부정적인 시련을 암시하는 것으로 볼 수 있다.

　　삶의 고통이나 시련이 <待春詞>라는 시에서는 '이름없는 풀꽃', '뿌리로
견디는 / 맨살의 삶'으로서의 민중들의 삶에 관심을 가지는 방향으로 나아가
고 '이름없는 풀꽃의 / 이름을 가만히 / 불러 줘야지. 올봄엔' 이라고 서술하기

---

12) Ibid., p.109

에 이른다.

<Herbert. E. 카딩톤 博士>는 카딩톤 박사에 대한 감사, 혹은 존경심의
표현인데 그 존경심 또한 고통받는 민중에 대한 봉사에 대한 것이라는 점에서
삶의 고통스런 양상에 대한 관심이라는 측면과 맥을 같이 한다고 할 수 있다.
고난의 삶과 민중적 삶에 대한 관심이 <農夫의 가을>에서는 가난한 현실
속에 묵묵히 생산을 하는 농부들의 삶을 예찬하는 것으로 발전하고 있다.

> 아가의 뒤는 뉘며
> 힘쓰는 엄마같이 스스럼없이
> 겨자씨 한알로
> 혁명을 씨앗묻던 숫된 農夫,
>
> 가을을 가을하는
> 가난하나 풍성한
> 농부의 삶이
> 이윽고,
> 죽음처럼 神처럼 偉大해진다.[13]

시인은 고통스런 현실의 모습이나 민중적 삶의 양상만을 보여주지는 않는
다. 그는 고통스런 삶 속에서도 희망과 긍정적인 인식을 놓치지 않고 있다.
<百年草>에서는 '옛날엔 이 꽃보면 / 아기 못난 사람도 / 아기 난다고 했는
다.'라고 민중적 이미지와 잘 어울리는 전설 속의 이야기를 빌려 희망을 버리
지 않는 민중들의 소박한 믿음을 형상화하고 있다. <꽃샘>에서는 현실의

---

13) Ibid., pp.103-105

고통을 '끝내 분만하는 봄'을 위한 '진통'으로 인식하고 있다.

처마 밑
제비집에
깃드는 봄

부리로 물어
물리는 단란

정녕
먹이 쌓아둠에
있지않거니.

기다리지 말자!
봄은 찾아 오는 손이 아니거니.

추위로 진통하며
끝내 분만하는 봄……14)

<어느 閑日>에서는 '철조망에 열던 옷가지 / 오늘은, / 빨랫줄에 말린다'15)고 하여 현실에 대한 긍정적인 인식을 보여주고 있다.
결국 제3시집은 제2시집에서 보여준 구체적이고 일상적인 삶에 대한 관심이 심화되어 고통스런 현실과 그러한 삶을 대변하는 민중적 삶에 관심을 보여

---

14) Ibid., pp.98-99
15) Ibid., p.100

주고 있으며, 그러한 고통과 고난의 삶을 희망으로 감싸안으려는 시인의 현실 인식이 드러나 있다.

4) 자연의 세계

<흙 2>, <흙탕비의 노래>, <닭집에서>, <어느 아침>, <낙엽을 밟으며> 등 5편은 제5시집 『흙의 가슴』(1981)에서 발췌한 시들이다.

<흙 2>는 '어머니는 손바닥 손등으로' 직접 땅을 일구었는데 지금은 '일군 체'하는, '하도 시늉을 해쌌는 세상'이라고 비판하면서, '<잔생이 소갈머리없이 깍지긴 生活일랑 解放하고 그 중 가까운 나의 얼굴에 볼 부비고 응석하라> 메아리에도 和答하는 理解의 흙'을 지향하고 있다. 시인은 현실에 대한 부정적이고 비판적인 인식을 보여주고 있는 것이다.16)

현실에 대한 부정적 인식은 <흙탕비의 노래>의 '눈뜨고 사는 세상 / 밤에 꿈꾸는 세상 / 술취해 사는 세상'이라는 인식에서도 잘 나타난다. 물론 여기에는 '가슴 속 하늘나라도 / 보며 / 살아요'17)라고 희망을 버리지 않는 현실 인식이 보이고 있다. 하지만 이전의 시들과는 달리 단순히 부정적인 현실 인식만을 보여주는 것이 아니라 부정적인 현실의 근본적인 원인에 대해 언급하는 심화된 인식을 보여주고 있다.

<흙 2>에서 오늘의 현실을 '물결치고 뒤채고 항의하는 흙의 오늘'이라 표현해 흙과 멀어진 것을 부정적 현실의 한 근원으로 보고 있다. 또 흙을 '理解의 흙'이라고 표현하며 흙과 가까워지는 것이 부정적인 현실을 회복하는 한 방편임을 암시하고 있다.

---

16) Ibid., p.115

17) Ibid., p.117

부정적인 현실의 대안적 세계에 대한 관심은 '흙'으로만 나타나는 것은 아니다. <닭집에서>는 인간을 '진흙에 발딛기도 꺼리는 인간'으로 표현하고 있으며, '인간의 잔치' 위해 '희생'을 치르는 닭의 눈빛에서 '하늘 비친 눈빛'을 보고 있다.[18] 또 <어느 아침>에서는 아스팔트 위에 죽은 새끼 쥐의 모습을 '우주의 아가가 / 잠들어 있다'고 했다. <낙엽을 밟으며>에서는 '낙엽더미'를 보고는 '善을 惡처럼 용서 비는 / 손 解脫의 무수한 손'이라고 표현하고 있다.[19] 이들은 곧 부정적인 현실의 대안적 세계를 '흙'과 함께 '닭', '새끼 쥐', '낙엽' 등이 표상하는 자연의 세계에서 찾고 있음을 보여준 것이라 할 수 있다.

결국 제5시집은 부정적인 현실에 대한 대안적 관심으로 흙과 동물로 표상되는 자연의 세계, 그 세계에 대한 구체적인 인상을 포착하여 서술하고 있는 것이다.

5) 타락한 세계

<邂逅>, <현대인>, <술 노래 2>, <봄 생각>, <나비에게>, <가을> 등 6편은 제6시집 『믿음과 노래』(1987)에서 발췌한 시들이다. 이들에서는 자연과 대비되는 현대인의 타락한 삶 또는 현대적 삶의 부정적인 모습을 서술하고 있다.

<邂逅>는 '가딱하면 물질이 뭐냐 / 마음이면 족하다고 / 큰소리였는데, / 육신 앞에 단박 숙연해진다'[20]는 물질에 대한 세속적 인식에 대한 반성과

---

18) Ibid., p.118

19) Ibid., p.119

20) Ibid., p.121

부끄러움을 서술하고 있고, <술노래 2>에서는 술 없이는 살 수 없는 현실과
술을 통한 안식의 마음을 서술하고 있다.

<현대인>은 시간에 쫓기며 사는 현대인의 초조한 삶의 모습을 옛 사람과
의 대비를 통하여 잘 그려내고 있다. 즉 옛 사람은 들을 마당으로 여기며
자연과 함께 열린 마음으로 살아왔는데 현대인은 그렇지 못하다는 것이다.

> 옛 사람은
> 들을
> 마당으로 알고
> 살아왔는데
>
> 시간의 링게르병 매달아
> 떨어지는
> 방울
> 셈하고 산다.21)

자연과 멀어진 현대인의 황폐화된 삶은 <봄 생각>에서 더욱 구체적으로
드러난다. '자연과 문명의 오늘 / 이 갈림길에서 바라보는 / 하늘이 높고 맑게
빛나는 뜻은 // 안슬픈 고향같은 / 봄 생각이 하마 / 헐벗은 나뭇가지마다
/ 아른아른 피어 오르는 때문일까'22)에서와 같이 현대의 황폐화된 삶을 자연
과 유리된 삶에서 그 연원을 찾으며, 나뭇가지를 통해 연상되는 봄 생각, 고향
생각으로 연결시켜 서술하고 있다. 즉 자연과의 대비를 통해 자연과 유리된

---

21) Ibid., p.123
22) Ibid., p.126

황폐화된 현대인의 삶의 한 단면을 포착하고 있다.

　이러한 인식은 '나비 너의 꿈 / 내가 꿀께'23)에서와 같이 공해 탓에 좀처럼 오지 않는 나비에 대한 반가움으로 표현되기도 한다. 여기서 나비의 꿈은 바로 잃어버린 자연에 대한 꿈 혹은 동경으로 보여진다. 또 '가을'의 이미지를 '사람의 소리 / 안들리'는 '산사'에 비유한24) <가을>도 황폐화된 현대인의 삶의 부정적인 인식을 자연과 대비하여 서술하고 있다.

　결국 제6시집의 시들은 황폐화된 현대인의 부정적이고 타락한 삶의 단면들을 그리고 있는데 그것을 자연과 대비시켜 부각시키고 있는 것이다.

6) 달관의 세계

　<嫩葉>, <茶>, <都心의 불빛>, <네잎 클로버>, <서울 와서>, <사랑과 진실>, <어항을 바라보며>, <두꺼비와의 해후>, <知命>, <죽음에게>, <완벽성에 대하여>, <竿頭>, <어떤 약속>, <億佛山>, <광주종합터미널에서>, <西安에서>, <삿뽀로(札幌) '눈의 축제'>, <白蓮寺에서>, <공항 대합실에서 - 아내에게> 등 19편은 제7시집 『사랑안에 살면』(1993)에서 발췌한 시들이다. 이들은 제1시집에서 제6시집까지에서 보여지던 삶의 다양한 면에 대한 관심을 바탕으로 삶과 인생에 대한 원숙한 모습을 보여주고 있다.

　　세계의 어디
　　우주의 영으로

---

23) Ibid., p.127

24) Ibid., p.128

떠 있는 나

쫓기는 나,
조롱받는 나,
가위눌린 나,
짜부라지는 나,

큰 나가
작은 나를 보듬아 주어야지

이제
知命의 나이기에.25)

<知命>에서는 나의 다양한 면을 모두 인정하는 포용적인 태도로 세상을 볼 것을 다짐하고 있다. 그래서 이 부분의 시들은 세상에 대한 원숙하고 다정한 시각이 돋보인다. 그 대상도 인생, 행복, 죽음, 평화 등 인생에 대한 성숙한 인식을 바탕으로 하고 있다.

일상적인 삶에 대한 달관적 태도는 여러 시편에서 엿볼 수 있다. <西安에서>는 西安의 모습과 느낌을 통해 초라하고 피로하지만 덤덤하게 살아가는 모습을, <白蓮寺에서>는 혈육과 함께 하는 평화로움을, <茶>에서는 아침에 홀로 차를 마시는 그윽함과 삶의 여유로움을 서술하고 있다. <두꺼비와의 해후>에서는 백주에 도로 위의 두꺼비를 통해 '20세기 가파른 시간'을 '무심, 무시간, 영원의 형상'으로26) 인식하는 초월적인 태도를 보여주고 있다.

---

25) Ibid., p.141

26) Ibid., p.140

일상적 삶의 달관적 태도는 삶의 다양한 면에 대한 깨달음으로 형상화되기도 한다. <嫩葉>에서는 인생을 슬프다 기쁘다 말하지 않는, 인생의 희비와 상관없는 순수함을 새로 난 잎을 통해 나타내고 있다. <광주종합터미널에서>는 인생은 어차피 여로라는 인생의 유한함에 대한 인식을 보여주고 있다. <삿뽀로(札幌) '눈의 축제'>에서는 축제의 눈 소식을 접하면서 '둘이 동심의 손 잡고서 느낌으로 보고 느낌으로 마셨'던[27] 가상의 눈에 대해 인식을 떠올린다. <완벽성에 대하여>에서는 완벽함이 하느님의 길이 아니라며 인생의 길은 순연한 자녀 마음과 행동거지로 살아있는 길이라는 인식을 보여준다. <죽음에게>에서는 죽음을 정화의 큰 덕을 안겨다 줄 손님으로 형상화하며 유한한 인생의 의미를 초극하고자 하는 인생관을 보여주고 있다. <네잎클로버>에서는 통념으로서의 4자에 대한 불행의식을 네잎 클로버를 통해 부정하면서 행복은 언제나 찾으려고 애쓰는 대상이라는 인식을 보여주고 있다. <어항을 바라보며>에서는 보훈병원 대기실이라는 신음의 공간에서 어항 속 우주의 평화로움을 형상화하고 있다. 또 <億佛山>에서는 억불산을 통해 자연의 포근함과 강인함을 보여주고 있다.

이렇게 보면 그의 제7시집의 시들은 무엇보다도 인생 혹은 삶에 대한 그 나름대로의 인식과 안목을 보여준 것이라고 할 수 있으며, 그 중에서 그가 삶에 대한 태도로 중요하게 인식하고 있는 것이 다름 아닌 '사랑'임이 드러난다.

한밤
저 멀리 都心의
불빛,

---

27) Ibid., p.156

무엇을 말하는가.

사랑 안에 살면
인생은 다숩고,

사랑 밖에 살면
인생은 춥다.[28]

꽃은 지고 말지만
핀 꽃은,
아름다움 환히
피울 뿐
얼굴 찌푸리지 않는다.

강물은 언젠가
마를 것이지만,
푸르름 싣고
흐를 뿐
모습 흐리지 않는다.

사랑은 이별과 종말 품고
타오르지만
아름다움을 푸르름을 일심으로
포옹하고 입맞추고
순간을 영원으로 밝혀,

---

28) Ibid., p.133

<u>스스로 촛물로 녹아내린다.</u>[29]

<도심의 불빛>에서는 현대인의 삶에 있어서 사랑이 우리의 삶을 따뜻하고 아름답게 만들어주는 것이며, <사랑과 진실>에서는 사랑이 꽃의 아름다움과 강물의 푸르름을 지니고 순간을 영원으로 밝혀주는 촛불과 같은 것으로 서술되고 있다.

이들 시에서는 현대적 삶에 있어서 무엇보다도 사랑이 중요함을 강조되고 있다. 이러한 인식은 <서울 와서>에서도 잘 나타난다. 현실은 비정함이 즐비하게 판을 치는 '번질한 아파트 숲'이고 그 '빌딩숲 허세는 하늘을 뚫고 섰지만' 사랑의 눈금을 '영하로 내리우진 못'한다. 그 사랑에 대한 갈구가 곧 詩이다. <竿頭>에서는 '잃어 버릴 것 / 다 잃어버리고' 가슴에 사랑만이 남는 삶을 이야기하고 있으며, <어떤 약속>에서는 종교적 이념 이상의 사랑의 약속, 사랑의 소중함을, <공항 대합실에서 - 아내에게>는 우리의 영혼, 우리의 사랑을 우주보다도 크게 살찌워가자는 다짐을 통해 인간적인 사랑의 소중함을 강조하고 있다.

결국 제7시집의 시들은 그동안의 시적 탐구를 통해 얻어진 삶과 인생에 대한 연륜을 시적으로 형상화하고 있으며, 그 달관적인 태도를 통해 '사랑'의 소중함을 강조하고 있는 것이다.

7) 순수 자연의 세계

제8시집의 시들은 시집의 제목에서 유추할 수 있듯이 인간의 삶을 '지상'의 세계로 인식하고 그 지상에서의 바람직한 삶의 지향에 대해 서술하고 있다.

---

29) Ibid., pp.137-138

현실 - 인간 - 지상의 부정적인 인식을 바탕으로 그와 대비되는 삶의 지향으로 자연 - 고향 - 하늘의 세계를 주로 그리고 있다. 그 지향의 세계는 한마디로 근원적인 생명력이 넘치는 순수 자연의 세계라고 할 수 있다.

그 순수 자연의 세계에 대한 지향은 '새', '나무', '꽃' 등의 자연적인 소재를 통해 그려지기도 하며, '어머니', '고향', '생명' 등으로 표상되는 인간적인 진실과 정의 모습으로 나타나기도 한다.

먼저 자연적 소재를 통한 순수 자연의 지향에서 가장 빈번하게 사용되는 소재는 새이다. 제8시집에 실린 시 38편 중 새가 중심적인 소재로 등장하고 있는 작품이 9편이나 된다. 새들은 기본적으로 그가 현실로 인식하고 있는 지상의 세계에 있지 않은 존재이다. 다시 말하면 부정적인 현실 속의 존재가 아니라 그 부정적인 현실과 대비되는 지상 위의 존재이다. 이때 새는 <야생오리에게>와 <까치에게>에서 볼 수 있는 것처럼 그가 지향하는 순수 자연의 다른 이름으로 인식되고 표현되기도 하고, <9월을 보내며>와 <공간>에서 볼 수 있는 것처럼 그가 지상 위의 세계를 지향하는 순수 자연의 속성으로 인식되는 생명력이나 진정한 자유를 표상하기도 한다.

새는 끊임없는 날개 짓을 하는 존재이다. 새는 지상 위에서 지상의 세계를 연결시키는 매개체적 역할을 하기도 하며 지상 위의 세계를 인식시켜주는 존재이기도 하다. 또한 새의 날개 짓은 끊임없는 자아의 지향의지를 보여주는 것이기도 하다. 그래서 새는 <청둥오리>와 <청둥오리 온 날>에서 보는 바와 같이 지향하는 세계를 대신 표상하는 진귀한 손님, 자연의 대축제로 인식되기도 하며, <까치 친구>와 <제비 친구> 그리고 <참새 친구>에서 보는 바와 같이 화자가 동질감을 이루고자하는 대상으로 그려지기도 한다.

자연적인 소재를 통해 자연의 완벽함을 서술한 시들도 있다. 이때의 자연은 바로 시인이 지향하는 순수 자연의 세계를 표상하는 대상이며 지상의 삶에 대한 깨달음을 주는 대상이다.

　　연꽃이 내게 무얼 말하는가

　　흐린 물에 몸담그고
　　청정히 핀 뜻

　　부처님 가부좌로
　　말씀하시듯

　　말씀하고 계시네[30]

　청정한 뜻을 전달해주는 순수 자연의 세계가 곧 연꽃이라고 할 수 있다. 이와 유사한 의미로 쓰인 작품들이 <산 꽃>, <눈의 말씀>, <별>, <하늘 물> 등이다. 눈은 하느님 나라의 꾸짖음, 나무는 하늘의 깨우침[31], 햇빛은 마음과 몸의 괴로움 털어 낼 생명[32], 나무의 청정함은 하늘 물에 씻고 지내는 탓[33] 등에서 우리는 그러한 순수 자연의 세계를 엿볼 수 있다.
　<거제도 덕포해수욕장에서>는 갈매기도 사람도 파도의 친구라는 표현을 통해 자연과 어우러진 모습 속에서 순수 자연의 한 단면을 보여주고 있다. 순수 자연의 세계를 지향하는 과정에서 느끼는 애상을 서술한 시들도 있는데 나무의 고통은 삶의 고통, 보이지 않는 자연에 대한 자각, 자연의 부재라는

---

30) Ibid., p.21
31) Ibid., p.26
32) Ibid., p.51
33) Ibid., p.60

인식을 보이고 있는 <나무들>과 단풍, 바람소리, 억새꽃을 통해 애상적 분위기를 자아내는 <哀歌>, 세월을 고달픈 나그네에 비유하여 잎새, 그늘이 주는 쉼터의 의미를 전달하는 <고독> 등이 그들이다.

다음으로 순수 자연의 인간적 표상에서 많이 드러나는 것은 인간적인 情과 진실이다. <여느 날 어머니>, <고향길>, <남광주역에서>, <어느 날 사건>, <일기>, <등물> 등은 인간적인 정을 부각시키는 대표적인 이미지는 어머니이다. 현재와 대비되는 과거 혹은 고향에서의 어머니의 기억을 통해 어머니의 '정'에 대해 그리워하는 내용의 시들이다.

특히 <어느 날 사건>은 20세기 문명의 이기인 컴퓨터보다 '정깊어 사셨던 어머님'에 대한 그리움을 그리고 있어 현대적 삶 속에서 희미해져 가는 인간적인 정에 대한 안타까움을 부각시키고 있다.

> 컴퓨터 앞에 앉는다.
> 20세기 다 저물녘에.
> 노년의 입구에 숙명처럼 생각하고서……
>
> 백내장 앓으시느라 고생하신,
> 지금은 세상 떠나신
> 어머님 치료 위해 시력 측정해 드릴 적
> 문자 모른다고 신경질이던
> 어느날의 손자뻘 간호원……
>
> 손자뻘 X세대에 당할 일
> 겁나서일까.

컴맹 면하러
오기로
생전의 어머님 수모 앙갚음하려고

알량한 새 문자보다야
정깊어 사셨던 어머님 가슴 위로하려고
침침한 20세기 다 저물녘에 부러
컴퓨터 괴물 앞에 앉는다.[34]

그리움과 애수를 통해 인간적인 진실을 표현하고 있는 작품으로는 <딸의 친구들>, <친구>, <인간의 마을>, <계단>, <젊은 날 사랑의 고뇌를 돌이켜 보며> 등이 있다. 이들 시에서 내 친구들에 대한 그리움과 슬픔, 하염없는 기다림의 애수, 살맛 나게 사는 사람들의 세계는 창마다 불켜진 다정함, 구김 없는 순수함으로서의 소년처럼 살기, 진정한 사랑은 믿음과 진실 등의 어휘를 만날 수 있다.

이 밖에도 인간적인 정과 진실의 소중함을 생명에 대한 소중함과 감탄으로 나타낸 <간난이>와 <생명>, 삶의 부정적인 면까지도 포용하고 인정하고자 하는 태도를 보이는 <호텔에 유폐되어>와 <기쁨도 슬픔도> 그리고 <전대병원 대기실에서>, 현실 문제를 통해 비인간적인 행태를 비판한 <삼풍백화점 붕괴 참사에>와 <비리와 부정부실의 나라에서> 그리고 <부끄러운 나라> 등도 인간적인 진실과 소중함을 표현하고 있는 시들이다.

시인이 지향하는 세계에 대한 이미지인 새, 고향, 어머니, 자연 그리고 하늘 등의 이미지는 사실 그의 첫 번째 시집의 작품 속에서도 그 단초가 구체적으

---

34) Ibid., pp.35-36

로 보여지고 있었다. 제1시집에서 발췌한 작품들에 나타난 '날개'나 '그리움', '어머니', '하늘 빛' 등의 이미지가 그들이다.

3. 결론

본고는 정재완의 시 세계의 변모 양상에 대하여 살펴본 것이다. 그의 시가 지닌 특징을 한 마디로 말하기는 매우 어려울 것이다. 그럼에도 그가 일관되게 추구한 것이 무엇인지를 밝힐 수는 있을 것이다.

그 점은 그의 시 세계의 흐름을 간략히 정리하면 분명히 드러난다. 그의 시는 동양적 인생관에 입각한 자연과의 교감과 어머니에 대한 그리움(제1시집) → 구체적이고 일상적인 삶의 모습(제2시집) → 고난스런 민중들의 삶의 모습(제3시집) → 대지의 사랑과 순수한 자연의 모습(제5시집) → 자연과 대비되는 현대인의 부정적인 삶의 모습과 어머니, 고향, 자연에의 희구를 염원(제6시집) → 자신이 부처이고 진리임을 발견한 삶과 인생에 대한 달관의 모습(제7시집) → 순수 자연의 세계에 대한 구체적인 지향(제8시집)으로 변모하고 있다.

위의 흐름에 나타나 있지 않은 제4시집은 동시집인데, 훼손된 세계를 살아가는 어른의 시각에서 바라본 동심의 빛과 아픔이 잘 형상화되고 있다. 제9시집 『사람 새』(2001)와 제10시집 『넘어가는 해』(2001) 그리고 제2동시집 『온 세상 어린이』(2001)는 그간의 시 세계에서 크게 빗겨나 있지 않다.

따라서 우리는 앞에서 살펴본 바를 토대로 정재완 시의 특징을 이야기할 수 있을 것이다. 그의 시는 생명사상과 노장사상에 바탕을 두고 있다. 청마는 허무의지를 초극하기 위하여 생명사상에 치중하였으며, 노자와 장자는 인간이 자아 해탈과 무위 자연의 경지에 도달하기 위해서 어떻게 해야 할 것인가에 골몰했다.

노자와 장자는 춘추 시대의 난국이 인간의 끊임없는 욕망에 기인한다고 보고 무위 자연의 사상을 강조하였다. 도를 따르고 도를 지키는 것을 덕이라 하고, 덕은 도처럼 무위여야 한다고 했다. 무위는 인위의 반대이며, 인식의 오류로 말미암아 혼란해진 자기 자신을 정화하여 본래의 자연스러움을 회복하려는 방법이다.

정재완은 유치환과 노장을 통하여 허무를 초극하는 길을 터득했고, 구도자의 입장에서 도를 찾으려고 노력했다. 그런데 그가 그토록 찾으려고 했던 도는 진실하고 믿을 수 있으나, 행할 수 있는 것도 아니고 형태도 없다. 마음으로는 얻을 수 있으나 볼 수도 없다.[35) 그것은 순수 자연의 세계이고, 무엇에도 의존하지 않는 정신의 독립이 가능한 세계이다. 아울러 사물의 실상과 합일함으로써 얻어지는 정신적인 원만함을 이루어지는 세계이기도 하다.

결국 그는 자신이 처한 절망적 현실과 허무의지를 극복하기 위하여 구도자의 자세를 견지하였고, 그에 입각하여 순수의 세계 혹은 순수 자연에 대한 탐구를 한 것이라고 할 수 있다.

◆ 참고문헌

老子, 『道德經』, 正一善書出版社, 1990

戴健業, 『老子的人生哲學-自然人生』, 揚智文化, 1994

---

35) 張希烽, 『莊子的智慧』, 延邊大學出版社, 1994, pp.15-16

송현호, 「현대생활과 시」, 『심상』20-6, 1992. 6

王邦雄, 『莊子道』, 漢藝色研文化事業有限公司, 1999

유치환, 「薦後記」, 『현대문학』, 1960. 3

張希烽, 『莊子的智慧』, 漢藝色研文化事業有限公司, 1994

정재완 역, 『문학의 이해와 비평』, 청록출판사, 1980

정재완, 『한국현대시의 반성』, 형설출판사, 1981

정재완, 『한국현대시인연구』, 전남대학교 출판부, 2001

정재완, 『하늘 빛』, 향문사, 1962,

정재완, 『저자에서』, 형설출판사, 1972

정재완, 『빗발같이 햇발같이』, 형설출판사, 1975

정재완, 『해바라기』, 형설출판사, 1975

정재완, 『흙의 가슴』, 형설출판사, 1981

정재완, 『믿음과 노래』, 청록출판사, 1987

정재완, 『사랑 안에 살면』, 청록출판사, 1993

정재완, 『地上의 날에』, 전남대학교 출판부, 1996

정재완, 『여태 사랑을 고독하지 못했고 고독을 사랑하지 못했으니』, 전남대학
　　　교 출판부, 2001

2. 자기 수양과 선비의 세계
— 이병기의 『嘉藍時調集』

1. 민족의 얼과 시조

가람 이병기(1891 - 1968)는 근대와 반근대, 외세와 민족이 대립하던 근대사를 치열하게 살다간 지식인으로 앎과 말, 지식과 실천이 늘 일치했던 인물 중의 한 사람이다. 그는 일제의 가혹한 탄압 앞에서도 창씨개명을 끝까지 거부하면서 일제에 협조하는 글을 쓴 적이 없는 우국지사요, 진단학회와 조선어학회에서 우리말과 얼을 지키기 위해 활동하면서 1930년 한글맞춤법통일안의 제정위원과 35년 조선어 표준어 사정위원을 역임하고 1942년 조선어학회 사건에 연루되어 옥고를 치른 바 있는 민족운동가요, 서울대와 전북대 등에서 후학을 가르치면서 『문장』지 창간호로부터 「한중록주해」를 발표하고 48년 『의유당일기』과 『근조내간집』 등을 역주로 간행했고 1954년 백철과 함께 『국문학 전사』를 발간하여 국문학사를 체계적으로 정리하는 등 국문학 발전에 공헌한 국학자였다.

1920년대 후반부터 고문헌 수집과 시조연구에 몰두하여 1925년 『조선문단』에 「한강을 지나며」로 발표하고 시조 이론을 정립하여 시조의 현대적인 시풍을 확립하는 데 공헌한 문인이기도 했다. 그는 1926년 시조회를 발기하고 「시조란 무엇인가」, 「율격과 시조」, 「시조와 그 연구」 등을 발표하였다. 1939년에는 『가람시조집』을 발간하였다.

『가람시조집』은 민족과 전통을 생각하고 실천했던 가람의 다양한 업적과 사상을 집약하고 있는 시조집이다. 그의 인생관과 문학관이 녹아 있고, 전통에 대한 애정과 관심 그리고 그 현대적 계승의 노력이 잘 드러나 있다. 그는 '시조는 우리 민족 심혈의 고백이다. 직실(直實) 소박한 맛은 민요와 같되 보다 더 기술적으로 되었다. 과연 본격적인 서정시다. 이것이 시조 본질의 본령(本領)이었다'[1] 라고 말할 정도로 시조를 우리 고전문학의 백미로 보고 시조의 창작에 전념하였다. 하지만 우리 고전으로서의 시조에 대한 애착에만 머물지 않고 고전의 전통 위에서 현대적인 감각에 맞춰 시조이론을 혁신하고 그에 걸 맞는 미학적 성취를 작품을 통해 이루어 내었다.

이 시집의 발문에서 정지용은 '시조 제작에 있어서 양과 질로써 가람의 오른편에 앉을 이가 아즉 없다. 천성(天成)의 시인으로서 넘치는 정공(精功)을 타고난 것이 더욱이 가람과 맞서기 어려운 점'[2]이라고 하면서 '그의 시조는 경건(敬虔)하고 진실함이 이를 읽는 이가 평생교과로 삼을만한 것이요 전래시조에서 찾기 어려운 자연과 리얼리티에 철저한 점으로서는 차라리 근대적 시정신으로써 시조 재건의 열렬한 의도에 경복(敬服)케 하는 바가 있다'[3] 라고 했다.

이 시조집은 모두 5부로 이루어져 있다. 1부에는 산, 계곡, 폭포 등을 소재로 하여 우리 자연의 아름다움과 애정을 서정적인 필치로 표현해 낸 <도봉>, <박연 폭포> 등의 작품을 포함한 10편의 작품이 실려 있고, 2부에는 꽃, 난초, 소나무 등을 소재로 한 14편의 작품이 실려 있다. 그 소재들은 모두 우리 민족의 사상, 생활방식과 밀접한 관련이 있는 전통적인 소재들이다. 3부

---

1) 이병기(1969), 『가람문선』, 신구문화사, p.278
2) 이병기(1947), 『嘉藍時調集』, 白楊堂, p.99
3) 이병기(1947), pp.103-104

에는 <젖>, <그리운 날> 등 11편의 작품이 실려 있는데 구체적인 일상경험을 소재로 하여 쓰여진 작품들이라고 할 수 있다. 일상과 인생에 대한 가람의 구체적인 인식이 잔잔하게 드러나는 부분이다. 4부에는 <주시경 선생의 묻임>을 비롯한 12편의 작품들이 실려 있는데, 대부분 고인의 죽음에 대한 추모의 시들로 이루어져 있다. 친지들에 대한 추모의 노래들은 그 친지들에 대한 따뜻한 애정 뿐 만이 아니라 그 죽음을 노래할 수 밖에 없는 시대적인 아픔을 서정적으로 소화한 가람의 내면의 깊이를 알 수 있다. 5부에는 바람, 비, 밤, 봄, 가을 등 일상을 둘러싸고 있는 자연 현상들을 소재로 한 21편의 작품과 희제(戲題)라는 제목의 4편의 작품들이 실려 있는데, 삶에 대한 달관을 바탕으로 하여 희망을 노래하고 있는 작품들이 대부분이다.

2. 전통과 자기 수양

가람의 전통에 대한 관심과 애정은 다양한 형태로 나타나는데, 그 가운데 하나가 국토 혹은 자연에 대한 것이다. 그는 계곡, 산, 바위 등 자연을 소재로 한 시조들뿐만 아니라 꽃, 난, 소나무 등 우리 민족의 사상과 밀접한 관련이 있는 자연적 사물들을 소재로 한 시조들을 대단히 많이 발표한 바 있다. 그 소재들은 화자에 의해 단아하고 깨끗한 모습으로 묘사되면서 그 바탕에 대상을 바라보는 화자의 깊은 애정을 함축하고 있다.

이러한 자연적 소재들은 자연을 교훈이나 풍류의 대상으로서, 혹은 인간의 삶을 비추어보는 관념적인 대상으로서 바라보던 송강 정철이나[4] 역대 명사들

---

4) 이병기(1947), pp.100-102

의 고시조와 달리 화자의 개성적인 인식을 바탕으로 하여 그 서정성을 드러내고 있어서 우리의 주목을 받기에 부족함이 없다. 가람 시조에서의 자연적 소재들은 화자가 서정성을 느끼는 대상이기도 하고 화자가 인식하고 있는 서정성을 직접 드러내는 주체이기도 하다.

단순한 감상의 대상물이 아니라 자아의 아픔과 감정이 깊이 투영되어 있고 자아와 객체가 동일시되어 그 존재 의의를 드러내고 있는 대상물이라는 점에서 고시조의 경우와 아주 다른 개성적이고 현대적인 자연관과 자연적 소재에 대한 시인의 깊은 애착을 엿볼 수 있다. 이 점은 1부에서는 말할 것도 없고 5부의 작품들과 2부의 난, 꽃, 나무를 소재로 한 작품 등에서도 발견할 수 있다.

강이란 뜻의 고유어인 '가람(嘉藍)'을 호로 삼은 것처럼 가람은 우리말을 통한 우리 얼 지키기에 온 몸을 바쳐 왔는데 시조 창작에 있어서도 '언어의 영적 결정(靈的結晶)인 한 아름다운 세계가 바로 시가의 세계'[5]라는 인식에 입각한 시조 창작에 주력함으로써 우리말에 대한 사랑을 몸소 실천하였다. 다시 말해 한자 관념어들을 나열할 것이 아니라 우리 토박이말을 주체로 하여 '실감 실정'을 표현해야 한다는 그의 지론이 그의 작품에 구체적으로 드러나고 있는 것이다. 그는 순수한 우리말을 취사선택하여 시조를 창작하고 있으며 우리의 일상 생활 언어를 즐겨 사용함으로써 소박하고 진실성이 깃들은 작품들을 많이 선보이고 있다. 또한 토속적인 옛말과 사투리들을 발굴하여 작품을 창작함으로써 한국적이면서 사실적인 현대적 감각을 보여주기도 했다.

봉머리 이든 구름 바람에 다 날리고

---

5) 이병기(1969), p.257

바람에 사긴 글발 메이고 이지러지고
다만, 이 흐르는 물이 긋지 아니 하도다
　　　— <박연폭포> 셋째 수

병아리 어이 찾어 마당ㅅ가에 뱅뱅 돌고
실엉위 어린 누에 한잠을 자고 날 때
누나는 나를 다리고 뽕을 따러 나가오
　　　— <그리운 그날 1>의 첫째 수

인용한 시에서 볼 수 있는 바와 같이 고유한 우리말을 통해 시적 정서를 표현하고 있는 시들이 그의 시집에는 다수를 차지하고 있어서 그의 우리말에 대한 애착을 단적으로 보여주고 있다. 그 애착을 통해 바라본 자연은 <박연폭포>처럼 자연의 정서이면서 화자의 정서인, 자연과 화자의 정서적 교감이 서정적 풍경으로 그려지고 있으며 <그리운 그날>에서처럼 고향의 동심과 같은 토속적인 정감을 자연스럽게 보여주고 있다.

특히 <그리운 그날>에서는 일상적인 생활을 전통적인 고시조의 형식 속에 표현하고 있으며, 이를 통하여 한국적인 생활감을 시조와 밀착시키고 있다. 이 역시 시조의 현대화와 대중화에 일익을 담당한 가람의 공로라고 할 수 있다. 그의 시조에 드러나는 일상적인 생활감은 서정 양식 본래의 서정성을 훼손하지 않으면서 안정된 시조 형식 속에 융화되어 전통적인 정서를 드러내는 역할을 하고 있다.

3부의 <젖>, <돌아가신 날>, <그리운 그 날 1,2>, <고토>, <시름> 등은 고향과 모성 등 우리 민족의 보편적인 삶의 정서를 고유한 어휘를 통해 일상적인 생활감을 살리면서 향토적인 서정을 그리고 있다. 또한 <백묵>, <병석>, <고곰>, <시마(詩魔)> 등을 통해 작가 자신의 일상 경험을 소재로 하여 일제 치하의 암울한 심리를 서정적으로 드러내고 있다.

> 몸을 담어 두니 마음은 돌과 같다
> 몸이 오고 감도 아랑곳 없을러니
> 바람에 날려든 꽃이 뜰위 가득하구나
>
> 뜰에 심은 나무 길이 남아 자랐도다
> 새로 돋는 닢을 이윽히 바라보다
> 한손에 백묵을 들고 가슴 아퍼 하여라
>   — <백묵>의 전문

고적한 뜰의 분위기에 화자의 정서를 실어 표현하고 있는데 그 화자의 정서는 '백묵'을 들고 '가슴 아파'하고 있는 것이다. 일제 치하에서 국학의 진흥과 전통의 고취를 위하여 온 몸을 바친 교육자로서의 가람의 시대적인 고뇌를 읽을 수 있는 대목이다.

민족과 시대에 대한 고뇌는 주시경 선생을 추모하고 있는 작품으로 시작되고 있는 4부의 시조들에 주로 나타나 있다. 이들은 친지들의 죽음에 붙인 추모의 시들이 대부분이지만 <광릉>, <부소산>, <송광사> 등처럼 쓸쓸한 자연의 풍경을 바탕으로 상실감을 그린 시조들도 있다. 이들은 모두 민족적 아픔을 상실감으로 그려내고 있는 공통적인 특징을 지니고 있다.

> 궁성 비인 터이 새벽은 음작(陰爵)하다
> 지는 풀이슬은 느꺼운 눈물 같고
> 고목에 우는 가마귀 저도 맘을 죄나보다

자욱히 가린 안개 어느덧 잦어 지고
햇살이 쏘는 곳에 벍언한 봉이 솟고
골마다 한모양으로 힌바다이 되었다
   — <부소산>의 전문

   시대와 민족에 대한 의식이 가람 사상의 거대한 한 축이요, 가람 시조의
바탕임을 알 수 있는 이러한 정서는 바람직한 지식인, 민족적 지조와 고결함
을 그리는 것으로 나타나기도 한다. 2부의 난과 꽃을 소재로 한 작품들에서
이러한 면이 잘 나타나고 있다. 특히 가람의 난에 대한 애착은 이미 알려진
바와 같이 각별했는데 '가람의 건란(建蘭)을 사랑하는 마음은 그의 인격의
상징이었다'는 회고가 있을 정도이다.

   빼어난 가는 닢새 굳은 듯 보드랍고
   자짓빛 굵은 대공 하얀한 꽃이 벌고
   이슬은 구슬이 되어 마디 마디 달렸다

   본대 그마음은 깨끗함을 즐겨 하여
   정한 모래 틈새 뿌리를 서려 두고
   미진(微塵)도 가까이 않고 우로(雨露) 받어 사느니라
      — <난초(蘭草) 四>의 전문

   이 작품은 작중 화자의 내면과 고결한 품성을 갖춘 인격체로 표현된 난초와
의 교감이 구체화되어 나타나는데, 의인화 수법으로 난초와 독자가 동화되는
경지로까지 이끌고 있다. 제1연에서는 난초의 청초한 외모를 사실적으로 묘
사하고 있다. 수려한 가는 잎새는 보드라우면서도 꺾기 어려운 기품을 지니고

있으며, 하얀 꽃과 함께 깨끗한 이슬이 맺혀 있다. 제2연에서는 난초의 고고한 기품이 감정이입을 통해 드러난다. 난초는 본래부터 깨끗함을 좋아하여 깨끗한 모래 틈에서 비와 이슬을 먹고산다. 시인은 난초를 통해 청빈을 사랑하고 고고한 모습으로 세속에 초연했던 옛 선비들의 모습을 재현하고 있다.

여기서 볼 수 있듯이 가람은 자기 수양과 예술의 도를 동격으로 처리하여 선비정신의 대체물로 자기 수양의 과정을 설정하여 시조를 창작하고 있다. 가람에게 있어서 난(蘭)은 매란국죽(梅蘭菊竹) 사군자의 정수를 모은 것으로 보인다. 보통 대나무는 꽃이 없고 국화는 오상고절의 표본이기는 하지만 희귀하지 않다. 매화와 난초만이 기품이 있는 생명적 감각으로 남는다. 사군자 가운데 난초가 애정의 대상이었다면 소나무는 그의 또 다른 애정의 대상이다.

> 저건너 벍언 담머리 서있는 백송나무
> 홀로 우뚝하여 파란 닢 하얀 껍질
> 오백년 충우를 겪고도 변할줄을 모르나니
>
> 높은 그가지 마다 백학이 깃들이고
> 밋밋한 몸둥어리 서릿발 어리우고
> 칠팔월 따가운 볕에 찬바람이 일어라
>   — <백송> 전문

시인은 난초와 소나무에 깊은 애정을 보여주면서 그들 자연의 대상들을 높게 평가하고 있는데, 강함과 유함의 조화를 이루고 있는 난초와 언제나 변함 없이 고고한 소나무의 기품을 통하여 일제의 암흑기에 방황하던 당대의 지식인에게 올바른 삶의 자세가 무엇인지를 넌지시 짚어준 것으로 보인다. 아울러 군자의 기품을 지니고 있는 그들의 생태가 시인의 인생관과 일치되어 고결하게 살고자 하는 자신의 소망을 표현하고 있는 것으로 볼 수도 있다.

　이처럼 육당 최남선에 의해 시작된 시조부흥운동은 민족사적인 의의에 초점이 맞추어져 있었다면 가람의 시조 창작은 선비 정신의 계승과 우리의 고전과 전통의 현대적 미감을 문학사적인 차원에서 자리매김을 하려고 노력한 결과로 볼 수 있다.

3. 현실 비판의 세 가지 유형과 그 대안
― 김광규의 『아니다 그렇지 않다』

1. 세 가지 유형의 삶의 모습

김광규는 1975년 문학과지성사의 추천으로 등단한 시인이다. 그는 첫 번째 시집 『우리를 적시는 마지막 꿈』과 두 번째 시집 『반달곰에게』를 발간하여 1970년대의 주요 시인으로 부상한 바 있으며, 1983년 『아니다 그렇지 않다』 를 문학과지성사에서 발간하여 그가 바라보는 현실과 그 현실을 꿰뚫고 있는 시적 특질을 온전히 보여주고 있다. 그것은 아마도 1970년대 시의 주요한 경향을 대변하는 커다란 흐름 가운데 하나일 것이다.

표제 '아니다 그렇지 않다'에서 알 수 있듯이 이 시집의 시들은 현실에 대한 부정 의식을 바탕으로 하고 있다. 그러한 부정 의식은 현실에 대한 무조건이고 주관적인 비판이 아니라 왜곡된 현실에 대한 객관화된 비판 의식이라고 할 수 있다. 일상적인 현실과 현상적인 현실 속에 은폐되어 있는 안정과 나태에 대한 깨달음이나 자각 의식이 그 중심을 이루고 있다. 그러한 자각은 현실에 대한 적극적인 관심이요 대응 의지라 할 수 있다. 구체적인 사회 현실에 대한 보다 직접적인 문학적 대응 방식으로서의 산문적 인식 혹은 산문 정신이라고 해도 과언이 아니다.

1970년대는 갈등과 혼란의 시대였다. 정치적으로는 1960년대부터 지속되던 독재 정권이 더욱 굳게 뿌리를 내리고 있던 시대였으며, 사회적으로는 성장 이데올로기로 치장된 급속한 산업화의 부산물이 우리 사회의 모든 영역으로 확대 심화되어 가던 시기였다. 외형상 성장의 물결이 순조롭게 흘러가는 듯했지만 내적으로는 우리 사회의 모든 영역에 걸쳐 모순 구조가 심화되어 가던 시기였다. 이 시기의 구체적인 삶은 억압과 부자유의 삶이었으며, 산업화 과정 속에서 소외되고 물신화된 삶이었다.

이러한 갈등과 혼란을 비판적으로 바라보고 왜곡된 사회 구조에 대해 자각하는 시적 대응은 현실을 주관적으로 내면화하지 않은 직접적인 대응 의지의 산물이다. 김광규는 이 시집에서 구체적인 현실에 대한 비판적인 안목과 대응 의지를 분명하게 보여주고 있는데, 그것은 세 가지로 유형화할 수 있다.

첫 번째 유형의 삶의 모습은 소시민적 삶과 도시적인 삶의 무기력함과 지루함을 서술하고 있는 작품들에서 발견할 수 있다. <조개의 깊이>, <수박>, <오래 살기>, <나의 집>, <감기 든 여자> 등에서는 여름날의 지루한 일상의 모습을 통해 서민들의 지루한 삶의 모습을 보이거나 일상적인 욕망에 집착하는 서민들의 속물적 근성을 우회적으로 비판하기도 하고, 물신화된 삶 속에서 왜곡된 사회 구조를 몰각한 채 무기력하게 살아가는 소시민의 모습을 비판하기도 한다. <밤의 서울>, <서울 꿩>, <인왕산>, <은행나무 아래서>, <북극항로> 등에서는 도시 혹은 문명 속의 삶에 대해 비판하고 있다. <밤의 서울>에서는 도시 문명의 비정함을 고향과 대비하여 '가난한 불빛들이 질펀하게 가라앉아 보기 좋은 야경이 된' 밤의 서울을 비판적으로 서술하고 있으며, <서울 꿩>에서는 갑갑하게 사는 꿩들의 모습을 문명의 울타리에서 갑갑하게 사는 서울 시민들의 모습에 비유하고 있다. <북극항로>에서는 비행기로 대표되는 문명의 이기가 새와 같은 자유로움을 실현해주지 못할 것이라는 문명의 한계에 대한 비판적 안목을 보여주고 있다. 문명 속의 삶에 대한 비판적인 인식은 순수함과 생동감 그리고 자유로움을 나타내는 자연과의 대비를 통해 더욱 부각되고 있다. 인간 혹은 문명 속의 삶에 대한 절망감을 자연과 대비하고 있는 <쭈크슈피체의 오후>나 자연의 생동감을 보여준 <바닷말> 같은 작품도 있다.

두 번째 유형의 삶의 모습은 당대의 사회적인 삶에 대해 비판적으로 인식하고 있는 작품들에서 발견할 수 있다. 잊혀져 가는 8·15나 4월의 의미를 되새겨 보고자하는 <450815>나 <4월의 가로수> 같은 작품도 있고, 70년대 말 실제 독재자의 한 죽음을 연상시키는 <煉禱>와 같은 작품도 있다. 초대하지 않은 이 사람이 우리의 눈을 가리고 입을 막고 목을 조여 막다른 골목으로 몰아 넣고 있다고 말하는 <누군가>와 같은 작품은 당대의 사회적인 조건과 관련하여 삶의 모습을 비판적으로 서술하고 있다. 보다 보편적인 의미의 삶에 대한 인식을 보여준 작품으로 속물적인 인간의 삶에 대한 환멸적 시선을 보이는 <어떤 고백>, 결국은 속임수로 물주가 먹어버리고 마는 <야바위>, 말을 못해 생긴 병인 목병을 통해 할 말을 못하게 된 현실을 비판하는 <무언가>, 거울에 비추어진 흉칙한 얼굴을 통해 사람답지 못한 사람들의 모습이 가득한 사회를 비판적으로 서술하고 있는 <얼굴과 거울>, 눈감고 기도하던 손이 피 묻은 손으로 변해버린 타락한 인간성을 비판하고 있는 <바른 손> 등은 모두 당대의 사회적인 문제를 비판적으로 형상화하고 있는 작품들이다.

세 번째 유형의 삶의 모습은 '일상시' 또는 '쉽게 읽히는 시'로 불릴 수 있는 구체적이고도 일상적인 삶을 통해 발견할 수 있다. 현실에 대한 비판과 자각을 드러내고 있는 점이 중요한 특징이라고 할 수 있는데, 구체적인 삶의 단면을 통해 당대 사회의 본질적인 모순 구조를 드러내는 시적 통찰력을 지니고 있다. <나의 집>에서는 소시민적 삶의 단면을 '집'이라는 소재를 통해 드러내고 있는데 '한두 군데 손을 대서는 도저히 고칠 수 없는 집 헐어버리고 새로 지을 수도 없어 조심스레 그대로 살아가'는 소시민적 삶의 한계를 명확하게 형상화하고 있다. <보안등>은 실제는 꺼져 있지만 켜져 있는 것으로 인식되는 상황을 제시함으로써 암울하고 부정적인 상황과 그것을 평온하다고 인식하는 사회적인 인식의 문제를 통찰하고 있다. <목발이 김씨>에서는 일용 노동자의 삶과 그 노동의 결과인 빌딩을 통해 산업화 시대 소외의 문제를 통찰하고 있다. <삼색기>에서는 모두 관리가 되고 상인이 되고 군인이 되어버려 시민과 고객과 민간인이 없는 주객전도의 사회를 형상화하여 왜곡된 삶의 모습을 우회적으로 비판하고 있다. <이대>에서는 역사가 흘러도 변하지 않은 주종관계가 오늘날의 현실 속에도 그대로 유지되고 있음을 보여주고 있다.

2. 부정적인 현실에 대한 대안으로서의 일상성

구체적인 일상의 모습을 통하여 우리 사회의 본질적인 모순에 대한 깊은 통찰을 보여주고 있는 김광규는 자기 나름대로 부정적인 현실에 대한 극복의 대안을 제시한다. 그것은 거창한 이념이나 논리가 아니라 바로 우리 눈앞에 펼쳐져 있는 구체적인 삶의 현장과 일상성의 중요성이다.

<늙은 마르크스>에서 시인은 '머리 속의 이데올로기는 가슴속의 사랑이 될 수 없'음을 누누이 강조한다. 이데올로기나 변증법으로 현실을 재단하는 것이 오히려 현실을 제약하는 굴레가 될 수 있다는 시각을 견지하면서 부정적 현실의 극복은 정직하게 현실을 기록하는 데서 출발해야 한다는 입장을 보여준다.

여보게 젊은 친구

역사란 그런 것이 아니라네

자네가 생각하듯 그렇게

변증법적으로 발전하는 것이 아니라네

문학도 그런 것이 아니라네

자네가 생각하듯 그렇게

논리적으로 변모하는 것이 아니라네

자네는 젊어

아직은 몰라도 되네

그러나 역사와 문학이 바로

그런 것이 아니라고 깨달을 때쯤

자네는 고쳐 살 수

없는 나이에 이를지도 모르지

　　　— <늙은 마르크스>의 전반부

반공 이데올로기를 국시로 내세워 자유와 민주에 대한 열망을 억압하던 시절 당대를 치열하게 살다간 지성인들의 화두는 두말할 것도 없이 이념과 논리에 입각한 민중이 주인이 되는 세상의 도래였을 것이다. 그러나 그것이 과연 가능하기나 한 일이었을까? 시인은 그에 대하여 의문을 제기하고, 그것이 결코 구체적인 현실보다 우위에 놓일 수 없음을 밝히고 있다.

<태양력에 관한 견해>에서 같은 상황에 대한 상반된 인식을 피력하면서 그 어떤 쪽에도 가치를 두지 않고 그것을 제시만 하고 있는 것은 흑백논리나 편가르기가 부정적 현실의 극복에 전혀 도움이 되지 않고, 있는 그대로의 현실을 인정하는 태도만 못하다는 것을 보여준 단적인 예가 될 수 있다. <잊혀진 친구들>에서는 고난의 수렁에서 헤매는 일상적인 사람들이 잊혀져 가는

현실을 '비이성적'인 현실 인식이라 비판하면서 눈앞의 현실에 대한 관심을 강조하고 있다. 그리고 <1981년 겨울>에서는 숨가쁜 막장의 모습을 통해 부정적 현실의 원인이 자유를 자유라 부르고 사랑을 사랑이라 부르는 '모국어'의 상실에 있다고 보았다.

기계와 상점으로 대표되는 산업화와 자본주의의 논리뿐만이 아니라 그 속에서 침묵하며 안주하는 것 또한 부정적 현실을 만들어내는 원인으로 보고 있다. '잊었던 말들을 되살리고 몸 속에 퍼지는 암세포까지도 우리의 삶으로 받아들이는' 현실적인 삶의 태도를 회복하는 것이 바로 부정적 현실을 살아가는 삶의 모습이 되어야 한다는 것이다.

표제시인 <아니다 그렇지 않다>에서는 현실 속에서 진리를 향한 노력이 계속되어야 하고 그것이 구체성을 띠고 영원한 생명력을 지니기 위해서는 공허한 구호가 아닌 실천이 무엇보다도 중요한 일임을 강조하고 있다.

굳어 버린 껍질을 뚫고
따끔따끔 나뭇잎들 돋아나고
진달래꽃 피어나는 아픔
성난 함성이 되어
땅을 흔들던 날
앞장서서 달려가던
그는 적선동에서 쓰러졌다
도시락과 사전이 불룩한
책가방을 옆에 낀채
그 환한 웃음과
싱그러운 몸짓 빼앗기고
아스팔트에 쓰러져

끝내 일어나지 못했다
스무 살의 젊은 나이로
그는 헛되이 사라지고 말았는가

아니다
그렇지 않다
물러가라 외치던 그날부터
그는 영원히 젊은 사자가 되어
본관 앞 잔디밭에서
사납게 울부짖고
분수가 되어 하늘높이 솟아오른다
살아남은 동기생들이 멋적게
대학을 졸업하고 군대에 갔다와서
결혼하고 자식 낳고 어느새
중년의 월급장이가 된 오늘도
그는 늙지 않은 대학
초년생으로 남아
부지런히 강의를 듣고
진지한 토론에 열중하고
날렵하게 불을 쫓는다
굽힘 없이 진리를 따르는
자랑스런 후배
온몸으로 나라를 지키는
믿음직한 아들이 되어
우리의 잃어버린 이상을
새롭게 가꿔 가는

그의 힘찬 모습을 보라
그렇다
적선동에서 쓰러지던 그날부터
그는 끊임없이 다시 일어나
우리의 앞장을 서서
달려가고 있다

진리를 추구하다가 죽어간 학우와 살아서 현실과 타협하면서 적당히 살아가는 동기생들의 차이가 무엇인지를 비판적인 시각에서 서술하고 있는데, 다분히 자기 비판적이고 현실 자각적인 경향을 보여주고 있다. 그러나 시인은 거기에 머물지 않고 '무슨 짓인가 해라 아무리 부끄러운 흔적이라도 무엇인가 남겨라'는 자신의 생각을 분명하게 보여준다.

구체적인 일상의 단면을 통한 부정적인 현실에 대한 비판과 자각을 시도하고 있는 김광규의 시들은 산문정신과 시적 통찰의 결합이라는 시적 특징을 보여주고 있다. 하지만 산문정신과 시적 통찰이라는 특징 자체가 시적 성취를 보장하는 것은 아니다. 그것은 산문정신과 시적 통찰이 얼마만큼의 긴장관계를 긴밀히 유지하는가 하는 것이 시적 성취의 관건이라고 할 수 있다. 그것은 일상적인 언어와 시적 언어의 긴장관계이기도 하며 삶에 대한 의미 탐색에 있어서는 일상적인 의미와 사회적인 의미의 긴장과 통합 혹은 사회 구조적인 삶의 의미와 내면적인 통찰의 깊이 있는 결합과 깊은 관계가 있다.

산문정신과 시적 통찰의 결합이 그의 시에 나타나는 표현상의 특징을 만들어내고 있는데, 이것은 지극히 당연한 이치로 보인다. 그 특징은 크게 세 가지로 정리할 수 있다. 첫째는 객관적 서술, 상황의 묘사, 감정 절제와 거리, 지적인 인식 등이다. 둘째는 역설적인 상황 묘사이고, 셋째는 의문문의 종결이다.

　이러한 시적 표현을 통하여 산문정신과 시적 통찰의 긴장관계를 성취하고 있으며 시적 통찰을 통한 부조리한 현실의 구조적 모순을 극복하기 위한 대안으로 지금 눈앞의 현실을 대상으로 설정하고 있다. 일상적인 삶의 단면을 소재로 했다는 것이 아니라 그 소재를 통해 나타내는 본질적이고도 구조적인 모순의 구체적인 실감을 확보하려는 시도가 엿보이고 있으며, 그것을 통한 시적 통찰이 가지는 성찰의 깊이를 추구하고 있다.

3. 1970년대의 시적 경향과 <아니다 그렇지 않다>의 시사적 의의

　산문정신과 시적 통찰의 결합은 사회의 구조적인 모순에 대한 비판에 머무르지 않고 그 모순 구조의 극복에 대해 관심을 갖게 한다. 그래서 그의 시들은 부정적인 사회 속의 삶의 모습들을 절망적으로 그리는 작품들이 있지만 단순히 그 절망에만 머무르지 않는다. <5월의 저녁>에서는 '신문지에 싸서 버릴 수 없는 희망 때문에 평온한 거리마다 부끄럽게 나리는 어둠'이라고 져버릴 수 없는 희망을 노래하고 있다. <2000년에는>에서는 1895년의 역사적 외침이 2000년에는 재현되기를 바라면서 현실의 부정적인 면의 극복을 기대하고 있으며, <효원의 새벽>에서도 비뚤어진 역사와 현실의 개벽을 바라는 마음을 그리고 있다. <희망>에서는 '절망의 시간에도 희망은 언제나 앞에 있는 것'이며 '싸워서 얻고 지켜야 할 희망'이라고 하여 부정적 현실의 극복에 대한 기대를 강력하게 표출하고 있다.

　구체적이고 일상적인 삶의 단면을 통해 구조적인 모순에 대해 비판하고 그 극복을 기대하는 시적 내용은 1960년대에 일어났던 문학의 기능과 가치에 대한 진지한 반성과 물음을 바탕으로 해서 이루어진 60년대의 시적 경향을 지양한 결과라고 할 수 있다. 즉, 1960년대 시들이 비판적인 의도를 직설적으로 토로한 참여시 편향이나 내적 체험의 극단으로 몰고 간 난해시 편향을 지양하고 현실 세계에 대한 한층 더 성숙한 문학적 인식을 도모한 결과라고 할 수 있다.

이렇게 볼 때 김광규의 시는 당대 사회 현실에 대한 폭 넓은 관심과 시적 수용이라는 시대적인 특징에 대한 반응의 차원에서 뿐 만 아니라 문학사적인 지양과 계승의 차원에서도 1970년대 시의 특징을 대변할 수 있는 위치에 놓인다.

4. 농민 해방과 민족 통일에 대한 염원
― 김용택의 <맑은 날>

< 1 >

김용택의 <맑은 날>(창작사, 1986)은 섬진강의 풍경을 중심으로 그에 동화된 기억, 역사와 현재에 대한 기억 등을 서정적으로 그리고 있는 시집이다. 3부작으로 1부와 2부는 산문적인 긴 호흡의 시들을 함께 묶어놓았고, 3부는 비교적 짧은 시들을 함께 묶어 놓았다.

전체적으로 볼 때 이들은 땅과 자연에 대한 애착이 강한 시들이다. 땅과 자연은 문명과 대비되는 긍정적인 공간이면서 동시에 농민들의 힘겨운 삶이 존재하는 역사적인 공간이다. 1부는 자연과 인간의 삶이 동화된 세계를 강한 서정성으로 그리고 있다면, 2부는 1980년대 초의 시대적인 상황에 대한 직접적인 관심을 보여주고 있다. 3부는 시대적인 상황과 밀접한 시들로 당대 사회의 구조적인 모순에 대한 극복의지가 민중 해방, 농민 해방, 민족 통일에 대한 지향으로 구체화되고 있다.

< 2 >

<섬진강 21 - 누이에게>에서부터 <섬진강 25 - 아버지>에 이르기까지의 시들은 그 제목에서도 알 수 있듯이 누이, 누님, 어머니, 할머니, 아버지

등의 부제를 붙이고 있어서 화자의 가족사적인 체험을 바탕으로 한 시로 보인다. 이들 가족사적인 소재는 대부분의 시에서 느껴지는 자연과 일치된 인간의 삶이라는 측면에서 가족적인 포근함과 근원성을 지닌 자연의 모습을 보여주고 있다고 할 수 있다. 그러니까 그에게 있어서 가족사적인 체험은 개인적인 차원에 그치지 않고 우리들의 아버지들, 어머니들, 누이들 그리고 할머니들의 삶의 양태까지를 포괄하고 있는 체험이다.

<섬진강 21 - 누이에게>에서는 누이에게 향하는 어머니와 어머니가 '눈물 같은 손톱'으로 숨쉬며 사는 자연에 대한 서정을 그리고 있다.

<섬진강 22 - 누님의 손끝>에서는 전쟁이 끝나고도 돌아오지 않는 '그이'에 대한 누님의 그리움을 '그이는 꼭 살아 있을 거여/그이는 꼭 올 거여'라는 중얼거림을 통하여 보여주고 있다. 여기에서는 누님의 모습과 상황을 섬진강변의 풍경에 이입시켜 탁월하게 묘사하고 있다.

> 누님의 손끝에선
> 저기 저런 풀꽃들이 강에 피고
> 다른 풀꽃이 지고
> 때론 작은골 큰골 붉은 단풍이 물들고
> 앞산 위에 반짝이는 샛별이 되고
> 초가 지붕 위에
> 하얀 박꽃이 피어났습니다.
> 강길이 다 끝날 때까지
> 누님은 그렇게 우리 마을 곳곳을 곱게도 물들이며
> 걸었습니다.
> <섬진강 22 - 누님의 손끝> 15면

아무도 오지 않는
내 청춘의 저문 물가에
우두커니 서서
저물어오는 강물에
내 얼마나 오래오래
내 외로움을 적셔
늦꽃을 피웠었는지요
　　<섬진강 22 - 누님의 손끝>　19면

　전쟁 때문에 헤어진 그이에 대한 기다림이 너무도 애절하게 드러나 있다.
여기서 전쟁은 역사 혹은 역사에 직접적으로 뛰어드는 정도의 의미를 지니는
것으로 볼 수 있을 것이다.

우리 그리운 누님의 고운 강변에
풀꽃들이 만발하고
역사의 꽃수레를 끌고 가는 씩씩한
사내들을 맨발로 따라가는
내 누이들의 숨김없는 싱그러운 웃음소리들이
산에 산산이 울려
강에 강강에 울려
누님의 손길을 따라
저 깊고 어두운 산과 강이
훤하게, 훤하게
꽃같이 훤하게 열릴 것입니다.
　　<섬진강 22 - 누님의 손끝>　23-24면

시인은 섬진강변의 모습과 누님의 모습을 혹은 기다림의 정서를 동질화시
켜 그리고 있다. 전쟁 때문에 헤어진 그이에 대한 기다림이 너무도 애절하게
드러나 있다. 말없는 기다림을 말없는 강변과 동질화하여 역사의 현장에 직접
뛰어 든 그이와 함께 '어두운 강과 산'을 훤하게 할 것이라는 믿음을 보여준
것이다.

<섬진강 23 - 편지 두 통>에서는 학교를 그만 두고 돈 벌기 위해 나선
딸과 그런 딸을 바라보는 어머니의 안타까운 심정을 편지 형식을 통해 서정적
으로 그리고 있다. 모녀의 애틋한 감정이 묻어나는 잔잔한 어투의 시이지만
그 속에서 6, 70년대의 시골 서민들의 애환이 짙게 배여 있다.

<섬진강 24 - 맑은 날>은 할머님의 죽음을 소재로 하고 있다. 서정적 수필
에 가까운 장시의 형태로 김용택의 대부분의 시가 그렇듯이 화자가 바라보는
세계 속에는 인간과 자연이 둘이 아닌 하나로 그려지고 있는데, 이 시에서
그러한 경향을 엿볼 수 있다. 강변 마을 사람들의 삶과 강변의 풍경은 밀착되
어 있지만 그것을 바라보는 어린 화자의 시선은 오히려 객관적이다.

  무엇보다도 우리 어렸을 적 할머니와 화로 곁에 모여 앉아 놀았던 벽
  무너진 쇠죽방을 쳐다보며 나는 쓸쓸해 견딜 수가 없었습니다. 어린 손주
  하나가 소줏병에 덜 핀 진달래 몇 송이를 꽂아 할머님 사진 앞에 놓고
  있었습니다. 주름살 투성이의 얼굴과 움푹 패인 볼에 진달빛이 물들었다
  가 사라졌습니다. 뒷산 귀목나무 까치들이 울며 푸드득 날아가며 까치 그
  림자가 마당을 휠휠 지나갔습니다.
     <섬진강 24 - 맑은 날> 55면

<섬진강 25 - 아버지>에서는 땅과 아버지에 대한 기억, 아버지들에 대한
기억과 믿음, 땅과 희망에 대한 믿음 등을 서정적으로 형상화하고 있는데,

화자의 감정적 어투가 아주 짙게 드러나고 있다.

<pre>
        늘
        산 보면
        산이 나 같고
        내가 산 같고
        들 보면 들이 나 같고
        들이 나 같고
        물 보면
        물 또한 그래서
        모두 하나같이 나 같은 땅
          <섬진강 25 – 아버지> 87면
</pre>

<섬진강 26 – 밤 꽃 피는 유월에>에서는 농사꾼들의 삶의 멍에와 고난의 삶을 땅 속에 묻힌 농사꾼 화자의 말을 빌어다 서술하면서 땅에 대한 애착과 믿음까지 보여주고 있다.

<섬진강 27 – 새벽길>에서는 6, 70년대의 풍경을 떠올리게 하는 가난한 집 처녀의 서울 가는 길을 새벽길과 등질적으로 처리한 다음 그것이 얼마나 서럽고 애처로운 길인가를 보여주고 있다.

< 3 >

<풀피리>는 농촌을 배경으로 80년대 초의 사회상을 풍자한 장시이다. 판소리 사설을 연상시키는 요설은 사투리와 해학적인 어투를 활용하는 가운데

자연스럽게 풍자성을 확보하는 데까지 이르고 있다. 여기에는 판소리에서 흔히 볼 수 있는 긍정적인 인물과 부정적인 인물의 대결 구도가 드러나 있다. 농부와 농촌 혹은 땅의 진실성은 긍정적인 인물 내지는 긍정적 측면이라면, 정책 입안자나 사회지도자로 표상되는 '-님'자나 '-장'자 붙은 사람들은 부정적인 인물들로 위선적 태도를 보여주고 있다. 시인은 이들의 대비와 부정적 인물들의 자기 희화를 통하여 풍자성을 획득하고 있다.

> 벼룩에서 간 빼 먹은
> 빠실빠실 기름종이 유지님네
> 더럽고 치사허고 아니꼽고 비위 상혀
> 따라 치는 박수소리
> 강변에 황소란 놈
> 먼 산 보며 웃는 구나.
> <풀피리> 116면

> 염병 젬병 오만 병
> 지랄병들 다혀도
> 논만 보면 좋구나
> 우리가 언제
> 너그 믿고 살았드냐
> 심은 대로 다 거두는
> 저 땅 믿고 살아왔다.
> 저기 저 들 믿고 살아왔다.
> <풀피리> 137면

앞에 인용한 부분은 시세에 영합하면서 살아온 지역 유지에 대한 비판을 담은 내용으로 부정적인 인물의 표상이라 할 수 있는 특정 인물을 설정하여 당대의 현실을 신랄하게 비판하고 있다. 반면에 뒤에 인용한 부분은 갖은 곤경 속에서도 순박하게 살아온 농민들을 지역 유지들과 대비적으로 설정하고 농민 혹은 흙의 진실성을 보여주고 있다.

부정적인 인물들은 전시 행정의 들러리가 되고 군수에게 아부나 하여 자신의 실속을 차리는 일을 주저하지 않고 있다. 군수 역시 현실감 없는 일장연설이나 하면서 실질적인 퇴비증산보다는 사진 찍기에 급급하다. 군수 행차로 한 시간 행사하기 위하여 며칠 품을 버리는 농부들은 자신들의 신세타령과 정책적 비판을 서슴지 않지만, 자연과 더불어 살아가려는 결연한 의지마저 보여주고 있다.

<blockquote>

산아 산아 늙지 마라

앞산 뒷산 푸른 산아

칠월 청청 푸른 산아

보고 보면 슬픈 산아

칡꽃 칙칙 엉킨 산아

나는 죽어 흙이 되어

온갖 풀을 키울란다.

산아 산아 큰 산아

늙지 마라 푸른 산아

텅텅텅텅 빈 산아.

<풀피리>　142면

</blockquote>

< 4 >

3부의 시들에서는 <소>와 <모판같이 환한 세상>을 제외한 7편의 시

모두 진달래, 소쩍새, 민중, 민주, 통일, 해방이라는 용어를 사용하여 민중 해방, 농민 해방, 민족 통일에 대한 시인의 염원을 전경화하고 있다.

<외로운 마음에 등불을 달고 - 思寅에게>에서는 분단 조국의 현실과 그에 따른 슬픔, 외로움, 아픔을 소쩍새, (진달래)꽃 등의 시어를 끌어다가 '동강 난 조국의 이 아픔들'을 남과 북이 서로 의지하며 극복할 것을, 강물의 생명력으로 이겨낼 것을 암시하고 있다.

<진달래>에서는 '조선의 봄 처녀', '원통한 꽃' 등의 시어를 구사하여 수천 년 수탈당하고 겁탈 당한 조국의 현실을 진달래꽃의 붉은 색 이미지로 부조시켜 서정성을 획득하고 있다.

<소>에서는 소고기 수입으로 경제적인 손실과 고난을 당하고 살아가는 농민들의 삶을 재벌과 관리들의 부정부패와 대비시켜 풍자성을 획득하고 있다. 음보를 일정하게 유지하여 농민의 참담한 심정을 리듬감 있게 그리고 있는 것이 특징적이다.

<모판 같이 훤한 세상>에서는 세상살이가 하도 험하여 '이 산 넘고/저산 넘고/넘고 넘고 또 넘어봐도/넘고 나며는 가파른 세상/태산준령 농사꾼 세상'이라고 하면서 모판같이 고르고 평등한 농군들만의 세상에 대한 염원을 표출하고 있다.

<임맞이 노래>에서는 '저기 저기 저 달무리/우리 임이 갇혀 가네/남쪽 북쪽 통일새야/소쩍 소쩍 민중새야/소쩌쩌쩍 농민새야/달무리를 풀어보세'라고 하여 임의 노래가 곧 민중의 노래이고 그것이 곧 통일의 노래이고 농민의 노래임을 보여주고 있다.

<그대는 꽃 - 4·19 기념시>에서는 섬진강과 두만강을 나란히 배열하고 진달래꽃을 '피울음 흘려 쏟고 고이 잠드는' 임의 한을 담은 꽃으로 '그대는/박살나며 눈이 부시도록/곱게 피는 꽃/피 튀는 민주의 꽃'이요 '민중의 꽃'이

며, '통일의 꽃'이라고 노래하고 있다.

<사랑>에서는 추운 겨울이 지나면 희망의 파란 봄이 찾아오듯이 우리들의 사랑도 익어갈 것이라면서 비록 봄이 와도 '이 봄은 따로 따로 봄이겠지'만, '그러나 다 내 조국 산천의 아픈/ 한 봄'일 것이기에 행복을 빌겠노라고 서술하고 있다.

<어머니>에서는 우리를 키워주고 포용해 준 존재가 '피멍든 원한과 슬픔의 저 깊고 깊은 세월'을 '억압과 착취의 긴 농민의 역사/그 숨 막히는/뜨거운 흙바람 속을/노동으로 헤쳐 뚫고/어둔 세상을 밝혀온' 땅이며, '민주와 민중 민족 통일의 해방된 땅'임을 서술하고 있다.

<우리 땅의 사랑 노래>에서는 단순히 물리적 공간 혹은 농토로서의 땅에 대한 애착이 아니라 역사적인 공간으로서의 땅에 대한 애착을 보여주고 있다. 여기에서의 땅은 한 몸뚱이로 애초에 헤어진 땅이 아니다.

< 5 >

이처럼 김용택은 <맑은 날>에서 우리가 살고 있는 삶의 원천이요 토대인 땅과 자연에 대한 강한 애착을 보여주고 있다. 이들은 문명과 대비되는 생명력의 원천이면서 동시에 농민들의 힘겨운 삶이 존재하는 역사적인 공간이다.

시인의 땅과 자연에 대한 애착은 그의 이력과 무관하지 않다. 김용택은 1948년 전북 임실에서 출생했으며, 1982년 『창작과비평』의 21인 신작시집 『꺼지지 않는 횃불로』에 <섬진강>1 외 8편을 발표하면서 작품 활동을 시작한 시인이다. 1986년 김수영문학상을 수상했고, 1997년 소월시문학상을 수상했다. 현재 덕치초등학교 교사로 재직하고 있으며, 탁월한 감성과 예리한 현실인식을 기반으로 한 독특한 농민시의 세계를 선보이고 있는 농촌

시인이다.

무엇보다도 그의 시에서는 서정적이고 향토적인 어투가 풍자와 맞물려 시적으로 승화되고 있다. 그를 통해 민중 해방, 농민 해방, 민족 통일에 대한 지향을 구체화하고 있는 것이다.

5. 절망과 죽음에 대한 관찰과 응시
― 최승호의 『아무 것도 아니면서 모든 것인 나』

< 1 >

최승호의 『아무 것도 아니면서 모든 것인 나』(열림원, 2003)는 산업화, 도시화, 문명화의 산물인 타락하고 부패한 현실에 대한 소외, 절망, 죽음의 냉철한 관찰과 응시의 보고서다. 바로 그 점에서 그의 두 번째 시집인 『고슴도치의 마을』 이후 보여준 현실 비판적 시선이 긍정적 시선과 함께 공존하고 있는 시집이라고 할 수 있다.

이 시집에는 뭉게구름, 흰 구름, 비, 물, 바다, 돌부리, 검은 돌, 기암괴석, 열목어, 새, 검은 고양이, 소, 가을 잠자리, 낙조, 수평선, 거울, 그림자, 고요, 재 위의 들장미, 붕괴되는 사과, 자살, 납골묘 등의 자연물을 시적 대상으로 삼아 문명의 이기와 타락한 욕망에 의해 점차 소멸하고 사라져 가는 아름다운 것들에 대한 안타까운 서정을 노래하고 있다.

< 2 >

이 시집의 맨 앞에 놓인 시는 <뭉게구름>이다. 시인의 현실 인식과 세계관을 가장 잘 보여준 시로, 이 시에서 볼 수 있는 구름의 이미지는 또 다른 구름 이미지를 다룬 시 <구름들>에서도 유사하게 나타나고 있다. 이 시에는 할아버지, 할머니, 어머니, 나 등의 시어가 등장하고 있는데, 그로 보아 시적

화자의 가족사적인 체험을 바탕으로 하여 형상화된 시인 듯하다. 이들 가족사적인 소재는 자연과 일치된 인간의 삶으로 개인적인 차원에 그치지 않고 우리들의 할아버지, 할머니, 어머니의 삶의 양태까지를 포괄하고 있다.

> 나는 구름 숭배자가 아니다
> 내 가게엔 구름 숭배자가 없다
> 하지만 할아버지가 구름 아래 방황하다 돌아가셨고
> 할머니는 구름들의 변화 속에 뭉개졌으며 어머니는
> 먹구름들을 이고 힘들게 걷는 동안 늙으셨다
>
> 흰 머리칼과 들국화 위에 내리는 서리
> 지난해보다 더 이마를 찌는 여름이 오고
> 뭉쳐졌다 흩어지는 업의 덩치와 무게를 알지 못한 채
> 나는 뭉게구름을 보며 걸어간다
> 『아무 것도 아니면서 모든 것인 나』 11면

시적 자아는 구름 숭배자가 아니다. 할아버지, 할머니, 어머니 역시 구름을 숭배 하는 사람들이 아니다. 그들은 모두 구름의 피해자들이다. 여기에서 구름은 역사적 상상력을 유발하는 존재로 타락하고 부패한 권력이나 물질만능주의 사회의 상혼을 의미할 수도 있다. 왜 어머니는 먹구름들을 이고 힘들게 걸었을까? 왜 시적 자아는 '뭉쳐졌다 흩어지는 업의 덩치와 무게를 알지 못한 채' 뭉게구름을 보며 걸어가는 것일까? <구름들>에서는 구름이 많은 사람들을 죽이는 무시무시한 존재로 등장하기도 한다.

> 구름에 걸려서 사람들이 넘어진다

그렇게 많은 사람을 덧없이 죽여놓고
구름들은 조용히 여름 대낮을 흘러간다
『아무 것도 아니면서 모든 것인 나』 64면

　구름은 무소불위의 힘을 지닌 존재로 '그렇게 많은 사람들을 덧없이 죽여놓고' 아무 일도 없었던 것처럼 '조용히 여름 대낮을 흘러'가며, '넘어지는 법이 없'이 '넘어진 사람들을 넘어서' 흘러가는 '상어를 닮'은 존재이다. 사람들은 돈을 쫓아 남대문시장에서 북적이다가 동대문시장으로 옮겨 간다. 시장 바닥에는 '옷, 옷들, 옷가게' 혹은 '몸뚱이를 휘감는 천'으로 표현되고 있는 수많은 허위와 가식들이 존재한다. 그런데 그 위를 구름이 흘러간다. 죽음 앞에서는 그런 가식이 덧없는 것이고, '느린 장의차에서는 벌써 흰 구름 냄새가 피어' 오른다. 산업화, 도시화, 문명화가 낳은 산물이 다름 아닌 구름이며, 그것은 비인간화 된 존재로 우리를 타락하게 부패하게 하고 끝내는 파멸의 구렁텅이로 몰아넣는 그런 존재이다.

　뭉게구름과 흰 구름을 통해서 보여준 죽음의 이미지는 비, 물, 바다, 돌부리, 검은 돌, 기암괴석, 들장미, 사과, 납골묘 등과 같은 시어들을 통해서도 보여주고 있다. 비는 변혁과 혁명의 상상력을 유발하고, 물과 바다는 풍요와 재생의 상징물이지만 여기에서는 그런 상징성을 어디에서도 찾을 수 없고, 시적 자아의 부패하고 타락한 현실에 대한 비판적 시선만을 확인할 수 있을 뿐이다. 돌부리, 검은 돌, 기암괴석 역시 강건하고 올곧은 상징성보다는 이미 인간의 욕망에 의해 파괴되어버린 자연의 일부로 묘사되고 있을 뿐이다. 들장미는 하필이면 재 위의 들장미이고, 사과는 썩은 사과이다. 그들의 귀결점은 납골묘로 상징되는 죽음의 크로노토프에 다름 아니다. 이들은 물, 대지, 자연의 상상력의 원천이지만 이미 회색 이미지들로, 죽음의 문제가 전경화 되어 나타난 것이다. 우리가 살만한 시공간이 이미 존재하지 않음을 보여준 것이리라.

< 3 >

죽음의 이미지는 열목어, 새, 검은 고양이, 가을 잠자리, 소 등이나, 낙조,
수평선, 거울, 그림자, 고요 등을 통해서도 보여주고 있다. 그 대표적인 작품이
<열목어>이다.

서울에서 나는 저녁의 느낌들을 잃어버렸다
역삼역 옆 스타타워 빌딩에서
큰 네온별이 번쩍거리면
초저녁,
땅거미도 어스름도 없이
발광하는 간판의 불빛들로 눈은 어지러워진다

눈에서 열이 날 때
열목어를 생각한다
두 눈이 벌개졌을 때
안과의사가 쌍안경 같은 구멍으로 두 눈을 들여다볼 때
의사 선생님
제 눈이 매음굴처럼 벌개졌나요?
아니면 정육점 불빛처럼 불그죽죽합니까?
의사가 눈에 칼을 댈 때
피와 눈물과 고름으로 눈구멍이 뒤범벅일 때

열목어를 생각한다
무슨 북극 체질인 물고기처럼
사시사철 서늘한 계곡에서 눈의 열을 식히는
열목어야! 열목어야!
그 적막 깊은 深山幽谷에서
멋모르고 서울로 내려왔다간
네 눈구멍에서 화염과 연기가 치솟을 거다
『아무 것도 아니면서 모든 것인 나』23면

　　서울과 심산유곡, 서울에 살고 있는 나와 심산유곡의 열목어를 대립적으로
설정하여 자본주의와 자연주의 혹은 문명화와 반문명주의가 첨예하게 대립하
고 있는 우리 시대의 혼돈스러운 모습을 시적으로 형상화하고 있다. 서울은
자연의 질서마저 파괴하여 밤낮의 구별이 없고, 매음과 살생으로 '피와 눈물
과 고름으로 눈구멍이 뒤범벅'이 되어 열이 날 수밖에 없는 회색의 도시이다.
열목어는 '사시사철 서늘한 계곡에서 눈의 열을 식히는' 동물이지만, '적막
깊은 深山幽谷에서/멋모르고 서울로 내려왔다간' '눈구멍에서 화염과 연기가
치솟을' 수밖에 없는 때 묻지 않고 연약한 존재이다. 물질 만능주의가 인간을
철저하게 타락시키고 부패하게 만들고 있는 현실의 단면을 서울의 야경을
통해서 보여주면서, 산업화, 도시화, 문명화에 의하여 파괴된 자연 환경과 자
본주의에 길들여져 순수함을 상실해버린 인간들의 귀결점이 다름 아닌 소외
와 절망이며, 죽음이라는 사실을 아주 분명히 보여주고 있는 셈이다.

< 4 >

　　이처럼 최승호는 『아무 것도 아니면서 모든 것인 나』에서 우리가 살고 있는

삶의 원천이요 토대인 자연에 대한 강한 애착을 보여주고 있다. 이들은 문명과 대비되는 생명력의 원천이면서 동시에 민중의 힘겨운 삶이 존재하는 역사적인 공간이다.

전체적으로 볼 때 소외, 절망, 죽음의 이미지가 전경화되고 있으며, 이들을 통하여 신이 떠나버린 시대의 길 없는 길 찾기의 힘겨운 모습이 부각되고 있다. 자본주의에 의해 회색빛으로 변해버린 도시와 사물들을 죽음의 크로노토프를 통하여 재조명함으로써 현대문명에 대한 실천비평적 의지를 보여주고, 당대 사회의 구조적인 모순에 대한 극복의지를 노자의 무위자연의 지향으로 구체화하고 있는 것이다.

III 동아시아의 정체성과 한중문화

1. 한중현대소설에 나타난 돈에 대한 반응양상 연구

1. 문제의 제기

근대를 논할 때 가장 문제가 되는 것은 돈이다. 돈을 빼놓고는 근대문학과 근대성을 논할 수 없다는 주장이 설득력을 얻고 있다. 돈은 인간의 기본적인 욕구인 경제적 상상력과 긴밀한 관련이 있다. 소설의 영원한 주제라고 할 수 있는 탄생, 밥, 잠, 사랑, 죽음 또는 노동 가운데 중요한 위치를 차지하는 밥이나 노동의 문제를 경제적으로 구조화하면 돈의 문제가 된다.

1920년대 한국문학사에서는 일제의 식민지 경제수탈 정책과 가난에 의한 빈부의 대립 관계로 밥이나 노동의 문제 혹은 돈이 그 무엇보다도 중요한 관심사가 될 수밖에 없었다. 당시 돈에 대한 관심을 비교적 분명하게 보여준 작가로는 현진건을 들 수 있다. 궁핍한 시대를 살아가는 식민지인들의 삶의 양태를 통하여 당대의 경제적 현실과 인간의 욕망을 적나라하게 보여주고 있다.

비슷한 시기 중국문학사에서도 빈곤의 문제가 중요한 화두로 등장하였다. 당시는 국민당과 공산당의 제1차 합작, 반제국주의와 반봉건주의를 내건 통일 전선의 수립 그리고 북벌의 준비가 이루어지던 때이다. 이러한 어수선한 정치적 상황으로 민중들은 궁핍한 삶을 살 수 밖에 없었다. 당시 돈이나 경제적인 문제와 관련하여 당대의 현실을 사실적으로 그린 대표적인 작가가 老舍이다.

현진건과 老舍의 작품은 유사한 측면이 대단히 많다. 물론 그것은 그들에게만 국한되지 않고 당시 많은 작가들에게도 적용이 가능하다. 이처럼 한중근대소설에서 유사한 주제가 많이 나타나는 것은 어떤 이유에서인가? 한국과 중국은 한자문화권에 속하는 나라이고, 또한 오랫동안 유교적 전통을 중시한 바 있어서 서로 영향을 받은 바 커서 그러한 경향이 나타난 것으로 볼 수도 있다. 고전문학이나 개화기문학의 경우 영향관계가 비교적 분명하여 그 점을 따지는 연구가 커다란 성과를 거둔 바 있다. 그러나 근대문학의 경우 서로 영향을 주고받은 근거를 찾기가 쉽지 않다.

따라서 영향관계를 따지는 방법은 한계를 보일 수밖에 없다. 그러한 이유로 본고에서는 직접적 관련이 없으면서도 공통적으로 나타나는 특성을 검토하는 주제연구방법을 채택하여, 현진건과 老舍의 소설에 나타나는 돈에 대한 반응 양상을 통하여 두 나라의 소설에 나타나는 근대성에 대한 인식의 양상을 밝혀 보고자 한다.

2. 돈에 대한 기피와 선비의식의 노정

<빈처>와 <趙子曰>은 무능한 지식인을 주인공으로 설정하여 당대의 위기를 극복할 수 있는 대안으로 그들의 반자본주의적 성향을 들고 있으며, 경제학을 전공하고 경제와 관련된 직종에 종사하고 있는 처형과 武端을 그들과 대립적인 인물로 설정하여 물신주의 풍조에 대하여 비판적인 입장을 보여 주고 있다. <빈처>의 주인공은 가난한 문사이며, <趙子曰>의 주인공은 대학생이다. 당시 문사와 대학생의 공통점은 그들이 선비정신에 입각하여 당대의 열악한 현실을 인내하면서 살아간 지식인들이라는 사실이다.

<빈처>는 무능한 지식인을 등장시켜 그의 삶을 통해 당대의 현실을 고발

하고 있는 작품이다. 공부가 일반적으로 출세를 지향한다고 볼 때 일제하에서의 출세란 곧 친일을 의미할 수 있다. 친일을 하지 않고 공부하는 길은 문학을하는 길이다. 그런데 문학을 해서는 밥을 먹고살기에도 힘들고 벅차다. 그런 '나'를 이해하고 도와주는 사람은 아내밖에 없다. 생활 능력이 없는 '나'는처가 덕으로 집간과 세간을 준비했으나 보수 없는 독서와 가치 없는 창작으로해를 보내면서 어렵게 살아간다.

처형의 남편인 T는 한성은행에 다니는데, 어른들로부터 칭찬이 자자하다. T는 어려운 부탁을 할까봐 찾기를 꺼려하는 '나'를 찾아와 세상 이야기를잔뜩 늘어놓고 간다. 그를 보내고 소설의 결미를 생각하고 있을 때 아내가살 도리를 하라고 말한다. '나'는 갑자기 불길한 생각이 들어 사나운 어조로소리를 지르지만, 아내가 아침거리를 장만하기 위해 저고리를 찾는 것을 알고한숨을 짓는다. 이튿날 늦게 일어난 우리 부부는 장인의 생신이라는 전갈을받고 처가에 간다.

T는 기미를 해서 십 만원을 딴 뒤로는 주야로 유흥가를 돌아다니며 걸핏하면 처형을 때린다. 처형은 아내에게 신발을 하나 사주고 자기의 새로 산 신발을 자랑하다가 남편을 한 바탕 욕해댄다. 아내가 새 신을 집어들고 무척 좋아하는 것을 보고 정신적 행복에만 만족할 수 없는 현실을 인식한다. 무명작가인 '나'를 믿고 물질에 대한 본능적 욕구도 참아가면서 불평 없이 살아가는아내에게서 나는 커다란 위안을 느낀다.

<趙子曰>은 2, 30년대 중국 지식인들이 안고 있던 문제를 심도 있게 다루어 격동기 지식인의 사상적 경향을 잘 반영하고 있다. 李景純은 명정대학철학도이다. 그는 언제나 침착하고 예의가 바르며, 대단히 열정적인 청년이다.국가와 인민을 구원하려는 커다란 이상을 지니고 있다. 그는 현실을 중요시하며, 신청년을 자처하는 자들을 싫어한다. 그가 총장을 구타하는 일을 싫어하

고 한사코 趙子曰을 만류한 것은 이 때문이다. 趙子曰이 여러 학생들로부터 영웅의 대접을 받을 때 그만이 냉담한 것은 이와 밀접한 관련이 있다.

그가 거부한 것은 혁명을 빙자한 파괴와 신사조를 내세운 신념 없는 행위이다. 결코 신사조나 혁명 자체는 아니다. 그는 혁명에 성공하는 길에 대해서도 비교적 명쾌하게 인식하고 있다. 그의 조언에 의해 趙子曰은 사람이 변한다. 趙子曰은 五四운동 이후 신구의 교체기를 살아가는 지식인의 모습을 잘 보여주고 있다. 그는 시세의 변화에 영합하면서 대단히 영악하게 살아간다. 老舍는 확고한 역사 의식이나 신념 없이 시세에 영합하면서 적당히 살아가는 인물들에 대하여 철저히 비판적인 입장을 보인다. 趙子曰은 그의 비판과 풍자의 대상으로 설정된 지식인이다. 그러나 老舍는 趙子曰과 그의 장래를 부정적으로만 보지 않는다. 趙子曰은 李景純을 만나 사상과 생활에 엄청난 변화를 보여준다.

李景純은 늘 쇠약해진 조국을 위해 무엇인가를 해야 한다는 생각이 앞서 있었다. 그는 자신의 영달을 위해 조국을 팔아먹는 자들을 증오한다. 武端은 시청 건축과의 위원이 되자 天壇을 뜯어 외국인에게 팔아 넘기고 어부지리를 얻으려 한다. 李景純은 趙子曰을 시켜 武端의 매국적인 행위를 포기하도록 권유하고, 조언을 무시할 경우 살인도 주저하지 말라고 한다. 그는 제국주의자들이 중국을 짓밟을 때 '중국인의 애국심을 불러일으키는' 일이 긴요하다고 하며, 정의를 위해서 물불을 가리지 않는다. 위급한 상황에 빠진 미스 王을 구하기 위해 賀司令의 암살을 기도하지만 실패한다. 그는 투옥되어 마지막 순간까지 자기의 신념을 굽히지 않다가 총살당한다. 그의 정의를 지키기 위한 투쟁과 자기 희생에 趙子曰은 감복한다.

<빈처>의 '나'와 <趙子曰>의 '李景純'은 돈에 대한 집착을 보여주지 않고 그 나름대로 명분을 지키면서 살아간다. 왜 '나'는 글이 써지지 않는가?

현실에 적당히 순응하면서 살아가지 않기 때문이다. 현실에 타협한다는 것은 바로 일제에 야합하는 것이고 자신의 신념을 포기하는 일에 다름 아니다. 적어도 '나'는 살고싶지 않아서 고민을 하고 글을 쉽게 써대지 못한 것이다. 이경순 역시 마찬가지이다. 군벌에 야합하거나 적당히 자신의 이득을 위하여 살지 않고 그렇게 살아가는 자들에게 응징을 가하기도 한다. 그들과 대립적인 위치에 있는 처형이나 武端을 통하여 그러한 사실은 아주 분명하게 드러난다. 처형이나 武端은 '돈'에 대한 욕심 때문에 민족 자본의 해체에 앞장을 서 국가와 민족을 배신한다. '나'와 <趙子曰>이 처형과 武端의 삶에 대하여 비판적인 입장을 취하면서 현실에 타협하지 궁핍한 삶이지만 명분과 의리를 중시하면서 살아가는 것은 선비의 모습에 다름 아니다.

3. 돈에 대한 욕망과 윤리의식의 전도

<고향>과 <月牙兒>는 당대의 과도기적 현실이 잘 나타나 있으며, 돈에 의하여 인간이 상품으로 전락하는 윤리 전도 현상을 보여주고 있다. <고향>에서 궐녀의 아버지는 돈 때문에 딸을 유곽에 팔아 넘겨 유곽에게 몸을 팔면서 살게 만들며, <月牙兒>에서 두 모녀는 성을 상품으로 팔아 생계를 이어가는 비극적 운명을 감수하면서 살아가고 있다.

<고향>에서 '궐녀(厥女)'는 남자 주인공인 '그'보다 '나이 두 살 위였는데 한 이웃에 사는 탓으로 같이 놀기도 하고 싸우기도 하며'[1] 자랐다. 그런데 '열 일곱 살 된 겨울'에 그녀가 갑자기 사라졌다. 그들은 타지를 떠돌다가 10년만에 고향에서 정말 우연히 만났다. 그들의 만남을 통하여 당대의 비극적

---

1) 申東旭(1981), 『玄鎭健의 小說과 그 時代認識』, 새문사, p.Ⅲ-37

현실이 드러난다. 그들이 살아온 현실과 그들이 나눈 이야기는 서술자와 그가 부른 노래 속에 잘 나타나 있다. '인물이나 좋은 계집은 / 유곽으로 가고요-'라는[2] 부분은 당대의 윤리의식을 여실히 보여주는 대목이다. 윤리와 도덕을 미덕으로 알고 살던 당대에도 반인륜적이고 부도덕한 일을 서슴없이 저지르고 있었던 것이다.

딸을 민며느리로 남의 집에 팔아먹는 일은 빈번했지만, 매춘부로 유곽에 팔아먹은 일은 외형상으로 볼 때 극히 드문 일이었다. 그 이유는 크게 두 가지로 나누어서 이야기할 수 있다. 그 하나는 유교적 전통에 의하여 굶어죽을지언정 짐승이나 다를 바 없는 행위를 하지 않으려고 한 때문이고, 다른 하나는 그런 일이 비밀스럽게 저질러지고 있어서 남의 눈에 발각되는 일이 드물었기 때문이다.

유곽에 팔려간 그녀는 모든 것을 체념하고 살아간다. 부모를 원망하지 않고 몸값을 갚기 위하여 열심히 일을 한다. 그런데 유곽으로 팔려간 여성들에 대한 인신매매와 착취수법은 오늘날과 크게 다를 바 없었던 것으로 보인다. 십 년을 두고 열심히 빚을 갚았지만 이십 원이 육십 원으로 불어나 있었다. 그대로 가다가는 평생을 두고 갚아도 빚은 더욱 늘어만 갈 것이다. 절망적인 상황에서 '몹쓸 병'까지 들게 된다. 주인은 상품으로서 가치를 상실한 그녀를 내쫓을 요량으로 '특별히 빚을 탕감해' 준다.[3] 유곽에서 벗어났지만 그녀는 이미 생활 능력을 상실한 사람이다. 그녀가 겨우 할 수 있는 일이란 유곽에서 배운 일본말을 이용하여 일본인의 아이들을 돌보는 일이다. 그녀는 아비의 매신으로 인생을 망쳤고, 그에게도 지울 수 없는 상처를 남긴 셈이다.

---

2) 申東旭(1981), p.Ⅲ-37

3) 申東旭(1981), p.Ⅲ-37

<月牙兒>는 가난 때문에 매춘부로 전락한 두 모녀의 비참한 삶을 그린 소설이다. 주인공인 '나'는 순진무구한 인물로 어머니가 걷고 있는 인생 행로를 온몸으로 거부한다. 그녀는 자기 운명의 지배자가 되기를 원한다. 때문에 그녀는 결코 어머니처럼 매춘부가 될 생각이 추호도 없다.[4] 필요한 것은 돈이기 때문에 성실히 일해서 살면 그 뿐이다. 그런데 노동을 하면서 살아가려고 하지만 당대의 사회는 그녀를 받아주지 않는다. 그것은 학교나 식당이나 다를 바 없다.

그녀는 학교를 졸업한 후 모교에서 사환으로 일한다. 그런데 그녀는 교장이 바뀌는 바람에 일터를 잃는다. 그녀는 다시 옛날 교장을 찾아간다. 그런데 새로 부임한 교장이 파놓은 사랑의 함정에 빠져든다. 그녀는 불륜의 관계를 피해 학교를 사직한 후 식당에 취업한다. 이번에는 식당 주인이 그녀에게 매음을 강요한다. 모든 것은 돈 때문에 일어난다. 돈은 인간의 운명을 좌우한다. 또한 돈은 모든 죄악의 근원이다.

그녀는 일시적으로 그들의 유혹을 물리치지만 기아와 궁핍이 그것을 불가능하게 한다.[5] 그녀는 험난한 세상을 인식하게 되면서 점차 어머니를 이해하고 동정하게 된다. 그녀는 어머니가 궁지에 몰린 가족들의 생계를 위해 매춘부가 된 것처럼 자신도 기꺼이 어머니를 봉양하기 위해 매춘부의 길로 들어선다. 이는 그녀가 돈은 무정한 것이며 모녀이든 아니든 체면이 있든 없든 먹고 살기 위해서는 달리 길이 없다고 생각한 때문이다.[6] 老舍는 이 작품에서 도시 빈민 가운데서도 가장 생존의 위협에 노출되어 있는 빈궁한 부녀자들이 어떻게 상품으로 전락하여 시장에 올려지게 되는가를 객관성 있게 제시하고 있다.

---

4) Ibid., p.581

5) Ibid., p.591.

6) Ibid., p.597.

두 작품에는 빈곤과 사회적 무질서가 인신매매 혹은 매신을 하는 행위로 나타나고 있는 현상이 잘 포착되어 있다. 매신이 자의적으로 이루어지는 경우도 없지 않으나, 타의적으로 이루어지는 경우가 절대적으로 많다. 인습을 악용하여 딸을 신랑이 아닌 권력자나 부자에게 파는 경우도 있고, 유곽으로 파는 경우도 있다. 인신매매나 다름없는 타의에 의한 매신 행위는 유교적 전통을 숭상하던 당대인들의 입장에서 볼 때 비난받아 마땅하다.

4. 돈에 대한 증오와 저항의식의 노출

<운수 좋은 날>과 <駱駝祥子>는 자본주의의 도래로 삶의 터전을 잃어버린 인력거꾼들을 주인공으로 설정하여 그들이 아무리 열심히 노력을 해도 비극적으로 살아갈 수밖에 없는 현실을 보여주면서 그들이 당대 사회에 대하여 가지고 있던 울분과 돈에 대한 증오심을 가장 잘 보여주고 있는 작품이다.

<운수 좋은 날>의 주인공은 인력거꾼인 김첨지이다. 그의 삶을 통하여 당시 인력거꾼들의 생활상이 아주 생생하게 드러나고 있다. 동소문 안에서 인력거꾼 노릇을 하는 그는 근 열흘 동안이나 돈 구경을 하지 못했다.[7] 그것은 전차가 들어오면서 삶의 터전을 잃어버린 때문이다. 몸져누워 있는 아내에게 약 한 첩 제대로 써볼 수도 제대로 끼니를 때우지도 못할 처지가 된다. 자본주의적 특성을 가장 명징하게 드러내는 것은 돈이다. 돈은 모든 것을 할 수 있지만, 돈 때문에 고통을 당하는 경우도 수 없이 많다.

김첨지도 그 가운데 하나다. 그는 작품 말미에서 돈이 생겨 술을 마시다가 본색을 드러낸다. 그것은 돈에 대한 거부 반응이다.[8] 그는 그날 따라 운이

---

7) 『韓國短篇文學大系』, 三星出版社, 1976, p.324

좋아 돈을 많이 벌었다. 그는 이상하게 계속되는 행운에 겁을 먹는다. 심사가
틀어져서 혼자서 욕을 해대다가 길가 선술집에서 동료인 치삼을 만난다. 그는
추어탕을 시켜놓고 막걸리를 계속해서 시킨다. 치삼은 의아해 하면서 돈이
많이 나올 거라고 주의를 준다. 평소의 김첨지를 누구보다도 잘 알고 있는
치삼의 행위는 가난에 찌든 인력거꾼들의 삶의 태도를 드러낸 것이다. 김첨지
는 평소의 그답지 않게 사십 전이 걱정이냐 면서 호기를 부린다. 곱배기 두
잔을 부어질 겨를도 없이 마셔댄 김첨지는 매우 만족한 듯이 또 부어라 하고
외친다. 또 한잔을 마시고 나서 김첨지는 치삼의 어깨를 치면서 껄껄 웃는다.
그러다가 돈을 땅바닥에 팽개치면서 돈에 대한 거부반응을 보여준다. 돈에
주리고 기갈이 들린 사람의 한풀이로밖에 볼 수 없는 장면을 연출하고 있는
것이다.

　＜駱駝祥子＞의 주인공은 인력거꾼인 상자이다. 그는 농민 출신으로 파산
을 했지만 건강하고 성실한 사람이다. 그는 북경으로 올라와서 자기처럼 힘있
고 성실한 사람에게는 인력거를 끄는 일이 가장 해볼만한 일이라고 생각한다.
그는 인력거를 사서 독립적인 노동자가 되려고 하지만 군벌, 인력거 대리점
경영주, 비정한 관리 등으로부터 방해를 받는다.

　상자는 3년 동안 인력거를 사겠다는 일념으로 열심히 일해서 꿈에도 그리
던 인력거를 구입한다. 그에게 인력거는 삶의 전부라고 할 수 있다.9) 그는
인력거를 애지중지하면서 열심히 일한다. 그런데 반년도 안 되어 전쟁이 터진
다. 상자는 군대에 잡혀 인력거를 잃고, 군벌들의 전쟁에 부정적인 태도를
취하기 시작한다. 죽음을 각오하고 낙타를 타고 군대를 도망쳐 나온다.10) 이

---

8) Ibid., p.330

9)『老舍文集』第3卷, 人民文學出版社, 1982, p.14.

10) Ibid., p.22

때부터 駱駝라는 별명이 붙는다. 군대에서 훔쳐온 낙타를 팔아 거금 35원을 만들지만, 그 돈으로는 인력거를 구입할 수가 없다. 인력거를 다시 구하기 위해 曹 先生집의 인력거꾼으로 취직한다.

여기에서 혁명가인 曹 先生을 감시하던 孫 刑事에게 돈을 갈취 당한다. 인력거를 구할 돈을 잃고 깊은 좌절감에 빠진 상자는 마지막 희망을 걸고 날품팔이 인력거꾼으로 취직한다. 고용주의 딸인 虎妞는 그를 유혹한다. 계속 되는 불운에 지친 그는 그녀의 유혹에 쉽게 빠져든다. 그녀는 아버지가 경영 하는 인력거 대리점을 물려받기 위해서 인력거에 대해 잘 아는 그를 필요로 했다. 그런데 자기에게 물려주기로 한 인력거 대리점이 다른 사람의 손에 넘 어간다. 이때 그녀는 "나는 도박에 실패했노라"고 실토한다. 결혼을 하고 나 서 그녀는 경제적인 우세를 내세워 그를 억누른다.

그는 심한 심적 갈등과 충격에 빠진다. 그의 충격은 오랫동안 그가 꿈꾸어 온 독립된 인력거꾼으로서의 꿈이 파괴되어 가고 자기와 전혀 맞지 않은 여성 과 결합한 데서 온 것이다. 그는 일하지 않고 무료한 나날을 지내는 일에 익숙하지 않다. 그녀와의 생활은 그를 철저하게 부식시킨다. 삶의 의지와 꿈 은 자꾸만 왜소해진다. 그는 차츰 무기력한 인간이 되어 가며, 그녀를 사람의 피를 빨아먹는 요괴나 사악한 호랑이와 같이 철저하게 부정적인 여성으로 인식하여 증오하기 시작한다. 그녀가 그에게 낡은 인력거를 구해주자 일시적 으로 고마운 생각을 가지기도 하지만, 고마운 생각도 곧 잊어버리고 여전히 그녀를 증오하게 된다.

김첨지가 선술집에서 돈을 내팽개치면서 욕설을 퍼붓는 행위나 상자가 虎 妞를 증오하는 태도는 모두 돈에 대한 저주와 그에 따른 현실에 대한 저항적 태도의 노정에 다름 아니다. 그들의 삶은 당대의 사회적 질서에 의하여 조건 지워져 있다. 당대 사회의 구조적 모순으로 말미암아 그들이 아무리 노력을 해도 그에 대한 대가를 충분히 보상받을 수 없게 되어 있다. 그러한 현실을 두 작가는 사실적으로 보여주고 있다. 그럼에도 그들간에는 다소 차이가 있다. 현진건의 작품에서는 제국주의적 침략이 문제가 되고 있다면 노사의 작품에서는 타락한 당대 현실이 문제가 되고 있다.

4. 결론

본고는 현진건과 老舍의 작품에 나타나는 돈에 대한 반응 양상을 통하여 두 나라의 소설에 나타나는 근대성에 대한 인식의 양상을 밝혀보려는 의도로 작성되었다.

<빈처>와 <趙子曰>은 무능한 지식인을 주인공으로 설정하여 당대의 위기를 극복할 수 있는 대안으로 그들의 반자본주의적 성향을 들고 있으며, 경제학을 전공하고 경제와 관련된 직종에 종사하고 있는 '처형'과 武端을 그들과 대립적인 인물로 설정하여 물신주의 풍조에 대하여 비판적인 입장을 보여주고 있다. <빈처>의 '나'와 <趙子曰>의 '李景純'이 궁핍한 삶이지만 현실에 타협하지 않으면서 명분과 의리를 중시하면서 살아가는 것은 선비의 모습에 다름 아니다.

<고향>과 <月牙兒>는 돈에 의하여 인간이 상품으로 전락하는 윤리 전도 현상을 보여주고 있다. <고향>에서 궐녀의 아버지는 돈 때문에 딸을 유곽에 팔아 넘겨 유곽에게 몸을 팔면서 살게 만들며, <月牙兒>에서 두 모녀는 성을 상품으로 팔아 생계를 이어가는 비극적 운명을 감수하면서 살아가고 있다. 두 작가는 빈곤과 사회적 무질서가 인신매매 혹은 매신을 하는 행위로 나타나고 있는 현상을 잘 포착하고 있다.

<운수 좋은 날>과 <駱駝祥子>는 인력거꾼들을 주인공으로 설정하여

그들이 당대 사회에 대하여 가지고 있던 울분과 돈에 대한 증오심을 잘 보여
주고 있다. 김첨지가 선술집에서 돈을 내팽개치면서 욕설을 퍼붓는 행위나
상자가 虎妞를 증오하는 태도는 모두 돈에 대한 저주와 그에 따른 현실에
대한 저항적 태도의 노정에 다름 아니다. 당대 사회의 구조적 모순으로 말미
암아 아무리 노력을 해도 그에 대한 대가를 충분히 보상받을 수 없는 현실을
두 작가는 사실적으로 보여주고 있다.

이러한 유사점에도 불구하고 두 작가의 작품에는 다소의 차이가 발견된다.
현진건의 작품에서는 제국주의적 침략이 문제가 되고 있다면 老舍의 작품에
서는 타락한 당대 현실이 문제가 되고 있는 것이다.

◆ 참고문헌

권영민(1983), 『한국근대문학과 시대정신』, 문예출판사

김용직 외(1982), 『한국문학연구입문』, 지식산업사

김윤식 외(1979), 『한국문학사』, 민음사

김윤식 외(1995), 『한국소설사』, 예하

송현호 유려아(1999), 『비교문학론』, 국학자료원

이재선(1984), 『한국현대소설사』, 홍성사

전광용(1986), 『한국현대문학론고』, 민음사

조남현(1994), 『한국지식인소설연구』, 일지사

老舍(1982a), 『老舍文集』第三卷, 北京 : 人民文學出版社

老舍(1982b), 『老舍選集』第三卷, 四川 : 人民出版社

孟瑤(1980), 『中國小說史』, 傳記文學出版社

舒濟 編(1982), 『老舍』, 香港 : 三聯西店有限公司

劉麗雅(1995), 『韓國과 中國現代小說 比較研究』, 國學資料院

陳敬之(1980), 『文學研究會與創造社』, 成文出版社有限公司

陳敬之(1981), 『中國新文學運動的前驅』, 成文出版社有限公司

夏志淸(1979), 『新文學的傳統』, 時報文化出版公司

夏志淸(1980), 『中國現代小說史』, 傳記文學出版社

Scholes, R. & R. Kellogg(1979), The Nature of Narrative, Oxford Univ. Press

Watt, Ian(1974), The Rise of the Novel, Berkley & los Angels ; Univ. of California

Weisstein, Ulrich(1973), Comparative Literature and Literary Theory, Bloomington : Indiana Univ. Press

◆ 중문적요

　本稿在闡明玄鎮健和老舍的金錢觀中所反應兩小說對近代性的認識狀況. <貧妻>和<趙子曰>以無能的知識分子做主人公, 表現他門的反資本主義傾向. '內兄'和'武端'專攻經濟學, 又從事與經濟有關的職業. 同時按排幾個反派人物, 表現他門指摘那拜金主義的風氣.

<貧妻>的'我'和<趙子曰>的'李景純', 雖然生活拮据, 卻不肯與現實妥協, 講義氣重名分, 儼然表現出一個儒生的氣概.

<故鄉>和<月牙兒>爲了錢, 人可以像商品般地做賣買喪盡做人的尊嚴. <故鄉>女主人公的父親, 爲錢出賣女兒, <月牙兒>中的母女, 爲了維持生計, 要引受悲苦命運的作弄. 兩作品均掌握住了貧窮和混亂社會下的賣淫行爲問題.

　<幸運的一天>和<駱駝祥子>以人力車夫做主人公, 描寫他門對當代

社會的不滿, 以及對金錢的反感, 金僉知在酒家裏, 一邊痛罵一邊把錢扔掉的行爲, 祥子厭惡虎妞, 對著錢下咀呪, 都是在反映他門反抗表現生活的態度. 兩作家所描寫的, 皆是當代社會結構的矛盾. 任憑他門在努力也得不到充分的補償.

兩作品除了具有以上的類似點之外, 也有相異點. 玄鎭健的作品提出了帝國主義的侵略問題, 而老舍則指出當代墮落的現實社會問題.

2. 현진건과 **老舍**의 인력거 모티프 비교연구
— <운수 좋은 날>과 <駱駝祥子>를 중심으로

1. 問題의 提起

韓國近代文學史에서 傳統斷絶論과 移植史觀이 아직도 說得力을 얻고 있다. 韓國的特性을 보지 못하고 西歐的特性만을 強調하는 過程에서 그것이 影響力을 행사하고 있는 것이다. 물론 韓國近代文學이 西歐近代文學의 影響을 받은 것은 사실이다. 그렇지만 韓國文學은 그 나름대로의 特性과 秩序를 지니고 있다. 분명 韓國文學의 中心에는 韓國的인 것이 도도히 흐르고 있는 것이다.

때문에 傳統斷絶論과 移植史觀을 克服하는 일이 무엇보다도 시급한 실정이다. 그렇게 하기 위해서는 韓國文學, 더 나아가 東亞細亞文學의 特性을 究明하여 世界文學과의 關聯樣相을 究明할 필요가 있다. 韓國과 中國의 近代文學은 서로 影響을 주고받은 바 없음에도 상당한 정도의 類似性이 발견된다. 따라서 다른 東亞細亞國家의 文學까지를 硏究의 對象으로 設定하여 論議하는 것이 論旨를 더욱 탄탄히 할 수 있겠으나, 韓中近代文學에 局限하여 거기에 나타나는 普遍性과 特殊性을 究明하는 일이 더 시급한 일이라고 생각된다.

그러한 認識에 土臺를 두고 筆者는 지금까지 韓國과 中國의 近代文學을 꾸준히 比較, 硏究해왔다. 앞으로도 이러한 硏究를 계속 進行하여 韓國의

近代文學, 더 나아가 東亞細亞의 近代文學이 西洋近代文學의 移植에 의해 形成되었다는 見解가 不當함을 證明하고, 韓國文學과 東亞細亞文學이 지니고 있는 그 나름대로의 生成과 發展의 過程을 밝혀서 世界各國의 文學이 중심이 된 世界文學史를 敍述하는 데 一翼을 擔當하고자 한다.

近代小說에 注目할 때, 우리는 韓國의 申采浩, 李光洙, 金東仁, 玄鎭健, 蔡萬植, 金東里, 李範宣, 全光鏞 等과, 中國의 梁啓超, 魯迅, 郁達夫, 老舍, 白先勇, 沈從文 等의 作品을 살펴보지 않을 수 없다. 그들은 韓中近代小說의 形成에 지대한 影響을 끼쳤으며, 先驅者로서의 役割을 훌륭히 해낸 바 있다. 때문에 韓國學界에서도 그들에 대하여 지대한 관심을 보여왔다. 그러나 그들에 대한 韓中學界에서의 比較 硏究는 지금까지 아주 零星한 편이다.[1]

---

* 이 논문은 1999년도 학술진흥재단 선도연구자 연구비 지원에 의해 이루어짐 (KRF99-V00096)

[1] 申采浩와 梁啓超에 관한 비교 연구로는 宋賢鎬의 「韓國近代小說論硏究」(서울大 博士學位請求論文, 1989)과 「申采浩的愛國啓蒙運動與東國詩革命論」(『中韓人文科學硏究』 2집, 1997) 등이 있다. 李光洙와 魯迅에 대한 비교 연구로는 車相轅의 「韓中新文學運動의 比較硏究」(『中國學報』 제5집, 1974), 金允植의 「近代文學에 있어서의 韓中日 三國의 關係檢討와 그 問題點」(『韓國文學의 論理』, 一志社, 1974), 劉麗雅의 「魯迅과 春園의 比較 硏究」(서울대석사학위논문, 1984) 등이 있다. 金東里와 魯迅에 대한 比較 硏究로는 宋賢鎬의 「韓中近代小說과 風俗」(제4회 中韓人文科學學術硏討會, 浙江大學 韓國硏究所, 1999), 金東仁과 郁達夫에 대한 비교 연구로는 宋賢鎬의 「郁達夫와 金東仁의 小說比較硏究」(『中韓人文科學硏究』 제1집, 1996)가 있고, 蔡萬植과 老舍에 대한 비교 연구로는 劉麗雅의 「蔡萬植과 老舍의 比較硏究」(韓國精神文化硏究院博士學位論文, 1991)가 있다. 玄鎭健과 魯迅에 대한 비교 연구로는 「玄鎭健과 魯迅의 <故鄕> 비교연구」(『比較文學』 23집, 韓國비교문학회, 1998), 玄鎭健과 老舍에 대한 비교 연구로는 「韓中現代小說과 賣女 모티프」(제3회 韓國傳統文化國際學術討論會, 山東大學 韓國硏究所, 1999), 劉麗雅의 「<邊城>與<黑山島>的比較硏究」(『韓國學論文集』 7輯, 北京大韓國硏究所, 1998), 「李範宣과 白先勇의 分斷小說 比較 硏究 - 家父長制의 崩壞와 東洋的 倫理의 回復의 문제를 중심으로」(『比較文學』 21집, 韓國비교문학회, 1998) 등이 있다.

韓中近代小說에서 유사한 主題가 많이 나타나는 것은 어떤 이유에서인가? 韓國과 中國은 漢字文化圈에 속하는 나라이고, 또한 오랫동안 儒敎的傳統을 중시한 바 있어서 서로 영향을 받은 바 커서 그러한 경향이 나타난 것으로 볼 수도 있다. 古典文學이나 開化期文學의 경우 影響關係가 比較的 分明하여 그 점을 따지는 研究가 커다란 成果를 거둔 바 있다.

그러나 近代文學의 경우 서로 影響을 주고받은 根據를 찾기가 쉽지 않다. 따라서 影響關係를 따지는 方法은 限界를 보일 수밖에 없다. 그러한 이유로 본고에서는 直接的關聯이 없으면서도 共通的으로 나타나는 特性을 檢討하는 主題研究方法을 採擇하고자 한다. 이를 통하여 東洋文學의 普遍性을 찾아내고, 지금까지의 韓國文學研究의 그릇된 視角인 移植史觀을 克服하는 데에 一翼을 擔當하고자 한다.

玄鎭健과 老舍의 경우도 서로 영향을 받은 바 없음에도 아주 많은 類似性을 지니고 있다. 때문에 본고에서는 比較研究해볼만한 가치를 充分히 지닌 玄鎭健의 <운수 좋은 날>과 老舍의 <駱駝祥子>를 對象으로 都市人力車꾼의 沒落과 그들의 家族들이 겪는 悲劇에 대하여 살펴보고자 한다.

2. 都市人力車꾼과 그들의 劣惡한 삶의 現場

玄鎭健과 老舍는 都市下層民의 生活相을 그린 小說들을 發表한 바 있다. 玄鎭健은 當時의 가장 尖銳한 問題 가운데 하나인 貧困의 問題에 關心을 갖고 都市下層民의 삶과 農村의 窮乏化 現狀을 小說化하였다. 老舍도 當代의 問題를 浮刻시키기 위하여 北京 변두리 大雜院의 劣惡한 環境과 都市下層民들의 窮乏한 삶을 小說化하였다.

그들은 自身이 처한 現實을 客觀的으로 提示하는 일이 무엇보다도 重要

하다고 생각했다. 玄鎭健은 <朝鮮魂과 現代精神의 把握>에서 當代의 作家들에게 가장 切實한 問題는 作家가 처해 있는 現實을 認識하는 것이고, 그 속에서 作家가 취해야 할 態度를 認識하는 일이라고 밝히고 있다.[2] 老舍는 <閑話我的七個話劇>에서 처음에 무엇이 小說인지 몰랐지만 '약간의 生活 經驗에 의해서 人生의 쓰고 단맛을 맛보게 되었'고 '입벌려 외칠 필요 없이 입다물고 노할 필요 없이' 자기의 生活과 文字에 依存하여 쓴 것이 自身의 小說이라고 하였다.[3]

그러한 創作 意圖에 의하여 執筆한 小說이 玄鎭健의 <운수 좋은 날>과 老舍의 <駱駝祥子>이다. 두 作品은 共通的으로 都市人力車꾼을 등장시켜 그들의 劣惡한 삶을 보여주고 있으며, 그들의 妻와 子息인 下層民 女性들의 悲劇的 삶을 보여주고 있다.

<운수 좋은 날>은 1924년 6월 『開闢』에 發表한 短篇小說이다. 이 小說은 비가 오는 날의 음산한 분위기와 비가 오기 때문에 人力車를 타는 사람이 많을 수밖에 없는 現狀을 對立的으로 設定하여 劇的效果를 獲得하고 있다. 또한 作家는 손님을 많이 태우게 되는 幸運과 몸져누운 아내에게 언제 닥칠지도 모르는 不幸을 反復的으로 提示하여 金僉知로 하여금 끊임없이 心的 葛藤을 느끼면서 人力車를 끌게 만들고 있다.

人力車꾼이 旣存의 顧客을 잃고 悲慘한 삶을 살아갈 수밖에 없는 것은

---

2) '조선문학인 다음에야 조선의 땅을 든든히 디디고서야 될 줄 안다. 현대문학인 다음에야 현대의 정신을 힘있게 호흡해야 될 줄을 안다. 남구의 쪽으로 그린 듯하다는 하늘에 동경의 한숨을 보내도 쓸 데 없는 짓이다. 금강의 한 뫼 뿌리에 부신 햇발이 백금으로 번쩍이지 않느냐. 까마득한 미래의 낙원에 상상의 나래를 펼침도 소용없는 노릇이다. …… 중략 …… 오직 조선혼과 현대 정신의 파악! 이것이야말로 다름 아무의 것도 아닌 우리문학의 생명이요 특색일 것이다.'(『개벽』 65호, 1925. 11)

3) 『老舍生活與創作自述』, 三聯出版社. 1981, p.111.

電車 때문이다. 韓國에서는 1898년 처음 導入되어 淸凉里 - 西大門 사이에서 運行을 시작하였으며, 그 후 釜山 및 平壤에도 開設 運行되었다. 電車는 人力車에 비하여 速力이 빠르고 運賃이 싸서, 1969년 自動車에 밀려 廢棄될 때까지 大衆의 사랑을 받은 交通手段이 되었다. 그런데 電車의 競爭은 國力의 浪費를 招來하기 때문에 世界의 어느 나라에서도 獨占을 認定하고 있다. 그 獨占性은 日本企業 혹은 日本의 經濟力을 살찌우는 것에 다름 아니다.

作家는 國家 經濟를 日帝의 獨占 資本이 侵蝕하는 過程을 電車의 大衆化를 통하여 잘 보여준다. 電車의 大衆化는 人力車 市場을 蠶食하는데, 零細性을 면치 못하는 土着 小資本이 崩壞되어 가는 端的인 例라고 할 수 있다. 小資本의 崩壞는 民族資本의 崩壞를 뜻하며, 下層民들의 窮乏化를 意味한다.

이 作品에 登場하는 人力車꾼은 金僉知와 痴三이다. 그들의 삶을 통하여 當時 人力車꾼들의 生活相이 아주 생생하게 드러나고 있다. 東小門 안에서 人力車꾼 노릇을 하는 金僉知는 근 열흘 동안이나 돈 구경을 하지 못했다.[4] 그것은 電車가 들어오면서 삶의 터전을 잃어버린 때문이다. 몸져누워 있는 아내에게 약 한 첩 제대로 써볼 수도 제대로 끼니를 때우지도 못할 처지가 된다.

資本主義的 特性을 가장 明澄하게 드러내는 것은 돈이다. 돈은 모든 것을 할 수 있지만, 돈 때문에 고통을 당하는 경우도 수없이 많다. 金僉知도 그 가운데 하나다. 그는 作品 말미에서 돈이 생겨 술을 마시다가 본색을 드러낸다. 그것은 돈에 대한 거부 반응이다.

---

4) 『韓國短篇文學大系』, 三星出版社, 1976, p.324

『아따 이 놈아, 사십 전이 그리 끔찍하냐. 내가 오늘 돈을 막 벌었어. 참 오늘 운수가 좋았느니.』

『그래 얼마나 벌었단 말인가』

『삼십 원을 벌었어, 삽십원을! 이런 젠방맞을 술을 왜 안부어 … 괜찮다 괜찮다, 막 먹어도 상관이 없어. 오늘 돈 산더미같이 벌었는데.』

…… 중략 ……

『에미를 붙을 이 오라질 놈들 같으니, 이놈 내가 돈이 없을 줄 알고』

하자마자 허리춤을 훔칫훔칫 하더니 일 원짜리 한 장을 꺼내어 중대가리 앞에 펄쩍 집어던졌다. 그 사품에 몇 푼 은전이 잘그랑 하며 떨어진다.

『여보게 돈 떨어졌네, 왜 돈을 막 끼었나.』

이런 말을 하며 일변 돈을 줍는다. 김첨지는 취한 중에도 돈의 거처를 살피는 듯이 눈을 크게 떠서 땅을 내려다보다가 불시에 제 하는 짓이 너무 더럽다는 듯이 고개를 소스라치자 더욱 성을 내며,

『봐라 봐! 이 더러운 놈들아, 내가 돈이 없나, 다리뼉다구를 꺾어 놓을 놈들 같으니.』

하고 치삼이 주워주는 돈을 받아,

『이 원수엣 돈! 이 육시를 할 돈!』

하면서 팔매질을 친다. 벽에 맞아떨어진 돈은 다시 술 끓이는 양푼에 떨어지며 정당한 매를 맞는다는 듯이 쨍하고 울었다.5)

돈에 주리고 기갈이 들린 사람의 한풀이로밖에 볼 수 없는 장면이 연출되고 있다. 그날 따라 운이 좋아 마수(開始)로 문안에 들어가는 앞집 마님을 전찻길까지 모셔다 드리고, 돌아오는 길에 敎員으로 보이는 양복쟁이를 東光學校까

---

5) Ibid., p.330

지 태워준다. 아침 댓바람에 80전이 생긴 것이다. 그는 돈이 얼마나 유용한지를 생각한다. 컬컬한 목에 母酒도 적실 수 있고 병들어 누워 있는 아내에게 설렁탕도 사줄 수 있다. 그의 幸運은 그것으로 끝나지 않는다. 그가 學校門을 돌아 나올 때 寄宿舍 學生이 南大門 停車場까지 얼마냐고 묻는다. 그는 異常하게 繼續되는 幸運에 겁을 먹는다. 마님이 부르러 왔을 때 나가지 말라고 哀乞하던 아내의 모습이 金僉知의 눈앞에 어른거린다. 무急해 하는 학생에게 일 원 오십 전이라는 巨金에 흥정을 한다. 그는 제 입으로 부르고도 스스로 그 엄청난 돈 액수에 놀란다. 그는 南大門을 향해 가뿐한 마음으로 人力車를 몬다. 그런데 집이 가까워 오면 다리가 무거워지고 집이 차차 멀어지면서 다리에 힘이 붙고 신이 나기 시작한다. 빈 人力車를 끌고 정거장을 빙빙 돌다가 한 손님을 仁寺洞까지 60전에 태워다 주기로 한다. 人力車가 무거워지면 이상하게 그의 몸이 가벼워지고 人力車가 가벼워지면 그의 몸이 무거워진다. 집이 가까워지자 그는 마음마저 초조해지기 시작한다. 손님을 내려주고 비를 맞으면서 빈 人力車를 터덜터덜 끌고 집으로 향한다.

金僉知는 심사가 틀어져서 혼자서 욕을 해대다가 길가 선술집에서 同僚인 痴三을 만난다. 金僉知는 우글우글 살이 찐 痴三이 몸집과 달리 싹싹하게 굴자 자기를 살려준 은인이나 만난 것같이 기뻐서 웃으면서 선술집으로 들어간다. 선술집은 韓國의 在來式 食堂이다. 술도 마시고 간단히 요기도 할 수 있는 곳이다. 기생집이나 요리집과 달리 가난한 서민들이 즐겨 찾던 곳이다. 金僉知는 추어탕을 끓이는 솥뚜껑을 열 적마다 뭉게뭉게 떠오르는 하얀 김과 석쇠에서 구워지고 있는 豬肉, 肝, 腎臟을 보자 속이 쓰려왔다.

金僉知는 추어탕을 시켜놓고 막걸리 곱배기를 석 잔이나 들이키고 석쇠에 얹힌 떡 두개를 입에 물고 곱배기 두 잔을 시킨다. 痴三은 의아해 하면서 우리가 벌써 넉 잔씩이나 마셨고 돈이 사십 전이나 된다고 주의를 준다. 평소의 金儉知를 누구보다도 잘 알고 있는 痴三의 행위는 가난에 찌든 人力車꾼 들의 삶의 태도를 드러낸 것이다.

金儉知는 불안감을 떨쳐버리기 위해서도 술이 필요하며, 술이 술을 부르는 형국이다. 그는 평소의 그답지 않게 사십 전이 걱정이나 면서 호기를 부린다. 오늘 돈을 많이 벌었다고 떠들어대기도 한다. 곱배기 두 잔을 부어질 겨를도 없이 마셔댄 金儉知는 매우 만족한 듯이 또 부어라 하고 외친다. 또 한잔을 마시고 나서 金儉知는 痴三의 어깨를 치면서 껄껄 웃는다. 金儉知는 醉中에 도 아내가 그토록 먹고 싶어하던 설렁탕을 사들고 집으로 돌아간다. 그는 무 시무시한 정적이 감도는 집으로 돌아와 虛勢를 부린다. 아내에 대한 憐憫의 感情과 가난에 찌든 人力車꾼의 悔恨이 잘 드러나는 대목이다. 방문을 열자 아내는 죽어 있고 개똥이는 젖을 빨다가 울고 있다.

<駱駝祥子>는 北京 변두리를 배경으로 都市下層民들의 비참한 生活相 을 事實的으로 描寫하고 있는 作品이다. 作家는 어린 시절에 下層民들과 함께 살았던 大雜院을 背景으로 人力車꾼, 妓生, 娼女, 도박꾼, 술주정뱅이 등과 같은 下層民들의 삶을 小說化하고 있다.[6] 그 가운데서도 자기와 친분이 있는 人力車꾼의 생활을 즐겨 다루고 있다. 그와 人力車꾼과의 관계는 조금 남다르다. 大雜院에 人力車꾼들이 많이 살고 있었고, 四寸 兄 두 명도 人力 車꾼이었다.[7] 더구나 山東大學 시절 北京의 한 人力車꾼이 세 차례에 걸쳐 人力車를 사고 파는 이야기를 듣게 된다.

作家는 이들을 종합하여 <駱駝祥子>를 썼다.[8] 이 作品에 등장하는 人力 車꾼은 祥子, 老馬, 二强子 등이다. 祥子는 農民 出身으로 破産을 했지만

---

6)『老舍選集 - 自序』, 人民出版社, 1982

7) 胡金銓,『老舍和他的作品』, 文化生活出版社, 1977, p.112.

8)『老舍生活與創作自述』, 三聯出版社, 1980, p.66.

건강하고 성실한 사람이다. 그는 北京으로 올라와서 자기처럼 힘있고 성실한 사람에게는 人力車를 끄는 일이 가장 해볼만한 일이라고 생각한다. 그는 人力車를 사서 獨立的인 勞動者가 되려고 하지만 軍閥, 人力車 代理店 經營主, 非情한 官吏 등으로부터 妨害를 받는다. 그러니까 祥子의 沒落은 玄鎭健의 作品에서처럼 帝國主義的 侵掠에 의한 것이라기보다는 當代 社會의 環境에 影響받은 바 크다.

그는 3년 동안 人力車를 사겠다는 일념으로 열심히 일해서 꿈에도 그리던 人力車를 購入한다. 그에게 人力車는 삶의 전부라고 할 수 있다.[9] 그는 人力車를 애지중지하면서 열심히 일한다. 그런데 반년도 안 되어 戰爭이 터진다. 전쟁터는 시외였다. 人力車꾼들은 시외로 人力車를 끌고 나가는 것이 위험한 것을 잘 안다. 그러나 人力車 삯에 구미가 돌아 祥子는 시외에 나갔다가 군대에 잡혀 人力車까지 잃는다. 祥子는 軍閥들의 전쟁에 부정적인 태도를 취하기 시작하며, 죽음을 각오하고 駱駝를 타고 군대를 도망쳐 나온다.[10]

이 때부터 그에게는 駱駝라는 別名이 붙는다. 그는 군대에서 훔쳐온 駱駝를 팔아 거금 35원을 만들지만, 人力車를 구입하기에는 부족하여 曹先生집의 人力車꾼으로 취직한다. 大學 敎授요 革命家인 曹先生은 祥子에게 인간적으로 대한다. 曹先生이 孫刑事를 피해 멀리 외지로 도피하자 孫刑事는 수색을 한다. 그는 祥子에게 돈이 있는 것을 알고 협박한다. 祥子는 人力車를 구할 돈을 빼앗기고 깊은 좌절감에 빠진다.

그는 人力車 代理店의 날품팔이 人力車꾼으로 전락한다. 여기에서 그는 雇用主의 딸인 虎妞를 만난다. 祥子는 젊고 건강한 시골 女性으로 고생도

---

9) 『老舍文集』 第3卷, 人民文學出版社, 1982, p.14.
10) Ibid., p.22

해보고 일 잘하는 처녀를 아내로 맞아들일 생각이었지만, 계속되는 불운이 그녀의 유혹에 빠지게 만든 것이다. 祥子는 오랫동안 꿈꾸어 온 독립된 人力車꾼으로서의 꿈이 파괴되어 가자 절망감에 빠져든다. 더구나 아내가 난산으로 죽고 인력거를 팔게 될 때 그는 깊은 좌절감에 빠져들고 만다.

> 인력거, 인력거, 인력거는 자기의 밥이다. 사서, 빼앗기고, 다시 사서, 팔아버리고, 세 번 일어섰다가 세 번 넘어져, 마치 귀신의 그림자와 같아, 영원히 붙잡을 수가 없으나, 공연히 괴롭고 비굴하게만 느껴진다. 없다. 아무 것도 없다.[11]

자신의 희망이 자꾸만 도전을 받고 파괴되어가자 祥子는 차츰 무사안일과 나쁜 짓을 배우기 시작한다. 전처럼 열심히 일하지 않고 게을러진다. 그는 먹고 마시고 도박을 즐긴다. 교활해져서 공짜를 좋아하고 기생놀이를 즐긴다. 몇 푼의 돈을 위해서는 남의 인명까지를 우습게 여긴다. 그는 점차 늙고 타락한 同僚 人力車꾼들을 닮아간다.

同僚 人力車꾼인 老馬와 二强子는 駱駝가 갈 수 있는 未來의 두 갈래 길을 암시한다. 老馬가 물질적 貧困을 감수하면서도 정신적인 미덕을 유지하고 있다면, 二强子는 物質的인 貧困을 극복하기 위해 精神的인 墮落마저 感受하고 있다. 祥子는 老馬와 二强子의 混合型으로 볼 수도 있다. 그는 物質的으로나 精神的으로 沒落해가고 있다. 그는 많은 사람들을 接觸하는데, 그들은 直接的으로 祥子에게 被害를 입히지는 않지만 精神的인 壓迫을 가한다. 자기를 바보 取扱하는 人力車 代理店의 主人인 劉四, 下人들을 자

---

11) 車, 車, 車是自己的飯碗. 買, 去了, 再買, 賣出去, 三起三落, 象個鬼影, 永遠捉不 牢, 而空受那些辛苦與委屈, 沒了, 什麻都沒了. (Ibid., p.181)

기 집의 奴隷로 생각하는 楊先生과 그의 두 아내 그리고 자기를 誘惑하여 性病까지 옮겨준 夏太太 등이 그들이다. 이들은 각자 다른 방식으로 祥子를 侮辱하고 逼迫한다.

祥子의 悲劇은 그가 살고 있는 社會의 産物이다. 當代 社會의 構造的 矛盾으로 말미암아 疏外된 자들은 아무리 노력을 해도 그에 대한 代價를 充分히 報償받지 못한다. 젊음과 성실함으로 現實을 克服해보려고 발버둥을 치지만 그것은 헛수고일 뿐이다. 曹先生처럼 客觀的인 생각을 가진 몇몇 知識人들에 의하여 그 벽을 헐 수도 없다. 그러한 墮落한 現實을 老舍는 祥子의 悲劇的 삶을 통해 諷刺하고 있다.

祥子가 잃은 것은 人力車와 돈만이 아니다. 그는 勞動者가 지녀야 할 美德과 자신이 그 동안 소중하게 키워온 꿈마저 잃어버린 것이다. 祥子의 이미지가 强力한 悲劇性을 지니는 것은 바로 그의 精神的 破滅과 密接한 關聯이 있다. 當代의 桎梏에서 精神的인 면까지 荒廢化되어 가는 것을 보고 우리는 悲哀의 눈물을 흘리지 않을 수 없게 된 것이다.

3. 人力車꾼 妻子의 無能과 그들의 悲劇的 一生

<운수 좋은 날>의 金僉知 아내, <駱駝祥子>의 祥子 아내(虎妞), 二强子 아내와 二强子의 딸(小福子) 등은 當代 女性들의 삶, 특히 人力車꾼 家族의 삶의 片鱗을 엿볼 수 있게 해주는 人物들이다. 이들의 삶은 當代의 女性들의 삶의 片鱗을 엿볼 수 있게 해준다. 當代 社會에서 自身의 能力을 檢證받지 못하고, 男便이나 아버지로부터 不當한 待遇를 받고 悲慘한 最後를 맞게 되는 女性들로 家父長制的 傳統의 犧牲物들이다.

<운수 좋은 날>의 金僉知 아내는 걸핏하면 男便으로부터 욕을 먹고 구타

를 당한다. 男便의 不當한 行爲에 아내는 아무런 對應도 하지 못한다. 그것은 對抗할 힘을 지니지 못한 病者이기 때문만은 아니다. 그들 夫婦의 關係가 아주 不平等한 것으로, 어느 날 갑자기 形成된 것이 아니라 오랫동안 계속되어온 慣行임이 드러난다.

그녀는 病으로 몸져누워 있다. 가난으로 끼니도 제대로 때우지 못한 데다가 藥 한 貼 제대로 써볼 수도 없다. 굶기를 밥 먹 듯하던 金僉知는 어느 날 좁쌀과 땔감을 구해온다. 아내는 서둘러 밥이 짓다가 밥이 익기도 전에 급히 먹다 체하여 病이 난다. 그러한 아내의 行爲를 지켜본 金僉知는 아내에게 '에이, 오라질 년, 조롱복은 할 수가 없어, 못 먹어 병, 먹어서 병, 어쩌란 말이야! 왜 눈을 바루 뜨지 못해!'하고 辱說을 해대면서 뺨을 후려갈겼다.12)

병든 아내는 乞神이 들려 平素의 所願을 男便에게 말한다. 그것은 너무도 素朴한 것이다. 가난에 찌들고 굶기를 밥 먹 듯한 사람들의 입에서 언제든지 나올 법한 말이다. 설렁탕이 먹고 싶다는 것이다. 電車가 들어오기 전에 장사가 잘 되던 時節에는 間或 먹었음직한 설렁탕이다. 그것이 죽어 가는 사람의 마지막 所願이라는 것은 當代의 狀況에 대한 批判精神이 어느 정도 감추어져 있는 것으로 보아야 한다. 日帝의 收奪政策이 庶民들의 삶마저 徹底하게 蹂躪하고 있음을 暗示한 것으로 볼 수도 있다. 아내의 부탁에 대해서도 男便은 '이런 오라질 년! 조밥도 못 먹는 년이 설렁탕은. 또 처먹고 지랄병을 하게'라고 매몰차게 욕을 해댄다.13)

앞집 마나님이 金僉知를 부르러 왔을 때 죽음을 예감한 그녀는 뼈만 남은 얼굴에 유달리 크고 움푹한 눈을 하고 男便에게 나가지 말라고 哀乞을 한다.

---

12)『韓國短篇文學大系』, 三星出版社, 1976, pp.324-325

13) Ibid., 325

그러나 목에 거미줄을 칠 수 없는 男便의 處地이고 보면 그녀의 懇請을 받아들일 수도 없다. 金僉知는 '압다, 젠장맞을 년, 별 빌어먹을 소리를 다 하네. 맞붙들고 앉았으면 누가 먹여 살릴 줄 알아.'14)라고 對應하고 밖으로 나가 人力車를 끈다.

作品 末尾에서도 金僉知의 辱說과 구타는 여전히 발견된다. 그는 아내가 그토록 먹고 싶어하던 설렁탕을 사들고 집으로 돌아온다. 大門에 들어서자마자 '이 난장맞을 년, 男便이 들어오는 데 나와 보지도 않아, 이 오랄질 년.'15)이라고 辱說을 퍼붓는다. 방안으로 들어서면서 누워 있는 아내를 보고서도, '이런 오라질 년, 주야장천 누워만 있으면 제일이야! 男便이 와도 일어나지를 못해'16)하면서 발길로 아내를 걷어찬다. 술을 먹기는 했지만 아내가 病者임을 考慮한다면 常識的으로 理解하기 困難한 行爲이다. 누워있는 아내가 반응을 보이지 않자 그는 아내의 머리채를 잡아들고, '이년아, 말을 해! 입이 붙었어, 이 오라질 년,'이라고 욕설을 해댄다. 그래도 반응이 없자. '이년아 죽었단 말이냐, 왜 말이 없어'17)라고 辱說을 퍼붓는다.

마지막 場面은 대단히 劇的이다. 병든 그녀는 죽고 아들 개똥이는 그녀의 젖을 빨다가 울고 있다. 金僉知는 미칠 듯이 얼굴을 비벼대면서 오늘은 異常하게 運數가 좋더라고 넋두리를 늘어놓는다. 아내에 대한 辱說과 구타는 自身에 대한 虐待行爲로 볼 수 있으며, 그 나름대로의 아내에 대한 愛情의 表現方法이었던 것이다. 그렇지 않다면 아내의 懇請에 辱說로 對應했던 그가 어떻게 설렁탕을 사들고 집으로 돌아올 수 있을 것인가?

---

14) Ibid., 325

15) Ibid., 332

16) Ibid., 332

17) Ibid., 332

<駱駝祥子>에서 祥子의 아내인 虎妞는 人力車 代理店 主人의 딸이다. 虎妞는 祥子를 誘惑하여 하룻밤을 지낸 뒤 姙娠했다고 속여 그와 結婚한다. 그녀는 祥子와 大雜院에 자리잡지만, 거기에 適應하기에는 너무 異質的인 여인이다. 그들의 結婚은 虎妞에 의해 計劃되었다. 그녀는 健康하고 잘 생긴 祥子가 좋아서 혹은 성실하고 일 잘하는 祥子가 좋아서 人力車꾼의 아내가 된 것은 아니다. 아버지가 經營하는 人力車 代理店을 물려받을 緻密한 計劃을 實踐하는 過程에서 人力車에 대해 잘 아는 祥子를 필요로 했던 것이다.

그런데 人力車 대리점은 다른 사람의 손에 넘어가고, 그녀는 親庭으로 돌아갈 수도 없게 된다. 이때 그녀는 아직 솔직하게 '나는 도박에 실패했노라'고 實吐한다. 그들의 結婚生活은 결코 幸福하다고 할 수 없다. 그녀는 經濟的인 優位를 내세워 그에게 때로는 치근거리기도 하고 때로는 투정을 부리기도 한다. 그것은 祥子가 생각하는 結婚生活과는 너무 동떨어진 것이다. 그는 人力車를 마련한 다음 農村 出身으로 일 잘하고 女性을 골라서 結婚을 할 생각이었다. 作家는 그녀의 誘惑에 빠진 祥子의 모습을 다음과 같이 描寫하고 있다.

> 그의 큰 체구가 조그마하고 따스한 방안에서 움직이려 하니 마치 조그만 나무 상자에 갇힌 한 마리 큰 토끼와 같이, 붉은 눈으로 상자의 안팎을 살필 수 있고, 힘차게 뛸 수 있는 다리를 지니고 있으면서도, 도망쳐 나가지 못한다.[18]

그녀는 그를 徹底하게 腐蝕시켜 차츰 無氣力한 人間이 되게 한다. 그는

---

18) 他的大手大脚在這小而暖的屋中活動着, 象小木籠里一只大兎子, 眼睛紅紅的看着 外邊, 空有能飛 的腿, 不出去!(『老舍文集』 第3卷, 人民文學出版社, 1982, p.134)

그녀를 徹底하게 否定的인 女性으로 認識한다. 그녀가 낡은 人力車를 구해 주지만 고마운 생각은 순간적이다. 그녀는 難産으로 죽는다. 그는 그녀의 죽음 앞에서 또 한번 쓰라린 喪失感을 맛본다. 家庭이 破壞되고 아내를 葬事지내기 위해 人力車마저 팔아야 할 처지가 된 것이다. 祥子는 人力車를 處分한 뒤 曹先生집의 人力車를 끌다가 거기서 小福子를 만난다.

小福子는 虎妞와 달리 가장 典型的인 下層民 女性이다. 小福子는 태어나면서부터 運命的으로 賣春婦가 될 수밖에 없었다. 그녀의 아버지 二强子는 生活能力이 없을 뿐만 아니라, 人間的 價値가 별로 없는 人物이다. 그는 마누라를 발로 차서 죽이고, 아이들도 돌보지 않고 술로 돈을 蕩盡한다. 돈이 떨어지자 딸을 200원을 받고 軍人에게 팔아버렸다.19)

딸을 팔았던 돈을 蕩盡해 버린 다음에는 삶의 밑천이랄 수 있는 人力車마저 팔아치운다. 그는 자신의 安樂을 취해 不道德한 일을 밥먹듯이 한다. 그는 祥子와 小福子 사이에 형성된 純粹한 人間關係도 이상한 눈으로 바라본다. 인간으로서 지녀야 할 가장 소중한 사랑의 感情을 喪失해버린 그에게 중요한 것은 돈뿐이었다. 때문에 아무도 그에게 호감을 갖지 않는다. 그가 저지른 모든 일들은 술이 취한 상태에서 벌어진다. 그는 술로 靈魂을 痲痺시켜 열악한 現實의 桎梏에서 逃避하려고 한 것으로 보인다.

人力車꾼으로서 미덕을 잃어버리고 生活能力마저 喪失해버린 二强子는 먹고살기 위하여 값이 나가는 것이면 무엇이든지 시장에 내다 팔 위인이다. 딸이라고 해서 예외일 수는 없다. 그는 딸을 물건을 팔아치우듯 軍人에게 팔아버렸다. 그런데 당시에 人身賣買는 普遍的이었던 듯하다.

---

19) Ibid., p.155

마치 모든 가난하지만 밉지 않은 아가씨들이 그런 것처럼 …… 화초같

이, 약간의 향기와 색깔만 있으면, 바로 시장에 내다가 팔아버린다.[20]

여성의 상품적 가치는 뭐니뭐니해도 미색이다. 작가는 분명히 얼굴이 반반
한 아가씨들은 모두가 시장에 상품으로 출하된다고 말하고 있다. 小福子는
팔려갈 운명을 타고 난 셈이다.[21] 생활 능력이 없는 아버지는 먹고살기 위하
여 값이 나가는 것이면 무엇이든지 내다 판다. 딸이라고 해서 예외일 수는
없다. 군인에게 팔려간 小福子는 얼마 되지 않아 버림을 받고 집으로 돌아온
다. 집에는 고양이 같은 주정꾼 아버지와 굶어서 쥐와 같은 행색을 하고 있는
동생들이 그녀를 기다리고 있다. 거기에 살고 있는 부녀자들은 대부분 인간
이하의 삶을 살아가고 있었다.

大雜院 안에는 7, 8세대가 살고 있다. 대부분은 방 한 칸만을 쓰고 있다.
어린아이들조차 일을 해야 한다. 가장 고통스러운 사람은 늙은이와 아낙네들
이다. 늙은이는 음식과 의복도 없이 차가운 온돌 위에 누워서, 젊은이들이
몇 푼이나마 벌어와 죽이라도 먹기를 기다린다. 젊은이들은 몇 푼을 벌어올
때도 있고, 빈손으로 돌아올 때도 있다. 병에서 죽음으로, 죽어서는 관을 마련
할 돈을 자선가들로부터 받아야만 한다. 못생긴 계집아이들은 장차 그 어미의
모든 것을 세습해야 하며, 예쁘게 생긴 계집아이들은 자신도 잘 알고 있듯이,
조만간 부모가 팔아서 '편안한 여생을 보내러 가야' 한다.[22]

小福子는 집에서 아버지와 어린 동생들의 참담한 모습을 본다. 그녀는 자

---

20) 這点神氣使她 - 正如一切貧而不難看的姑娘 - 象花草似的, 只要稍微有点香氣或顔
色, 就被人挑到市上去賣掉.(Ibid., p.160)

21) 小福子長得不難看. 雖然原先很瘦小, 可是自從跟了那个軍人以後, 很長了些肉, 个
子也高了些. …… 中略 …… 可是結結實實的幷不難看. (Ibid., p.160)

22) Ibid., pp.142-143

신의 悲慘한 處地를 생각하고 한없이 눈물을 흘린다. 그러나 눈물만 흘린다고 問題가 解決될 리 없다. 아버지를 說得하여 옛날의 勤勉한 勞動者로 돌아가게 할 수도 굶주린 동생들의 배를 채워줄 수도 없었다. 그녀는 曺 先生의 도움으로 그의 집에서 일을 돕기도 하지만, 크게 도움이 되지 않는다.

그녀는 결코 좌절하지 않고 꿋꿋하게 살아간다. 아내를 잃고 人力車를 팔아버린 다음 勞動者로서의 美德마저 잃어버린 祥子의 하소연을 들어주고 그에게 希望을 가질 수 있는 많은 이야기들을 해준다. 그런 그녀에게 아버지는 賣春을 强要하기도 한다. 그녀는 自身의 幸福보다는 家族의 生存을 위해 기꺼이 몸을 판다.

賣春婦가 되었지만 祥子의 눈에 그녀가 여전히 예쁘고 사랑스러운 女人으로 보이는 것은 그 때문이다.23) 祥子는 小福子를 보고 자신의 이상적 女性이라고 생각한다. 때문에 그녀와 結婚할 결심을 한다. 그런데 그녀는 家族들의 生計를 위해 그와 結婚을 할 수가 없다. 때문에 그녀의 곁에서 그는 떠나고 만다. 그녀를 사랑하든 사랑하지 않든 그는 가난한 사람이고, 가난한 사람은 돈을 기준으로 모든 일을 결정해야 한다는 것이 作家의 人生觀이다.24) 그의 떠남은 그녀의 人生에 있어서 希望의 喪失을 意味한다. 만약 自身이 生命을 계속 延長한다고 해도 결국 二强子는 그녀를 또 팔아먹고 말 것이다.25)

때문에 그녀는 自身이 處한 극한 狀況을 克服하기 위한 하나의 代案으로 自殺을 선택한다. 小福子의 沒落과 죽음은 當代 社會의 構造的 矛盾에 起因한다. 그녀가 아무리 성실하고 정직하게 살려고 해도 當代 社會는 그것을

---

23) Ibid., pp.182-183.

24) Ibid., p.184.

25) 退一步想, 即使她沒死, 二强子又把她賣掉, 賣到遠的地方去, 是可能的; 這比死更杯. (Ibid., p.210)

受容해주지 않고 있다. 이 점을 作家는 社會的인 問題로 제기하고 있는 것이다.

4. 結論

지금까지 筆者는 玄鎭健의 <운수 좋은 날>과 老舍의 <駱駝祥子>에 나타나는 '人力車' 모티프를 中心으로 人力車꾼의 沒落과 그들 妻子의 비극적 삶에 대하여 살펴보았다. 韓國과 中國에서는 20세기 초를 즈음하여 人力車꾼들이 급격히 沒落했으며, 家父長的 삶과 男性 中心의 因習이 女性들의 운신의 폭을 좁혔던 것이 사실이다. 그들은 그러한 사실을 作品에서 受容하고 있다.

먼저 두 作家의 作品에 등장하는 人力車꾼들은 한결같이 窮乏한 삶을 영위하고 있다. <운수 좋은 날>의 金僉知와 痴三, <駱駝祥子>의 駱駝와 二强子 그리고 老馬는 이제 더 이상 인간다운 삶을 영위할 수 없을 정도로 貧窮의 奈落으로 轉落한 人力車꾼들이다. 당시 韓國과 中國에서는 傳統的인 輸送手段이던 人力車가 새로운 文明의 利器인 電車에 의해 더 이상 그 機能을 다하지 못했고, 그에 따라 人力車꾼들이 삶의 터전을 잃고 都市의 周邊人으로 轉落하였다. 그러한 사실을 두 作家는 아주 客觀的으로 그리고 있는 것이다.

그런데 人力車꾼들의 沒落의 原因 혹은 沒落의 過程은 <운수 좋은 날>과 <駱駝祥子>에서 상당히 이질적으로 다루어지고 있다. 玄鎭健은 電車가 들어옴으로 해서 더 이상 人力車를 타는 사람들이 없고, 그래서 돈 구경하기가 어렵다고 밝히고 있다. 人力車꾼의 窮乏化가 日本 帝國主義의 侵略과 不可分의 關係가 있음을 暗示한 것이다. 반면 老舍의 作品에서는 當代 社會

의 現實이 問題가 되어 성실하게 살아가려는 사람들이 차츰 沒落해 가고 있음을 보여주고 있다.

人力車꾼 처자의 비극적 삶을 그리고 있는 점도 대단히 유사하다. 그들은 도시 변두리에서 살아가는 女性들로 여전히 인습의 굴레를 벗어나지 못하고 있다. 그들은 家父長制的 傳統에 의하여 自身을 犧牲한 女性들이거나 부모에게 孝道하기 위해 스스로 墮落의 길을 걷는 女性들이다. 두 作家는 當代의 女性들의 삶의 방식과 當代인들의 女性에 대한 偏見을 있는 그대로 보여주면서, 그들의 悲慘한 삶에 대하여 憐憫과 同情의 시선을 보내고 있다.

그럼에도 죽음에 이르는 과정은 상당히 다르게 나타나고 있다. 金僉知의 아내는 병들어 죽어가지만, 祥子의 아내 虎妞는 난산으로 죽는다. 二强子의 아내는 男便에게 맞아 죽고, 그의 딸 小福子는 軍人에게 팔려갔다가 돌아와서 賣春婦 生活을 하지만, 다시 팔려갈 것을 두려워하여 自殺한다.

이처럼 玄鎭健과 老舍는 人力車꾼과 그들의 처자의 삶을 형상화하면서 沒落의 原因이나 過程 혹은 죽음에 이르는 過程을 다르게 設定하고 있는데, 그것은 그들의 世界觀의 投影으로 볼 수 있다. 玄鎭健이 民族主義에 土臺를 두고 當代의 植民地的 桎梏의 克服을 强調하고 있는 것이라면, 老舍는 社會主義에 土臺를 두고 軍閥로 代表되는 軍國主義와 封建主義에 대한 拒否感 혹은 革命 思想을 投影한 것으로 볼 수 있다.

◆ 참고문헌

권영민(1983), 『한국근대문학과 시대정신』, 문예출판사

김용직 외(1982), 『한국문학연구입문』, 지식산업사

김윤식 외(1979), 『한국문학사』, 민음사

김윤식 외(1995), 『한국소설사』, 예하

김윤식(1974), 『한국문학의 논리』, 일지사

송현호(1992), 『한국현대소설의 해설』, 관동출판사

송현호(1993), 『한국현대문학론』, 관동출판사

송현호(1996), 『한국현대문학의 비평적연구론』, 국학자료원

송현호 유려아(1999), 『비교문학론』, 국학자료원

이재선(1984), 『한국현대소설사』, 홍성사

전광용(1986), 『한국현대문학론고』, 민음사

조남현(1994), 『한국지식인소설연구』, 일지사

조동일(1986), 『한국문학통사』, 지식산업사

老舍(1982a), 『老舍文集』 第三卷, 北京 : 人民文學出版社

老舍(1982b), 『老舍選集』 第三卷, 四川 : 人民出版社

孟瑤(1980), 『中國小說史』, 傳記文學出版社

舒濟 編(1982), 『老舍』, 香港 : 三聯西店有限公司

劉麗雅(1995), 『韓國과 中國現代小說 比較研究』, 國學資料院

陳敬之(1980), 『文學研究會與創造社』, 成文出版社有限公司

陳敬之(1981), 『中國新文學運動的前驅』, 成文出版社有限公司

夏志淸(1979), 『新文學的傳統』, 時報文化出版公司

夏志淸(1980), 『中國現代小說史』, 傳記文學出版社

Scholes, R. & R. Kellogg(1979), The Nature of Narrative, Oxford Univ. Press

Watt, Ian(1974), The Rise of the Novel, Berkley & los Angels ; Univ. of
California

Weisstein, Ulrich(1973), Comparative Literature and Literary Theory,
Bloomington : Indiana Univ. Press

◆ 중문적요

本稿就玄鎭健和老舍小說裡的人力車夫的母題爲中心, 考察了人力車夫的沒落以及妻子的悲慘生活. 韓國和中國的人力車夫在20世紀初期急劇沒落, 女性的生活, 由於父權制和男性爲主的陋習, 受到極大的制限. 這種現實的生活, 如實地反映在他們的作品當中.

首先, 兩作家的作品皆反映了人力車夫們的窮困生活. 當時做爲兩國傳統交通工具的人力車, 逐漸爲文明的利器—電車所替代, 喪失了它的功能, 於是人力車夫們失去了生活的基地. 在都市的外圍兒轉渡日.
但是兩作家在處理人力車夫的沒落原因或是沒落過程的表現手法不同. 玄鎭健描述的是, 由於電車的引進, 不再有人要搭人力車, 因此無法籍以糊口度日. 相反地, 老舍反映的是當代社會的現實發生問題, 老實苦幹的人間逐漸的沒落下去.

在描寫人力車夫妻子們的生活手法, 卻十分類似. 她們生活在都市外圍, 始終擺脫不了因襲的桎梏. 兩作家如實地反映了當代女性的生活, 人們對女性所持的偏見態度等, 並對她們的悲慘生活表示憐憫和同情.
但是在描寫臨死過程的手法迥然不同. 金僉知的妻子是病死的, 祥子的妻子虎妞死於難產. 二强子的妻子被丈夫活活打死. 小福子被賣給軍人後, 又逃回來過賣淫生活, 最後因恐懼再度被賣, 終於自盡.

玄鎭健和老舍在刻畫人力車夫和妻子生活的同時, 各自不同地設定了沒落原因, 過程和致死原因. 由此, 表現出兩作家不同的世界觀. 玄鎭健以民族主義爲根基, 在强調擺脫當代植民地的桎梏, 老舍以社會主義爲根基, 反映出他對代表軍閥的軍國主義和封建主義的排斥感或革命 思想.

3. 魯迅과 金東里의 小說에 나타난 風俗 研究

1. 問題의 提起

중국은 공산화 이후 역사 단계에 상응하는 정치 혁명과 경제 문화 건설이라는 임무를 수행하기 위하여 반드시 인민을 위한, 무엇보다도 노동자, 농민, 병사를 위한 문화 운동을 벌였다.[1] 그런데 개방 이후에는 정치적, 경제적, 문화적 측면에서 엄청난 변화를 보여주고 있다. 1989년 중국을 방문하여 풍문으로만 듣던 것과는 너무도 다른 중국을 발견했다.

1995년 교환교수로 항주에서 1년을 체류하고, 이후 수 차례에 걸쳐 학술 교류 차원에서 중국을 방문하면서 겉으로 드러나지 않은 중국과 중국인의 실상을 조금씩 이해하게 되었다. 중국의 주요 도시와 농촌에 있는 사원 그리고 서민들의 가정을 방문하여 아직도 그들의 생활 속에 굳건하게 뿌리내리고 있는 다양한 풍속과 습관을 확인하였다. 중국인들에게는 수천 년 동안을 면면히 이어 내려오는 그들만의 풍속과 습관이 있다. 그것은 공산화 이전에서부터 죽의 장막을 걷어낸 개방화 시대까지도 도도한 흐름으로 이어져 내려오고 있다. 그 실체를 파악하지 못하고 중국과 중국인을 말한다는 것은 있을 수 없는 일이다.

필자는 지방대학특성화 사업의 연구비 지원으로 현재 중국인들의 생활과

---

* 본고는 1999년도 지방대학특성화사업 연구비 지원에 의하여 이루어짐
 1) 邱嵐(1994), 『中國當代文學史』, 中國語文研究會 譯, 高麗苑, p.26

의식을 관통하는 풍속과 습관에 대하여 조사해 보고, 그것이 한국의 그것과 어떤 관계가 있는가를 밝혀보려고 한다. 연구 방법은 문헌 조사와 현장 조사를 병행한다. 이를 통하여 필자는 양국의 전통 문화가 현대인들에게 어떻게 계승되고 있으며, 어떤 변화를 겪고 있는지를 알아보려고 한다. 또한 중국 정부의 통제에도 불구하고 인민들의 내면에 살아 숨쉬고 있는 그들만의 풍속과 습관에 대해서도 밝혀보려고 한다.

현장 조사는 이미 완료한 상태이며, 보고서를 제출한 바 있다. 본고에서는 근대소설에 투영된 양국의 풍속에 국한하여 논의를 개진하고자 한다. 그리고 그들이 서로 어떤 관계에 있는가에 대해서도 알아보려고 한다. 논의의 객관성을 확보하기 위하여 모든 근대소설을 대상으로 선정하는 것이 좋겠으나, 그 범위를 魯迅의 <故鄕>, <阿Q正傳>과 金東里의 <巫女圖>로 한정하고자 한다. 그것은 두 작품이 당대의 풍속을 잘 반영하고 있기 때문이다. 따라서 본고는 다음과 같은 한계를 지니고 있다. 그 하나는 대상을 魯迅과 金東里로 한정한 것이고, 다른 하나는 소설의 미학에 대한 논의를 충분히 하지 못한 점이다.

지금까지 한중 근대소설에 대한 비교 연구는 아주 미진한 편이다.[2] 필자는

---

2) 申采浩와 梁啓超에 관한 비교 연구로는 宋賢鎬의 「韓國近代小說論硏究」(서울大博士學位請求論文, 1989)과 「申采浩的愛國啓蒙運動與東國詩革命論」(『中韓人文科學硏究』 2집, 1997) 등이 있다. 李光洙와 魯迅에 대한 비교 연구로는 車相轅의 「韓中新文學運動의 比較硏究」(『中國學報』 제5집, 1974), 金允植의 「近代文學에 있어서의 韓中日 三國의 關係檢討와 그 問題點」(『韓國文學의 論理』, 一志社, 1974), 劉麗雅의 「魯迅과 春園의 比較 硏究」(서울대석사학위논문, 1984) 등이 있다. 金東里와 魯迅에 대한 比較 硏究로는 宋賢鎬의 「韓中近代小說과 風俗」(제4회 中韓人文科學學術硏討會, 浙江大學 韓國硏究所, 1999), 金東仁과 郁達夫에 대한 비교 연구로는 宋賢鎬의 「郁達夫와 金東仁의 小說比較研究」(『中韓人文科學研究』 제1집, 1996)가 있고, 蔡萬植과 老舍에 대한 비교 연구로는 劉麗雅의 「蔡萬植과 老舍의 比較研究」(韓國精神文化研究院博士學位論文, 1991)가 있다. 玄鎭健과 魯迅에 대한 비교 연구로는 「玄鎭健과 魯迅의 <故鄕> 비교연

미약하나마 한중근대소설의 비교연구에 지속적으로 관심을 보여왔고, 본고도 그 일환으로 이루어진 것이다. 그런데 지방대학 특성화 사업의 일환으로 이루 어진 까닭에 소설 미학이 아닌 풍속이라는 주제에 본고의 초점을 맞춘 것이다. 한국과 중국은 漢文文化圈에 속하는 나라이고, 유교적 전통을 중시한 나라들 이다. 한국이 오랫동안 中國文化의 影響을 받은 것은 사실이지만, 影響關係 의 論證만으로 兩國文化의 特殊性과 普遍性을 찾아내는 데는 限界가 있다. 때문에 從來의 연구방법에서 벗어나, 直接的인 關聯이 없으면서도 共通的으 로 나타나는 特性을 檢討하는 주제연구방법을 채택한 것이다. 필자는 이들 일련의 연구를 통하여 지금까지의 東洋文學研究의 그릇된 視覺인 植民地史 觀을 克服하는 데 일익을 담당하고자 한다.

2. <故鄕>과 <阿Q正傳>에 나타난 풍속

5·4운동 이후 중국에서는 전통적인 풍속과 사상을 미신 혹은 전근대적이 라고 비판했다. 그러나 중국인의 거실에는 위패를 모시고 있는 경우가 많은데, 그 상면에 '天地君親師'라고 쓰여져 있다. 명절이 되면 그들은 향을 피우고, 경건하게 위패에 예를 올린다. 중국인은 최초에 황하 유역에서 살면서 농사를 지었다. 비옥한 토지에 의하여 종자는 발아하고 성장했다. 그들은 대자연의 은혜를 입고 자신이 열심히 일을 하여 안락한 생활을 향유하게 되었다. 그들

구」(『比較文學』 23집, 한국비교문학회, 1998), 玄鎭健과 老舍에 대한 비교 연구 로는 「韓中現代小說과 賣女 모티프」(제3회 韓國傳統文化國際學術討論會, 山東 大學 韓國研究所, 1999), 劉麗雅의 「<邊城>與<黑山島>的比較研究」(『韓國學論 文集』 7輯, 北京大韓國研究所, 1998), 「李範宣과 白先勇의 分斷小說 比較 研 究 - 家父長制의 崩壞와 東洋的 倫理의 回復의 문제를 중심으로」(『比較文學』 21집, 한국비교문학회, 1998) 등이 있다.

은 대자연에 감사하기 위하여 수많은 신을 창조했다.

그들이 신봉하는 신이 얼마나 많은가는 <黃帝神話>에 잘 나타나 있다.[3] <黃帝神話>에는 아주 다양한 신들이 등장한다. 理想과 善을 가지고 전 우주를 통치하는 黃帝, 木神과 句芒의 補佐를 받으면서 콤파스를 들고 봄을 支配한 太皞, 火神과 祝融의 補佐를 받으면서 저울을 들고 여름을 지배한 炎帝, 金神과 辱收의 補佐를 받으면서 曲尺을 가지고 가을을 다스린 少昊, 水神과 玄冥의 補佐를 받으면서 저울추를 들고 겨울을 지배한 顓頊, 黃帝의 딸이며 天女의 몸으로 공적을 세워 正義의 種族을 救濟한 魃 등은 神이고, 蚩尤는 神과 對敵할 정도의 능력을 지니고 있는 巨人族의 王으로, 짐승의 몸에 구리로 덮힌 머리통을 가졌으며, 모래, 돌, 철을 먹고사는 半人半神이다.[4] 이외에도 보좌신인 句芒, 祝融, 后土, 辱收, 玄冥 등이 있고, 신들에 대적하는 짐승(獸)들인 蒼龍, 朱鳥, 黃龍, 白虎, 玄武 역시 신적인 속성을 지니고 있다.[5]

그 가운데 중국인이 가장 으뜸으로 치는 신은 黃帝다. 上古 時代에는 사람의 수보다 動物의 수가 많았기 때문에 그들과 싸워서 이기기가 힘들었다. 그래서 빼어난 才能을 가진 聖人이 나타나 그들의 우두머리가 되었다. 중고 때는 天下에 大洪水가 일어났다. 그런데 禹와 같은 聖人이 나타나 水路를 만들어 바다로 빼내어 그 역시 天子의 자리에 올랐다.[6] 이에 '군'에 대한 신앙과 숭배가 형성되었다. 당연히, 그들을 양육한 부모와 그들을 가르친 스승도 영원히 감사하고 추념하게 되었다.

---

3) 劉麗雅(1996), 「檀君神話와 黃帝神話의 比較研究」, 『比較文學』 21輯, p.170 參照

4) 宋賢鎬 劉麗雅(1999), 『比較文學論』, 國學資料院, p.16

5) 宋賢鎬 劉麗雅(1999), p.23

6) 韓非子(? - BC.233)의 『歷史書』

이러한 정신이 발전하여 중국인의 신앙을 낳았다. 중국인이 숭배하는 신은 초인적으로 신비한 역량을 지닌 존재가 아니라, 일종의 인격을 확대한 것이다. 어떤 사람을 막론하고, 역량을 발휘하여 세상의 재앙을 이겨내고, 지혜를 이용하여 사람들의 삶을 향상시킨 사람들은 후세 사람들의 마음속에 신으로 자리잡게 되었다. 후에 여러 종교가 중국에 유입되어, 수많은 중국인이 불교, 회교, 기독교, 천주교의 신도가 되었지만, 중국 민족의 공동 신앙은 여전히, 중국인의 마음속에 자리잡고 있다. 그들은 생명력을 믿고, 대자연의 신비로부터 관용과 겸허를 배우게 되었다.[7]

　　<阿Q正傳>에는 다양한 종교와 그에 바탕을 둔 풍속이 구현되고 있다. 저자는 글의 名目을 정하면서 孔子의 '名不正則言不順'에 지극히 주의했음을 밝히고 있다.[8] 이 글은 '三敎, 九流 축에도 못 끼이는 소설가가 흔히 말하는' 한담이고, '書法正傳'의 '正傳'이라는 단어와 매우 혼동되지만 '閑話休題言歸正傳'이라는 한 마디 가운데 나오는 '正傳'이라는 두 자를 가져다가 명목을 삼았다고 했다.[9]

　　魯迅은 한학을 공부한 사람이다. 그는 유서 깊은 유교 집안에서 태어나서 유교적 세계관에 입각하여 교육받았다. 그는 6세 때 家塾에 들어가 초보적인 독서를 하고, 12세에 三昧書屋에 들어가서 본격적으로 한학을 익혔다. 당시 三昧書屋은 소흥에서 가장 좋은 사숙이었으며, 현재는 문화재로 그 가치를 인정받고 있다.[10] 따라서 그의 작품에는 유교적 세계관이 은연중에 드러나고

---

7) 國立編譯館(1996), 『中國的風俗習慣』, 正中書局, pp.17-19

8) 魯迅(1981), 『魯迅全集 1』, 人民文學出版社, p. 487

9) '三敎, 指儒敎, 佛敎, 道敎; 九流, 卽九家. 『漢書 藝文志』中分古代諸家爲十家: 儒家, 道家, 陰陽家, 法家, 名家, 墨家, 縱橫家, 雜家, 農家, 小說家, 幷說: 諸子十家, 其可觀者九家而已. "小說家者流, 盖出于稗官. 街談巷語, 道聽途說者之所造也. … 是以君子弗爲也.' (魯迅(1981), p. 528)

있다. <阿Q正傳>의 주인공은 종종 사대부를 들먹이면서 거드름을 피우지만, 불교와 도교에 대해서는 아주 부정적인 태도를 노골적으로 드러내기도 한다.

> 그렇지 않다면 공자묘(孔廟)에 제물로 올린 소와 같이, 비록 돼지나 양과 마찬가지로 다 같이 짐승이기는 하지만, 이미 성인이 젓가락을 댔대서 선유들이 감히 함부로 날뛰지 못한다는 것과 같은 일이다.[11]

> 阿Q의 말에 의하면, 그는 어떤 거인(擧人 : 명, 청 시대에 향시에 합격한 사람) 영감 집에서 일을 거들어 주었다는 것인데, 이 말에는 듣는 사람들이 모두 찍소리 없이 조용해졌다.[12]

> 조영감도 이것 때문에 갑자기 훤해졌는데, 그의 아들이 처음으로 수재에 급제했을 때보다도 훨씬 더 으리으리해 보였으며 눈에 뵈는 게 없고, 阿Q를 봐도 안중에도 없었다.[13]

> 阿Q는 이런 시골 농사꾼들의 즐거움을 감상하지 않고 그저 걸어갈 뿐, 왜냐하면 이것은 그가 '걸식'을 해야 한다는 길과는 몹시 요원한 일들임을 직감적으로 알았기 때문이다. 그러나 그는 마침내 정수암의 담 밖에까지 가고 말았다. …… 중략 …… '나무아미타불, 阿Q, 너는 어째서 채마밭에 뛰어들어 몰래 무를 훔친다는 거지…… 에그머니! 이건 죄과다. 아이구, 나무아미타불'[14]

---

10) 劉麗雅(1995), 『韓國과 中國現代小說의 比較硏究』, 國學資料院, pp.235-236
11) 魯迅(1981), pp. 494-495
12) 魯迅(1981), p. 508
13) 魯迅(1981), p. 518

첫 번째 인용에서 세 번째 인용까지에는 유교적 전통을 중시하는 중국인들의 생활 양식이나 풍속이 어느 정도 드러나 있다. 중국인들이 예의를 중시하는 사람들이었으며, 공자를 비롯한 성현들의 제사에 대단히 관심이 많았음을 잘 보여주고 있다. 나머지 인용문에는 서사적 자아가 불교에 대하여 상당히 고압적인 태도 혹은 부정적인 태도를 취하고 있는 것을 잘 보여주고 있다.

중국인은 스스로 문화 민족이라고 생각하고 있으며, 자신들의 문화가 유일한 것이라고 생각하고 있다. 이것이 中華思想의 근거이며, 이에 따라 강한 자존 의식을 지니고 있다. 중국인의 전통 윤리와 사상은 8 가지로 요약할 수 있다. '以德行仁, 隆禮崇德'의 도덕적 주장, '忠君孝親, 三綱五倫'의 도덕체계, '男尊女卑, 三從四德'의 도덕적 규범, '君子中庸, 以和爲貴'의 처세 원칙, '先義後利, 重義輕利'의 가치관, '志不可奪, 名不可辱'의 명예 사상, '剛健有爲, 自强不息'의 사상적 품격, '厚德載物, 懷柔遠人'의 정신적 기질이 바로 그것이다.15)

물론 현재 중국 대륙은 많은 변화를 보이고 있다. 그들은 문화대혁명 이후 남녀노소, 빈부귀천, 신분적 차이 등을 완전히 없애버리고 완전무결하게 평등한 사회를 구현했다고 주장한다. 진정한 평등에 토대를 둔 국가가 중국 사회주의의 이상이라는 주장에 다름 아니다. 그러나 그들의 내면을 들여다보면 그들로부터 별로 낯설지 않는 풍속과 습관을 발견하게 된다. <故鄕>에는 주인공 迅을 통하여 전통적 윤리와 관련된 풍속을 하나하나 제시하고 있다.

그때 나의 아버님께서는 아직도 생존해 계셨고 집안 형편도 좋았으며 나는 그야말로 도련님이었다. 그해 우리 집에서는 큰 제사 한 번을 치러야

---

14) 魯迅(1981), p. 506

15) 陳仁風(1993), 『中國槪況』, 上海敎育出版社, 287-291면

할 차례였다. 이 제사란 삼십 몇 년만에 한 번씩 차례가 돌아오는 것이어서
아주 정중하게 지냈다.

정월 중으로 조상의 像 앞에 제사를 지내는데, 차려놓은 물건도 아주
많았고, 祭器도 유난히 좋은 것을 썼으며 절하는 사람도 매우 많았는데,
제기를 도둑맞지 않기 위해서 정신을 차려야 했다.

우리 집안에는 망월이란 것이 꼭 한 사람 있었다. 이 망월이란 사람이
어찌나 바빠서 눈코 뜰 수가 없었던지, 자기 아들 閏土를 불러다가 제기를
지키도록 하면 좋겠다고 여쭈었다. 나의 아버님이 승낙하셨는지라, 나도
대단히 기뻤다. 나는 일찍부터 閏土라는 이름을 들은 일이 있었고, 또 그애
는 나와 나이가 비슷한데 윤달에 태어났으며 五行에서 土가 빠졌다고 해
서 그애 아버지가 閏土라고 부른다는 것을 알고 있었기 때문이었다.[16]

그는 몇 가지 물건을 골라냈다. 두 개의 기다란 상과 네 개의 의자, 향로
와 촉대가 한 벌, 짐을 떠메는 멜대가 한 자루.[17]

주인공인 迅이 閏土를 만난 것은 첫 번째 인용문에도 나타나 있듯이 집안
의 큰 제사를 지내는 것이 계기가 되었다. 어린아이들에게 고관집의 자제와
망월의 아들이라는 신분은 크게 문제가 되지 않았을 것이다. 처음에는 어색해
하던 閏土가 迅과 허물없이 어울리게 된 것은 그 때문이다. 그러나 장성한
閏土는 어린 시절의 친구더러 영감님이라고 부른다. 閏土의 태도에 신식 교
육까지 받은 迅은 깜짝 놀라 마음이 우울해지지만 전통적인 윤리관에 입각하
여 살아가고 있는 閏土로서는 그렇게 할 수밖에 없었을 것이다.

이사가는 '迅'의 집에 와서 윤토는 향로와 촛대를 챙긴다. 경제적으로 여유

---

16) 魯迅(1981), pp. 477-478
17) 魯迅(1981), p. 483

가 없어서 '천지군친사'에게 제사를 지낼 기물을 가지지 못한 閏土로서는
그보다 더 절박한 일은 없었을 것이다. 왜냐하면 閏土의 마음속에는 여전히
전통적인 윤리와 풍속이 자리잡고 있었기 때문이다. 이에 대하여 신은 처음에
대단히 비판적인 생각을 보여준다. 미신이나 숭배하는 무식한 사람으로 생각
한다. 그러나 迅은 閏土의 의중을 헤아리고 그를 이해하게 된다.

> 閏土가 향로와 촉대를 가져 가겠다고 했을 때, 나는 남몰래 그를 우습게
> 생각했었다. 결국 그는 우상을 숭배하고 어느 때나 잊어버리지는 못한다고
> 생각했었다.
> 이제 내가 말하는 소위 희망이라는 것도 또한 내 손으로 친히 만든 우상
> 이 아니냐? 단지 그의 소원과 희망은 절박한 것이었고, 나의 희망이나 소원
> 은 아득하게 멀다는 것뿐이리라.18)

인용문에는 魯迅의 세계관이 잘 나타나 있다. 魯迅은 이 작품에서 중국인
들이 처한 현실과 지식인으로서 작가가 해야 할 일이 무엇인지를 막연하게나
마 보여준다. 그가 <阿Q正傳>에서 혁명에 대하여 비판적인 태도를 보여준
것도 그러한 작가의 세계관이 좀더 구체적으로 나타난 것이라고 할 수 있다.
위로부터의 혁명이 민중과 동떨어져 있고, 구호에 그치고 있는 것을 비판하고
새로운 혁명을 암시한 것이다. 성급하게 자기 주장을 내세우기보다는 당대의
현실을 있는 그대로 보여주어 독자 스스로 중국인들이 추구해야 할 이상 국가
의 길이 어디에 있는가를 깨닫게 해준 것이다. <故鄕>과 <阿Q正傳> 혹은
魯迅의 작품을 높게 평가할 수 있는 것은 바로 그 때문이다.

---

18) 魯迅(1981), p. 485

3. <巫女圖>에 나타난 풍속

한국의 근대화는 특이하게 이루어졌다. 한국은 식민지 치하라는 아주 특수한 체험을 하면서 영, 정조 이후 대두되기 시작한 근대화를 추진하게 된다. 이때 일제는 착취를 위한 식민지 근대화를 근대적이란 이름으로 강력하게 추진하면서, 우리의 전통적인 풍속과 사상을 전근대적이라는 미명하에 철저히 탄압했다. 그리하여 한국적인 것을 말살하려고 한 일제의 침략정책으로 조선의 전통 문화는 서서히 해체되기에 이른다.[19]

그럼에도 서민들의 가정에서는 여전히 전통적인 풍속과 신앙이 유지되고 있었다. 일제가 금하던 구정을 대부분의 가정에서는 성대하게 치르고, 부엌에 정한수를 떠놓고 발복을 하는 일이 여인네들의 미덕으로 여겨졌다. 그들은 여전히 전통을 숭상하고 농경 사회에서 영향받은 바 큰 각종 세시풍속이나 명절을 그대로 유지하였다. 제사 때는 위패를 모시고 경건하게 예를 올리기도 하지만, 거실에 위패를 모시고 있는 경우는 거의 없다.

3·1운동 이후 일제는 문화정책을 표방했지만, 언론의 검열을 통해 제국주의적 야욕을 착실히 진행시켜 나갔다. 그들의 검열을 거쳐야 하는 소설의 경우 전통적인 신앙을 다루기에는 어려움이 컸을 것이다. 당시의 소설에서 전통적인 신앙과 풍속을 다루고 있는 경우를 발견하기 어려운 것은 그 때문이다.

그런데 30년대에 이르면 로칼리티(Locality) 문학의 등장으로 土俗的 世界를 다룬 鄕土色 짙은 소설들이 등장하게 된다. 金東里의 <黃土記>, <巫女圖>, 鄭飛石의 <城隍堂> 등은 당시에 나온 작품들이다. 이 가운데 <무녀

---

19) 국가가 '한 민족의 물질적 기반'이고 '지상에 존재하는 신적 이념'이며, '민족 생활의 다른 여러 면 즉 예술 법률 풍속 종교 학문의 기초이고 중심'이라는 사실을 감안한다면 그것은 당연한 일이라고 할 수 있다. (헤겔(1981), 『역사철학 강의 1』, 김종호 역, 삼성출판사, pp.75-157 참조)

도>에서는 전통적인 신앙이 새로운 신앙과의 갈등의 차원에서이기는 하지만 상당히 심도 있게 다루어지고 있어서 당대의 한국의 풍속을 탐구할 수 있는 좋은 자료라고 생각된다.

<무녀도>는 1936년 5월 『중앙』에 발표한 작품으로, 모화 일가의 비극적 삶을 그리고 있다. 무당인 모화는 신이 들리기 전에 만난 남자와의 사이에 사생아를 낳았다. 그가 욱이다. 욱이는 어려서부터 아주 총명했다. 그녀는 아들을 가르칠 능력이 없었다. 궁리 끝에 그녀는 아들을 절로 보낸다. 무당인 모화가 아들을 절로 보낸 것은 무속신앙이 불교와 우호적인 관계에 있음을 보여주는 단적인 예이다. 실제로 무당의 집에 가보면 불상을 안치하고 탱화를 내건 경우가 허다하다. 불교도 무속신앙을 수용한 흔적을 많이 남기고 있는데, 칠성각이 그 대표적인 예이다.

그런데 아들은 절에서 도망을 쳐 평양으로 가서 기독교 신도가 되어서 집에 돌아온 것이다. 기독교는 불교나 무속신앙에 아주 배타적이다. 실제로 한국에서 기독교와 불교, 기독교와 무속신앙, 기독교와 동학, 기독교와 회교 사이에 갈등을 빚는 경우가 허다하다.

> 모화는 욱이가 그 동안 절간에 가 있다가 온 줄만 믿고 있으므로 그가 하는 짓은 모두 佛道에 관한 일인 줄로만 생각하는 모양이었다.
> '아니오, 오마니(媽媽), 난 불도가 아닙네다.'
> '불도가 아니고 그럼 무슨 도가 있어?'
> '오마니 난 절간에서 불도가 보기 싫어 달아났댔쉐다.'
> '불도가 보기 싫다니, 불도야 큰 도지. …… 그럼 넌 뭐 신선도야?'
> '아니오, 오마니 난 예수도올시다.'[20]

---

20) 金東里(1967), 『金東里代表作選集 1』, 三省出版社, p. 41

어머니의 행위가 하느님께 죄가 된다고 생각하는 욱이와 아들에게 예수 잡귀신이 씌었다고 생각하는 모화 사이에는 갈등이 일어날 수밖에 없다. 무속 신앙은 불교와 밀접한 관계를 유지하고 있었지만 기독교와는 배타적인 관계에 있었던 것이다. 특히 모화는 문명적인 이기나 물질에 대한 욕심이 거의 없고 토속적인 신앙에 충실한 무당이다.

> 그는 지금까지 이 경주고을 일원을 중심으로 수백 번의 푸닥거리와 굿을 하고, 수백 수천 명의 병을 고쳐왔지만 아직 한 번도 자기가 하는 일이나 푸닥거리에 <신령님>의 감응을 의심한다든가 걱정해 본 적은 없었다. 더구나 누구의 객귀에 물밥을 내주는 것쯤은 목마른 사람에게 물 한 그릇을 떠주는 것만큼이나 당연하고 손쉬운 일로만 여겨 왔다. 모화 자신만이 그렇게 생각할 뿐 아니라, 굿을 청하는 사람, 객귀에 들린 사람 쪽에서도 그와 같이 믿고 있는 편이기도 했다. 그들은 무슨 병이 나면 먼저 의원에게 보이려는 생각보다 으레 모화에게 찾아갈 것으로 생각하는 것이었다.[21]

인용한 글에는 기독교가 전파되기 전에 무속신앙이 한국의 토속적인 신앙이었으며, 그것이 민중들에게 지니고 있었던 영향력이 어느 정도 드러나 있다. 작가는 한국의 정황을 아주 객관적인 입장에서 서술한 셈이다.

작가는 원래 기독교나 불교와 무관하지 않은 사람이다. 불교의 본고장이라고 할 수 있는 경북 경주시 성건리에서 출생하여 향리의 제일교회 부속 계남학교, 대구 계성중학교, 서울 경신고등보통학교 다녔다. 1935년 소설 <화랑의 후예>가 조선중앙일보 신춘문예에 당선되자 당선금을 가지고 다솔사 해인사를 전전하면서 집필에 전념했다. 해인사에서 야학교사로 근무하다가 다

---

21) 金東里(1967), p.42

솔사 소속 전도관을 빌어 광명학원을 개설하기도 했다. 그는 후일 기독교 계통의 학교를 다니고 절에서 생활한 체험을 바탕으로 <사반의 십자가>와 <등신불>을 집필한다.

<사반의 십자가>는 1955년 11월부터 1957년 4월까지 『현대문학』에 연재한 장편소설이다. 이 작품에는 상반된 인물인 예수와 사반이 등장한다. 예수는 기적을 행하고 하느님의 진리를 설교하여 로마치하의 참혹한 현실에서 탈피하려는 인물이다. 그는 정신과 영혼의 구원을 통해 하느님의 나라를 건설하려고 한다. 사반은 예수의 명성을 이용하여 현실적인 투쟁을 벌여나간다. 그는 로마군을 물리치고 유대민족의 해방과 독립을 쟁취하려고 한다. 이들의 설정을 통해 작가는 신과 인간의 문제를 다루려고 한 것으로 보인다. 즉 인류의 보편적인 문제인 인간의 구원의 문제를 다루고 있는 것이다.[22]

<등신불>은 1961년 12월 『사상계』에 발표한 단편소설이다. 이 작품은 불교와 일상적인 인간의 삶에서 나타나는 갈등의 문제를 다루고 있다. 주인공 만적은 가정적인 불화로 가출하여 불교에 입문하고 소신공양한다. 불교사상에 충실하여 집필했다면 의당 출가나 소신공양이 해탈이나 열반 혹은 공의 사상에 바탕을 두어야 할 것이지만 작가는 가족관계의 갈등과 그 해결의 한 방편으로 이를 설정하고 있다. 이는 그가 줄기차게 추구해온 신과 인간의 만남의 문제를 다룬 것으로 일종의 신인간주의에 바탕을 두고 있다. 부주인공인 '나'는 비참한 전쟁에서 탈출하여 南京에 있는 정원사에서 생활한다. 여기에서 나는 만신불을 보고 그에 얽힌 사연을 듣는다. 그러니까 이 소설은 액자형 플롯을 취하고 있는 셈이다. 그런데 나는 관찰자의 위치에만 있지 않고 자신의 번뇌와 내면 세계까지도 보여준다. 단지 목숨을 건지기 위해 불문에 귀의

---

22) 宋賢鎬(1994), 『韓國現代小說의 解說』, 關東出版社, p.321

한 자신을 소신공양을 통해 인간적 고뇌와 비애를 성불의 경지로 승화시킨 만적과 견줌으로써 삶의 번뇌를 한층 리얼하게 제시해주고 있다.[23]

이처럼 기독교와 불교의 체험을 풍부하게 지니고 그것을 작품으로까지 형상화한 바 있는 작가는 <무녀도>에서 기독교, 불교, 무속신앙과는 거의 관계가 없다고 할 수 있는 인물을 서술자로 설정하여 서술의 객관성을 확보하고 있다.

> 우리 집은 옛날의 소위 유서 있는 가문으로, 재산과 세도로도 떨쳤지만, 글 하는 선비란 것도 우글거렸고, 특히 진귀한 書畵와 骨董品으로서는 나라 안에서 손꼽힐 만큼 높이 일컬어졌었다.[24]

서술자의 부친이 생존하던 시절은 한말에서 식민지 시대 초기로 추정된다. 당시 선비가 모여들고 시인 묵객들이 드나들 수 있는 정도의 집은 재력이 있고 권력이 있는 집이다. 그러니까 서술자는 세도가의 자제였던 것이다. 당시 세도가는 유학을 학습한 사람들이다.

그런데 서술자는 유교와는 거리가 먼 종교라고 할 수 있는 불교, 무속신앙, 기독교에 대하여 개인적인 견해를 전혀 드러내지 않고 있다. 그는 한국에서의 기독교의 정착 과정과 그 과정에서 빚어진 토속 신앙과의 갈등을 한 가정의 어머니와 아들 사이의 갈등을 통하여 담담하게 그려내고 있을 뿐이다. 여러 종교와 사상이 풍미하던 당대의 풍속을, 밑바닥 사람들의 삶을 지식인이 관찰하는 형식을 취하여 아주 객관적인 위치에서 보여주고 있는 것이다. 한국현대소설의 중심축에 황순원과 더불어 김동리가 놓일 수 있었던 것은 그러한 자기

---

23) 宋賢鎬(1994), p.326
24) 金東里(1967), p. 35

나름대로의 객관성의 확보, 혹은 소위 자연주의적 서술기법에 있다.

이 소설은 기법적으로도 상당히 주목할만한 면을 지니고 있다. 작품의 서두에 보면 화자가 '무녀도'라는 그림을 입수하게 된 동기와 그에 얽힌 사연을 말하겠다는 부분이 나온다. 이는 설화체를 수용한 부분이다. 작가는 과거의 향수나 기량의 미숙에서 낡은 방식을 수용한 것이 아니고 액자형 플롯과 일인칭 관찰자 시점이 갖는 장점을 최대한 이용하기 위한 한 방편으로 이를 수용한 것으로 보인다. 즉 '나'의 이야기와 모화 일가의 이야기라는 전혀 다른 두 개의 이야기로 이루어진 것이다. 그런데 '나'의 플롯은 맨 앞부분에만 나타난다. 논리적으로 보면 맨 마지막에도 나타나야 한다. '무녀도'에 얽힌 사연을 이야기하겠다고 했으니 이야기를 마치고 자신의 입장을 덧붙여야 하기 때문이다. 그런데 작가는 이를 생략하고 있다. 이렇게 보면 '나'의 플롯이 모화 일가의 플롯을 감싸고 있는 형국이다. 유교에 관련이 있는 서술자가 객관적 위치에서 기독교와 무속신앙, 새로운 신앙과 전통적인 신앙의 갈등을 관찰하여 보고하고 있는 것이다.

4. 결론

지금까지 필자는 한국과 중국의 근대소설에 나타난 풍속을 비교하기 위하여 魯迅의 <阿Q正傳>, <故鄕>, 金東里의 <무녀도>를 살펴보았다. 한국과 중국에서는 역사 이래로 그 나름대로의 풍속을 지니고 있었고, 그것이 문학으로 형상화되고 있다. 근대소설의 경우도 예외는 아니다. 그 가운데 魯迅과 金東里의 소설에서는 당대의 풍속이 어느 정도 구현되고 있다.

<阿Q正傳>에는 다양한 종교와 그에 바탕을 둔 풍속이 구현되고 있다. 작가는 유교적 전통에 바탕을 두고 불교, 도교에 대한 입장도 여기저기에서

드러내고 있다. 중국인은 스스로 문화 민족이라고 생각하고 있으며, 자신들의 문화가 유일한 것이라고 생각하고 있다. 이것이 中華思想의 근거이며, 이에 따라 강한 자존 의식을 갖추고 있다.

중국인은 예를 대단히 중시한다. <故鄕>에는 그러한 전통적 윤리와 관련된 풍속이 잘 나타나 있다. 주인공인 신이 閏土를 만난 것은 집안의 큰 제사를 지내는 것이 계기가 되었다. 어린아이들에게 신분의 차이는 문제가 되지 않았을 것이다. 그러나 장성한 閏土는 어린 시절의 친구더러 영감님이라고 부른다. 전통적인 윤리관에 입각하여 살아가고 있는 閏土로서는 그렇게 할 수밖에 없었을 것이다. 閏土는 이사가는 '迅'의 집에 와서 향로와 촛대를 챙긴다. 경제적으로 여유가 없어서 제사를 지낼 기물을 가지지 못한 閏土로서는 그보다 더 절박한 일이 없었을 것이다. 이에 대하여 신은 비판적인 생각을 지니지만, 나중에 그것을 이해하게 된다.

한국의 근대화는 특이하게 이루어졌다. 한국은 식민지 치하라는 아주 특수한 체험을 하면서 영, 정조 이후 대두되기 시작한 근대화를 추진하게 된다. 이때 일제는 착취를 위한 식민지 근대화를 근대적이란 이름으로 강력하게 추진하면서 우리의 전통적인 풍속과 사상을 전근대적이거나 미신이라는 미명하에 철저히 탄압했다. 한국적인 것을 말살하려고 한 일제의 침략정책으로 조선의 전통 문화는 서서히 해체되기에 이른다.

그런데 30년대에 이르면 로칼리티 문학의 등장으로 토속적 세계를 다룬 소설들이 등장하게 된다. 金東里의 <황토기>, <무녀도>, 정비석의 <성황당> 등은 당시에 나온 작품들이다. 이 가운데 <무녀도>에서는 전통적인 신앙이 상당히 심도 있게 다루어지고 있어서 당대의 풍속을 탐구할 수 있는 좋은 자료다. 무당인 모화는 아들을 절로 보내는 데, 이것은 무속신앙이 불교와 우호적인 관계에 있음을 보여주는 단적인 예이다.

그런데 아들은 절에서 도망을 쳐 평양으로 가서 기독교 신도가 되어서 집에 돌아온 것이다. 기독교는 불교나 무속신앙에 아주 배타적이다. 작가는 기독교, 불교, 무속신앙과 거의 관계가 없는 인물을 서술자로 설정하여 서술의 객관성을 확보하고 있다. 여러 종교와 사상이 갈등을 빚던 당대의 풍속을 아주 객관적인 위치에서 보여주고 있는 것이다.

이처럼 그들의 소설에는 당대의 지식인들의 갈등과 풍속이 잘 구현되고 있으며, 예의를 중시하는 두 나라의 풍속의 유사성도 잘 드러나 있다. 특히 유교적 세계관에 토대를 두고 있는 서술자를 등장시켜 당대적 삶에 대한 객관적 관찰을 하고 있는 점은 두 작가의 소설에서 볼 수 있는 유사성이다.

그런데 魯迅과 金東里는 교육 배경이나 성장 과정에서 상당한 차이를 보여준다. 魯迅은 사대부의 집안에서 태어나 유교 교육을 받고 신학문을 한 지식인이라면, 金東里는 기독교계통의 학교에서 수학하고 불교계통에 오래 몸담았던 인물이다. 따라서 전통적 신앙에 대한 시각은 서로 다를 수밖에 없다. 물론 그것은 두 나라가 그들만의 특수성에 의하여 문화적인 변별성을 지니고 있었던 증거일 수도 있다.

◆ 참고문헌

『論語』,『孟子』,『大學』,『中庸』,『周易』,『道德經』,『禮記』

『新民主主義論』,『管子』,『史記』,『山海經』,『歷史書』,『韓非子 十過』,『淮
　　　南子 地形篇』

邱嵐(1994),『中國當代文學史』, 中國語文硏究會 譯, 高麗苑

國立編譯館(1996),『中國的風俗習慣』, 正中書局

金東里(1967),『金東里代表作選集 1』, 三省出版社,

金容稷 외(1982),『韓國文學硏究入門』, 知識産業社

金允植 외(1979),『韓國文學史』, 民音社

金允植(1974),『韓國文學의 論理』, 一志社

魯迅(1981),『魯迅全集 1』, 人民文學出版社

孟瑤(1980),『中國小說史』, 傳記文學出版社

王余光 外(1989),『影響中國歷史的30本書』, 武漢大學出版社

宋賢鎬(1994),『韓國現代小說의 解說』, 關東出版社

宋賢鎬(1993),『韓國現代文學論』, 關東出版社

宋賢鎬(1996),『韓國現代文學의 批評的研究論』, 國學資料院

宋賢鎬 劉麗雅(1999),『比較文學論』, 國學資料院

劉麗雅(1995),『韓國과 中國現代小說의 比較研究』, 國學資料院

李在銑(1984),『韓國現代小說史』, 弘盛社

全光鏞(1986),『韓國現代文學論攷』, 民音社

鄭　篤(1986),『中國俗文學史(上.下)』, 臺灣商務引書館

趙　聰(1983),『五四文壇泥爪』, 時報出版公司

曺南鉉(1994),『韓國知識人小說研究』, 一志社

趙東一(1982),『韓國文學通史 1』, 知識産業社

陳仁風(1993),『中國概況』, 上海敎育出版社

夏志淸(1979),『新文學的傳統』, 時報文化出版公司

夏志淸(1980),『中國現代小說史』, 傳記文學出版社

Abrams, M. H.(1953), The Mirror and the Lamp, Oxford Univ. Press

Frye, Northrop(1973), Anatomy of Criticism, New Jersey ; Princeton Univ.
　　　　press

Goldmann, Lucien(1975), Towards a Sociology of the Novel, Otavistock,
　　　　trans. by Alan Sheridan

Hauser, A.(1962), The Social History of Art 1-4, Routeledge

Scholes, R. & R. Kellogg(1979), The Nature of Narrative, Oxford Univ. Press

Watt, Ian(1974), The Rise of the Novel, Berkley & los Angels ; Univ. of
    California

Weisstein, Ulrich(1973), Comparative Literature and Literary Theory,
    Bloomington : Indiana Univ. Press

◆ 중문요지

　筆者得到地方大學特性化項目研究經費贊助，擬調查貫穿于現代中國人生活和意識里的風俗習慣. 在本論文里, 作爲其研究的一个環節. 觀察反映在近代小說里的中國人風俗的同時, 還了解一下它與韓國風俗之間究竟有何關係的問題. 要確保研究的公正性, 最好選定所有的近代小說, 而由于篇幅有限, 在本論文里將其範圍限定在魯迅的＜故鄕＞, ＜阿Q正傳＞與金東里的＜巫女圖＞. 這是因爲以上兩部作品很好地反映了當代的風俗.

　＜阿Q正傳＞體現多種宗敎和根基于此的風俗. 作者以儒敎傳統爲中心, 處處流露着對佛敎和道敎的立場. 中國人自稱爲是文化民族, 讓爲自己的文化獨一無二. 這就是中華思想的根源, 中國人的强烈的自尊意識也此而來.

　中國人非常重視禮儀. ＜故鄕＞一書很好地表現了與這種傳統倫理相關的風俗. 在小說里, 家中擧行祭祀大禮爲契機, 主人公‘迅’遇見了閏土. 對兒童而言, 身分差異構成不了什麼問題. 然而, 閏土長大成人以後稱兒時的伙伴爲老爺. 也許, 閏土的傳統倫理思想已根深蒂固, 他所能做到的也是如此而已. 閏土來到正忙于搬家的‘迅’家里拿走了香爐和蠟燭臺. 這或許是閏土生活拮據, 家中無法齊備祭器之故, 他迫切需要祭器. 對閏土的這些行爲, 最初‘迅’持否定態度, 以後來理解它了.

　　韓國的近代化形成過程非常特殊. 韓國經歷了所謂植民統治的相當特殊的過程以後, 推進也擡頭于正祖和英祖時期的近代化. 在這一時期, 日帝借口近代化之名强力推動植民地性質的近代化, 以便進一步擴大對韓國的剝削. 它們給我國傳統的風俗和思想傳統扣上顚倒近代化或是迷信的帽子豫以徹底的鎭壓. 日帝的侵略政策企圖抹殺具有韓國特色的傳統風俗和思想, 這樣朝鮮的傳統文化漸漸開始解體了.

　　到三十年代, 鄕土文學登場, 隨之而來的是以民俗文化爲背景的作品. 金東里的＜黃土記＞, ＜巫女圖＞以及鄭飛石的＜城隍堂＞就是當時出現的作品. 其中, ＜巫女圖＞較有深度地描寫了關于傳統信仰方面的內容, 因此它給我們提供可探討當時風俗的相當的資料. 擧例則有, 在小說里出現巫女毛花把兒子送進寺廟的情景, 而這是巫俗信仰與佛敎保持友好關契的最直接的表現.

　　然而, 其兒子從寺廟逃走, 後來在平壤當了基督敎信徒又回到了家. 无論佛敎還是巫俗信仰非常排斥基督敎. 在小說里, 作者指定一位與佛敎. 巫俗信仰及基督敎幾乎沒有任何關係的人物爲講述者, 以保持了敍述的客觀性. 也就是說, 從客觀角度反映各種宗敎和思想相互摩擦的當時的風俗.

　　如此, 在他們的小說里不僅很好地體現當時知識分子的矛盾和風俗, 而且恰到好處地流露了重視禮敎的兩國風俗的類似性. 尤其是, 在小說里沒定具有儒敎世界觀的人物客觀地觀察當時生活現狀的這一點是兩位作者的小說里共有的類似性.

　　旣使如此, 對比魯迅和金東里的敎育環境和成長過程, 兩者之間存在着相當的差異. 魯迅出生于士大夫家庭, 他是接受儒敎敎育幷從事新文學的知識分子. 而金東里是修學于基督敎界統學校, 又在很長一段時間內投身佛敎的人物. 因此, 他們對待傳統信仰的視覺互不相同. 然而, 這也許是兩國各自依據自身的特殊性而帶着文化辨別性的又一證據.

4. 中國的風俗과 習慣에 관한 研究

1. 서론

중국은 개방 이후 정치적인 측면에서나 경제적인 측면에서 엄청난 변화를 보여주고 있다. 수교 이전인 1989년 대학생 연수단을 이끌고 중국에 갔을 때 필자는 풍문으로만 듣던 중국과는 너무도 다른 또 하나의 중국을 발견했다. 香港, 天津, 北京, 濟南, 曲阜, 靑島, 上海 등지를 둘러 보고 하향 평준화이기는 하지만 계층간의 위화감이 존재하지 않고 평등을 구가하면서 살아가는 모습과 철저한 지방자치제의 시행 등을 확인하였다. 당시 우리의 현실과는 너무도 거리가 있는 풍경이었다.

1995년 교환교수로 杭州에 가서 1년을 체류하면서 중국인의 가정도 방문하고 富陽, 紹興, 寧波, 千島湖 등지를 둘러 보았다. 1996년 3월에는 上海, 杭州, 桂林, 昆明, 石林, 大理, 西雙版納, 海南島, 三亞, 海口 등지를 돌아보고 桂林의 大宇自動車 공장도 견학했다. 1996년 4월에는 南京, 無錫, 蘇州, 上海 등지를 둘러보고, 南京大學의 한국연구소를 방문했다. 1996년 12월에는 上海, 杭州, 紹興, 河姆渡, 寧波 등지를 둘러보고, 일만 년 전의 인류의 모습도 확인했다. 1997년 10월에는 上海, 長沙, 岳陽, 武漢, 杭州를 둘러보고, 우리의 고전문학의 현장을 직접 답사했다. 1998년 12월에는 上海, 杭州, 蘇州, 南京을 둘러보고, 문화유산들을 직접 확인했다. 1999년 1월에는 上海, 杭州, 千島湖, 無錫을 둘러보고, 다양한 중국인의 풍속과 습관을 확인하였다.

이외에도 1989년 이전에 臺灣을 여러 차례 다녀온 적이 있다. 1984년 臺北, 臺南, 日月潭, 廬山 등지를 둘러보고, 중국인의 불교와 도교에 대한 관심과 결혼 의식을 확인하였다. 1986년 臺北, 臺南, 阿里山 등지를 둘러보고, 고궁 박물관에 가서 문물전도 관람했다. 1991년 臺北, 臺南에 가서 가족간의 유대와 예절을, 1993년 臺北, 臺南에 가서 그들의 장례 의식을 확인하였다.

본 연구는 국경 없는 시대를 살아가는 우리 시대에 지역전문가가 되려는 학생들에게 유용한 정보를 제공하는 데 일차적인 목적을 둔다. 그러기 위하여 중국과 중국인들을 올바로 이해하고 그러한 토대 위에서 건전한 상업적 거래를 할 수 있도록 현재 중국인들의 생활과 의식을 관통하는 풍속과 습관에 대하여 조사해 보려고 했다.

연구 방법은 문헌 조사와 현장 조사를 병행했다. 문헌 조사는 지금까지 간행된 중국인의 풍속과 습관을 다룬 문헌들을 수집하여 정리하는 일에 초점을 맞추고자 한다. 중국을 움직인 책 가운데 우리가 잘 알고 있는『論語』, 『孟子』,『大學』,『中庸』,『周易』,『道德經』,『禮記』 등과 모택동의『新民主主義論』 등은 중국의 풍속과 습관을 이해하기에 가장 적합한 책들이다. 한 나라를 통치하고 경영하는 데도 이렇듯 당대의 풍속과 습관에 주목하였으며, 그것이 그대로 통치 철학에 반영되어 나타났다. 최근 들어 세계 각지에서 지역연구가 활성화되면서 중국을 알려고 하는 사람들이 많아지고 중국의 언어, 문화, 역사, 풍속 등에 관심을 보이고 있다. 이에 따라 國立編譯館에서는『中國寓言』(1993),『中國歷史故事 1』(1994),『中國歷史故事 2』(1994),『中國民間故事 1』(1995),『中國民間故事 2』(1995),『中國的風俗習慣』(1996) 등을 내놓고, 무한대학의 교수들이 중심이 되어『影響中國歷史的30本書』(1989)를 내놓기에 이르렀다. 이들을 기본 자료로 삼아 거기에 나타나는 중국의 풍속과 습관을 정리하고 현장 조사를 부가하여 본고를 작성하였다.

현장 조사는 우리 기업들이 진출하였거나 진출할 가능성이 크고, 중국의 우수한 문화유산을 가장 잘 보존하고 있는 北京, 天津, 靑島, 南京, 無錫, 上海, 杭州, 蘇州, 寧波, 武漢, 長沙, 西安, 長安, 桂林, 昆明, 海南島, 臺北, 臺中 등을 현지 방문하여 수행하였다. 현장 조사의 주요 내용은 문헌에서와 차이를 보이고 있는 오늘날 중국인들의 실생활을 중심으로 진행하였다.

문헌조사와 현장조사를 통하여 필자는 중국의 전통 문화가 현대의 중국인들에게 어떻게 계승되고 있으며, 어떤 변화를 겪고 있는지를 알아보려고 했다. 또한 중국 정부의 통제에도 불구하고 인민들의 내면에 살아 숨쉬고 있는 그들만의 풍속과 습관을 밝혀보려고 했다. 그리고 그것이 우리와는 어떤 차이가 있는지 밝혀 보려고 했다.

2. 관혼상제

중국은 유교와 도교 그리고 불교적 전통이 아직도 국민의 내면에 깊게 뿌리내리고 있는 나라이다. 얼마 전 중국대륙에서 파룬공(法輪功)을 규제하려고 하여 사회 문제가 되자 그 해결방안으로 내세운 것이 공자의 사상을 보급하려는 것이었다. 공원을 산책하다 보면 기공을 하는 수많은 사람들을 만날 수 있다. 수많은 도교와 불교 사원이 중국 대륙과 대만에 산재해 있다. 대만의 경우 구도(求道)를 받고 집에서 수도를 하는 인구가 1000 만 명을 넘는다는 비공식 통계가 있다.

그들에게 종교는 중요한 문제가 아니다. 그들에게는 인륜이 있고, 도덕이 있을 뿐이다. 공자는 『論語』에서 '아침에 도를 깨닫고 저녁에 죽더라도'[1] 여한이 없다고 했으며, 『中庸』에서 '하늘이 명하신 것(天命)을 성(性)이라 하고,

성을 따르는 것을 도(道)라 하고, 도를 닦는 것을 가르침(敎)이라고'2) 했다. 그리고『論語』에서 증자에게 '나의 도는 하나로써 꿰었'3)다고 했다. 맹자는 '천하가 위태로울 때 도로 구제한다'고4) 하면서 '도는 하나일 따름이라'고 했다.5) 장자는 '세상에 도가 없을 때 성인이 나타나신다'고6) 했다.

중국인들이 다양한 종교를 통하여 추구하고자 한 것은 道이다. 도를 맨 처음 '철학적인 최고 범주에 올려놓고 그것을 체계적으로 논증'한 사람은 노자이다. 그는 '도'란 세계와 만물의 모든 근원이며, 전체 우주는 모두 이 도라는 최고 실체에서 변화되어 나온 것으로 보았다.7) 노자의 이러한 사상은『장자』에 의해 계승되고 있다.『장자』는 장주 및 그 후학들에 의해 저술된 책으로 낭만주의 정신이 넘치는 철학서인데, 노자가 제시한 도를 새롭게 해석하여 '도'를 우주 만물의 근본이라고 명확하게 정의했다.8)

노자의 도는 공자, 맹자를 거쳐 중국 사상을 관통하는 가장 중요한 개념으로 자리잡게 된다. 공자는 '천하에 도가 있으면 예악과 정벌이 천자로부터 나오고, 천하에 도가 없으면 예악과 정벌이 제후로부터 나오게 되니, 제후로부터 나오면 대개 십대에 잃지 않을 자 드물고, 대부로부터 나오면 오대에 잃지 않을 자 드물고, 모신 신하가 나라의 명을 잡으면 삼대에 잃지 않을 자 드물 것이다'9)라고 했다. 그러면서『中庸』과『大學』에서 다음과 같이 중

---

1) 朱熹(1981a), 한상갑 역,『論語・中庸』, 삼성출판사, 65면

2) 朱熹(1981a), 344면

3) 朱熹(1981a), 67면

4) 송현호, 유려아 역(1998),『圓覺踐言』, 국학자료원, 12면

5) 朱熹(1981b), 한상갑 역,『孟子・大學』, 삼성출판사, 116면

6) 송현호, 유려아 역(1998), 12면

7) 王余光 外(1995), 한인희 외 역,『중국을 움직인 30권의 책』, 지영사, 95면

8) 王余光 外(1995), 99면

국의 도통을 밝히고 있다.

> 堯와 舜과 禹는 천하의 위대한 성인이요, 천하로써 서로 전한 것은 천하
> 의 위대한 일이니, 천하의 위대한 성인으로 천하의 중대한 일을 행하시되,
> 그 주고받을 즈음에 정녕 고하고 경계하는 것이 이와 같은데 지나지 아니
> 하시니, 천하의 이치가 어찌 이에 더하는 것이 있겠는가?
> 이 이래로 성인과 성인이 서로 계승하였으니, 湯과 文王과 武王이 임금
> 되신 것과, 고요와 이윤과 부열과 주공과 소공이 신하되신 것이 모두 이것
> 으로 도통이 전하는 것을 받으시고, 우리 부자 같은 이는 비록 지위를 얻지
> 못하셨으나 가신 성인을 계승하고 오는 학자를 열어주신 것은 그 공적이
> 도리어 요와 순보다 어지신 것이 있다.[10]

대학의 글은 예전 대학에서 사람을 가르치던 법이다. 대개 하늘이 백성을
내릴 때부터 이미 인과 의와 예와 지와 성품을 주지 않은 것이 없지마는 그러
나 그 기질을 받은 것은 고를 수 없는 것이다. 이러므로 모두가 그 성품이
있는 것을 알아서 온전하게 할 수 있는 것이 아니다.

> 한 총명하고 예지로와 능히 그 성품을 다한 이가 그 가운데에서 나오면
> 하늘이 반드시 명하여 백성의 임금과 스승으로 삼아서 다스리고 가르쳐서
> 그 성품을 회복하게 하시니, 이는 복희와 신농과 황제와 요와 순이 하늘을
> 계승하고 황극을 세워서 사도의 직책과 전악의 벼슬을 만들게 된 것이
> 다.[11]

---

9) 朱熹(1981a), 283-284면

10) 朱熹(1981a), 340면

11) 朱熹(1981b), 385면

복희, 신농, 황제, 요, 순, 우, 탕, 문왕, 무왕, 주공, 공자로 이어지는 도통은 그 이후 선종의 달마와 육조 혜능을 거쳐 유, 불, 도에서 다양하게 계승되어 오늘에 이르고 있다. 과거에는 왕후 장상과 스승에게만 도가 전해 졌다면 오늘날에는 일반인에게도 도가 전달되고 있는 것으로 보고 있다. 중국인들은 도를 구하기 위하여 평상시에 몸가짐을 가지런히 하였다.[12] 『大學』에 이르기를 '사물의 이치가 궁구된 뒤에야 앎에 이르고, 앎에 이른 뒤에야 뜻이 정성스러워지고, 뜻이 정성스러워진 뒤에야 마음이 바르고, 마음이 바른 뒤에야 자신의 덕이 닦이고, 자신의 덕이 닦인 뒤에야 집이 정돈되고, 집이 정돈된 뒤에야 나라가 다스려지고, 나라가 다스려진 뒤에야 천하가 평하게 된다'[13]고 했다.

수신제가의 덕목에는 관혼상제가 포함된다. 중국인들은 공산화 된 대륙이건 중화민국의 적통이라고 할 수 있는 대만이건 아직도 관혼상제를 미덕으로 알고 그것을 실행에 옮기고 있다. 관혼상제는 '孝'에 바탕을 둔 것으로 『효경』에 이르기를 '人之行, 莫大于孝'라고 했다. 그러나 공산화 이후 대륙에서는 성인의식이나 제사의 풍속은 찾아보기 어렵지만 혼례과 상례는 그들의 생활 속에서 아주 쉽게 접할 수 있다.

1) 혼인 습속

최근 중국의 혼례는 우리의 상상을 초월할 정도로 사치스럽다. 경제적으로

---

12) 그들은 평소에 格物致知誠意正心修身齊家治國平天下에 힘썼다. 格物은 사물의 이치를 연구하는 것이고, 致知는 아는 것을 극진히 하는 것이고, 誠意는 뜻을 정성스럽게 하는 것이고, 正心은 마음을 바르게 하는 것이고, 修身은 몸을 닦는 것이고, 齊家는 집을 정돈하는 것이고, 治國은 나라를 다스리는 것이고, 平天下는 천하를 평정하는 것이다.(송현호, 유려아 역(1998), 81면)

13) 朱熹(1981b), 391면

여유가 없는 그들이지만, 리무진을 임대하고 많은 하객들을 초대하여 연회를 베푼다. 연회에 소요되는 비용은 결혼 당사자와 하객 혹은 죽은 자의 가족과 조문객이 부담한다. 하객들은 아무리 어려운 처지일지라도 일단 결혼식에 초대받으면 그들의 월급에 상당하는 200－500원을 준비해야 한다.

그러한 비용은 어떻게 준비하는 것일까? 그 출처를 정확히 알고 있는 사람들은 드물다. 다만 중국의 개방은 '돈'의 중요성을 다시 한 번 일깨워 주는 계기가 되었다. 시앙치엔칸(向錢看)의 배금사상이 중국병으로 논의될 정도로 최근 중국에서 사회 문제로 부각되고 있다. 그 과정에서 급행료, 통행료, 꽌따오 등의 용어가 생기고, 그것이 중국의 병폐와 맞물려 있는 것으로 생각하고 있을 뿐이다.

중국인의 혼인 풍속은 아주 다양하여 민족간에 차이를 보여주며, 동일 민족의 풍속도 시대에 따라 아주 다양하다. 상고 시대에는 잡혼을 했다.[14] 당시 여성이 한 나라의 남성을 공유하기도 했다. 잡혼의 모습이 아직 남아 있는 지방도 있다. 고대 중국민족의 혼인 풍속은 選婚, 罰婚, 贈婚, 賜婚, 收繼, 續婚, 賣買婚 등 실로 다양하다.[15]

중국인은 혼인을 종신대사라고 이른다. 중국인의 가족 관념이 아주 중요하여 제가를 해야 치국 평천하를 할 수 있다고 생각하기 때문이다. 중국의 옛사람들은 국가를 위하여 일을 하려면 반드시 먼저 가정을 잘 다스려야 한다고 알리고 있다. 이러한 이유로, 중국인은 혼인을 한 남자와 한 여자의 결합에 국한시키지 않고 한 사회의 기초로 생각했다.

중국의 구식 결혼은 자기가 상대를 선택하지 못하고 가장이 주인이 되어 중매인이 소개해야 했다. 고서의 기록에 의하면 혼인의 완성은 여섯 가지의

---

14) 張亮采 編(1988), 『中國風物史』, 新華書店上海發行所, 5면

15) 陳仁風(1993), 『中國槪況』, 上海敎育出版社, 302면

수속(六道手續)을 마쳐야 한다. 첫째는 '納采'로, 남자 집에서 여자 집에 보내는 조그만 예물이며, 구혼의 의미를 표시한다. 둘째는 '問名'으로, 남자 집에서 여자아이의 성씨를 분명히 물어서, 길흉을 점치는 것이다. 셋째는 '納吉'로, 남자 집의 점괘가 길조를 얻은 다음 예물을 들고 여자 집에 가서 기쁘게 해주는 것이다. 넷째는 '納徵'으로, 정혼을 기다려 당연히 비교적 중요한 예물을 보내는 것이다. 다섯째는 '請期'로, 결혼 날짜를 잡아서 여자 집의 동의를 구하는 것이다. 여섯째는 '親迎'으로, 곧 결혼이다. 이것이 바로 육례이다. 현대에는 혼인에서 자신이 중심이 되고 있으나, 여전히 가장의 동의를 구해야 한다. 현재 통용되고 있는 의식은 아주 간단하다. 어떤 사람은 교회에서 결혼을 하고, 어떤 사람은 법원에서 공증 결혼을 하기도 하고, 어떤 사람은 단체 결혼식에 참여하기도 한다.16)

2) 장례 습속

공자는 효는 '살아서 섬기기를 예로써 하며, 죽어서 장사를 예로 하며, 제사를 예로 하는 것이다'17)라고 했다. 공자의 효에 대한 생각은 중국이 비록 공산화되었음에도 아직까지도 그들의 가슴에 살아 숨쉬고 있다. 그들은 여전히 효도를 중시하고 있다. 부모가 살아 계실 때, 자식들은 효도하고 봉양해야 하며, 그들의 만년을 즐겁게 보내게 해야 한다. 그들이 노년에 목숨을 마칠 때, 그들을 잘 매장해야만 효심이 있는 것으로 생각한다. 속설에 이르기를 '부모님께서는 우리가 어릴 때 양육하고, 우리는 부모가 늙은 때 봉양한다'고 했다.

종전에는 상례를 집에서 거행했다. 죽은 사람을 목욕시키고 머리를 빗긴

---

16) 國立編譯館(1996), 『中國的風俗習慣』, 正中書局, 89-91면

17) 朱熹(1981a), 33면

다음 시체에 수의를 입히고, 정해진 시간이 되면 시체를 관에 넣는다. 관을 봉한 다음에야 자식과 친척은 마포로 만든 상복을 입으며, 부고를 알린다. 부모가 돌아가시면 자식들은 백일 내에 술을 마시고 놀이를 할 수 없으며, 어떤 연회에도 참가할 수 없고 삼 년간 상복을 입어야 한다.[18]

도시에서는 상례를 대부분 영안실(殯儀館)에서 거행한다. 불교나 도교의 신도는 화상이나 도사를 청하여 죽은 사람을 위하여 염불이나 기도를 드린다. 기독교나 천주교도는 친구와 함께 교회에서 예배나 미사를 올린다. 자식과 친구는 성대한 출상 행렬에 참여하여, 영구를 묘지에 호송하여 안장한다. 많은 사람들이 여전히 구습을 지키고, 죽은 사람이 다른 세상에서 산다고 여겨, 여전히 돈, 방, 마차, 일용품, 노복 등을 필요로 한다고 여겨서 祭奠 때 많은 명전과 명기를 태운다.[19]

중국 한민족의 장례 구습은 토장을 중시하고 있는데, 이미 상 나라 때 토장의 풍속이 형성되었다.[20] 그러나 사회가 진보함에 따라 상례도 아주 변했다. 많은 사람들이 화장을 하고 있으며, 복상의 기간도 단축되고, 의식도 간편해졌다.

---

18) 國立編譯館(1996), 103면

19) 國立編譯館(1996), 104면

20) 陳仁風(1993), 303면

3. 예절과 사교 문화

중국인은 예를 대단히 중시한 민족이다. 공자는 이르기를 '천명을 알지 못하면 군자가 될 수 없고, 예를 알지 못하면 몸을 세울 수 없고, 말을 알지 못하면 사람의 선악을 알 수 없을 것이다'[21]라고 했다. 또한 '도에 뜻을 두며, 덕에 의거하며, 어진 것에 의지하며, 예에서 노닐어야 할 것이다'[22]라고 했다. 그리고 '예가 아니거든 보지 말며, 예가 아니거든 듣지 말며, 예가 아니거든 말하지 말며, 예가 아니거든 움직이지 말라'[23]라고 했다. 『예기』에는 다음과 같은 아주 중요한 지적이 있다.

> 그러므로 '예'라는 것은 군주에게 있어서 나라를 다스리는 중요한 수단이 된다. '예'는 정과 부정이 서로 혼돈되지 않도록 구별하고, 모든 일의 미묘한 차이를 분명히 하며, 인간을 신에게 접근시키고, 혹은 제도나 규칙이 우러나도록 어질고 의로운 덕을 세우는 것이다. 따라서 나라를 잘 다스리며 군주를 안정시키는 것이다.[24]

> 윤리 도덕은 예 없이 실현되지 않는다. 교화를 통해 백성을 가르쳐서 풍속을 바로잡는 일도 '예'가 아니면 결정될 수가 없다. 분쟁을 해결하고 소송을 판결하는 일도 '예'가 아니면 결정될 수가 없다. 임금과 신하, 윗사람과 아랫사람, 부자와 형제도 '예'가 아니면 정해질 수 없다. 벼슬하고 배우는 데 있어서 스승을 섬기는 일도 '예'가 아니면 친하게 그 가르침을

---

21) 朱熹(1981a), 336면

22) 朱熹(1981a), 111면

23) 朱熹(1981a), 196면

24) 王余光 外(1995), 173면에서 재인용

받을 수가 없다. 조정에서 반열하고 군대를 다스리며 벼슬을 임하고 시행
하는 일도 '예'가 아니면 위엄이 서지 않는다. 기도하고 제사하며 귀신에게
바치는 일도 예가 아니면 정성스럽지 않고 단정하지 못하다.[25]

중국인을 문화민족이라고 하는 것은 그들이 천명과 예와 말을 아는 민족이
기 때문이다. 그들은 자신들의 문화가 유일한 것이라고 생각하고 있다. 이것
이 中華思想의 근거이며, 이에 따라 강한 자존 의식을 갖추고 있다. 그러면서
도 중국인들은 현실에 매우 민감한 민족이다. 그들의 모든 판단 準據는 현실
적 유용성이라고 할 수 있다. 중국의 개방, 개혁의 과정에서 나타난 바와 같이
국가의 이익을 위해서는 그들의 正體性인 사회주의 이념도 희생할 준비가
되어 있다. 아울러 그들은 대륙적인 스케일을 가진 대범한 성격을 들 수 있다.
'만만디(慢慢的)'라는 용어는 그들의 성격을 극명히 보여준다.

그들은 신용을 중요한 덕목으로 생각하며, 그 신용은 사람들 사이의 對面關
係를 통해 이루어지는 것이 보통이다. 따라서 중국에서 '관시(關係)'는 대인
관계를 일컫는 말로 이 '관시'가 있으면 아무리 어려운 일이라도 쉽게 풀
릴 수 있고, 역으로 하찮은 일이라도 '관시'가 없으면 어려움을 겪는 경우
가 많다.

중국인의 전통 윤리와 사상은 8 가지로 요약할 수 있다. '以德行仁, 隆禮崇
德'의 도덕적 주장, '忠君孝親, 三綱五倫'의 도덕체계, '男尊女卑, 三從四
德'의 도덕적 규범, '君子中庸, 以和爲貴'의 처세원칙, '先義後利, 重義輕
利'의 가치관, '志不可奪, 名不可辱'의 명예 사상, '剛健有爲, 自强不息'의
사상적 품격, '厚德載物, 懷柔遠人'의 정신적 기질이 바로 그것이다.[26] 물론

---

25) 王余光 外(1995), 174면에서 재인용

26) 陳仁風(1993), 287-291면

현재 중국 대륙은 많은 변화를 보이고 있다. 그들은 문화대혁명 이후 남녀노소, 빈부귀천, 신분적 차이 등을 완전히 없애버리고 완전무결하게 평등한 사회를 구현했다고 주장한다. 진정한 평등에 토대를 둔 국가가 중국 사회주의의 이상이라는 주장에 다름 아니다.

그러나 그들의 가정을 방문하여 그들의 내면을 들여다보면 겉과 속이 완연히 다름을 발견하게 된다. 그리고 그들로부터 별로 낯설지 않는 풍속과 습관을 발견하게 된다. 95년 모 교수의 집을 찾아갔다가 요즘 젊은이들은 평등사상을 잘못 이해하여 예의가 없다는 말을 듣고 깜짝 놀랐다. 문화혁명 이후 부모가 자식으로부터 반동이나 자아 비판의 대상으로 몰린 경우가 많다는 이야기를 들은 바 있는데, 그것은 그와는 너무 거리가 있는 이야기였기 때문이다.

96년 절강대 한국연구소 황시감 교수 일행이 한국에 왔을 때 그들을 동행한 적이 있다. 60대인 부소장과 30대인 사무실 주임이 방을 함께 쓰게 되었는데, 사무실 주임이 아무데서나 담배를 피워대서 견딜 수 없으니 기회를 보아서 방에서는 담배를 피우지 말도록 이야기 해달라는 것이었다. 왜 부하 직원인데 직접 이야기하시지 그러느냐고 했더니, 예의 없고 버릇이 없지만 그 말을 했다가는 문제가 생긴다고 했다. 그때 조심스럽게 중재를 해서 서로 방을 따로 사용할 수 있게 해주었다. 여기서 필자는 아직도 전통 사상에 애착을 가지고 있는 노 교수와 문화혁명 이후 성장한 평등주의자 사이의 갈등을 여실히 엿볼 수 있었다.

1) 天地君親師

중국인의 구식 가정을 방문하면, 그들의 거실에 위패를 모시고 있는데, 그

상면에 '天地君親師'라고 씌어진 것을 볼 수 있다. 명절이 되면 그들은 향을 피우고, 경건하게 위패에 예를 올린다. 중국인의 신식 가정에는 이런 위패가 없지만 사람들의 언행에서 여전히 이러한 신앙에 영향받은 바 큼을 발견할 수 있다.

중국인은 최초에 황하 유역에서 살았는데, 그러한 자연 환경에서 그들은 농사를 짓고 살았다. 비옥한 토지에 의하여 종자는 발아하고 성장했다. 그들은 대자연의 은혜를 입고 자신이 열심히 일을 하여 안락한 생활을 향유하게 되었다. 그들은 대자연에 감사하기 위하여 수많은 신을 창조했다. 그들이 신봉하는 신이 얼마나 많은가는 <黃帝神話>에 잘 나타나 있다.[27]

중국인이 가장 으뜸으로 치는 신은 황제다. 그것은 그들이 황제의 자손이라고 믿는 데 기인한다. 황제는 5,000년 전에 미개한 중국에 문화를 가져다 준 전설적 인물이다. 사마천의 『사기』는 五帝本紀(黃帝, 顓頊, 帝嚳, 帝堯, 帝舜)로부터 시작되는데, 그 첫머리에 오는 인물이 황제이다. 현존하는 중국

---

27) 송현호 유려아(1999), 『비교문학론』, 국학자료원, 23면

方 角	季	星	諸 神	補 佐 神	獸
東	春	木	太皞	句 芒	蒼 龍
南	夏	火	炎 帝	祝 融	朱 鳥
中央	坤	土	黃 帝	后 土	黃 龍
西	秋	金	少 昊	辱 收	白 虎
北	冬	水	顓 頊	玄 冥	玄 武

고대 신화를 가장 많이 실은 『山海經』과 황제에 관한 전설을 기록한 袁珂의 『中國神話』에도 <황제신화>는 기록되어 있다.

<황제신화>는 고귀한 가문의 출신인 황제가 蚩尤와의 전쟁에서 승리하여 나라를 세우는 이야기로, 황제의 이야기, 치우의 이야기, 발의 이야기 등의 여러 이야기가 독립성을 지닌 이야기로 전개되고 있다. 또한 곤륜산과 제신, 선과 악의 결전, 치우와 과부의 최후, 잠녀신과 직녀성 등의 소제목을 지닌 이야기가 설정되어 있다.

따라서 <황제신화>는 계통성이 없다. 그것은 빈번한 왕권 교체와 국토의 광대함과 무관하지 않다. 많은 왕조들이 신화를 통해서 자기 왕조의 정통성을 확보하려고 했는데, 중국에서는 왕조가 바뀌면 과거의 신화를 부정하고 새로운 신화를 창조하기 일쑤였다.[28] 새로운 왕조가 형성되어도 과거의 왕조가 완전히 궤멸되는 법은 없었다. 그들의 후예임을 자처하는 왕조가 다시 나타나곤 했다. 그렇게 수많은 왕조가 바뀌는 사이에 단편적이고 비계통적인 신화들이 형성되었다.[29]

그런데 상고 시대에는 사람의 수보다 동물의 수가 많았고, 인간이 맹수와 싸워서 이기기가 힘들었다. 그렇기 때문에 빼어난 재능을 가진 성인이 나타나서 그들의 우두머리가 되었다. 유소는 나무 위에 집을 지어 맹수들의 습격을 피하는 방법을 생각해 내어 천하의 임금이 되었다. 수인은 불을 발견하여 생식을 화식으로 바꿈으로써 임금이 되었다. 禹는 수로를 만들어 그 역시 천자

---

28) 송현호 유려아(1999), 11-15면

29) 가장 극단적인 예는 공공, 축융, 예에게서 볼 수 있다. 공공은 유 시대에 유주에서 살해된 것으로 전해지고 있으나, 순의 시대에 다시 나타나 유주로 유배되었고 우의 시대에 다시 추방된 것으로 전해지고 있다. 축융은 공공을 토벌한 신인데, 여러 시대에 걸쳐 나타나고 있다. 예는 활의 명인인데, 요에 봉사했다고 전해지고 있으나 하의 시대에 나타나 태강을 추방한 것으로 기록되어 있다.(司馬遷의 『史記』의 「夏本記」 참조)

의 자리에 올랐다.[30] 이에 '군'에 대한 신앙과 숭배가 형성되었다. 당연히, 그들을 양육한 부모와 그들을 가르친 스승도 영원히 감사하고 추념하게 되었다.

이것은 일반적인 중국인의 인생 철학이다. 이러한 정신이 발전하여 중국인의 신앙을 낳았다. 그래서 중국인은 숭배하는 신이 초인적으로 신비한 역량을 지닌 존재가 아니라, 일종의 인격을 확대한 것이다. 세상의 재앙을 이겨내고, 사람들의 삶을 향상시킨 사람들은 후세 사람들의 마음속에 신으로 자리잡게 되었다. 그들은 대자연의 신비로부터 관용과 겸허를 배우게 되었다. 이러한 마음이 자연적으로 중국인의 근면 정신, 평화와 미덕의 애호, 이상을 추구하는 태도로 발전하였다.[31]

2) 효도

중국인은 효도를 가장 중시한다. 공자는 이르기를 '근본이 서면 도가 생길 것이다. 효도와 공손은 그 어진 것을 하는 근본인 것이다'라고 했다.[32] 또한 '신체, 머리, 피부는 부모로부터 받았으니 감히 다치지 않는 것이 효도의 시작이다. 입신출세하여 바른 도를 행하며 후세에 이름을 드날려 부모를 알리게 하는 것이 효도의 끝이다'라고[33] 했다.

효도에 대한 가장 구체적인 지적은 『효경』과 『예기』에서 엿볼 수 있다. 이 책은 모든 유가 경전과 마찬가지로 효도를 모든 도덕적 행위의 근본으로

---

30) 韓非子(? -BC.233)의 『歷史書』

31) 國立編譯館(1996), 17-19면

32) 朱熹(1981a), 17면

33) 송현호, 유려아 역(1998), 45면

삼았다. 효를 행하면 만사가 형통하고 천하가 태평할 것이라고 했다.

공자께서 말씀하셨다. 선대의 성왕들께서는 지극한 덕과 중요한 도를 갖추고 계셨으며 천하의 만민을 가르쳐 이끄셨다. 그러므로, 백성들은 서로 화목하고 위아래가 원망이 없었다. 공자께서 말씀하셨다. 효라는 것은 덕의 근본이다. … 효는 부모를 섬기는 데서 시작하여, 임금을 섬기는 것이 그 중간이며, 몸을 세우는 것이 그 끝이다.[34]

> 행동거지를 항상 정중하게 하지 않음은 효가 아니고, 임금을 섬김에 있어 충실하지 않음은 효가 아니며, 관직에 임해서 언행을 삼가지 않음은 효가 아니고, 친구관계에 있어서 신의를 중히 여기지 않음은 효가 아니며, 전쟁에 임하여 용감하지 않음 역시 효가 아니다.[35]

『효경』은 모두 합쳐 겨우 1,799자로 이루어진 경전으로 『논어』, 『맹자』, 『예기』에 버금가는 책이다. 역대 통치자들은 이 책을 아주 존중했으며, 양한 시대에는 공자가 지은 것으로 생각하고 『춘추』와 같은 지위를 부여하기도 했다. 뜻은 『춘추』에 있고 행동은 『효경』에 있다고 생각한 것이다.[36]

『예기』는 전한의 경학자 대성이 편집한 책으로, 도덕철학으로 출현했기 때문에 신하와 백성들의 마음 속에 깊이 파고들기를 희망했다.[37] 예와 예치가 어떤 관계에 있는가가 비교적 자세히 나타나 있어서 어느 정도 '군주의 철학'이라고 할 수 있으며, 역대 제왕들로부터 분명한 호감과 두터운 사랑을 받았

---

34) 王余光 外(1995), 145면에서 재인용

35) 王余光 外(1995), 176면에서 재인용

36) 王余光 外(1995), 141-143면

37) 王余光 外(1995), 176면

지만 『군주론』과는 성격이 다른 책이었다.[38]

오늘날에도 중국인은 여전히 효도를 중시하고 있다. 가정에서나 사회에서 노인은 권위를 지닌 존재이며, 존경의 대상이다. 그것은 그들이 전통적으로 공리를 중시하지 않아서가 아니다. 자신의 생명의 근원을 잊지 않고, 개인이 인류 구성원으로서의 맡은 바 책임을 다하려는 것일 뿐이다. 부모님께 호의호식해드리는 것이 효도가 아니라 일종의 형식일 뿐이다. 중요한 것은 부모에 대한 깊은 경애심이며, 늘 이러한 마음을 즐겁게 드러내야 한다.[39]

문화대혁명 이후 자식들이 부모를 자아비판의 대상으로 삼기도 해서 어느 사이 어른에 대한 예의가 없어졌다는 어느 노 교수의 지적은 여전히 그들이 예의를 중시하는 관념에 사로잡혀 있음을 드러내는 것이다.

3) 교제

증자는 '날마다 세 가지로 나 자신을 살피는데, 사람을 위하여 꾀함이 충성치 못하였는가? 벗과 사귀는 데 믿음이 없었는가? 배운 것을 익히지 못하였는가?'라고 했다.[40] 『논어』에 나오는 이 글은 교제의 중요성을 언급한 것이다. 공자의 제

---

38) 王余光 外(1995), 175면

39) 國立編譯館(1996), 163면

40) 朱熹(1981a), 19면

자인 子夏도 '四海之內, 皆兄弟也'라고 했다.[41]

중국인들이 친구를 사귀면서 가장 중요하게 여기는 것은 '성'과 '신'이다. 자기가 성심으로 남에게 대하면, 자연히 진실한 우의가 돌아온다. 남을 존중하면, 자연히 남으로부터 존중을 받는다. 아울러 신용을 지키고, 결코 남을 속이지 않아야 한다. 중국인은 이러한 원칙을 개인적 사교에서도 응용하고, 다른 국가와 수교를 할 때도 동일하게 이러한 원칙을 준수한다.[42]

그들이 귀감으로 삼는 인물은 관중과 포숙아, 유비와 관우와 장비이다. 관중은 춘추시대의 정치가이다. 그의 정치 사상이 중국에 미친 영향은 지대하다. 그러나 포숙아가 없었다면 관중은 없었을 것이고, 오늘날 그를 기억할 사람은 아무도 없을 것이다.[43] 유비와 관우와 장비는 도원에서 결의를 맺은 이래 위기의 상황에 처해서도 의형제로서의 신의를 지킨 사람들이다.

중국은 우리와 마찬가지로 과거에 대가족 제도를 유지했으나 최근 핵가족화의 추세를 보이고 있다. 그럼에도 많은 친척과 본가가 있고, 서로 내왕을 한다. 생업에 종사하면서 많은 친구도 사귀고 있다. 자연히 친척과 친구들이 많아졌다. 친척과 친구 집안의 애경사가 있으면 참석해서 함께 기뻐하고 축하해주어야 한다. 친척과 친구 집에 병자가 생기면 당연히 문병을 가서 그들을 위로하고 안심시켜야 한다. 개업을 하거나 사업에 실패한 사람이 있으면 그들을 찾아보고 도와야 한다. 부고를 받으면 조문을 하고 가족을 위로해야 한다.[44]

---

41) 國立編譯館(1996), 227면

42) 國立編譯館(1996), 154면

43) 國立編譯館(1994), 『中國歷史故事 1』, 正中書局, 1-4면

44) 國立編譯館(1996), 154면

4. 衣食住 문화

공자는 '거친 밥을 먹고 물을 마시고 팔을 베고 자더라도 즐거움이 또한 그 가운데에 있는 것이니, 의가 아닌 부귀는 나에게 뜬구름과 같은 것이다'라고 했다.[45] 또한 우 임금이 평소 '음식을 간소히 하시되 선조의 신을 제사함에는 효성을 다하고, 평소의 의복은 허술하게 하시되, 제례의 의관은 화려하게 하고 궁실은 검소하게 하되 백성을 위한 치수사업에는 힘을 다하셨으니, 우는 내가 허물을 가질 수 없다'[46]라고 했다. 그리고 '안회는 거의 도에 가까워 여러 번 양식이 떨어졌어도 마음이 편안하였다'[47]고 했다.

이러한 안빈낙도 사상은 중국인들의 생활 철학으로 수 천 년 동안 지속되어 왔다. 그러나 빈궁과 궁핍이 사회 문제가 되면서 공산화된 중국에서는 기본적인 의식주 문제를 해결하는 것이 가장 중요한 정책 과제가 되었으며, 현재 그러한 문제는 최소한의 수준에서 해결한 것으로 보고 있다. 어찌 보면 그들은 외모에 너무 신경을 쓰지 않은 것 같은 느낌마저 준다. 빨지 않아서 시커멓고 허름한 의복, 하얀 칠을 한 사발에 밥과 반찬을 함께 담아서 먹는 점심, 페인트칠이 벗겨져서 을씨년스럽게 느껴지는 허름하고 낡은 건물 등을 보고 우리는 그들의 삶이 아주 검소하고 소박한 느낌을 갖게 된다.

또한 손님을 성심껏 대접하고도 준비가 너무 소홀했다고 연신 '眞對不起, 今天沒有什麽菜'를 남발한다. 이것은 겸양에서 비롯된 것인데, 지위가 얼마나 높든 학문이 얼마나 많든 그에 상관하지 않고 그들은 대부분 겸양을 보이면서 산다. 국가간의 관계에 있어서도 큰 차이가 없다. 공자가 일찍이 '어떤

---

45) 朱熹(1981a), 117면

46) 朱熹(1981a), 141면

47) 朱熹(1981a), 184면

국가, 어떤 민족이든 예의를 갖추고, 정직하고 믿음직한 태도로 그들을 대해야, 나쁜 곳이 없다'고 말한 바 있다.[48] 이러한 미덕이 수많은 민족으로 이루어진 중국을 하나로 융합한 원동력이 되고, 중국을 세계에서 가장 예의를 중시하는 나라로 만들었음에 틀림없다.

그러한 전통적인 중국인의 모습은 90년대 후반에 들어오면 완전히 달라지고 있다. 그들의 집을 방문해 보면 겉과는 달리 화려하고 장중하게 치장한 집안, 손님을 기쁘게 해주고도 남을 푸짐한 음식, 여유 있는 생활 태도에 격세지감을 느끼게 한다. 아울러 우리보다 못사니까 우리보다 못하다는 편견과 선입견이 얼마나 무서운 것인가를 다시 한번 되새기게 한다.

1) 음식

중국 음식은 세계적으로 유명하다. 중국인은 음식 예술에 대한 연구가 이미 2, 3천년의 역사를 가지고 있기 때문이다. 『예기』에 이미 음식의 재료, 조미료, 음식에 대한 금기를 아주 상세하게 논하고 있다.

중국인의 음식물의 종류는 너무 다양하며, 먹는 모양도 너무 다양하다. 하늘에서 나는 것, 땅에서 기는 것, 물에서 수영하는 것을, 모두 사람들이 잡아다가 요리를 만들어 식탁에 내놓고 먹는다. '一雞三味', '一魚兩吃'는 이미 기이한 것이 아니다. 북경의 한 요리사는 한 마리 돼지로 5, 60가지 요리를 만들었는데, 이것은 사실로 과장된 것이 아니다. 또한 중국인은 면류를 이용하여 饅頭, 花卷, 包子, 餃子, 餛飩, 大餠 등등과 같은 수백 가지의 식품을 만들어낸다.[49]

---

48) 國立編譯館(1996), 176면

49) 國立編譯館(1996), 129면

중국의 팔대 요리는 산동 요리, 사천 요리, 강소 요리, 절강 요리, 안휘 요리, 호남 요리, 복건 요리, 광동 요리 등이고[50], 사대 요리에는 산동 요리(魯菜), 사천 요리(川菜), 광동 요리(粤菜), 양주 요리(揚菜) 등이다. 이외에도 북경의 北京烤鴨, 涮羊肉, 천진의 羊頭湯, 狗不理包子, 상해의 清蒸蟹 등이 유명하다.[51] 음식 문화는 각 성의 습관이 다르며, 입맛도 다르다.

산서성 사람들은 신음식을 좋아하고, 절강성과 광동성 사람들은 단 음식을 좋아한다. 호남성과 사천성 사람들은 매운 음식을 특별히 좋아한다. 이러한 사실은 널리 알려져 모르는 사람들이 거의 없다. 한국 사람들은 대체로 매콤달콤한 광동요리와 매운 사천 요리를 좋아한다.

중국 사람들이 요리를 좋아하는 민족이라고 생각하는 사람들이 있다. 이러한 생각은 정확한 것이 아니다. 중국인은 손님 초대하기를 좋아하고, 손님을 초대할 때 반드시 가장 맛있는 음식을 내놓아 손님이 귀빈이라는 느낌을 가지고 돌아가게 한다. 또한 그들은 생활의 예술을 연구하여, 아주 적은 부식비로도 특별히 신경을 써서 맛있고 신선한 음식을 만들어 생활의 즐거움을 더하고 있다. 그들이 맛을 연구하지만, 그렇다고 옷과 음식만을 추구하는 사람들은 아니다. 평소에는 소찬을 즐긴다. 이것은 유학자인 공자와 도학자인 노장으로부터 영향받은 바 크다.[52]

---

50) 산동의 유명 요리로는 油爆大合, 荷花大蝦 등을, 사천의 유명 요리로는 芹黃辣牛肉絲, 麻辣聞名, 宮保鷄丁, 宮保魚丁, 麻婆豆腐, 回鍋肉 등을, 강소의 유명 요리로는 銀菜鷄絲, 淸蒸鰣魚, 百花酒悶肉, 三百菜(銀魚, 白蝦, 白魚), 眞空鹽水鴨, 板鴨 등을, 절강의 유명 요리로는 西湖醋魚, 龍井蝦仁, 海瓜子 등을, 안휘의 유명 요리로는 符籬集燒鷄, 雪天牛尾狸 등을, 호남의 유명 요리로는 腊味合蒸, 冰糖湘蓮 등을, 복건의 유명 요리로는 佛跳墻, 福壽全, 雪花鷄 등을, 광동의 유명 요리로는 開煲狗肉, 椒鹽蛇磔, 夏果奧帶子, 菜捌冬菇, 醉蟹, 辣氏蟹, 蒸肉蟹, 冬瓜盅, 古老肉, 竹絲燴王蛇 등을 들 수 있다. <陳仁風(1993), 301-302면>

51) 변인석(1996), 『중국문화유적답사』, 도서출판 두남, 285-320면

52) 國立編譯館(1996), 131-132면

그런데 요즘에는 많은 음식점에 사람들이 북적거리고 있다. 월급이 얼마 되지 않은 관리들이 고급 승용차를 소유하고 고급 음식점을 자주 찾고 있다. 그 돈을 월급으로 충당한다고 생각하는 사람들은 거의 없다. 담배 역시 그 가격차가 아주 크다. 고급 관리들은 가장 비싼 담배를 하루에 두 갑씩 피워대고 있다. 이러한 현상을 어떻게 설명해야 하는가? 고대로부터 중국에서는 '농사를 지어서 얻은 이익은 2배이고, 상업을 해서 얻는 이익은 10배이며, 관리가 되어서 얻은 이익은 한계가 없다'는 속설이 있다. 요즘도 관료들의 부패는 말할 수 없을 정도이며, 꽌따오(官倒)라는 구호가 나올 정도이다. 이 말은 따오꽌(倒官)을 뒤집어서 사용한 용어이다.

2) 주거

중국인은 집을 지을 때 먼저 풍수를 본다. 이것은 미신이지만 일리가 있다. 중국인들은 어떤 건축물도 대자연의 조화를 깨뜨리지 않고, 대자연과 건축물이 일체가 되어야 한다고 생각하고 있다.

북경의 사합원 원형태와 현대에 재도입된 사합원 향태의 다세대 주택

이러한 집에 사는 사람은 자기가 우리 속에 갇힌 것이 아니고, 대자연 속에서 편안하게 생활하는 것으로 여긴다. 그래서 중국인은 항상 남향집을 지으며, 남쪽으로 창문을 내서 겨울에는 햇빛을 여름에는 시원한 바람을 받아들인다. 남향집은 겨울에 따뜻하고 여름에 시원하여 아주 편안하게 살 수 있다.[53]

중국인은 가족과 윤리를 중시한다. 그들의 주택도 이러한 요구에 맞추려고 4合院을 이룬다. 높은 기초 위에, 중간은 正房, 양쪽은 廂房이다. 정 중앙에 반드시 공간이 비교적 큰 堂屋이 있고, 안에 조상의 위패와 신불을 모신다. 방의 분배는, 대소에 따라 결정한다. 어른이 정방에 거주하고, 막내가 윗방에 거주하는데, 장유유서의 윤리를 지킨다. 고귀한 사람의 집도 마찬가지이다. 다만 뜰이 비교적 넓을 뿐이다. 궁전과 사원은 뜰이 더욱 크다. 시대의 변천에 따라 현재 중국 도시의 집은 이미 서양화되었다. 그러나 사람들이 아파트에 들어가 살고 있기는 하지만 생활의 태도는 여전히 과거의 우수한 전통을 보존하고 있다.[54]

3) 복식

복식의 풍속은 식생활이나 주생활과 함께 기층 문화의 가장 중요한 내용일 뿐만 아니라, 민족적 의식과 예의를 가장 잘 드러내주는 중요한 문화 현상이다. 복식은 그 시대의 법과 제도의 구속력을 초월하는 양식이다. 따라서 풍속사의 차원에서 접근해 볼만한 가치가 있다.[55]

중식인의 복식은 민족에 따라 대단히 다양하다. 북방 민족은 寬袍와 大褂

---

53) 國立編譯館(1996), 141면

54) 國立編譯館(1996), 141-143면

55) 조효순(1989), 『복식』, 대원사, 6면

를 즐겨 입고, 부녀자는 長
袍나 長裙을 즐겨 입는다.
남방 민족은 短衣와 長褲
를 즐겨 입는다. 부녀자들
은 繡衣와 花裙을 즐겨 입
는다. 소수 민족의 복식도
다양하다. 정밀하게 공정

을 하고, 아름답게 활용한다. 공산화 이후, 이질적인 계급과 등급이 복식으로
그들의 귀천을 나타내기도 했다.[56]

특히 비단은 중국의 대표적인 옷감이다. 중국에서 비단에 얽힌 신화와 전설
은 대단히 많다. 고대 신화 가운데 유명한 것으로는 태양의 신인 금무조의
뽕나무가 있다. 이 나무는 제사를 지내거나 자식의 생산을 비는 장소였다.
그래서 뽕나무 숲은 남녀의 밀회 장소가 되었다. 중국의 고서인 '시경'에는
뽕나무 숲에서 씌어진 연가가 아주 많다. 여인들은 뽕나무 잎을 딴다는 빌미
로 뽕나무 숲으로 가서 노래를 부르고, 남자들은 그에 답가를 하여 결국 그들
은 결혼을 하게 되고, 부모를 떠나 멀리 떠나야 하는 아픈 마음을 다시 시로
달랬다고 한다.

요즘 중국의 젊은이들은 과거에 비해 옷이 많이 밝아진 편이며, 북방에서는
좀 어두운 반면 남방으로 올수록 화려해지는 경향이 있다. 밤거리에서 마주치
게 되는 여인들은 화려하고 현란한 옷차림을 하고 있으며, 젊은 여학생들이
아주 짧은 미니 스커트를 입고 자전거를 타고 가는 광경은 중국과 중국인의
현주소를 다시 한번 생각게 한다.

---

56) 徐仁瑤 外(1989),『中國風物誌』, 北京旅遊出版社, 215면

그들의 복식 용어도 아주 생소한 것이 많은데, 그 가운데 西裝(양복), 背心 (조끼), 褲子(바지), 大衣(오버코트), 斗篷(망토), 新禮服(모닝코트), 晚會服 (연미복), 晚會便服(턱시도), 婦女禮服(부인복), 婦女晚會服(이브닝드레스), 婦女平常服(부인 평상복), 短上衣(부인복 저고리), 裙子(스커트), 女襯衫(블 라우스), 短衫兒(블라우스), 毛綿衣(쉐터), 睡衣(잠옷), 襯褲(언더스커트), 襯 衫(와이샤츠), 室內衣(실내복), 披肩 或 圍巾(목도리), 汗衫(메리야스), 領帶 (넥타이), 圍巾(스카프), 手套(장갑), 皮帶(허리띠), 襪子(양말), 長襪子(스타 킹), 手巾 或 手絹兒(수건) 등이 우리가 일상적으로 많이 사용하는 복식 용어 들이다.

5. 명절(節日)

중국은 마오쩌둥(毛澤東) 사상에 토대를 두고 5·4 운동 이래 혁명 운동의 경험과 교훈을 살려 중화인민공화국의 강령을 추구하고 있다. 중국 공산당의 지도 속에서 역사 단계에 상응하는 정치 혁명과 경제 문화 건설이라는 국가적 임무를 수행하기 위하여 반드시 인민을 위한, 무엇보다도 노동자, 농민, 병사 를 위한 문화 운동을 하고 있다.[57] 종교 역시 마찬가지이다. 중국 헌법 제36조 에는 정상적인 종교 활동의 자유를 보장하고 있다. 그러나 사회주의 국가들이 대개 그러하듯 그 자유에는 한계가 있다. 특히 문화혁명 과정에서 사원, 교회 등이 紅衛兵으로부터 공격을 받아 파괴되고, 문화혁명 이후로도 모든 종교 활동이 자유롭지 못하였다. 이에 따라 외견상 중국의 명절과 종교는 공산권 국가들은 말할 것도 없고, 세계의 여러 나라들과 다른 성격을 지니고 있는

---

57) 邱嵐(1994),『中國當代文學史』, 中國語文硏究會 譯, 高麗苑, 26면

것처럼 보인다.

그러나 그들의 가정을 방문하고 그들과 친밀한 관계를 유지하게 되면 그들은 자신들의 속마음을 털어놓게 되는데, 그때 발견한 모습은 겉으로 드러난 것과 사뭇 다르다. 그들이 여전히 전통을 숭상하고 있으며, 농경 사회에서 영향받은 바 큰 각종 세시풍속이나 명절을 은연중에 유지하고 있음을 발견할 수 있다. 이러한 전통은 그들의 문화 유산이라고 할 수 있다. 공자는 '제사 지내시되 선조가 살아 있는 듯이 하시며, 신을 제사하시되 신이 있는 듯이 하시었'고[58], '비록 거친 밥과 나물국이라도 반드시 곡신에게 드렸는데, 반드시 공경히 하였'다.[59]

중국의 주요 명절에는 過年 혹은 春節(陰曆 正月 1日), 元宵節(陰曆 正月 15日), 寒食節(冬至後 105日), 淸明節(冬至後 106日), 端午節(陰曆 5月 5日), 七夕節(陰曆 7月 7日), 仲秋節(陰曆 8月 15日), 重陽節(陰曆 9月 9日), 雙十節(陽曆 10月 10日), 臘八節(陰曆 12月 8日), 祭灶節(陰曆 臘月 23日), 聖誕節(陽曆 12月 25日), 기타 少數民族의 수많은 명절[60] 등이 있다.

1) 過年 혹은 春節

중국은 농업으로 입국을 하였다.[61] 농업 국가 시대에 중국인의 가장 중요한 명절은 過年이라고 할 수 있다. 과년은 春節 혹은 陰曆年이라고도 부른다.[62] 아직도 중국에서는 과년이 가장 성대한 전통적 국가적 명절이다.

---

58) 朱熹(1981a), 51면

59) 朱熹(1981a), 168면

60) 陳仁風(1993), 305-312면

61) 張亮采 編(1988), 3면

62) 陳仁風(1993), 305면

과년은 지난 일년을 마무리하고, 다가올 일년을 시작하는 두 가지의 의미
를 동시에 지니고 있다.

정식 행사는 섣달 23일부터 시작된다. 이 날은 조왕신(竈王爺, 혹은 灶神)
을 하늘로 보내야 한다. 祭灶節이라고도 한다. 민간의 전설에 의하면, 灶神은
옥황상제가 인간 세계로 보내 모든 집의 선과 악을 시찰하게 한 사자다. 그는
12월 24일에 승천하여 옥황상제께 보고를 올린다. 후대에 와서는 이날부터
새해를 맞이하는 준비 작업으로 대청소일로 정했다.[63]

제석(除夕)은 과년의 절정이다. 모든 집에서 춘련(春聯)[64]과 '福'자를 붙인
다.[65] 春聯은 문이나 기둥에 써붙이는 주련 또는 대련이다. 五代十國 때 後蜀
임금 孟昶이 쓴 것이 중국 역사상 최초의 춘련이다. 빨간 종이에다 쓰는 것은
明나라 때부터였다. '福'자는 섣달 그믐날에 네모난 빨간 종이에다 써서 창문,
벽, 문, 가구 물품에 거꾸로 붙인다. 이것은 '福到(倒)了"(복이 왔다)를 의미한
다. 송나라 때부터 생겼다. 섣달 그믐날에는 조상과 신령님께 제사를 지낸다.
밖에 나간 사람들도 반드시 집으로 돌아와야 한다. 밤에는 온 가족들이 모여
저녁 식사를 함께 한다. 아울러 까치설을 쉰다. 자지 않고 밤을 새워 새해를
맞이하는 것을 말한다. 일찍이 三國 兩晉 때부터 기록되어 있다. 또한 이날은
촛불을 켜두는 것이 일반화되고 있다.

초하루는 원단이다. 모든 사람들은 새 옷을 입고 세배를 하러 나간다. 다른
사람을 만날 때 서로 '恭喜! 恭喜!'라고 하면서 덕담을 나눈다.[66] 이 날은
찹쌀떡과 만두를 먹는다. 찹쌀떡의 제조법은 남북조 시대부터 발명했다. 설을

---

63) 陳仁風(1993), 312면

64) 國立編譯館(1996), 1면

65) 陳仁風(1993), 305면

66) 國立編譯館(1996), 3면

쇠는 찹쌀떡을 중국어로 '年糕'라고 한다. 이것은 '年高'와 같은 발음으로, 자신이 하는 일을 해마다 더욱 향상시킨다는 뜻이다. 만두는 중국어로 '餃子' 인데 '交子'와 같은 발음이다. 밤 영시는 子時라고 한다. 交子는 한해가 교체 한다는 뜻이다.67) 폭죽 터뜨리기를 하여 귀신을 쫓고 명절의 흥을 돋우기도 한다.

이외에 剪紙(종이 오리기), 門神 붙이기, 연하장 보내기 등의 풍속이 있다. 여기서 주목할 만한 행사가 門神 붙이기이다. 전설에 의하면, 어느 날 병 든 唐 太宗이 꿈에 귀신을 보고 잠을 이루지 못했다. 장군인 秦叔寶와 尉遲恭이 달려와서 갑옷차림으로 병기를 들고 문 입구를 밤새 지켰다. 그날 밤부터 唐 太宗은 다시는 악몽에 시달리지 않았다. 나중에 화가를 불러 두 사람의 모습 을 그려 궁전 대문에 붙여놓고 문신으로 삼았다. 그 후로부터 사람들은 이 그림을 붙여 사악함을 내쫓는 풍습으로 삼았다.68)

2) 정월 대보름

춘절과 등절 사이에는 元宵節이 있다. 정월 15일의 행사라 하여 정월 대보 름날이라고도 하는데, 행사를 아주 성대하게 치른다. 西漢 때부터 시작하여 唐宋 때에 크게 성행했다. 전설에 의하면 기원 전 179년 정월 대보름날은 漢文帝가 제후들을 물리치고 왕이 된 날이었다. 그 후로부터 문제는 해마다 이날 밤에 사복 차림을 하고 백성들과 즐겁게 보냈다. 후에 이날을 기념일로 정했다. 당나라에 이르러 이날 밤에 등을 켜기로 정했다. 그래서 '燈節'이라도 부른다. 등은 만물을 비추어 어두움을 깨뜨린다는 뜻을 지니고 있다.69) 과년

---

67) 陳仁風(1993), 306면
68) 陳仁風(1993), 306면

은 정월 17일 燈節까지 계속된다. 이날이 지나면 사람들은 과년의 행사를
마무리하고 새해의 일을 시작한다.[70]

3) 寒食節과 淸明節

동지(冬至)로부터 105일째 되는 날을 한식이라고 부른다. 한식의 다음날이
곧 청명절이다. 청명절은 중국인들이 조상의 묘에 제사를 지내는 날이다. 조
상의 분묘 위에 길게 자란 풀을 자르고 엉성한 흙을 다지고, 분묘 앞에 술과
음식을 차리고 제사를 지낸다. 중국인은 전통적으로 고향 땅에 대하여 깊은
애정을 지니고 있었다. 그들은 타지에 갈 때 몸에 반드시 고향의 흙을 지니고
갔다. 그래야 쉽게 병이 나지 않는다는 속설이 있다. 어떤 사람이 타향에서
죽으면 그의 가족들은 죽은 사람을 반드시 고향의 땅에 묻으려고 한다.[71]

중국인이 청명절에 조상에게 제사를 올리는 것은 죽은 사람을 생각한 것이
지만, 살아있는 사람들끼리 서로 모일 기회를 마련하려는 것이기도 하다. 그
래서 청명절에는 고향에 가서 조상에게 제사를 올리고, 친척들과 만날 기회도
갖는다. 중화민국 정부는 청명절을 <민족성묘일>로 지정하여 제전을 거행
하고 중화민족의 시조인 황제(黃帝)를 기념한다. 동시에 중국 문화의 우수한
전통의 하나로 유지하고 있다.[72]

두 행사는 모두 春秋時代 晉文公이 介子推를 애도하면서 시작되었다. BC
655년 晉文公이 계모의 독살을 피하기 위해 외국으로 가서 망명 생활을 하였

---

69) 陳仁風(1993), 307면

70) 國立編譯館(1996), 3면

71) 國立編譯館(1996), 49면

72) 國立編譯館(1996), 51면

다. 하루는 晉文公이 굶주려 쓰러지자 介子推는 자기의 허벅지 살을 베어 먹였다. 19년 후 晉文公이 왕위에 복귀하였다. 공신들이 모두 상을 받았는데 介子推만 받지 못했다. 그는 노모를 모시고 綿山(山西省)에 은거했다. 진문공이 나중에야 그 사실을 알고 면산에 찾아갔으나 만나주지 않았다. 진문공은 그가 효자라는 사실을 알고 면산을 태우라고 명령했다. 효자인 그가 어머니를 생각해서 틀림없이 나올 것이라고 생각했기 때문이다. 불을 태운 지 3일이 지나도 그는 나오지 않았다. 그들 모자는 서로 한 버드나무를 껴안고 타죽은 모습으로 발견되었다. 그리고 혈서로 '청명한 정치'를 해달라고 진문공에게 유서를 남겼다. 진문공은 그를 기리기 위하여 綿山을 介山으로 개명하고, 산을 태운 날을 寒食節로 정했다. 이듬해 한식날에 진문공이 면산 아래서 하루 찬 음식을 먹고, 이튿날 소복으로 개자추에게 제사를 올렸다. 따라서 이날을 청명절로 정했다. 唐, 宋 때부터 한식날과 청명날은 중국인이 자기의 조상이나 선열에게 성묘하는 날로 정해져 오늘까지 전해 내려오고 있다.73)

4) 단오절

음력 4월은 초여름이고, 음력 5월은 한여름이다. 5월 5일은 바로 단오절이다. 5월이 되면 날씨가 뜨겁고 곤충들이 도처에서 활동을 하여 사람들은 병에 걸리기 쉽다. 그래서 옛사람들은 5월을 나쁜 달로 인식했다. 5월 5일은 더욱 불길한 날이다. 특별히 미신을 믿는 사람들은 심지어 5월 5일에 낳은 아이들을 버리고, 그를 기르지 않는다. 사람들은 단오절에 재앙을 막고 복을 빌기 위하여 문에 부들 쑥을 꽂고, 부적을 붙이고, 몸에 香包를 착용하며, 웅황주를 마신다.74)

---

73) 陳仁風(1993), 307-308면

‘端’ 즉 ‘初’는 개시를 뜻하고, ‘午’는 ‘五’를 뜻한다. 전설에 의하면 단오절은 중국 고대민족의 ‘龍子節’이다. 훗날 사람들은 멱라수에 빠져 죽은 굴원을 기리는 날로 정했다.[75] 초 나라의 정치가요 시인인 굴원은 환락에 빠진 군신을 각성시키기 위하여 5월 5일 멱라수에 빠져 죽었다. 사람들은 모두 이 애국 시인을 경애하여, 배를 저어 그의 시체를 찾으려고 했으나, 찾지 못했다. 후에 그들은 찹쌀을 대나무 잎에 싸서 粽子를 만들고, 작은 배를 저어 粽子를 물속에 던져 제사품이 되게 했다. 이것이 粽子와 龍舟경기의 기원이다.[76]

5) 七夕節

‘夕’은 밤의 뜻이다. 즉, 음력 七월 七일 밤이다. 칠석은 또한 女兒節이라고 부른다. 이것은 중국 고대 견우와 직녀의 이야기에서 비롯했다. 민간에서 유행하는 풍속으로는 첫째, 이날 밤에 부녀자들이 과일을 차려놓고, 직녀의 교묘한 솜씨를 전해 내려달라고 빈다는 의식이 있다. 둘째, 시집간 새댁을 친정집으로 데려와야 한다. 王母娘娘이 신혼부부의 행복한 생활을 보고 강제로 헤어지게 할까봐서 잠시 王母娘娘을 피해 있도록 한 것인데, 이것은 영원토록 행복하게 살게 하기 위한 배려이다. 셋째, 이날에 비가 잦았다. 견우와 직녀가 만날 때 흘리는 눈물이라고 한다.[77]

6) 중추절

음력 8월 15일은 중추절이다. 민간에서는 8월절이라고도 하는데, 중추절은

---

74) 國立編譯館(1996), 117면

75) 陳仁風(1993), 308면

76) 國立編譯館(1996), 117-119면

77) 陳仁風(1993), 309-310면

춘절 다음으로 큰 제2의 전통절이다. 이미 한나라 때 '추절'이 있었으나, 8월 15일이 아니고 입추 때였다.78) 옛사람들의 이야기에 의하면 사계절의 특징은 '春生, 夏長, 秋收, 冬藏'이다. 8월 15일 중추절 밤이 되어 사람들이 달을 구경할 때, 달이 특별히 둥그렇고 특별히 밝음을 느낄 수 있다.79)

둥근 달을 보고 사람들은 월병을 만들어 중추절의 특유한 음식을 삼았다. 월병 만드는 법은 성마다 다르고, 맛도 다르다. 중추절 밤 달이 뜬 이후 주부들은 집안의 부녀자를 인솔하여, 월병과 과일로 달의 신에게 제사를 지낸다. 남자는 참가할 수 없다. 달의 신이 여신이기 때문이다. 달의 신에 대한 제사가 끝나기를 기다려, 가장 큰 월병을 잘라 나누어 먹는데, 가족이 몇 사람이든, 그만큼 자른다. 만약 한 사람이 집에 없으면, 그가 돌아오기를 기다렸다가 먹는다.80)

중국에는 달에 관한 전설이 하나 있다. 옛날 堯帝가 나라를 다스리던 시절에 백발백중의 명사수가 한 사람 있었는데, 이름은 후우이(后羿)였다. 어느 해, 하늘에 홀연히 10개의 태양이 동시에 나타났다. 요제는 후우이에게 명령하여 아홉 개의 나머지 태양들을 모두 쏘아버리고 오직 하나만 남겨두도록 명령했다. 그는 이러한 임무를 수행했고, 요제는 그에게 많은 상과 막대한 권한을 하사하고, 어느 지방을 떼어서 그에게 관리하도록 했다. 사람들마다 그를 존경했고, 그가 어느 곳을 가든지 사람들은 그를 영웅 대접을 했다. 그는 점점 오만하고 포악해져, 조금도 인민의 어려움을 헤아려주지 않았다. 그는 한 여신으로부터 선약을 얻어 마시고 불로장생할 수 있었다. 후우이는 대단히 기뻐했으나, 백성들은 이 소식을 듣고 실망했다. 후우이의 아내 女常娥는 천

---

78) 陳仁風(1993), 310면

79) 國立編譯館(1996), 199면

80) 國立編譯館(1996), 199-202면

성이 선량하여 폭정을 싫어하고 인민을 위하여 몰래 후우이의 선약을 먹었다. 선약을 먹은 뒤 곧 몸이 제비처럼 가벼워져, 자유자재로 월궁안을 날아다녔다. 중추절 밤 둥근 달을 바라보면서 은연중에 옷자락을 날리는 미인을 보는 것 같은데, 그가 바로 상아이다.[81]

7) 重陽節

고대 중국에서는 6을 음수로, 9를 양수로 한다. 9월 9일은 마침 두 개의 양수가 중첩된 것이다. 이에 이름한 것이다. 중양절의 근원은 漢나라 때다. 이에 관한 고사는 다음과 같다. 漢高祖의 첩인 戚夫人이 왕후에 의해 살해당해, 戚夫人의 궁녀 賈씨도 왕궁에서 쫓겨나갔다. 빈민과 혼인한 그녀의 말에 의해, 왕궁에서 음력 9월 9일날 모두가 산수유화로 장식하여 국화술을 마시고 장수를 구했다고 한다. 이에 민간에서도 모방하기 시작했다.

이날에 민간에서 또한 등산하는 풍습이 있어서 '登高節'이라고도 부른다. 이것은 東漢 때부터 전해왔다. 梁나라 吳均의 <續齊諧記>에 의하면 東漢 때 桓景公이 선견지명을 지닌 費長房을 스승으로 모시고 있었다. 하루는 費長房이 景公에게 "9월 9일 집에 있으면 큰 재앙을 만날 것이니, 온 식구가 산수유화를 몸에 지니고 높은 산에 올라가 국화술을 마시도록 하면 재앙을 비켜나갈 수 있을 것이다"라고 했다. 환경공이 시키는대로 피했다가 귀가해보니 집의 닭, 개, 소, 양 등이 모조리 죽어 있었다. 그후로부터 높은 데로 올라가는 풍습이 전해 내려왔다. 현재 중양절은 중국인에게 사랑을 많이 받는 전통적인 명절로, 여행날로 되어 있다.[82]

---

81) 國立編譯館(1995b), 『中國民間故事 2』, 正中書局, 31-35면

82) 陳仁風(1993), 311면

8) 쌍십절

10월 10일은 중화민국의 국경일이다. 청나라 말기, 중화민국 국부 손중산
이 혁명을 이끌어, 여러 차례 실패 끝에 마침내 신해년 음력 8월 19일(양력
10월 10일) 호북 무창의거가 성공했다. 만청 정부를 전복하여 수천 년
역사의 군주 정치를 종식시키고 아시아의 첫 번째 민주국가를 건립하였다.
이후 매년 10월 10일, 전국각지에서 아주 즐거운 마음으로 이 좋은 날을
경축하고 있다.[83]

그런데 대륙에서는 孫中山을 크게 존경하고 국부로 인정하여 높이 추앙하
고 있음에도 雙十節을 국경일로 생각하지 않고 있다. 그것은 인민에 의한
진정한 공화국 건설은 中華人民共和國에 의해서 이루어졌으며, 中華民國은
위로부터의 혁명으로 실패했다고 보고 있다. 魯迅은 <阿Q正傳>에서 辛亥
革命을 소문만 무성하고 부패한 관료와 부자들이 불쌍한 인민들만 희생시킨
실패한 혁명으로 신랄히 비판한 바 있다. 毛澤東은 노신을 규범으로 삼아
자신이 직접 쓴 43수의 詩詞에서[84] 진부한 것으로부터의 새로운 창조라는
모델의 제공과 혁명가의 시대적 심리의 묘사를 하였다.[85]

9) 臘八節

음력 12월 초 8일은 본래 불교절이었다. 석가모니 부처님이 29세에 출가하

---

83) 國立編譯館(1996), 253면

84) 邱嵐(1994), 238-239면

85) 毛澤東은 『魯迅全集』을 자신의 집무실에 진열해두고 즐겨 보았다고 전한다.
그에 대한 구체적인 내용은 紹興에 있는 魯迅記念館에 가면 확인할 수 있
다. 모택동이 『魯迅全集』을 앞에서 집무를 보고 있는 광경이 사진으로 전시
되어 있다.

여 수행했다. 6년 동안의 고행으로 온갖 고통을 겪었다. 어느 날 허기와 피로로 인해 쓰러졌다. 이때 소치는 여자아이가 우유죽을 먹여서 건강을 회복했다. 그후에 큰 깨달음을 얻어 성불하였다고 한다. 그래서 후세 사람들이 이 날이 되면 죽을 쑤어서 불공을 올린다. 또한 석가모니의 성도기념일로 정했다.

실은 夏商시대부터 '腊日節'이 있었다. 즉 연말 제사일이다. 南北朝 시대 불교가 중국에 성행하게 되었다. 이에 사람들이 중국 전통적인 연말 제사일과 부처기념일을 합하여 '腊八粥'이라고 불렀다. 宋나라 후로부터 더욱 성행하게 되었다. 어떤 지방에서는 고양이, 개, 돼지, 닭에게도 이 죽을 먹인다. 가축이 병에 걸리지 않는다고 한다. 淸代에 이르러 크게 성행했다.[86]

6. 결론

본 연구는 중국지역 연구자 및 실무자들에게 중국인의 풍속과 습관을 이해하게 함으로써 그들과 교제하는 데 유용한 기본 지식을 제공하고자 하여 작성되었다. 중국인들에게는 수천 년 동안을 면면히 이어 내려오는 그들만의 풍속과 습관이 있다. 일종의 문화적 전통이라고 할 수 있다. 그것은 공산화 이전이나 공산화 이후 그리고 개방 이후에도 도도한 흐름으로 이어져 내려오고 있다. 그 실체를 파악하지 못하고 중국과 중국인을 말한다는 것은 언어도단이며, 중국과 중국인을 모르고 그들과 친분을 쌓고 거래를 한다는 것은 상상하기도 어려운 일이다. 특히 중국 전문가가 되려면 중국의 언어, 문화, 사상을 이해하는 것은 말할 것도 없고 그들의 습관과 버릇까지도 이해하지 않으면 안 된다.

현재의 중국문명이 시대를 거듭함에 따라 그 내용이 더욱 풍부해지고 보다

---

86) 陳仁風(1993), 311-312면

현대적인 모습으로 변해가는 것을 아는 것은 중국인을 이해하는 데 많은 도움을 줄 수 있다. 현재의 모습을 피상적으로 이해하고서 어떻게 그들을 전부 알고 있다고 할 수 있겠는가? 중국 전문가가 되려면 중국의 언어, 문화, 사상을 이해하는 것은 말할 것도 없고 그들의 습관과 버릇까지도 이해하지 않으면 안 된다. 중국인들이 자주 사용하는 '沒有', '差不多', '漫漫的' 등에는 그들의 관습이 배여 있다. 세시 풍속, 관혼상제, 음식 문화, 주거 문화, 복식 문화, 예절과 사교 문화 등에도 중국인의 풍속과 습관이 배어 있다. 그것을 이해하고 그러한 정보를 토대로 거래를 하고 물건을 만들어 판다면 백전백승할 수밖에 없다(知彼知己百戰百勝). 그 점을 알지 못하고 중국인들을 대한 외국인들의 애환은 말로 표현하기 어려울 정도로 많다.

대기업에서는 벌써 물건을 만들고 팔기 전에 그들의 풍속과 습관을 이해하려고 자료를 수집하고 있다. 대학에서 그러한 교육이 이루어지고 있다면 대기업에서 엄청난 돈을 들여가면서 지역전문가 프로그램을 운영할 필요가 없을 것이다. 따라서 본 연구는 지역전문가 프로그램에는 말할 것도 없고, 그들이 기업에서 활동을 할 때에도 아주 유용한 정보를 제공할 수 있을 것으로 기대된다.

◆ 참고문헌

金烈圭(1975), 『神話, 傳說』, 韓國日報社
金載元(1981), 『檀君神話의 新研究』, 探求新書
변인석(1996), 『중국문화유적답사』, 도서출판 두남
송현호 유려아 역(1998), 『원각천언』, 국학자료원

송현호 유려아(1999), 『비교문학론』, 국학자료원

張德順(1978), 『韓國說話文學槪說』, 二友出版社

張德順(1980), 『韓國文學史』, 同和文化社

張籌根(1961), 『韓國의 神話』, 成文閣

趙東一(1982), 『韓國文學通史 1』, 知識産業社

조효순(1989), 『복식』, 대원사

조희웅(1982), 『韓國說話의 類型的 研究』, 韓國文化院

황패강(1982), 『韓國敍事文學研究』, 檀國大出版部

『周易』, 『道德經』, 『禮記』, 『新民主主義論』, 『管子』

『史記』, 『山海經』, 『歷史書』, 『韓非子 十過』, 『淮南子 地形篇』

邱嵐(1994), 『中國當代文學史』, 中國語文研究會 譯, 高麗苑

國立編譯館(1993), 『中國寓言』, 正中書局

國立編譯館(1994a), 『中國歷史故事 1』, 正中書局

國立編譯館(1994b), 『中國歷史故事 2』, 正中書局

國立編譯館(1995a), 『中國民間故事 1』, 正中書局

國立編譯館(1995b), 『中國民間故事 2』, 正中書局

國立編譯館(1996), 『中國的風俗習慣』, 正中書局

關德棟(1983), 『曲藝論集』, 上海古籍出版社

魯迅(1993), 『魯迅全集』, 人民文學出版社

徐仁瑤 外(1989), 『中國風物誌』, 北京旅遊出版社

薛寶琨(1989), 『中國幽默藝術論』, 浙江人民出版社

薛寶琨(1983), 『駱玉笙和 的京韻大鼓』, 黑龍江人民出版社

吳曉鈴 外(1984), 『話本選』, 北京 ; 人民出版社

王余光 外(1989), 『影響中國歷史的30本書』, 武漢大學出版社

張亮采 編(1988), 『中國風物史』, 新華書店上海發行所

鄭 篤(1986), 『中國俗文學史(上.下)』, 臺灣商務引書館

趙景深(1982), 『曲藝叢談』, 北京 ; 中國曲藝出版社

趙 聰(1983), 『五四文壇泥爪』, 時報出版公司

朱熹(1981a), 『論語·中庸』, 한상갑 역, 삼성출판사

朱熹(1981b), 『孟子·大學』, 한상갑 역, 삼성출판사

陳仁風(1993), 『中國槪況』, 上海敎育出版社

胡士瑩(1984), 『話本小說槪論』, 臺北 ; 丹靑圖書公司

桂秉權(1987), 「略談儒林外史的人物形象和語言特色」, 『文學遺産』

Hauser, A.(1962), The Social History of Art 1-4, Routeledge

Frye, Northrop(1973), Anatomy of Criticism, New Jersey ; Princeton Univ. press

Harva, Uno(1971), Die Religisen Vorstellungen der Altaischen Volker, 田中克彦 譯, 三中堂

한국근대문학론

인쇄일 초판 1쇄 2004년 01월 06일
        2쇄 2015년 01월 20일
발행일 초판 1쇄 2004년 01월 18일
        2쇄 2015년 01월 23일

지은이 송 현 호
발행인 정 찬 용
발행처 국학자료원
등록일 1987.12.21, 제17-270호

서울시 강동구 성내동 447-11 현영빌딩 2층
Tel : 442-4623~4 Fax : 442-4625
www. kookhak.co.kr
E- mail : kookhak2001@hanmail.net
ISBN 978-89-541-0151-6 (93810)
가 격 18,000원